KB066079

바쇼 하이쿠 전집

: 방랑 시인, 17자를 물들이다

마쓰오 바쇼 지음
경찬수 옮김

어문학사

✱ 일러두기

내용

- 바쇼가 생애에 걸쳐 지은 하이쿠 976수의 원문과 번역문을 싣고 해설을 붙였다.
- 원문에는 한자를 읽는 히라가나·작성 연도·일련번호를 붙이고, 원문의 출처는 주요 기행문만 밝혔다.
- 해설은 뜻풀이, 글을 지은 정황 및 배경, 관련 글 및 사진 자료, 파생구 순으로 붙였다.
- 위작의 가능성이 제기된 일부 하이쿠는 그 사유와 함께 게재하고, 위작 가능성이 높은 하이쿠는 싣지 않았다.
- 초안·수정구 등의 파생구 187수, 이중의 뜻을 가진 구 102수, 구와 관련이 있는 고전 와카 92수, 타인이 지은 하이쿠 90수, 한시와 노랫말 30곳의 원문과 번역문을 함께 수록하였다.
- 찾아보기는 원문의 첫 다섯 글자와 번역문의 첫 행에 각 하이쿠의 일련번호를 달아 책 끝에 실었다. 단, 원문의 첫 다섯 글자가 여러 편에 걸쳐 중복될 경우 식별을 분명히 하기 위해 이어지는 내용 일부를 덧붙였다.
- 이 책에 실린 월일은 모두 음력이다.

배열

- 모든 하이쿠를 작성 연도와 계절 순으로 배치하였다. 하이쿠를 지은 시기는 『바쇼구전집(芭蕉句全集)』(角川文庫, 2021)을 기준 삼았다.
- 글을 지은 시기가 밝혀지지 않은 38수는 소재와 계절을 고려하여 임의로 배치하고 원문에 '작성 연도 미상'이라고 표기하였다.
- 배치 순서는 지은 시기와 정확히 일치하지 않을 수 있다.

번역

- 구에 단락을 지어주는 역할을 하는 '기레지(や, かな, けり)'는 따로 번역하지 않고, 필요시에는 쉼표(,)로 대치하였다.
- 하이쿠 원문의 음수율을 드러내기 위해 일부 일본어를 외래어 표기법에 따르지 않고 소리 나는 대로 적었다.

나그네라고
내 이름 불러주오
가을 소나기

마쓰오 바쇼
(松尾芭蕉·1644~1694)
-스기야마 산푸 作

목차

1부,
배움

후지산 남쪽의 강을 건너는 바쇼
- 초무, 『바쇼 옹 그림책전(芭蕉翁絵詞伝, 1792)』

1. 고향

봄이 왔는데
해는 가려고 하네
소(小) 섣달그믐

春や来し年や行きけん小晦日(1662년·19세)…1

올해는 섣달그믐 전날에 입춘이 들어섰다. 봄이 왔는데 한 해가 저물어가니 이를 어쩐다.

헤이안 시대의 최초 칙선 와카집 『고금 와카집(古今和歌集)』에 실린 문구 "세밑인데 입춘이 들어섰다. 지금을 작년이라 할거나 새봄이라 할거나…"와 헤이안 시대의 고전 소설 『이세 이야기(伊勢物語)』에 실린 아래 와카의 앞 소절을 버무려서 지은 구이다.

그대 왔는데 / 나는 가려고 하네 / 이를 어쩔꼬

꿈인가 생시인가 / 잠든 건가 깬 건가

君や来し / 我や行きけん / 思ほえず / 夢か現か / 寝てか覚めてか

晦日는 섣달그믐, 小晦日는 섣달그믐 전날을 이른다.

열아홉 살의 바쇼는 고향 인근에서 녹봉 5천 석 장수의 셋째 아들 요시타다를 섬기며 주방일 등의 허드렛일을 하고 있었다. 요시타다는 바쇼보다 두 살 연상으로, 교토의 기타무라 기긴에게 사사하며 데이몬파의 하이쿠를 배우고 있었다. 위 시는 바쇼가 요시타다와 어울려 교토를 오가며 하이쿠를 배우던 시절 연말 하이쿠 짓기 모임에서 지은 것이다.

달은 길잡이
이곳으로 드시오
나그네의 집

月ぞしるべこなたへ入せ旅の宿(1663년 이전·20세)…2

나그네여, 달빛을 표식 삼아 이 객사에 들어와 편히 쉬시오.

노(能) <구라마텐구(鞍馬天狗)>의 노랫말 "뒤로는 구라마산 산길, 꽃이 길잡이라오. 이곳으로 드시오"의 일부를 응용하여 지은 구이다.

당시 교토에서 전국으로 퍼져나가던 데이몬파의 하이쿠집에 소보(宗房)라는 필명으로 다음에 올 구와 함께 바쇼의 하이쿠 두 수가 실렸다.

데이몬파(貞門派)는 고전을 바탕에 둔 하이카이 유파로, 언어적인 유희와 해학을 중시하는 것이 특징이며 마쓰나가 데이토쿠(松永貞德)가 창시했다.

우바자쿠라
피었나니, 노후의
추억거리

こ 桜咲くや老後の思ひ出(1664년 이전·21세)…3

'노파 벚꽃'이 화려하게 피어났으니 늙어서 추억거리가 생겼다.

'나이 들어서도 교태를 지닌 여인'이라는 속뜻을 가진 벚꽃의 한 품종 '우바자쿠라'와 노년에 전쟁터에서 전사한 장수 사네모리가 남긴 말을 엮어 지은 구이다.

老後の思ひ出(노후의 추억거리)는 노 <사네모리>에 나오는 노랫말 "…내가 여기서 필시 칼에 맞아 죽으리니, 노후의 추억거리로 다시 없으리라"에서 일부를 인용한 표현이다.

사이토 사네모리(斎藤実盛·1111~1183)는 평생 전쟁터를 누비다 일흔둘의 나이를 숨기려 백발을 검게 물들이고 전투에 나가 최후를 맞은 헤이안 시대의 장수로, 그의 비장한 죽음은 전설화되고 소설과 가무극의 소재가 되어 지금까지 전해온다.

나이는 남들
먹으라며, 언제나
젊은 에비스

年は人にとらせていつも若夷(1666년 이전·23세)…4

사람들은 해가 바뀌면 나이를 먹지만 정초 집집의 대문에 붙어있는 부적 속의 에비스신(神)은 변함없이 젊은 모습을 하고 있다.

바쇼는 그가 섬기던 두 살 연상의 주인 도도 요시타다가 죽은 뒤, 그 집을 나와 교토에서 데이몬파의 하이카이 시인 기타무라 기긴(北村季吟)에게 하이카이를 수학했다.

에비스는 생업을 수호하고 복덕을 준다는 일본의 칠복신 중 하나이다.

초안…나이는 남들이 / 가져가고 언제나 / 젊은 에비스
年や人に取られていつも若夷

<부적에 그려진 에비스신>

교토에서는
구만 구천 군중이
꽃구경하네

京は九万九千くんじゅの花見哉(1666년 이전)…5

봄날을 맞아 교토의 구만 구천 호의 집에 사는 사람들 모두가 벚꽃 구경을 한다.

京は九万九千은 '노부나가 시대의 교토의 집 수는 구만 팔천 호'라는 문구의 수치에 'k'의 두운을 살리려 천 호를 더한 것으로, '쿄오와 쿠마안/쿠세엔 쿠운주노/하나미카나'로 읽는다. くんじゅ는 군중(群集)을 뜻한다.

九千을 발음이 비슷한 말 貴賤으로 풀이하면 노(能) <사이교 벚꽃(西行桜)>에 나오는 노랫말 "귀천 없이 군중이 저마다 마음의 꽃을 활짝 피우고(貴賤群集の色々に、心の花も盛にて)…"가 연상되는 아래의 구가 된다.

교토에서는
구만의 귀천 군중
꽃구경하네

<노(能) 공연 장면>

노(能)는 소나무가 그려진 전용 무대에서 화려한 복장과 가면을 이용하여 내면적, 상징적인 연기를 펼치는 전통 가무극이다. 유령과 현세의 세계를 오가며 과거를 회상하는 내용이 많으며, 약 250여 가지의 노 극본이 전해진다.

이 가운데 <사이교 벚꽃>은 무로마치 시대의 노 극작가 제아미(世阿弥·1363~1443)가 쓴 작품으로, 헤이안 시대의 승려 와카 시인 사이교(西行·1118~1190)의 꿈속에 벚꽃 정령인 노인이 나타나 사이교가 지은 와카를 꾸짖고 벚꽃의 명소를 열거하며 춤춘다는 내용을 담고 있다.

꽃은 비천한

눈에도 보인다네

도깨비엉겅퀴

花は賤のめにも見えけり鬼薊(1666년 이전)…6

도깨비엉겅퀴가 꽃이니만큼 천한 사람의 눈에도 보이지 않겠소?

당시의 노 <산속 노파(山姥)>의 대사 “천한 사람의 눈에는 도깨비가 보이지 않는다”를 비틀어 ‘비록 이름에 도깨비라는 글자가 들어있지만 도깨비엉겅퀴도 꽃이니만큼 보이지 않겠느냐’고 해학을 담아 지은 구.

め(눈)을 발음이 같은 말 女로 풀이하면 다음과 같은 구가 된다.

꽃은 비천한

계집에도 보이네

도깨비엉겅퀴

한 낱말이 여러 가지 뜻으로 읽히도록 글을 짓는 수사법(掛詞·가케고토바)을 사용하여 지은 구로, 데이몬파는 이 수사법을 중시하는 하이쿠 유파였다.

본 구에 앞서 다른 시인이 지은 아래의 유사한 하이쿠도 있다.

천한 눈에도 / 이것은 보이겠지 / 도깨비엉겅퀴

칠월 칠석에
못 만나는 이 심정
우중천(雨中天)일세

七夕の逢はぬ心や雨中天(1666년 이전)…7

칠석날에 견우와 직녀가 상봉하면 더없이 기쁠 텐데(有頂天·우초텐), 만나지 못하니 마치 가슴속에 비가 내리는 듯(雨中天·우추텐: 有頂天과 발음이 비슷하도록 바쇼가 지어낸 말)한 심정이다.

당시의 문인들에게 연중의 다섯 절구는 글을 짓는 주요 소재였다. 다섯 절구는 1월 7일 인일(人日·그해의 운을 점치는 날), 3월 3일 상사(上巳·현재의 여자아이들을 축복하는 히나마쓰리로 발전), 5월 5일 단오(창포·쑥을 처마에 꽂고 창포물에 목욕하며 남자아이를 축복하여 연, 잉어 깃발 날리기를 했다. 현재의 어린이날로 발전), 7월 7일 칠석날(견우·직녀성의 상봉에 빗대 실·헝겊·소원을 적은 종이 등을 나무에 매달아 소원을 비는 날), 9월 9일 중양(겨울을 앞두고 무병을 기원하고 국화주를 마시며 글을 짓는 날)이다.

그냥 살거라
살다 보면 고향이지
오늘 보름달

たんだすめ住めば都ぞ今日の月(1666년 이전)…8

어디에 살더라도 둥근달이 뜬 오늘 밤에는 고향에 있는 것처럼 마음이 넉넉해진다.

住めば都(살다 보면 그곳이 고향)이라는 속담에 중추 보름달을 엮어 지은 구로, 내용보다는 가요조의 경쾌한 운율감을 앞세워 지었다. '다안다 스메/스메바 미야코조/교오노 쓰키'로 읽는다. 당시의 유행가 가사 "그냥 마셔라/있는 대로 마셔라/꽃구경에 술"의 일부를 응용해 지었다.

住めば와 今日를 각각 발음이 같은 말 澄めば와 京로 풀이하면 아래의 구가 된다.

그저 밝거라
밝으면 서울이지
교토 보름달

달빛은 하늘
아래 비추는 공주런가
달님의 얼굴

影は天の下照る姫か月の顔(1666년 이전)…9

공주처럼 화사한 달이 얼굴을 내밀어 하늘 아래를 두루 비춘다.

下照る姫를 일본 신화 속의 신 오오쿠니 누시노카미의 딸 이름 下照姫(시타테루히메)로 풀이하면 다음과 같은 구가 된다.

달빛은 천상의
시타테루 공주런가
달님의 얼굴

거울 같은 달
시월달에 보누나
눈의 설맞이

月の鏡小春に見るや目正月(1666년 이전)…10

둥근 거울처럼 맑은 보름달을 '작은 봄(小春)'이라 일컫는 시월에 보다니 눈이 설날을 맞이한 듯 호강한다.

일반적으로 하이쿠에서 계절감을 나타내는 낱말은 하나를 넣는 것이 원칙이다. 바쇼는 이 원칙에서 벗어나 이 구에 세 개의 계절어(달-가을, 봄-봄, 설날-겨울)를 사용했다.

누운 싸릿대
용안이 무색구나
꽃님의 얼굴

寝たる萩や容顔無礼花の顔(1666년 이전)…11

어여쁜 싸리꽃이 가을바람에 쓰러져 음전치 않게 헝클어진 모습을 보이고 있다.

얼굴이 곱고 아름답다는 뜻의 당시의 노래 가사 용안미려(容顔美麗)를 용안무례(容顔無禮)로 바꾸어 지은 구이다. 花の顔은 꽃을 뜻하는 시적인 표현이다.

萩(싸리)를 발음이 같은 말 脛(종아리)로 풀이하면 아래의 구가 되는데, 이와 같은 중의적 표현은 현재의 일본 시가에서도 중요시하는 기법이다.

누운 종아리
용안이 무색구나
여인의 얼굴

억새의 소리
그건 바로 갈바람
따라 하는 말

荻の声こや秋風の口うつし(1666년 이전)…12

억새가 바스락대는 소리는 다름 아닌 가을바람이 하는 말을 흉내 내는 것이다.

당시 유행하던 노의 대사를 바탕에 두고 지은 구로 추정하며, 다른 시인이 동일한 소재로 앞서 지은 아래와 같은 하이쿠도 있다.

억새의 소리 / 가을바람 하는 말 / 따라서 하네
가을바람의 / 흉내를 내는구나 / 억새의 소리

가을 서리에
피는 것은 울적꽃
뿐인 벌판

霜枯に咲くは辛気の花野哉(1666년 이전)…13

서리를 맞아 초목이 누렇게 시든 지금, 가을 들판에 보이는 것은 '울적꽃'뿐이다.

늦가을에 꽃이 사라진 삭막한 풍경을 당시 유행가의 노랫말 辛気の花(울적꽃)에 담아 표현한 구로, 울적꽃은 웃음꽃, 이야기꽃 따위의 맥락을 띤다.

花(꽃)이 가운데 소절 '피는 것은 울적꽃' 과 끝 소절의 '꽃이 핀 벌판'에 이중으로 읽히도록 지었다.

갈바람 드는
덧문의 입구로세
예리한 소리

秋風(あきかぜ)の遣戸(やりど)の口(くち)やとがり声(ごえ)(1666년 이전)…14

덧문의 틈새로 가을날의 황소바람 들이치는 소리가 휘이휘이 날카롭게 들려온다.

遣戸는 판자에 문살을 덧대서 만든 미닫이식 덧문이다. 위에서 덧문으로 풀이된 遣戸(やりど)는 발음상 날카로운 창(槍·やり)으로 만든 문(戸·と)을 연상시킨다. 입과 소리, 창과 날카로움 등의 연관어를 연결 지으면 아래와 같은 구가 된다.

갈바람 드는
창(槍) 문(戸)의 입구로세
뾰족한 소리

가을 찬비를
안쓰러이 여겨서
소나무에 눈

時雨(しぐれ)をやもどかしがりて松(まつ)の雪(ゆき) (1666년 이전)…15

나뭇잎을 물들이며 겨울을 재촉하는 가을비가 내리는데도 솔잎은 도무지 물들지 않는다. 그런 가을비가 안쓰러웠는지 소복소복 눈이 내려 소나무를 하얗게 덮어주었다.

時雨(시구레)는 늦가을과 초겨울 사이에 오락가락하며 흩뿌리는 비로, 이 비가 나뭇잎을 단풍 들인다는 고전 시가의 전통에 바탕에 두고 지은 구이다.

松(소나무)를 발음이 같은 말 待つ(기다리다)로 풀이하면 다음과 같은 구가 된다.

가을 찬비를
안쓰러이 여겨서
고대하던 눈

초안…가을 찬비를 / 흉내낸 눈이로다 / 소나무 색깔
時雨をばもどきて雪や松の色

"자식을 먼저 보낸 사람 집에서"

삭아 엎디네
세상이 뒤집어진
눈 인 대나무

萎(しお)れ伏(ふ)すや世(よ)はさかさまの雪(ゆき)の竹(たけ)(1666년 이전)…16

쌓인 눈의 무게를 이기지 못하고 쓰러지듯 땅에 엎드린 대나무에게 세상이 뒤집혀 보인다.

자식을 장사 지내면서 망연자실한 아버지의 모습을 대나무에 비유하여 지은 구로, さかさま를 순리에 맞지 않게 나이 어린 자식이 어버이보다 앞서간 것을 한탄하는 말로 풀이하면 다음과 같은 구가 된다.

삭아 엎디네
세상이 거꾸로인
눈 인 대나무

싸라기 섞여
살포시 쌓인 눈은
옷감의 무늬

霰(あられ)まじる帷子雪(かたびらゆき)は小紋(こもん)かな(1666년 이전)…17

살짝 쌓인 눈 위에 싸락눈이 섞여있는 모습이 마치 옷감 고몬에 새겨진 무늬 같다.

帷子雪는 엷게 쌓인 눈을, 霰小紋은 자잘한 문양이 찍힌 옷감을 뜻한다.

帷子(가타비라)를 여름철에 입는 홑옷으로 풀이하면 다음과 같은 구가 된다.

싸라기 섞인
얇은 옷, 눈송이는
점점이 무늬

아래와 같이 다른 작자가 지은 유사한 기존의 하이쿠도 있다.

싸라기 섞여 / 살포시 쌓인 눈은 / 흰 사슴 새끼

한창 매화에
빈손으로 지나갈
바람이기를

盛(さか)りなる梅(うめ)にす手引(でひ)く風(かぜ)もがな(1667년 이전·24세)…18

바람이여 한창 피어있는 매화 꽃잎을 떨구지 말고 빈손으로 지나가다오.

す를 발음이 동일한 酢(초→매실)로 풀이하면 아래와 같은 구가 된다.

한창 매화를
매실로 이끌어갈
바람이기를

신명 난 사람
하쓰세에 피어난
산벚나무

浮(う)かれける人(ひと)や初瀬(はつせ)の山桜(やまざくら)(1667년 이전)…19

나라현 하쓰세에 벚꽃이 피어 나들이를 하는 사람이 신명 나있다.

헤이안 시대의 와카 시인 미나모토노 도시요리가 지은 아래 와카의 앞 세 소절을 발음이 비슷한 말로 변형시켜(憂かりける 무정한→浮かれける 신명 난, 山颪 산바람→山桜 산벚나무) 지은 구로, 남녀 간의 애절한 사랑을 읊은 와카를 꽃구경하는 들뜬 봄날의 정경으로 바꾸어 해학을 자아냈다.

무정한 사람을 / 하쓰세에 빌었지 / 재넘이 바람

더욱 거세지라고 / 빈 것이 아니련만

憂かりける人を初瀬の山颪はげしかれとは祈らぬものを

初瀬(하쓰세)는 나라현 사쿠라이시 하세의 옛 지명이다. 교통의 요지이자 유명 사찰과 수려한 경관을 자랑하는 이곳은 예로부터 와카에서 자주 언급되었다.

와카(和歌)는 5/7/5/7/7의 서른한 음절로 이루어진 일본 전통 정형시이다. 헤이안 시대인 905년에 편찬된 최초의 칙선 와카집 『고금 와카집(古今和歌集·20권)』에는 와카 1,111수가 실려있다. 5/7/5의 음절로 짓는 하이쿠의 음수율도 와카에서 비롯되었다.

부는 바람에
터져 나와서 웃는
꽃이 되기를

春風に吹き出し笑う花もがな(1667년 이전)…20

파안대소하며 터져 나오는 웃음처럼 꽃이여, 부는 봄바람을 맞아 활짝 피어 다오.

吹가 笑의 옛말인 점에 착안하여 연관어를 이어 지은 구로, 笑う(웃는)은 '터져 나와서 웃는'과 '웃는 꽃이 되기를'에 이중으로 쓰였다.

능수벚나무
이것 참 집에 가는
발을 휘감네

糸桜こや帰るさの足もつれ(1667년 이전)…21

봄나들이를 마치고 집으로 돌아가는 길, 뜻하지 않게 벚나무 실가지가 발에 얽혀 걸음걸이가 어칠비칠한다.

꽃구경을 하며 마신 술 때문에 비트적거리는 자신의 걸음걸이를 수양버들 탓으로 돌려 해학을 지어낸 구이다.

꽃에 질리지
않는 탄식이여, 나의
노래 주머니

花(はな)にあかぬ嘆(なげ)きやこちの歌袋(うたぶくろ)(1667년 이전)…22

옛 시인은 꽃을 바라보며 연신 탄식한다고 읊었건만, 지금의 나는 노래 주머니가 열리지 않아(시상이 떠오르지 않아) 탄식한다.

헤이안 시대의 왕족 와카 시인 아리와라노 나리히라의 아래의 와카 일부를 응용하여 지은 구로, 歌袋(노래 주머니)는 와카 등의 시가를 쓸 종이를 넣어 들고 다니던 주머니를 이른다.

꽃에 질리지 / 않고 뱉는 탄식은 / 늘 그러해도
오늘 저녁과 같은 / 날은 다시 없으리
花に飽かぬ嘆きはいつもせしかどもけふの今宵に似る時はなし

あかぬ(질리지 않다)를 발음이 같은 말 開かぬ(열리지 않다)로 풀이하면 아래와 같은 구가 된다.

꽃에 열리지
않아 탄식하네, 나의
노래 주머니

こち(나의)를 발음이 같은 말 東風(봄에 부는 동풍)으로 풀이하면 아래와 같은 구가 된다.

꽃에 열리지
않아 탄식하네, 봄바람의
노래 주머니

바람이 불면
꼬리 가늘어지네
개벚나무

風吹けば尾細うなる犬桜(1667년 이전)…23

옛 노래에 바람에 날려 꽃잎이 흩어지면 사람들의 마음이 외로워진다고 했지만, 너는 개벚나무이니 꽃잎이 지면 가지가 개 꼬리처럼 앙상해지겠구나.

무로마치 시대의 하이카이렌가집에 실린 아래의 하이카이 한 소절 心細う(마음 외로워)를 尾細う(꼬리 가늘어)로 바꾸어 지은 구이다.

바람이 불면 / 마음 외로워지네 / 개벚나무

風吹けば心細うなる犬桜

렌가(連歌)는 장구(5/7/5)와 단구(7/7)를 여럿이 번갈아 지어나가는 글인데, 일반적으로 100구를 많이 읊었고 천 구, 만 구까지도 읊었다.

하이카이렌가는 형식과 방법은 렌가를 따르지만 내용은 일상 용어나 속어를 사용하여 기지와 해학을 표현하는 글이다. 초기에는 여흥의 하나에 불과했지만 가마쿠라 초기에 서민적인 문예로 발전하였고, 무로마치 시대 말기에 이르러 독자적인 문예로 자리잡았다. 또한 에도 시대에는 담림파 하이카이, 바쇼풍 하이카이 등을 거치며 직업적인 시인들에 의해 예술성이 더해져 문학의 주요한 장르를 이루었다. 바쇼 사후 18세기 초기부터는 하이카이렌가를 시작하는 첫 구인 홋쿠(發句·5/7/5)가 시작(詩作)의 중심적인 위치를 차지하면서 하이카이렌가가 쇠퇴하였다.

메이지 시대부터는 에도 시대 이전의 홋쿠를 하이쿠라고 부르고 있다. 따라서 마쓰오 바쇼가 활동하던 시절에는 하이쿠라는 용어가 통상적으로 사용되지 않았지만 본 서에서는 편의상 하이쿠라고 표기한다.

하이카이렌가에도 백 구, 천 구, 만 구 짓기 등 다양한 형식이 있지만 바쇼가 활동하던 시기에는 36구 짓기인 '가센(歌仙)'이 성행하였다.

화사한 꽃에
주눅이 들었고나
어스름 달빛

花の顔に晴うてしてや朧月(1667년 이전)…24

활짝 핀 벚꽃에 압도되었는지 달빛이 자신감을 잃고 어스름히 비춘다.

에도 시대의 시가에서 花는 대개 벚꽃을 가리킨다. 花の顔(꽃의 얼굴)은 고전 시가에서 벚꽃을 미녀에 비유하던 표현이다. 晴うて는 화려하고 경사스러운 자리에서 기가 꺾여 자신감을 잃는 것을 이르며, 朧月는 희뿌옇게 비치는 봄날의 달로, 여인의 은근한 매력을 암시할 때 사용하던 표현이다.

바위 철쭉을
물들인 눈물이여
호토토기슈(朱)

岩躑躅染むる涙やほととぎ朱(1667년 이전)…25

소쩍새의 피눈물이 떨어져 바위틈에 피어난 철쭉꽃을 붉게 물들였다.

ほととぎす(호토토기스=소쩍새)의 마지막 'す' 자 대신 발음이 비슷한 한자 '朱(しゅ)'를 넣어 소쩍새가 흘리는 피눈물의 붉은 색감을 글자로 표현하였다.

소쩍새와 두견새는 다른 새이지만 헤이안 시대부터의 시가 문학에서는 둘을 구별하지 않고 ほととぎす라고 표기하였다. 본 서에서는 계절과 정황에 따라 구별하여 번역하였다.

짧은 시간도

기다리니 호토토기

수(數)천 년

しばし間も待つやほととぎす千年(1667년 이전)…26

두견새 첫 울음소리를 기다리고 있으려니 짧은 시간도 수천 년처럼 느껴진다.

두견새의 첫 울음을 기다려 문인들이 글을 짓던 전통을 좇아 지은 구이다. ほととぎす(호토토기스)의 끝 글자 す를 발음이 비슷한 말 數(수)로 풀이하면 이어지는 소절 '천 년'을 '수천 년'으로 수식하게 된다. す는 앞뒤로 모두 이어지는 말이다.

待つ를 발음이 같은 말 松(소나무)로 풀이하면 '소나무는 천 년을 산다'라는 속담이 된다.

짧은 시간도

소나무엔 호토토기

수천 년

다른 시인이 지은 기존의 유사한 하이쿠도 있다.

기다리는 밤 / 호토토기 수년의 / 심정이로세

제비붓꽃에

어슷비슷 엇비슷

물속 그림자

杜若似たりや似たり水の影 (1667년 이전)…27

물에 비치는 그림자가 물 위의 제비붓꽃과 비슷비슷하다.

가무극 노 <제비붓꽃(杜若)>에 나오는 노랫말 "제비붓꽃과 붓꽃이 어슷비슷하듯 이곳 여인들은 모두 엇비슷하게 생긴 미녀…"를 패러디한 구이다.

저기 동풍에
저마다 빗질하네
버들 머리칼

あち東風や面々さばき柳髪(1667년 이전)…28

동풍이 불어오니 버들가지가 이리저리 하늘거려 마치 여인네들이 긴 머리칼을 빗는 듯하다.

あち東風를 발음이 같은 말 あちこち(여기저기)로, さばき(빗질)을 발음이 같은 말 捌き(풀어 헤친)으로 풀이하면 다음과 같은 구가 된다.

여기저기서
저마다 빗질하네
헤친 머리칼

함박눈을
실타래떡 삼았네
실버들 가지

餅雪を白糸となす柳哉(1667년 이전)…29

함박눈을 매달고 늘어져 있는 버들가지의 모습이 마치 가래떡을 꼬아서 늘어뜨려 놓은 듯하다.

白糸는 흰 실타래 모양으로 꼬아놓은 떡(白糸餅)의 줄임말이다.

여름 가깝다
그 주둥이 묶어라
봄날 꽃바람

夏近しその口たばへ花の風(1667년 이전)…30

지금 꽃바람이 불면 봄날의 꽃잎들이 떨어질 테니 바람신이여, 그 바람 주머니의 주둥이를 묶어놓았다가 더운 여름이 오거들랑 그때 열어주오.

바람신과 벼락신이 각자의 주머니에 바람과 벼락을 넣어두고 다니다 주머니를 열어 내보낸다는 설화를 바탕에 두고 지은 구.

<바람신과 바람 주머니>

내리는 소리
귀마저 시어지네
매실 장맛비

降る音や耳も酸うなる梅の雨(1667년 이전)…31

매실 익을 때 내리는 비라서 매우(梅雨)라고 이름 붙은 장맛비 내리는 소리를 듣고 있노라니 귀조차 시큼해지는 듯하다.

酸를 발음이 같은 말 す로 풀이하면 耳もすう成, 즉 '듣기에도 신물 난다'라는 관용구가 된다. 이 풀이를 적용하면 다음과 같은 구가 된다.

내리는 소리
듣기도 신물 나네
여름 장맛비

여름 장마에
격조하였나이다
달님의 얼굴

五月雨(さみだれ)に御物遠(おんものどう)や月(つき)の顔(かお)(1667년 이전)…32

달님이시여, 며칠이나 그치지 않고 내린 장맛비 때문에 한동안 뵙지 못하였사옵니다.

서간문에 쓰이는 '격조하였나이다: 그간 가내 두루 평안하옵고…' 따위의 격식 차린 문체로 지은 구이다.

파도 꽃으로
눈도 물로 돌아가
다시 피는 꽃

波(なみ)の花(はな)と雪(ゆき)もや水(みず)に返(かえ)り花(ばな)(1668년 이전·25세)…33

바다에 떨어지는 눈도 결국은 물로 돌아가 파도의 꽃이 되어 다시 피어난다.

波の花는 파도의 하얀 포말을 꽃에 비유한 표현이며, 返り는 水に返り(물로 돌아가)와 返り花(다시 피는 꽃)에 이중으로 사용된 표현이다.

雪를 발음이 같은 말 行き(가다)로 풀이하여 返り(かえり·돌아오다)와 대비시키면 다음과 같은 구가 된다.

파도 꽃으로
가도 물로 돌아와
다시 피는 꽃

동시대의 다른 시인이 지은 동일한 소재의 기존 하이쿠도 있다.

물로 사라진 / 눈은 다시 온다네 / 파도 꽃으로

저녁 박꽃에
넋이 나갔네, 몸도
둥둥 두둥실

夕顔(ゆうがお)に見(み)とるるや身(み)もうかりひよん(1667년 이전)…34

박꽃의 아름다움에 넋이 나가고 몸도 황홀경에 빠졌다.

예로부터 시가에서 저녁에 곱게 단장한 청초한 여인을 박꽃으로 표현한 전통을 좇은 구로, うかりひよん은 무엇에 빠져들어 몽롱해진 정신 상태를 뜻하는 속어이다.

うかり와 ひよん를 각각 발음이 같은 말 浮かり, 瓢으로 풀이하면 다음과 같은 구가 된다.

저녁 박꽃에
넋이 나갔네, 몸도
둥둥 호리병

이 구가 발표되기 전에 다른 시인들이 지은 하이쿠집에 아래와 같은 유사한 구가 실려있다.

넋이 나갔네 / 두둥실 두리둥실 / 꽃 사랑 심정
저녁에 핀 / 박꽃 향한 이 마음 / 둥둥 두둥실

초안…저녁 박꽃을 / 향하는 이내 마음 / 둥둥 두둥실
夕顔の花にこころやうかれひよん

월계수 사내
살지 않게 되었네
비에 가린 달

桂男すまずなりけり雨の月(1669년 이전·26세)…35

비가 내려 보름달이 보이지 않으니 월계수 사내도 더 이상 달에 살지 않는 셈이다.

桂男는 달에서 산다는 전설 속의 미남이다. 가운데 소절(すまずなりけり)은 고전 소설 『이세 이야기』의 한 구절을 따온 글이다. 『이세 이야기(伊勢物語)』는 9~10세기경에 지어진 작자 미상의 책으로, 헤이안 시대의 왕족 와카 시인 아리와라노 나리히라(在原業平·825~880)로 추측되는 주인공의 연애를 소재로 한 와카 및 와카에 관련된 단편 이야기 125화로 구성되었다.

住まず를 발음이 같은 말 澄まず로 풀이하면 다음과 같은 구가 된다. 여기서의 桂男는 달에 대한 미칭이다.

팔월 보름달
밝지 않게 되었네
비에 가린 달

안에 있는 산
바깥 사람 모르는
꽃의 대궐

内山や外様しらずの花盛り(1670년 이전·27세)…36

'안쪽 산'의 절에 벚꽃이 만발한 별세계가 있음을 '바깥 사람'은 알지 못한다.

나라현 우치야마(内山)산에 있는 절 에이큐지(永久寺)에 벚꽃이 흐드러지게 피어 있지만 진언밀교를 수행하는 절이다 보니 외부인은 이것을 알지 못함을 内外의 글자로 대비시켜 지은 구이다. 에이큐지가 있던 절터에 지금은 벚나무와 이 구가 새겨진 비석만이 남아있다.

여름 장마도
발 디딜 곳 찾누나
눈에 익은 강

五月雨も瀬踏み尋ねぬ見馴河(1670년 이전)…37

'눈에 익숙한 강'에 강물이 불어나다 보니 장맛비마저 더듬더듬 발 디딜 곳을 찾는다.

나라현에 있는 水馴(미나레)강의 이름을 발음이 같은 다른 말 見馴(눈에 익은) 강이라고 바꾸어 지은 구로, 가마쿠라 시대의 대승정 와카 시인 지엔이 지은 아래 와카를 응용한 글이다.

여름 장맛비 / 온종일 내리더니 / 미나레강의

눈에 익은 여울들도 / 모습이 변해가네

五月雨の日をふるままに水馴川水馴れし瀬々も面変りつつ

새해 왔다고
아이들도 안다네
설맞이 금줄

春立つとわらはも知るや飾り縄(1671년 이전·28세)…38

새끼줄을 엮어 만든 금줄이 집안의 기둥이나 방에 걸리면 동네의 어린아이들도 설날이 온 것을 안다.

わらは(아이)의 わら를 발음이 같은 말 藁(볏짚)으로 풀이하면 다음과 같은 구가 된다.

새해 왔다고
볏짚들도 안다네
설맞이 금줄

구름 너머의
벗이여, 기러기의
살아 생이별

雲とへだつ友かや雁の生き別れ(1672년 이전·29세)…39

구름 너머에 벗들을 두고 북녘으로 날아가는 기러기처럼 나도 길을 떠난다.

바쇼가 하이쿠 공부를 위해 에도로 떠날 즈음 고향 친구들과의 작별을 아쉬워하며 적은 구로, 발음이 같은 말 雁(기러기)를 仮(잠시)로, 生き(살다)를 行き(가다)로 풀이하면 다음과 같은 구가 된다.

구름 너머의
벗이여, 잠시 동안
길 떠나 이별

꽃은 싫어요
입방아의 입보다
바람의 입이

花にいやよ世間口より風の口(1672년 이전)…40

꽃처럼 어여쁜 젊은 처자는 뒷말을 하는 세상 사람들의 입이 싫겠지만, 봄에 피는 진짜 꽃들은 바람신이 메고 다니는 바람 주머니의 주둥이를 싫어한다.

당시 유행하던 아래의 노랫말 일부를 응용하여 지은 구이다.

혼자 자긴 싫어요, 새벽에 이별을 할지라도
一人寝はいやよ, あかつきの別れありとも

곱기도 하지
저기 저 공주참외
왕비감 후보

美しきその姫瓜や后ざね(1672년 이전)…41

저 히메우리(姫瓜·공주참외)는 예뻐서 장차 왕비 인형이 될 후보다.

당시 초여름 무렵에 여자아이들이 히메우리에 얼굴을 그리고 말려서 장난감으로 가지고 노는 풍습이 있었다. 그중 모양새가 좋은 히메우리를 이듬해 봄의 히나마쓰리 때 왕비 인형으로 만들기도 했는데, 이 시에는 그러한 풍습이 녹아있다.

后だね(왕비감이네)라고 해야 할 곳에 だね 대신 발음이 비슷한 말 ざね(미인을 상징하는 표현 瓜実顔(오이씨얼굴)의 実)를 넣어 지었다.

〈히메우리(상)와 히나마쓰리 인형(하)〉

나무 심기를
아기 다루듯 하세
애기벚나무

植うる事子のごとくせよ児桜(1673년 이전·30세)…42

나무 이름이 애기벚나무이니 만큼 갓난아기 다루듯 조심조심 나무를 심읍시다.

가운데 소절(子のごとくせよ)은 당시 에도에서 많이 읽히던 중국 명시집 번역서 『고문진보(古文眞寶)』에 실린 구절이다.

오기라도 해
짐베의 하오리
봄나들이 옷

きてもみよ甚平(じんべ)が羽織花衣(はおりはなごろも)(1672년)…43

짐베바오리를 입고 봄나들이라도 한번 오시오.

당시 유행가의 가사의 한 소절 来て見て我を折り(와서 보고 마음을 접어)를 패러디하여 다양한 해석이 가능하도록 지은 구이다.

<짐베바오리>

옷 위에 입는 짧은 겉옷인 하오리는 주로 주름 잡힌 치마 형태의 바지인 하카마와 함께 예장용으로 입는데, 짐베바오리는 소매와 바지 길이가 짧은 것으로 여름에 남자가 집안에서 입는 옷이다.

짐베바오리의 명칭은 짐베라는 사람이 입은 데서 비롯되었다는 설과 움직임에 편하여 전쟁터에서 입었다는 설이 있다.

きてもみよ를 발음이 같은 말 着ても見よ(입어라도 봐)로 풀이하면 다음과 같은 구가 된다.

입어라도 봐
짐베의 하오리
봄나들이 옷

羽織(하오리)를 발음이 비슷한 말 我折り(마음 접고)로 풀이하면 다음과 같은 구가 된다.

오기라도 해 / 입어라도 봐
짐베가 마음 접고
봄나들이 옷

암수컷 사슴
털에 털이 닿으니
털끄럽구나

女男鹿や毛に毛が揃うて毛むつかし(1672년)…44

사슴 암컷과 수컷이 털을 맞대고 붙어있으니 보기에도 '털끄럽다'.

'けむつかし(껄끄럽다)'의 け 자리에 け와 발음이 같은 한자 毛를 넣어 '털끄럽다'라는 표현을 만들어내 지은 구이다. '케(け)'음의 반복적인 리듬감을 중시한 구로, '메오토지카야/케니케가 소로우테/케무쓰카시'로 읽는다.

바쇼가 소보라는 필명으로 고향의 신사에 봉납한 하이카이집 『조개 맞추기(貝おほひ)』에 앞 구와 함께 실린 구이다. 이 하이쿠집은 바쇼가 고향 우에노 일대 36명의 하이쿠 60수의 우열을 판정하고 평론을 달아 엮은 것으로, 가무극·유행가·유행어 등의 용어를 자유자재로 경쾌하게 구사한 점, 리듬감이 살아있는 점 등이 호평을 받아 이듬해 에도에서 책으로 출간되었다.

무성한 수풀
둘렀네, 깊은 산의
허리두르개

夏木立佩くや深山の腰ふさげ(1672년 이전)…45

여름 산에 나무가 무성하게 둘러서 있는 모습이 마치 사람이 허리두르개를 두르고 있는 것 같다.

木立(우거진 나무)를 발음이 비슷한 말 小太刀(칼)로, ふさげ(두르개)를 발음이 같은 명령어 ふさげ(지켜라)로 풀이하면 다음과 같은 구가 된다.

여름에 칼을
둘렀네, 깊은 산의
요새 지켜라

대나무 새순
물방울도 또옥똑
조릿대 이슬

たかうなや雫もよよの篠の露(1673년 이전)…46

조릿대에서 방울방울 소리 내며 떨어지는 이슬을 맞으며 죽순이 잘 자란다.

가운데 소절(雫もよよ)은 11세기의 고전 소설 『겐지 이야기』에 실린 표현으로 다양한 뜻풀이가 가능하고 리듬이 경쾌해 예로부터 이 구절을 이용하여 지어진 시구가 많았다.

よよ를 夜夜로 풀이하면 다음과 같은 구가 된다.

대나무 새순
물방울도 밤마다
조릿대 이슬

よよ를 代代로 풀이하면 다음과 같은 구가 된다.

대나무 새순
물방울도 대대로
조릿대 이슬

よよ를 節節로 풀이하면 다음과 같은 구가 된다.

대나무 새순
물방울 마디마디
조릿대 이슬

보다가 나도
그만 꺾고 말았네
여랑화의 꽃

見るに我も折れるばかりぞ女郎花(1673년 이전)…47

보고 있다가 나도 매혹적인 여랑화에 반해 그만 꽃을 꺾고 말았다.

헤이안 시대의 승려 헨조(遍昭·816~890)가 지은 아래 와카의 앞 소절을 바꾸어 바쇼 자신도 옛 시인처럼 여랑화를 꺾었다고 읊었다.

이름에 반해 / 그만 꺾고 말았네 / 그대 여랑화
내가 무너졌다고 / 남에게 말을 마오

名にめでて折れるばかりぞ女郎花われ落ちにきと人に語るな

초가을에 가느다란 줄기가 올라와 가냘프게 서있는 마타리꽃이 쉬이 꺾인다 하여 유녀나 기녀를 뜻하는 여랑화로 불린 것을 소재로 하여 지은 구이다. 我も折れる를 감탄한다는 뜻으로 풀이하면 다음과 같은 구가 된다.

보다가 나도
탄복하고 말았네
여랑화의 꽃

달을 보노라
아직은 어리지만
저녁달 뜬 밤

見る影やまだ片なりも宵月夜(1673년 이전)…48

초생달이 떴다. 비록 조각달이지만 저녁달이 떴다.

가운데 소절(まだ片なりも)은 고전 소설 『겐지 이야기』의 한 구절 '티 없는 공주가 아직은 어리지만 장차…'에서 따온 글이다.

宵(저녁)을 발음이 같은 말 良い(좋은)으로 풀이하면 다음과 같은 구가 된다.

달을 보노라
아직은 어리지만
좋은 달 뜬 밤

오늘 밤에는
잠잘 새도 없으리
보름달 구경

けふの今宵寝る時もなき月見哉(1673년 이전)…49

중추 보름달이 떠있는 오늘 저녁에는 달을 감상하느라 잠들 겨를도 없다.

고전 소설 『이세 이야기』에 실린 아래 와카의 끝 두 소절의 似る(같다)를 발음이 비슷한 말 寝る(자다)로 바꾸어 지은 구이다.

꽃에 질리지 / 않고 뱉는 탄식은 / 늘 그러해도
오늘 밤과 같은 / 날은 다시 없으리

花に飽かぬ嘆きはいつもせしかどもけふの今宵に似る時はなし

목숨 붙어야
토란이라네, 다시
오늘의 명월

命こそ芋種よまた今日の月(1674년 이전·31세)…50

'목숨이 붙어있어야… 토란을 심지'란 말처럼, 살아있기에 오늘 또 중추의 보름달을 바라본다.

'목숨이 붙어있고 볼 일, 밭이 있어야 토란을 심지(命あっての物種, 畑あっての芋種)'라는 속담에 중추 보름달이 뜨면 토란을 바치던 풍습을 연결 지어 지은 구이다. 동시대의 다른 시인들도 유사한 내용의 하이쿠를 지었다.

목숨 붙어야 / 토란이라며 보네 / 오늘 보름달

사람마다의
입속에 들어있네
떨어진 단풍

人ごとの口にあるなりした椛(1674년 이전)…51

물들어 땅바닥에 떨어진 단풍잎에 대해 사람들이 저마다 말을 한다.

した(아래)를 발음이 같은 말 舌(혀)로 풀이하면 다음과 같은 구가 된다.

사람마다의
입속에 들어있네
혓바닥 단풍

다른 시인이 지은 기존의 유사한 구도 있다.

입술의 연지 / 영락없이 코 아래 / 떨어진 단풍

편지가 아닌
낙엽을 긁어모아
불에 태우네

文ならぬいろはもかきて火中哉(1674년 이전)…52

편지를 읽고 나서 불에 태우라고 하셨소만, 지금 내가 태우는 것은 편지가 아닌 늦가을의 낙엽이라오.

いろは는 물들어 떨어진 낙엽(色葉), 火中는 '서신을 읽은 뒤 불에 넣어 태우시오'라고 서찰 말미에 적던 문구이다.

글씨도 아닌
가나다 긁어모아
불에 태우네

붓글씨 연습을 하고 난 뒤에 습자지를 불에 태우면 장래 반듯한 글씨를 쓴다고 하지 않소? 그러니 いろは(가나다)를 익힌 습자지를 거두어서 불에 태웁시다.

매일 아침에
붓글씨 익히다가
귀뚜리 소리

朝な朝な手習ひすすむきりぎりす(작성 연도 미상)…53

아침마다 부지런히 붓글씨를 공부하다 보니 어느덧 귀뚜라미 우는 계절이 왔다.

매일 아침에
글자를 익힌다네
붓의 벌레

'붓벌레(筆ッ虫)'라는 별명을 가진 귀뚜라미가 매일 아침 붓글씨를 연습한다.

2. 에도

침놓는 의원
어깨에 다듬이질
당저고리 옷

針立や肩に槌打つから衣(1675년 이전·32세)…54

침구사가 화려한 당저고리의 어깨 위로 침을 놓는 모습이 마치 옷에 다듬이질을 하는 것 같다.

から衣는 소매가 넓고 기장이 긴 중국식 예복 당의(唐衣)이다. 이를 발음이 같은 말 空衣(벗은 옷)으로 풀이하면 다음과 같은 구가 된다.

침놓는 의원
어깨에 침을 놓네
벗은 저고리

이 무렵 하이쿠 문단은 담림파(談林派)가 주류를 이루었다. 니시야마 소인(西山宗因·1605~1682)을 중심으로 1673년부터 성행한 담림파는 이전의 데이몬파처럼 전통 와카와 언어의 연계성을 중시하면서도 기존의 관념에서 벗어난 기발한 착상을 강조하였다. 바쇼도 이 무렵부터 도세이(桃青)라는 예명을 사용하며 담림파의 하이쿠를 지었다.

눈앞에 뜬 별
꽃을 비는 오색실
능수벚나무

目(め)の星(ほし)や花(はな)を願(ねが)ひの糸桜(いとざくら)(1675년 이전)…55

고개 젖혀 꽃이 피기를 기다리다 그만 눈앞에 별꽃이 번쩍 피었다. 차라리 이 별꽃을 능수벚나무에 핀 꽃으로 여기리라.

目の星는 피곤하거나 충격을 받았을 때 눈앞에 어른거리는 별이고, 願ひ(비는)은 花を願ひ(꽃 피기를 빈다)와 願ひの糸(칠석날에 소원을 빌며 장대 끝에 매달아 직녀성에 바치는 오색실)에 이중으로 사용된 말이다. 糸(실)은 願ひの糸와 糸桜(가지가 실처럼 늘어지는 능수벚나무)에 이중으로 사용된 표현이다.

눈앞의 별과
꽃을 비는 오색실
능수벚나무

や를 구 안에서 단락을 지어주는 기레지(切字)가 아닌 접속 조사 '과'로 풀이하면 '눈앞의 별과 꽃→꽃 피기를 빈다→비는 오색실→오색실처럼 가지가 늘어진 능수벚나무'와 같은 끝말잇기 형식으로 전개된다.

무사시 벌판
한 치만 한 사슴의
울음소리

武蔵野や一寸ほどな鹿の声(1675년 이전)…56

모든 것이 작게만 보이는 광활한 무사시 벌판에서는 애처로이 우는 사슴이 한 치만 하게 보인다.

무사시노는 관동 지방 서쪽의 너른 평원이다. 문인들은 예로부터 이곳의 광막한 풍경을 시가의 소재로 사용하였는데, 이때 무사시 벌판에 암사슴(さをしか)을 등장시킨 글이 많았다. 이러한 전통을 좇아 사슴(しか)을 넣어 지은 구이다.

동네 의원들
권문세가 전갈에
말맞이 행사

町医師や屋敷がたより駒迎(1675년 이전)…57

지체 높은 무가 집안에서 동네 의원을 부르느라 말을 여러 마리 보내온 풍경에 옛날의 말맞이 행사를 떠올려 본다.

駒迎는 헤이안 시대의 매년 8월 15일에 조정에 헌상하러 지방에서 올라오는 말을 교토 외곽 관문에서 맞이하던 행사이다.

술잔 아래를
흘러가는 국화꽃
구치키 쟁반

盃の下ゆく菊や朽木盆(1675년 이전)…58

술잔에 따른 술이 넘쳐 쟁반을 적시니 마치 쟁반에 새겨진 국화꽃이 술 아래를 흘러가는 듯하다.

무로마치 시대의 제아미(世阿弥·1364~1443)가 제작한 노의 대사 “술이 잔에서 넘쳐 쟁반에 그려진 국화를 적시면 약이 된다…”를 배경에 두고 지은 구이다.

<구치키 쟁반>

朽木盆은 지금의 시가현 구치키 지방에서 생산되던 에도 시대의 목기 쟁반으로, 흑칠 위에 국화 문양이 새겨져 있다.

천칭 저울에
교토 에도 달아서
천만세의 봄

天秤や京江戸かけて千代の春(1676년 이전·33세)…59

교토와 에도를 저울에 달아 보니 어느 한쪽으로 치우치지 않고 양쪽 모두 대대손손 태평성대의 봄을 맞이한다.

794년부터 일본의 수도였던 교토에서 1603년에 에도로 권력의 중심인 막부가 옮겨지고 73년이 지난 시점에 지은 구이다.

かけて(달아서)를 발음이 같은 말 掛けて(걸쳐서)로 풀이하면 ‘저울에 달아 보니 교토부터 에도에 이르기까지 온 나라가 태평성대의 봄을 맞이한다’는 뜻의 구가 된다.

이 매화에
소도 첫 울음 울어
마땅하리니

この梅に牛も初音と鳴きつべし(1676년)…60

신사에 봄을 알리는 매화꽃이 이토록 활짝 피었으니 소도 마땅히 첫 울음을 울어 반기리라.

고전 시가에서는 통상적으로 매화와 휘파람새가 짝을 이루어 봄을 표현하는데, 이 구에서는 매화가 피었으니 휘파람새가 아닌 소가 음매 하고 울어 봄을 맞이하라고 읊었다.

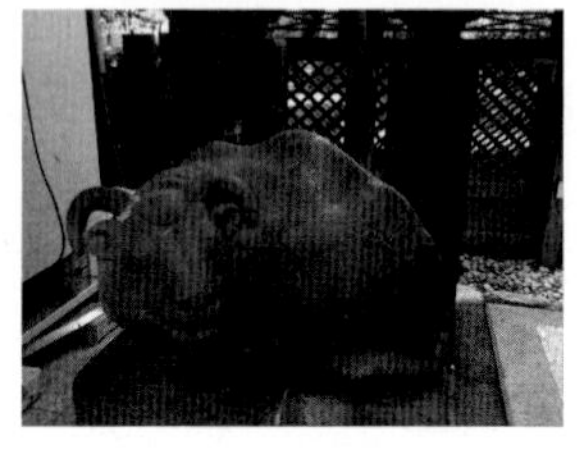

<유시마텐만구의 소 동상>

스가와라노 미치자네(菅原道真·845~903)를 신으로 섬기는 에도의 신사 유시마텐만구(湯島天満宮)에 바쇼가 봉납한 하이쿠로, 이 신사에는 미치자네의 사신(使臣)인 소의 동상이 세워져 있다.

이 구를 시작구로 하여 동료 시인 야마구치 소도와 둘이 읊은 장·단구 200구의 렌쿠는 『에도량금집(江戸両吟集)』이라는 제목의 책으로 출간되었다.

이 몸도 신이
푸른 하늘 우러른
매화나무 꽃

我も神のひさうや仰ぐ梅の花(1676년)…61

학문의 신(神)이 된 스가와라노 미치자네가 와카에서 '때때로 푸른 하늘을 우러러본다'고 읊었듯 나도 유시마텐만구에서 매화꽃을 우러른다.

앞 구와 같은 장소에서 지은 구이다. ひさう(ひそう)는 푸른 하늘(彼蒼)을 뜻하며, 仰ぐ(우러른)은 '푸른 하늘을 우러르다'와 '우러른 매화꽃'에 이중으로 쓰였다.

구름을 뿌리로
후지산은 삼나무
우거진 모습

雲を根に富士は杉形の茂りかな(1676년)…62

구름을 뿌리 삼아 우뚝 솟아있는 후지산이 마치 우거진 삼나무처럼 생겼다.

후지 봉우리
벼룩이 메고 지고
차 맷돌 덮개

富士の山蚤が茶臼の覆かな(1676년)…63

후지산 봉우리 일대가 평평하여 마치 찻잎을 가는 맷돌의 덮개처럼 생겼다.

차 맷돌은 찻잎을 갈아 말차로 만드는 도구로, 사용하지 않는 시기에는 종이 덮개로 덮어두었다. 당시 유행하던 동요의 가사 "벼룩이 차 맷돌 메고 지고 후지산을 훌쩍 넘어"의 일부를 응용하여 지었다.

초안…산의 생김새 / 벼룩이 메고 지고 / 차 맷돌 덮개
山の姿蚤が茶臼の覆かな

<차 맷돌>

목숨 붙어서
한 뼘의 삿갓 아래
더위 식히네

命(いのち)なりわづかの笠(かさ)の下涼(したすず)み(1676년)…64

선인이 '목숨 붙어있기에'라고 와카를 읊은 땅에서 삿갓의 그늘에 의지하여 더위를 식힌다.

지금의 시즈오카현 1번 국도상에 있는 사요시카 고개를 넘던 바쇼가 헤이안 시대의 시인 사이교가 읊은 아래 와카의 한 구절을 인용해 지었다.

나이 들어서 / 다시 넘으리라고 / 생각했으랴

목숨 붙어있기에 / 사요의 나카야마

年たけてまた越ゆべしと思ひきや命なりけり小夜の中山

下는 '삿갓 아래'와 '下涼み(그늘 아래서 바람을 쐬며 쉰다)'에 이중으로 쓰인 말이다.

무사 집안에서 태어난 사이교(西行·1182~1190) 법사는 23살에 출가하여 불도를 수행하고, 전국을 행각하며 와카 시인으로서 활동했다. 칙선 와카집 『신고금집』에도 그의 와카 94수가 실려있는데, 그가 남긴 많은 와카와 일화는 이후 일본 와카의 발전에 지대한 영향을 끼쳤다.

바쇼는 쉬운 용어로 청명한 자연을 노래한 사이교를 흠모하고 그의 시풍을 본받고자 했으며 사이교의 와카를 부분적으로 인용, 응용하거나 소재로 삼아 많은 하이쿠를 지었다.

여름밤의 달
고유에서 나와서
아카사카로

夏の月御油より出でて赤坂や(1676년)…65

짧은 여름밤의 달이 고유주쿠에서 떠올라 인접 아카사카주쿠로 넘어간다.

에도 시대에 에도와 교토를 잇는 430km의 가도 도카이도(東海道)에 총 53곳의 주쿠(宿·숙박 지역)가 있었다. 그 가운데 유흥가가 즐비한 35번째 고유주쿠(지금의 아이치현 도요카와시 소재)와 36번째 아카사카주쿠 간의 거리는 불과 1.7km로 매우 가까웠다.

<풍속화에 그려진 고유주쿠>

후지산 바람
쥘부채에 실어서
에도의 선물

富士の風や扇にのせて江戸土産(1676년)…66

에도에서 오는 길에 후지산에서 시원한 바람이 불기에 이 부채에 선물로 담아 왔다오.

6월 20일경 에도에서 고향으로 돌아와 지은 가센의 시작 구이다.

가센(歌仙)은 여럿이 장구(5/7/5)와 단구(7/7)를 번갈아 지어가며 총 36구를 완성하는 렌쿠의 한 방식이다. 가센의 결과는 가이시(懐紙)라는 종이 두 장의 앞뒤 네 면에 기록하는데 첫째 면에는 6구, 둘·셋째 면에는 각 12구, 넷째 면에는 6구를 적는다.

백 리 길 왔네
머나먼 하늘 아래
더위 식히기

百里来たりほどは雲井の下涼み(1676년)…67

에도에서 백 리를 걸어와 고향의 하늘 아래에서 더위를 식히며 편히 지낸다.

고전 소설 『이세 이야기』에서 멀리 떨어져 있음을 표현한 구절 ほどは雲井를 넣어 지은 구로 ほど는 아득한 거리를, 雲井는 하늘을 뜻한다. 에도에서 바쇼의 고향 미에현 이가(伊賀)까지의 거리는 107리였다. 일본의 1리는 약 4km이다.

下는 앞 구절의 하늘 아래(雲井の下)와 뒤 구절의 더위 식히기(下涼み)에 모두 이어지는 낱말이다.

바라보노라
에도에선 보기 드문
산에 걸린 달

詠むるや江戸には稀な山の月(1676년)…68

널따란 평야가 펼쳐진 에도에서는 좀처럼 볼 수 없는 산에 걸친 운치 있는 달을 고향에서 바라본다.

바쇼의 고향 미에현 이가는 분지에 위치하여 사방이 산으로 둘러싸여 있다.

되었구나
되고야 말았구나
섣달그믐날

なりにけりなりにけりまで年の暮(1676년 이전)…69

드디어 끝났구나, 끝났어, 한 해가.

당시 가무극의 마무리 부분에 되풀이하여 쓰이던 대사 "(아, 슬프게도 둘이 드디어 이별을 하게) 되었던 것이다, 것이다"를 인용하여 지은 구이다.

문간 소나무
생각하면 하룻밤
삼십 년 세월

門松やおもへば一夜三十年(1677년 이전·34세)…70

정초 아침, 집집마다 문 앞에 세워놓은 소나무를 보니 어제까지 그토록 분주하던 모습은 간데없고 마치 하룻밤에 30년의 세월이 흐른 듯 세상이 일변했다.

14세기 후반의 전쟁 서사 소설 『태평기(太平記)』에 실린 「일야송(一夜松)」을 바탕에 두고 지은 구로, 일야송은 정치 무대에서 밀려난 스가와라노 미치자네가 유배지에서 죽자 하룻밤 새 교토에 천 그루의 소나무가 자라났다는 설화이다.

門松(몬마쓰)는 정초에 복을 빌며 문 앞에 세워두는 소나무 등 사철 푸른 나무의 가지이다.

<몬마쓰(門松)>

먼저 아누나
기치쿠의 퉁소에
꽃의 눈보라

まづ知るや宜竹が竹に花の雪(1677년)…71

기쿠치가 퉁소 한 구절을 불기 시작하니 벚꽃이 미리 알아듣고 감탄하여 눈보라 날리듯 꽃잎을 떨군다.

당시 대나무 퉁소 연주의 일인자였던 기치쿠의 대표곡 <요시노야마(吉野山)>의 가사 “요시노산의 눈이런가 했더니 눈이 아니라 이건 바로 아아 꽃의 눈보라”의 일부를 인용하여 지은 구이다.

“상사(上巳)”

용궁에서도
오늘 같은 물길엔
도요오보시

龍宮も今日の潮路や土用干(1677년 이전)…72

오늘은 대조기(大潮期)라서 바닷물이 멀리까지 빠지는 날, 이런 날에는 용궁에도 햇살이 들 테니 책과 옷가지를 말리지 않겠는가?

음력 삼월 초사흗날인 상사는 일본 다섯 명절의 하나로, 이날 헤이안 시대의 조정의 귀족들은 물가에서 술잔을 띄워 보내며 액막이를 하고, 부녀자는 떡과 복숭아술 등을 음복하고 인형을 물에 띄워 보냈다.

본래 潮干(しおひ·썰물)이 들어갈 곳에 발음이 비슷한 낱말 潮路(しおじ·조수가 드나드는 물길)을 넣어 해학을 지어냈다.

土用干는 입추 직전에 의류와 서적 등을 바깥에 꺼내어 바람을 쐬고 볕에 말리는 포쇄 행사이다.

각시 고양이
무너진 아궁이로
들랑거리네

猫の妻竈の崩れより通ひけり(1677년 이전)…73

담장을 넘어 여인의 방에 드나들던 사내마냥 봄날의 암고양이가 무너진 아궁이 틈새로 들락날락거린다.

헤이안 시대의 소설 『이세 이야기』의 남자 주인공이 사람들의 눈을 피해 밤중에 담장을 넘어 규방에 드나든다는 대목을 패러디한 구이다.

안 기다리는데
채소 팔러 왔고나
두견새 소리

待たぬのに菜売りに来たか時鳥(1677년 이전)…74

여름 문턱의 동구 밖에서 소리가 들리기에 이제나저제나 하며 기다리던 두견새 울음인가 했더니 채소를 사라는 아낙네의 외침이다.

초여름에 두견새의 첫 울음소리를 들으며 계절의 변화를 맛보는 것은 전통 시가의 단골 소재였다. 당시 채소 행상의 외침은 '나카~우(菜買う · 채소 사~려)'였다. 고전 와카 모음집 『신고금집(新古今集)』에도 유사한 시정의 와카가 실려있다.

지새는달은 / 기다리지 않는데 / 떠올라 있고

깊은 산엔 아직도 / 두견새 울어 울어

有明の月は待たぬのに出でぬれどなほ山深き郭公かな

『신고금집』은 가마쿠라 시대인 1201년에 편찬된 8번째 칙선 와카 모음집으로 전 20권에 약 1,980수의 와카가 실려있다.

낼은 단오떡
나니와의 시든 잎
꿈이었어라

あした　ちまき なにわ　かれ は ゆめ
明日は粽難波の枯葉夢なれや(1677년 이전)…75

내일은 갈댓잎으로 싼 단오떡을 먹는 날이다. 지금은 사람들이 갈댓잎을 귀하게 여기지만 떡을 먹고 나면 '나니와의 봄날은 꿈이었어라'라는 와카 구절처럼 버려지리라.

구 전체가 갈댓잎을 이야기하고 있지만 주제인 갈댓잎을 직접 언급하지 않는 담림풍(談林風)의 수사 기법을 구사한 구로, 고전 와카집 『신고금집』에 실린 사이교의 아래 와카를 응용하여 지었다.

세쓰 땅의 / 나니와의 봄날은 / 꿈이었어라
시든 갈대 사이로 / 바람만 밀려가네
津の国の難波の春は夢なれや葦の枯葉に風渡るな

難波(나니와)는 오사카 일대 옛 바닷가의 지명이다.

<단오떡>

큰 산 히에
し 자를 삐치면서
한 줄기 안개

大比叡やしの字を引いて一霞(1677년 이전)…76

성스러운 히에산에 し 자처럼 안개 한 줄기가 길게 드리우고 있다.

교토 북서쪽에 위치한 히에산은 일본 천태종의 총본산인 엔랴쿠지 등 100여 곳의 사찰이 자리한 산으로 일본 불교의 모산으로 불린다.

무로마치 시대의 와카 시인이자 서예가인 선승 잇큐(一休)가 이곳에서 이어붙인 종이에 커다란 붓으로 단번에 し 자를 썼다는 설화를 배경에 두고 지은 구이다.

초안…큰 산 히에 / し를 삐쳐놓고서 / 한 줄기 안개
大比叡やしを引き捨てし一霞

억수 장맛비
용등을 들어올린
순라 반타로

五月雨や龍燈あぐる番太郎(1677년 이전)…77

큰물이 져서 마을이 물에 잠기자, 순라군이 전설에서만 듣던 장명등의 하나인 용등을 물 위로 치켜들어 주위를 밝혔다.

가무극의 대사를 장맛비에 엮어 지은 구이다.

番太郎(반타로)는 에도의 각 마을에 고용되어 마을을 지키던 사람들의 무리, 순라군이다.

뭐 별것도 아니로세
어제는 지나갔다
복어 지리탕

あら何ともなや昨日は過ぎて河豚汁(1677년)…78

별거 아니다. 복국을 먹고 독이 퍼질까 봐 노심초사했는데 이제 하루가 지났다.

복국을 먹고 난 뒤의 불안한 심정을 "뭐 별것도 아니오. …어제는(여차여차해서 미안했소 하고 어물쩍) 지나가고 오늘은(이리저리해서 미안하오 하고 또 어물쩍) 해 저물고…"라는 가무극의 대사 일부를 엮어 8·7·5의 음절로 지은 구이다. 동료 시인 소도 등과 셋이 장·단구 100구를 이어 지은 렌쿠의 시작구로, 이 렌쿠는 『에도 3음(江戸三吟)』이라는 제목의 책으로 편집되어 에도와 교토에서 출간되었다.

오미 모기장
땀이 물결을 치는
저녁 잠자리

近江蚊屋汗やさざ波夜の床(1677년 이전)…79

오미 모기장을 치고 잠자리에 누웠건만 얼마나 더운지 땀이 흘러 비와호수의 물결처럼 찰랑댄다.

近江蚊屋는 옥색 바탕에 오렌지색 테두리를 두른 오미 지방의 특산품 모기장.

비와호 일대를 일컫는 지명 近江를 발음이 비슷한 말 大海(바다)로, 屋와 や를 모두 발음이 동일한 접속 조사 や로, 夜를 발음이 같은 말 寄る(모이다)로 각각 풀이하면 다음과 같은 구가 된다.

바다 모기며
땀이며 밀려오네
저녁 잠자리

하이얀 참숯
바로 그 우라시마
늙어간 상자

しろずみ　うらしま　おい　はこ
白炭やかの浦島が老の箱(1677년 이전)…80

숯 상자 속의 하얀 백탄을 보니 설화 속의 우라시마 타로가 금단의 상자를 열어 하루아침에 백발의 노인으로 변했다는 설화가 생각난다.

浦島(우라시마)는 거북을 살려준 덕에 용궁에서 호화롭게 지내다가 돌아와 보니 긴 세월이 흘렀다는 설화 우라시마 타로의 주인공의 성(姓)이다. 老の箱(늙어간 상자)는 우라시마가 신의 계시를 무시하고 무단으로 열어버린 금단의 상자.

옥수수로고
처마 아래 싸리 줄
잘못 알았네

とうきび　のきばた　はぎ　と
唐黍や軒端の萩の取りちがえ(1677년 이전)…81

처마 아래에 서있는 것이 싸리나무인줄 알았는데, 이제 보니 옥수숫대로구나.

헤이안 시대의 소설 『겐지 이야기』에서 주인공 겐지가 '처마 아래 싸리'라는 이름의 여인을 다른 여인으로 착각하고 성관계를 가지는 대목을 패러디하여 지은 구이다.

『겐지 이야기(源氏物語)』는 헤이안 시대의 궁녀 무라시키 시키부가 쓴(1004~1012년 사이로 추정) 전 54첩의 그림이 첨부된 장편 소설로, 주인공인 왕족 히카리 겐지가 다양한 신분의 여성들과 벌이는 사랑 편력이 주된 내용이다.

우듬지에서
덧없이 떨어지네
매미의 허물

梢よりあだに落ちけり蝉の蝉(1677년 이전)…82

매미 허물이 나뭇가지에서 속절없이 떨어진다.

가무극 노의 <벚꽃 강>의 한 대목 “우듬지에서 덧없이 떨어지는 꽃 이파리여, 꽃 이파리 떨어져 물은 슬프네…”의 꽃 이파리 자리에 매미 허물을 대신 넣어 지은 구.

가을이로다
귓가에 찾아드는
머리맡 바람

秋来にけり耳を訪ねて枕の風(1677년 이전)…83

입춘 아침, 문득 서늘한 바람이 누워있는 나의 귓가에 불어온다.

첫·셋째 소절에 글자가 한 자씩 많은 6·7·6의 자수로 지은 구로, 고전『고금와카집』에도 입추를 맞아 지은 유사한 서정의 와카가 실려있다.

가을 왔다고 / 눈에는 또렷하게 / 뵈지 않아도
부는 바람 소리에 / 소스라쳐 놀라네
秋来ぬと目にはさやかに見えねども風の音にぞおどろかれぬる

오늘의 저 달
갈아주오, 히토미
이즈모노카미

今宵の月磨ぎ出せ人見出雲守(1677년 이전)…84

동판을 갈아 거울을 만드는 명인 히토미 이즈모노카미님이시여, 오늘 보름달이 휘영청 떠오르도록 달도 깨끗이 갈아주시오.

당시 에도에 실존하던 거울 장인의 이름을 이용하여 중추에 환한 달을 보고자 하는 심정을 읊은 구이다.

에도 초기 막부에서는 거울·붓·가면 등을 만드는 뛰어난 장인들에게 천하일(天下一)이라는 칭호를 부여하고 격려하였다.

人見出雲守는 거울 명인의 예명으로, '사람이 본다(人見)', '구름이 나온다(出雲)'라는 뜻이 담겨있다.

나무를 베고
그루터기 보노라
오늘의 저 달

木を切りて本口見るや今日の月(1677년 이전)…85

오늘 하늘에 떠있는 달이 마치 나무를 베고 난 그루터기처럼 둥글다.

읊고자 하는 사물의 명칭과 형상을 직접적으로 언급하지 않는 방식으로 지은 구로, 이날의 주제는 보름달이었다.

시가에서 달(月)은 8월 보름달을 의미하고, 중추 보름달이 떠있는 풍정을 시로 읊는 일은 예로부터 시가 문단의 중요한 행사였다.

떠가는 구름
찔끔찔끔 개 오줌
가을 소나기

行く雲や犬の欠尿村時雨(1677년 이전)…86

동네 강아지가 이곳저곳 돌아다니며 찔끔찔끔 오줌을 누듯 흘러가는 비구름이 가을 소나기를 수시로 흩뿌리고 지나간다.

村時雨는 한 차례 흩뿌리고 지나가 버리는 가을 소나기를 이른다.

동시대의 담림파 하이쿠 시인 사이카쿠(西鶴)도 소나기를 오줌에 연결시킨 하이쿠를 지었다.

쉬쉬 쉬쉬쉬 / 사내아이 잠 깨면 / 가을 소나기

초안…떠가는 구름 / 달아나는 개 오줌 / 가을 소나기
行く雲や犬の逃げ尿村時雨

한바탕 소나기
돌멩이를 뿌리고
작은 돌의 강

一時雨礫や降って小石川(1677년 이전)…87

한차례 쏟아지는 가을 소나기가 강 이름 고이시카와(小石川)에 걸맞게 잔돌을 뿌리는 듯한 소리를 낸다.

에도에 소재한 오가키번 중신의 집을 방문한 자리에서 강의 이름을 따 지은 인사구이다.

바쇼는 이 해부터 4년간 간헐적으로 현재의 도쿄 분쿄구(區)에 있는 고이시강의 수로 연결 현장에서 사무직 일을 했다.

가지 여린데
당지(唐紙) 찢어발기네
가을 찬 바람

枝もろし緋唐紙破る秋の風(1677년 이전)…88

가을바람이 세차게 불어와 연약한 나뭇가지에 매달린 붉은 서예지를 찢어발긴다.

렌쿠 짓기에서 주제를 직접 언급하지 않고 짓는 방식으로 읊은 구로, 緋唐紙는 붉은빛이 도는 얇고 부드러운 서예용 중국 종이이다.

이날의 주제는 단풍이었다.

후지산의 눈
노생이 꾸운 꿈을
쌓아 올렸네

富士の雪盧生が夢を築かせたり(1677년 이전)…89

흰 눈을 이고 있는 후지산의 모습이 마치 노생이 꿈속에 은(銀)으로 쌓아 올렸다는 은백색의 산과 같다.

한단지몽(邯鄲之夢)을 소재로 한 가무극 노의 대사 "동쪽에 은을 삼십 장(丈) 넘게 산처럼 쌓아 올려…"에 겨울의 후지산을 연결시켜 지은 구이다.

한단지몽은 노생이라는 사내가 오랜 세월 곡절을 겪으며 영화를 누리지만 실은 짧은 꿈속에서 일어난 일이었다는 당나라 시대의 고사이다.

서리를 입고
바람을 깔고 자네
버려진 아이

霜(しも)を着(き)て風(かぜ)を敷(し)き寝(ね)の捨子哉(すてごかな)(1677년)…90

부모에게 버려진 아이가 서리를 덮어쓰고 찬 바람에 몸을 내맡긴 채 잠들어 있다.

고전 『고금 와카집』에도 유사한 시정을 읊은 아래의 와카가 실려있다.

귀뚜라미 / 울어대는 추운 밤 / 서리 맞으며
옷소매 하나 깔고 / 홀로 잠에 드누나
きりぎりす鳴くや霜夜のさむしろに衣片敷きひとりかもねむ

초안…서리를 입고 / 옷소매 하나 깔고 / 버려진 아이
霜を着て衣片敷く捨子哉

서당 공부 책
누구의 가방에서
새해의 아침

庭訓(ていきん)の往来(おうらい)誰(だ)が文庫(ぶんこ)より今朝(けさ)の春(はる)(1678년 이전·35세)…91

정초 아침에 동네 글방에 아이들이 공부하러 모였다. 누구의 가방이 열려서(開ける) 책이 나오고 새해의 아침이 밝으려나(明ける).

庭訓の往来는 서당에서 사용한 교재로, 연중 주고받은 서간문 25통이 실려있는 데서 왕래라는 이름이 붙었다. 文庫(문고)는 책과 붓 등을 넣어 들고 다니던 상자로 지금의 책가방 역할을 하였다.

이 해 에도에서 출판된 하이쿠 서적에 바쇼의 하이쿠가 다수 실리며 바쇼는 하이쿠 문단의 종장(宗匠)으로 승진하였다. 종장은 제자를 거느리며 하이쿠 모임을 이끌고 문집을 간행하는 등의 활동을 통해 하이쿠 유파를 만들고 경영할 수 있는 지위다.

왕 부부 인형
인형 왕이 다스린
시절이런가

内裏雛(だいりびな)人形(にんぎょう)天皇(てんのう)の御宇(ぎょう)とかや(1678년 이전)…92

왕 부부 인형이 다른 인형들을 거느리고 있다. 그때가 어느 시절이었나 하면… 이름 그대로 인형 왕이 다스린 시절이다.

가무극 대사 "仁明(닌묘) 왕이 다스린 시절이런가, 참으로 영명하신…"에서 왕 이름을 발음이 비슷한 말 人形(닌교·인형)로 바꾸어 지은 구이다.

内裏雛는 히나마쓰리 때 집 안에 장식하는 왕과 왕비 인형.

카피탄마저
엎드리게 하노라
쇼군의 봄

甲比丹もつくばはせけり君が春(1678년 이전)…93

멀리 서양에서 건너온 캡틴조차 쇼군의 위엄과 권위 앞에 엎드려 절하게 만드는 복된 봄이 왔다.

나가사키 데지마에 나와 있는 네덜란드의 상관장(商館長)이 매년 3월 1일에 에도에 와서 쇼군을 알현하고 선물을 바치는 모습을 읊은 구이다.

카피탄(Captain의 포르투갈식 발음)이라고 불리던 무역책임관은 1641년부터 1852년까지 총 158명이 부임했다.

처음 핀 꽃에
목숨이 일흔 하고
다섯 살까지

初花に命七十五年ほど(1678년 이전)…94

올해 처음으로 피는 벚꽃을 보았으니 복을 받아 족히 일흔다섯 살까지 살겠구려.

'初物七十五日(맏물을 먹으면 75일을 더 산다)', '人の噂も七十五日(떠도는 소문도 75일)' 등의 속담을 섞어 벚꽃이 처음 피는 감개를 읊은 구이다.

창포가 자라나는
처마 아래 정어리
해골바가지

あやめ生ひけり軒の鰯のされかうべ(1678년 이전)…95

입춘에 문간에 걸어 둔 마른 정어리 옆에 단오를 맞아 창포를 꽂아놓은 모습이 마치 해골에서 창포가 자라나듯 섬뜩한 모습이다.

단오의 풍습에 9세기에 살았던 전설적인 여인 고마치의 설화를 노래한 아래의 와카를 연결시켜 7/7/5의 음절로 지은 구로, 지붕 위에 꽂아놓은 창포가 마치 죽은 오노노 고마치의 해골 눈구멍에서 자라난 억새 같다고 했다.

가을바람이 / 불기라도 하면 / 아, 내 눈 내 눈
그대가 오노런가 / 억새풀만 자라네
秋風の吹くにつけてもあなめあなめ小野とは言はじ薄生ひたり

물을 부어서
명복을 빌어주오
도오묘오지

水向けて跡訪ひたまへ道明寺(1678년 이전)…96

도묘지에서 말린 밥에 물을 부어 돌아가신 모친의 명복을 빌어드리시오.

같은 시기에 에도에서 활동하던 하이쿠 시인 후보쿠의 모친을 추도한 구로, 가운데 소절(跡訪ひたまへ)은 가무극 <노>에서 '떠난 자의 넋을 달랜다'는 뜻으로 쓰인 대사를 인용했다.

道明寺(도묘지)는 오사카에 소재한 절 이름이다. 이 절에서 물을 부으면 원래대로 부푸는 말린 밥을 개발했는데, 이를 전쟁터의 군사나 여행자 등이 휴대식으로 널리 사용한 데서 착안해 도묘지를 '도묘지의 말린 밥'이라는 의미로 쓴 구이다.

스이가쿠도
탈것을 빌려주리
하늘가의 강

水学も乗り物貸さん天の川(1678년 이전)…97

칠석날에 하늘의 강에 물이 불어나면 스이가쿠가 자신이 만든 배를 견우와 직녀성에게 빌려주리라.

스이가쿠는 바쇼와 동시대를 산 인물로, 배에 갖가지 장치를 고안하여 설치하는 기술자로 명성이 높았다.

貸さん(빌려주리)는 칠석날 저녁에 직녀성에게 빌려주려고 옷소매를 곱게 장식하는 풍습을 표현한 용어이다.

가을이 오면
아내를 그리는 별
사슴의 가죽

秋来ぬと妻恋ふ星や鹿の革(1678년 이전)…98

가을이 오면 직녀성을 그리워하는 견우성처럼 사슴도 짝을 찾는 것인지 사슴 가죽의 반점이 밤하늘의 별처럼 하얗게 변한다.

『만엽집』에 실린 아래의 와카를 비롯하여 고전 시가에서 가을에 암컷을 찾는 사슴을 소재로 글을 지었던 전통을 좇아 지은 구이다.

지금 시절의 / 가을 아침 동틀 때 / 안개 속에서
아내 찾는 사슴의 / 소리 청명하여라
このころの秋の朝明に霧隠り妻呼ぶ鹿の声のさやけさ

물들어가네
두부에 떨어져서
연홍 잎으로

色付くや豆腐に落ちて薄紅葉(1678년 이전)…99

무엇인가 두부에 떨어져 두부가 연홍색 단풍잎처럼 물들어간다.

제자 산푸와 둘이 장구(5/7/5)와 단구(7/7) 100구를 읊은 렌쿠의 시작구로서 이 렌쿠는 후일 하이쿠집으로 간행되었다.

하이쿠의 주제를 노골적으로 언급하는 대신 정황을 보고 알아챌 수 있도록 짓는 작법을 사용한 구이다. 이때의 주제는 고추이다.

비 내리는 날
온 세상의 가을을
가르는 마을

雨の日や世間の秋を堺町(1678년 이전)…100

비가 추적추적 내려 모든 것이 처연해 보이는 가을이라도 '경계(堺)'를 넘어 '가르는 마을(堺町)'에 들어서면 화려한 별세계가 펼쳐진다.

堺町(사카이초)는 지금의 도쿄 주오구 닌교초(人形町) 일대의 지명으로, 에도 시대에는 유곽과 공연장이 즐비했던 환락의 동네였다.

堺가 두 가지 뜻으로 쓰이도록 지은 구이다.

정말 한 달에
한 칸이 천금일세
도오리초오

実にや月間口千金の通り町(1678년 이전)…101

이곳은 정말로 점포 한 칸의 월세가 천금이나 하는 땅 도오리초다.

가무극의 대사에 나오는 구절 "春宵一刻千金, 花に清香月に影, 実に千金にもかへじ(봄날 저녁 일각은 천금이라, 꽃의 맑은 향기 달의 그림자, 정말 천금과도 바꾸지 못하리라)"의 끝 소절 일부를 패러디하여 지은 구이다.

間口는 건물이 길에 접한 부분의 폭으로, 1칸은 약 1.8m이다.

에도를 남북으로 지르던 대로의 이름 通町(도오리초)는 현재의 니혼바시-교바시-신바시-가나스기바시 구간으로, '큰길 동네'라는 뜻의 이 지명은 지금도 일본 곳곳에 남아있다.

'에도에서 가장 번화한 땅 도오리초에 떠있는 달은 어느 집에서 보든 천금 값을 한다'라고도 풀이 가능한 구이다.

정말로 달이
칸마다 천금일세
도오리초오

절여서라도
어서 소식 전하소
도읍지의 새

塩にしてもいざ言伝ん都鳥 (1678년)…102

스미다강의 명물 검은머리물떼새(都鳥)는 이름의 뜻이 '도읍지의 새'이니 부디 소금에 절여서라도 들고 가서 옛 도읍 교토에 선물로 전해주시오.

셋이 지은 가센의 시작구이자 당시의 옛 수도 교토로 돌아갈 동료 시인에게 지어준 전별구이다.

고전 소설 『이세 이야기』의 주인공 나리와라가 스미다강에서 읊은 아래 와카의 두 번째와 세 번째 소절을 응용하여 지었다.

이름에 기대 / 자아 소식 묻노라 / 도읍지 새여

그리운 내 사람은 / 무사한가 어떤가

名にし負はばいざ言問はむ都鳥わが思ふ人はありやなしやと

잊으라는 풀
뜯어서 나물밥에
저무는 한 해

忘れ草菜飯に摘まん年の暮(1678년)…103

'잊으라는 풀'을 뜯어 나물밥 지어 먹고 올해의 힘들었던 일을 잊겠다.

교토에서 온 하이쿠 시인 둘과 지은 가센의 시작구이다.

忘れ草는 원추리로 한국에서 망우초(忘憂草)라고도 불린다.

홋쿠로다
마쓰오 도오세이
초막의 새봄

発句なり松尾桃青宿の春(1679년·36세)…104

나 마쓰오 도오세이, 새해의 첫 하이쿠를 지으며 초막에서 새봄을 구가한다.

하이쿠 종장(宗匠)으로서의 첫발의 내딛는 새해 정초에 자부심을 담아 지은 가센의 시작구로, '작년에 드디어 하이쿠 사범이 되었다. 이 구는 새해를 맞아 사범 자격으로 짓는 첫 하이쿠다', '드디어 마쓰오 도오세이라는 이름으로 당당히 하이쿠를 가르치게 되었다', '앞으로 글방에 나의 이름을 걸어놓고 하이쿠를 가르친다고 알려야겠다' 등으로 다양하게 풀이할 수 있다.

홋쿠(發句)는 하이카이렌가의 시작을 여는 첫 구로, 메이지 시대의 하이카이 혁신 운동을 거쳐 하이쿠로 발전하였다.

짚신 뒤꿈치
꺾어서 돌아가리
산속 벚나무

草履の尻折りて帰らん山桜(1679년 이전)…105

꽃구경 가는 길에 비가 내렸다. 흙탕물이 옷에 튀지 않도록 짚신 뒤를 꺾어서 신고, 산에 핀 벚나무 가지도 하나 꺾어 들고 집으로 돌아가련다.

헤이안 시대의 아래 와카에 실린 문구 折りて(꺾어서)를 응용하여 첫 소절과 끝 소절에 이중으로 쓰이도록 지었다.

가지 하나는 / 꺾어서 돌아가리 / 산속 벚나무
바람에 선술집은 / 총총히 문 닫으리
一枝は折りて帰らん山桜風にのみやは散らし果つべき

꽃은 기다리네
도사부로가 부는
요시노야마

待つ花や藤三郎が吉野山(1679년 이전)…106

봄날에 벚꽃이 만개한 채로 도사부로가 퉁소로 자신의 대표곡 <요시노야마>를 연주하는 그날이 오기를 손꼽아 기다린다.

나라현에 있는 요시노산은 예로부터 신궁, 유서 깊은 사찰과 화려한 벚꽃이 잘 어우러진 경승지로 유명한 곳이다.

네덜란드도
꽃구경을 왔단다
말 등에 안장

阿蘭陀も花に来にけり馬に鞍(1679년 이전)…107

꽃 소식과 함께 네덜란드 사람들도 멀리서 에도까지 왔다고 하니 아이야, 말 위에 안장을 올려라. 우리도 꽃구경 가자꾸나.

馬に鞍(말 등에 안장)은 가무극 노의 노랫말로 사용된 아래의 와카 끝 소절 馬に鞍おけ(말 등에 안장 올려라)에서 おけ(올려라)를 생략한 말.

꽃이 피거든 / 전하라고 일러둔 / 산속 마을의
심부름꾼 왔구나 / 말에 안장 올려라

花咲かば告げんと言ひし山里の使ひは来たり馬に鞍おけ

이 해에 데지마에서 에도에 올라온 150여 명의 네덜란드 무역 종사자 일행은 3월 1일과 5일, 두 차례 에도성에 입궁했다.

푸른 바다의
파도 술내 풍기네
오늘의 이 달

蒼海の波酒臭し今日の月(1679년 이전)…108

푸른 바다에서 떠오르는 보름달은 둥그런 술잔 같고, 그 달에 비치는 파도에서는 술 냄새가 풍기는 듯하다.

종이로 만든
고양이도 알리라
가을의 아침

張抜きの猫も知るべし今朝の秋(1679년)…109

종이를 붙여 만든 장난감 고양이도 오늘이 입추인 줄 알고 불어오는 가을바람에 연신 고개를 끄덕인다.

張抜き는 나무틀에 종이를 여러 겹 바른 다음 내부의 틀을 빼내 모양을 만드는 종이 공예 기법을 이른다.

초안…종이로 만든 / 고양이도 아노라 / 가을의 아침
張抜きの猫も知るなり今朝の秋

술잔의 국화
산길의 국화 삼아
이 잔 비우리

盃や山路の菊と是を干す(1679년 이전)…110

9월 9일 중양절을 맞아 국화 꽃잎을 띄운 술잔이 나왔구려. 옛사람이 국화 이슬에 젖은 옷을 말렸듯(干す) 우리도 이것을 모두 마셔 잔을 비웁시다(干す).

중양절에 국화 꽃잎을 술잔에 띄워 마시면 불로장생한다는 중국의 고사에서 비롯한 풍습을 읊은 구로, '산길에 핀 국화의 이슬에 옷을 적시며 신선의 집에 도착한 뒤에 옷을 말린 짧은 시간이 내게 천 년의 세월이었다'라는 뜻의 아래의 고전 와카를 바탕에 두고 지었다.

젖어 말리는 / 산길에 핀 국화의 / 이슬의 찰나

어느 사이 천 년이 / 내게서 흘러갔네

濡れて干す山路の菊の露の間にいつか千年を我は経りけむ

盃는 중양절에 국화 꽃잎을 띄워서 마시는 술잔 기쿠노사카즈키(菊の盃)의 줄임말이다.

와카에서 이슬을 말린다는 뜻으로 사용한 말 干す를 바쇼는 술잔을 비운다는 뜻으로 바꾸어 썼다.

<중양절의 풍정을 나타낸 그림>

바라볼수록
지켜보고 볼수록
스마의 가을

見渡せば詠むれば見れば須磨の秋(1679년)…111

이리 보고 저리 보고 어떻게 보아도 스마의 가을 풍경에는 쓸쓸함이 가득하다.

교토로 돌아갈 동료 시인 둘과 지은 100구 렌쿠의 시작구 겸 그들이 지나갈 고장 스마의 서정을 담아 지은 전별구로, 앞 두 소절은 고전 와카에서 쓸쓸함의 대명사 격인 스마 바닷가를 묘사한 기존의 문구들을 열거하여 지었다.

고베시 스마구에 있는 바닷가는 고전 소설 『겐지 이야기』의 주인공 겐지가 귀양지에서 고독한 시간을 보낸 곳이자, 치열한 전투로 수십만의 군사가 목숨을 잃은 곳이고, 헤이안 시대의 와카 시인 아리와라노 유키히라가 외로움에 절어 아래의 와카를 남긴 곳이다.

행여나 나를 / 묻는 사람 있거든 / 스마 해변에서
눈물을 흘리면서 / 외롭더라 말해주오

わくらばに問ふ人あらば須磨の浦に藻塩たれつつ 侘ぶと答へよ

서리 밟으며
절뚝거릴 때까지
배웅하노라

霜を踏んでちんば引くまで送りけり(1679년)…112

헤어지는 아쉬움에 추운 날에 발을 절 때까지 멀리 따라나서 배웅한다.

앞 구에서 언급한 동료 시인 둘을 에도에서 가마쿠라까지 배웅할 때의 인사구 겸 3인 가센의 시작구이다. 이 구에 앞서 바쇼가 지은 렌쿠에도 절뚝이라는 표현이 나온다.

니혼바시에 / 절뚝이 말을 타고 / 또각 또오각

눈 버린 아침
대파를 채소밭의
이정표 삼네

けさ　ゆきねぶか　その　しおりかな
今朝の雪根深を園の枝折哉(1679년 이전)…113

세상이 하얀 눈에 뒤덮인 아침, 눈 위로 머리를 내민 대파의 파란 잎이 그곳에 밭이 있음을 알려준다.

根深는 대파의 별칭이고, 枝折(시오리)는 산에서 가지를 꺾어 놓아 지나갈 길을 표시한 데서 비롯된 말로 이정표를 이른다.

아아 봄 봄
위대한 봄이라고
여차여차

ああはるはるおおいなるかな　はる　うんぬん
於春々　大　哉 春と云々(1680년 이전·37세)…114

'아아 봄이로다 봄. 위대한 봄이여… 운운'하는 말처럼 복된 봄이 왔다.

중국 문학자가 지은 『공자찬(孔子贊)』의 '공자, 공자, 위대한 공자…' 구절을 본뜬 세시구로, 한시를 노골적으로 인용하고 파격적인 음수율을 사용하는 등 기존의 격식에서 벗어난 방식으로 지어진 것이 특징이다.

이 해 『바쇼문제독음20가센(芭蕉門弟独吟二十歌仙)』 등 바쇼 문파의 하이쿠집이 다수 출판되면서 에도에서 바쇼 문파가 하이쿠 시단의 중심적인 위치를 차지하였다.

오색 꽃 경단
화관으로 꽂았네
신부의 낭군

餅花やかざしに插せる嫁が君(1673년~1680년)…115

신부의 낭군이라는 이름에 걸맞게 정월 초의 쥐가 꽃 경단을 머리에 꽂아 화관인 양 단장하였다.

정초에 색색의 경단을 꽂은 나뭇가지를 처마 밑에 매달아 농사의 풍작을 기원하였는데, 그 주변에 들락거리는 쥐들이 이것을 머리에 장식으로 꽂았다고 표현한 구이다.

혼삿날 등의 경사스러운 날에는 '돌아가다', '가다'라는 말을 피해 액운을 막고자 하듯, 정초 첫 사흘간에는 흉물스러운 쥐를 '신부의 낭군'이라고 미화하여 부르던 풍습을 배경에 두고 지었다.

숙취가 무에
그리 대술까, 꽃이
피어있거늘

二日酔ひものかは花のあるあひだ(1680년으로 추정)…116

벚꽃이 피어있는 동안에는 숙취 따위 괘념치 말고 술을 마음껏 즐깁시다.

"우에노에서 봄의 흥취"

꽃에 취해서
하오리 걸쳐 입고
칼을 찬 여자

花に酔へり羽織着て刀さす女(1680년으로 추정)…117

꽃구경을 하는데 술에 취한 여자가 하오리를 입고 칼을 차고 나타났다.

에도 시대에 여자가 하오리를 입거나 칼을 차는 것은 있을 수 없는 일이었다. 하지만 술을 마시고 흥겹게 노는 꽃놀이 자리에서는 일상의 습속에서 크게 벗어난 차림새를 한 사람들이 더러 있었다.

슬퍼하려나
묵자, 볶은 미나리
지금 보아도

悲しまんや墨子芹焼を見ても猶(1680년 이전)…118

하얀 명주실이 다른 색으로 물들어가는 것을 보고 슬퍼했다는 노나라의 사상가 묵자, 오리고기와 함께 익어가며 색이 변하는 미나리를 보면 지금도 슬퍼하려나?

중국의 고사 묵자비사(墨子悲絲)의 형이상학적인 소재를 먹거리에 접목시켜 유머를 지어낸 구이다.

芹焼는 당시의 고급 요리 가운데 하나로, 데친 미나리를 오리구이에 곁들여 먹는 음식이었다.

꽃에 살면서
표주박 서생이라
스스로 일컫노라

花(はな)にやどり瓢簞斎(ひょうたんさい)と自(みずか)らいへり(1680년 이전)…119

꽃과 더불어(풍류를 읊고) 살며 안회의 가르침대로 밥 한 그릇과 물 한 바가지의 청빈에 만족하는 나, 자신을 표주박 서생이라 불러본다.

瓢簞斎(표주박 서생)은 안빈낙도의 삶을 산 공자의 제자 안회의 고사 일단일표(一簞一瓢)를 인용하여 바쇼가 지어낸 말이다.

일반적인 하이쿠의 음수율에서 벗어난 6/7/7의 음절로 지었다.

무궁화 가지
벌거벗은 아이의
화관이로세

花木槿(はなむくげ) 裸童(はだかわらわ)のかざし哉(かな)(1680년 이전)…120

헤이안 시대의 귀족들이 머리에 벚나무 가지의 화관을 썼듯이 벌거벗고 뛰노는 이 그림 속의 아이들에게는 무궁화 나뭇가지가 곧 화관이다.

족자 그림의 여백에 써넣은 화찬으로, 화가 하나부사 잇초(英一蝶)가 그린 무궁화 가지를 손에 든 동자의 그림이 현존한다.

귀족과 벌거벗은 어린아이, 화관과 나뭇가지를 대비시켜 지은 구이다.

여름 장맛비
부처손의 푸르름
그 언제까지

五月の雨岩檜葉の緑いつまでぞ(1680년 이전)…121

지겹도록 내리는 장맛비와 그 비를 머금어야 비로소 푸르러지는 부처손, 상반하는 두 존재는 과연 언제까지 계속될 것인가.

깊은 산의 바위에 붙어사는 부처손은 평소에는 주먹을 쥔 것처럼 오므라들어 있다가 빗물을 머금으면 측백나무 잎처럼 싱싱하게 펼쳐진다. いつまでぞ(그 언제까지)는 첫 소절과 가운데 소절에 모두 이어지는 표현이다.

푸른 소나무
어기여차 디여차 안개가
걷힐 때마다

松なれや霧えいさらえいと引くほどに(1673~1680년)…122

안개가 쑥쑥 걷히면서 기미자키(君崎·현재의 요코하마시)의 일송정이 웅장한 자태를 쑥쑥 드러낸다.

설화 속의 신이 강림할 때 타고 왔다는 배 '이와부네(岩船)'를 소재로 한 가무극 노랫말의 후렴구 '에이야에이야 에이사라에이야 당겨라 이와부네'를 응용하여 지었다.

기댈 곳 언제
일엽편주 벌레의
떠돌이 신세

よるべをいつ一葉に虫の旅寝して(1680년 이전)…123

오동잎 하나에 몸을 싣고 정처 없이 물 위를 떠다니는 벌레는 언제나 뭍에 닿으려나.

よるべをいつ(기댈 곳 언제)는 당시의 가무극의 대사로 많이 쓰이던 문구이다.

一葉(일엽)은 오동잎을 뜻하는데, 떨어지는 모습에서 초가을의 정취가 묻어난다 하여 고전 시가에서 가을의 도래를 상징하는 시어로 쓰였다.

뜬숯 굽느라
장작을 패는 소리
오노 깊은 골

消炭に薪割る音かをのの奥(1680년)…124

오노 땅 깊숙이 들어오니 숯을 구우려 장작을 패는 도끼 소리가 들려온다.

뜬숯은 불붙은 참숯에 재를 덮어 만드는 고급 숯으로 교토 인근 오노 지방의 특산물이었다.

지명 をの(오노)를 발음이 같은 말 斧(도끼)로 풀이하면 다음과 같은 구가 된다.

뜬숯 굽느라
장작 패는 소린가
도끼 골짜기

오노 땅의 숯
글 배우는 사람의
재 헤적이기

小野(おの)炭(ずみ)や手習(てなら)ふ人(ひと)の灰(はい)ぜせり(1680년 이전)…125

글씨를 배우는 사람이 오노 숯으로 불을 피운 화로에서 재에 글자를 끄적인다.

小野를 일본의 3대 명필가 오노노 미치카제로, 炭(숯)을 발음이 같은 말 墨(먹)으로 풀이하면 다음과 같은 구가 된다.

오노 붓글씨
글 배우는 사람의
재 헤적이기

오노노 미치카제(小野道風·894~967)는 개구리가 버들가지를 붙잡으려 노력하는 모습에서 깨달음을 얻어 글쓰기에 매진하였다는 인물로, 흔히 '비광'이라고 불리는 화투장에 그려져 있다.

거미 뭐라네
뭐라고 소리 하네
가을 바람결

蜘(くも)何(なん)と音(ね)をなにと鳴(な)く秋(あき)の風(かぜ)(1680년 이전)…126

거미가 뭐라고 소리를 내어 우는 소리가 가을바람을 타고 들려온다.

헤이안 시대의 궁녀 세이쇼 나곤(清少納言·966~1025)이 쓴 수필집 『마쿠라노소시(枕草子)』에 나오는 문장 "도롱이벌레, 바람 소리 알아듣고선 8월이 오면 아빠, 아빠 하고 하릴없이 울어대니 참으로 불쌍쿠나"를 배경에 두고 지은 구이다. 도롱이가 실제로는 울지 않는 벌레인 것에 착안해 바쇼도 거미가 소리를 내어 운다고 해학을 지어냈다. な(나) 음을 반복적으로 사용한 구로, '구모 나안토/네오 나니토 나쿠/아키노 가제'로 읽는다.

밤에 살며시
벌레는 달빛 아래
밤(栗)을 뚫는다

夜ル竊ニ虫は月下の栗を穿ツ(1680년 이전)…127

벌레가 달빛 아래에서 소리 없이 밤을 갉아먹고 있다.

음력 9월 13일에 달구경을 하며 밤을 바치는 풍습을 읊은 구로, 이날의 달을 율명월(栗名月)이라고 불렀다.

고전 시가집 『화한낭영집(和漢朗詠集)』에 실린 중국 한시의 한 구절 '봄바람은 소리 없이 앞마당의 나무를 가르고, 밤비는 살며시 돌 위의 이끼를 뚫는다'를 변형하여 지은 구이다.

『화한낭영집』은 낭송하기에 적합한 중국 백거이 등의 한시 600수와 와카 220수를 계절별로 분류하여 1013년에 엮은 헤이안 시대의 시가집이다.

어드메 가을비
우산을 손에 들고
돌아오는 중(僧)

いづく時雨傘を手に提げて帰る僧(1680년 이전)…128

스님 하나가 빗물에 젖은 우산을 손에 들고 절에 돌아오고 있다. 어디에서 가을비가 한바탕 내렸나 보다.

時雨는 떠가는 비구름을 따라 한차례 흩뿌리고 지나가는 가을비를 이른다.

마른 가지에
까마귀가 앉아있고나
가을의 저녁

枯枝に烏のとまりたるや秋の暮(1680년 이전)…129

해가 저물어가는 늦가을 저녁, 잎사귀를 떨군 앙상한 나뭇가지에 까마귀가 앉아있다.

5/10/5의 음절로 지은 구이다.

본 구와 아래의 초안 두 구에 대해 바쇼는 "글자 수 넘치기를 서너 자, 예닐곱 자에 이르러도 구에 울림이 있으면 괜찮다"라고 말했다.

秋の暮는 가을날의 저녁, 또는 가을의 막바지를 뜻한다.

초안…마른 가지에 / 땅거미 내려앉네 / 가을의 저녁
枯枝にほのぼの立つや秋の暮

<바쇼의 친필 하이쿠와 그림>

짧은 소견에
저승도 이러려니
가을 해거름

愚案(ぐあん)ずるに冥土(めいど)もかくや秋(あき)の暮(くれ)(1680년 이전)…130

미련한 소생의 식견으로는 저세상도 저무는 가을날처럼 황량하고 적요할 것이오.

한문 서적 등에 주석을 달 때 사용하던 겸양의 문구 愚案ずるに(어리석은 제 소견으로는)을 넣어 지은 구이다.

2부,
홀로서기

후카가와 강변의 바쇼 암자
- 초무, 『바쇼 옹 그림책전(芭蕉翁絵詞伝, 1792)』

1. 강변의 암자

“이번에 번화가의 주택에서 지내다 사는 곳을 후카가와강 강변으로 옮겼다. ‘장안(長安)은 예로부터 명리(名利)의 땅이라 빈손으로 살아가기 어렵다’는 말이 이토록 와닿는 것은 이 몸이 가난하기 때문이다”

오막살이에
차(茶)를, 나무 잎사귀
휘모는 바람

柴(しば)の戸(と)に茶(ちゃ)を木(こ)の葉掻(はか)く嵐(あらし)かな(1680년)…131

초라한 암자에 바람이 세차게 불어와 마당에 떨어져 있는 나뭇잎을 한곳에 모아준다. 마치 차를 끓여 마시라는 듯.

이 해에 바쇼는 에도 번화가에서의 덴자(点者) 생활을 접고 제자 산푸가 제공한 후카가와에 있는 암자(지금의 도쿄 고토쿠)에서 은둔 생활을 시작한다.

덴자는 하이쿠나 렌쿠의 작품의 우열을 평가하고 점수를 매기는 평가관으로, 종장(宗匠)이 되고 나서 만구흥행(万句興行)을 치러야 자격이 주어졌다. 덴자가 점차 직업화되어 글에 점수를 부여하여 수입을 얻거나 작품을 선정하는 수입으로 생활하는 사람들이 늘어나면서 글짓기가 금품을 걸고 하는 사행성 게임으로 변질되는 등 에도의 시단은 상업적인 색채가 짙어져 갔다. 후일 바쇼는 제자들에게 ‘점자 노릇을 할 바에는 차라리 거지가 되어라’라고 가르쳤다.

머리글의 일부는 중국 백낙천의 한시 구절에서 딴 것이다.

초안…오두막집에 / 차를 나무 잎사귀 / 휘모는 바람

草の戸に茶を木の葉掻く嵐哉

"후카가와 세물머리 물가의 외로운 초막, 멀리 후지산이 눈에 들어오고 가까이는 물결을 내보내는 배가 떠있도다. 새벽 어스름에 노 저어 가는 배 뒤의 하얀 물결을 바라보노라. 시든 갈대의 꿈을 실은 바람도 잠들 무렵에 달을 보고 앉아 빈 술잔에 의지하다 베개에 머리 뉘이고 얇은 이불 덮고 시름하노라"

노 젓는 소리 물결 때리고
창자가 얼어붙는
이 밤에 눈물

艪の声波を打って腸凍る夜や涙(1680년)…132

창자가 얼어붙을 듯 추운 밤, 강에서 물결을 치는 노 소리를 들으며 눈물을 흘린다.

10/7/5의 음절을 사용하여 한시풍으로 지은 구이다.

"부자는 고기를 먹고 대장부는 풀뿌리를 씹는다. 가난한 나는"

눈 내린 아침
홀로서 연어포를
씹을 수 있네

雪の朝独り干鮭を噛み得たり(1680년)…133

부자는 고기를 먹고 대장부는 풀뿌리를 씹는다지만, 부자도 대장부도 아니고 그저 가난하기만 한 나는 눈 쌓인 강가에서 홀로 아침 식사로 연어포를 씹는다.

가난해도 자족하겠다는 의지를 읊은 구로, 끝 소절은 중국 명나라의 어록집 『채근담(採根譚)』의 어원이 된 문구 "人常ニ菜根ヲ咬ミ得レバ則チ百事成ス可シ(사람이 늘 풀뿌리를 씹을 수 있으면 능히 온갖 일을 이룬다)"에서 인용하였다.

돌은 마르고
물은 시들었도다
겨울도 없네

石枯れて水しぼめるや冬もなし(1680년 이전)…134

물길이 끊겨 마른 돌이 드러난 황량한 냇가에는 겨울의 계절감을 맛볼 풍정조차 존재하지 않는다.

겨울 물가의 삭막한 풍경을 산과 들의 풍광에 투영시켜 읊은 구로, 초원에서 '나뭇잎이 말라붙고 꽃이 시든' 것처럼 냇가에서는 '돌이 말라붙고 물이 시들었다'고 지었다.

설떡을 꿈에
엮으리라 풀베개
풀고사리로

餅を夢に折り結ぶ歯朶の草枕(1681년 이전·38세)…135

설날이 와도 풀고사리로 설떡을 장식할 일이 없는 나그네 신세, 하다못해 풀고사리를 엮은 풀베개를 베고 설떡의 꿈이라도 꾸어보련다.

새해맞이로 지은 가센의 시작구로, 정초에 신을 모시는 장(欌)에 올리는 설떡 가가미모치와 풀베개가 모두 풀고사리를 재료로 하는 것을 배경에 두고 지었다.

結ぶ(엮다)는 앞뒤 구절에 모두 이어지는 표현이다.

물풀에 꼬인
하얀 고기, 잡으면
사라지리니

藻にすだく白魚やとらば消えぬべき(1681년 이전)…136

물풀 언저리에 모여든 작은 뱅어들이 너무 투명해서 두 손으로 퍼 올리면 금세 사라져버릴 것 같다.

'이슬을 손에 쥐면 사라지리'처럼 '~하면 ~하리' 식의 어투는 고전 시가 이래의 전통적인 표현 기법의 하나이다.

하이쿠집에 제자 사이마로의 아래 하이쿠와 나란히 실렸다.

조릿대 사이 / 뵐 듯 말 듯 연둣빛 / 하이얀 뱅어

황매화의 이슬에
유채꽃은
토라진 얼굴이 되네

やまぶきの露菜の花のかこち顔なるや(1681년 이전)…137

머리에 이슬을 머금은 황매화를 보고 유채꽃이 토라진 표정을 짓는다.

예로부터 황매화는 문인의 사랑을 받아 와카나 가무극의 대사 등에 자주 등장했다.

바쇼는 색깔과 모양이 황매화와 비슷한 유채꽃을 소재로 하여 글을 쓴 사람은 없음을 포착하여 황매화를 시샘하는 유채꽃의 심사를 7/5/8의 음절로 읊었다.

활짝 피어난 꽃에
싱숭생숭 땡추중
바람난 처자

盛(さか)りじや花(はな)に坐浮法師(そぞろうきほうし)ぬめり妻(つま)(1681년 이전)…138

꽃이 만발한 봄을 맞아 땡추나 요염한 여자나 모두 마음이 들떠있다.

座(싱숭생숭)은 땡추중과 바람난 처자를 동시에 수식하는 표현이며, 浮法師와 ぬめり妻는 바쇼가 지어낸 말이다.

8/8/5 음절로 지은 구이다.

파초를 심고
미운 마음 싹트네
억새의 새순

ばせを植(う)ゑてまづ憎(にく)む荻(おぎ)の二葉哉(ふたばかな)(1681년)…139

새로이 심은 파초에 해가 가지 않을까 우려하는 마음에 파초 옆에서 움트는 억새가 미워진다.

이 해 봄에 바쇼는 제자 리카가 보내준 파초를 암자의 뜰에 심고 암자를 파초암이라 이름 지었다. 나중에 자신의 예명도 도세이(桃青)에서 바쇼(芭蕉·파초)로 바꾸었고 이 예명이 지금의 이름이 되었다.

뜯는구나 찻잎을
찬 바람 부는
가을인 줄 모르고

摘みけんや茶を凩の秋とも知で(1681년 이전)…140

잎이 사정없이 뜯겨져 나가는 봄, 차나무에게는 지금이 몸서리치게 추운 계절이건만 그것을 알 리 없는 여인들은 무심히 찻잎을 딴다.

7/5/7의 음절로 지은 구로 봄과 가을의 계절어가 동시에 들어있다.

오이꽃의
물방울, 모든 것을
잊게 하는 꽃

瓜の花雫いかなる忘れ草(1681년)…141

망우초가 근심을 잊게 하는 꽃이라지만, 오이꽃에서 떨어지는 물방울의 소리를 듣고 있자니 이 또한 모든 근심을 잊게 하는 꽃이구려.

바쇼가 제자 셋과 다도 선생의 집을 찾아갔을 때 읊은 구로, 표주박에 꽂아놓은 오이꽃에서 물방울이 비파 위로 떨어져 청량한 소리를 자아내게 궁리한 다도 선생을 칭송하는 내용이다.

忘れ草(망우초)는 몸에 지니면 근심이 사라진다는 중국의 속신에서 비롯된 원추리의 이명인데 일본의 고전 시가에서는 고향·사랑·사람 등에 잊지 말라는 뜻을 붙여 다양하게 사용되었다.

빼꾸기를

부르는가, 보리도

억새의 물결

ホトトギスまね　むぎ　おばな

郭 公招くか麦のむら尾花(1681년 이전)…142

억새밭의 억새꽃처럼 일렁이는 보리 이삭들, 혹여 빼꾸기를 부르는 몸짓이런가.

억새가 바람에 흔들리는 모습이 무엇을 부르는 손짓과 비슷해서 '~을 부르는 억새'라는 표현이 예로부터 시가에 널리 사용되었다.

가는 사람을 / 부르는가 들판의 / 하얀 억새꽃

오늘 밤도 여기서 / 나그넷잠 자라고

行く人を招くか野辺のはな薄今宵もここに旅寝せよとや

헤이안 시대 이래로 시가 문학에서는 두견새와 빼꾸기를 구분하지 않고 ホトトギス로 표기하였다. 바쇼도 時鳥·子規·杜鵑·蜀魂·杜宇·郭公의 한자를 두루 사용했다. 현재는 郭公라는 한자는 빼꾸기에만 사용한다.

어리석게도

가시를 움켜쥐네

반딧불 잡기

ぐ　くら　いばら　つか　ほたる

愚に暗く茨を掴む蛍かな(1681년 이전)…143

어두운 밤에 손으로 반딧불이를 잡으려다 어리석게 가시를 쥐어버렸다.

愚に暗く는 어리석다는 뜻의 명사 暗愚를 부사처럼 풀어 바쇼가 지어낸 표현이다.

愚に를 다른 뜻인 '더없이'로 풀이하면 아래의 구가 된다.

너무 어두워

가시를 움켜쥐네

반딧불 잡기

여름 장마에
두루미 다리
점점 짧아지느니

五月雨(さみだれ)に鶴(つる)の足短(あしみじか)くなれり(1681년 이전)…144

장맛비에 물이 불어나 물가에 서있는 두루미 다리의 길이가 점점 짧아진다.

두·세 번째 소절(鶴の足短くなれり)은 무위자연 사상을 설파한 장자의 글 "오리 다리가 짧다고 길게 늘여주면 괴로워하고 두루미 다리가 길다고 자르면 슬퍼한다"를 바탕에 둔 표현으로, 이에 대해 바쇼는 '이 두루미 다리는 자연의 순리에 의해 짧아졌다'며 해학을 지어냈다. 5/5/7 음절로 지은 구이다.

깜깜한 밤에
여우가 바닥 기네
노오란 참외

闇の夜(ヤミノヨト/スゴク)きつね下這(したば)ふ玉真桑(たままくわ)(1681년 이전)…145

칠흑처럼 깜깜한 밤을 틈타 참외를 먹으려 여우가 바닥을 기어 들어온다.

ヤミノヨト / スゴク는 한자를 가나(仮名)로 두 번 읽어 뜻을 분명히 하도록 한 옛 표기법 몬젠(文選) 형식을 빌려 유머를 자아낸 표현이다.

玉는 음수율을 맞추기 위해 붙인 미칭(美稱)이다.

下這う를 발음이 같은 고어 下ばう(마음 깊이 담아두다)로 풀이하면 다음과 같은 구가 된다.

깜깜한 밤에
여우가 마음에 둔
노오란 참외

파초 바람에 휘날고
함지의 빗물 소리
듣고 있는 밤

芭蕉野分して盥に雨を聞く夜かな(1681년)…146

폭풍이 불어 밖에서는 파초가 찢어질 듯 나부끼고, 비가 새는 곳에 받쳐놓은 함지에 빗물이 떨어지는 소리를 하릴없이 듣고 있는 처량한 밤이다.

두보와 소동파의 시풍을 담아 8/7/5의 음절로 지은 구로서 당시 문단에서 바쇼의 대표작으로 불릴 만큼 널리 회자되었다.

이후 바쇼는 퇴고 과정에서 첫 소절의 して를 줄여 6음절인 芭蕉野分로 고쳤다.

무사시 벌에
돋아나는 초승달
마쓰시마 씨

武蔵野の月の若生や松島種(1681년 이전)…147

이곳 무사시노(에도)에 떠오르는 저 초승달은 마쓰시마의 명월을 씨앗 삼아 움튼 달이다.

센다이 출신의 하이쿠 시인에게 지어준 인사구로, 자신이 거주하는 에도 지방의 달을 낮춰 표현함으로써 센다이 지방에 있는 마쓰시마의 달을 칭송하였다.

아마도 별이
바닥에 깔 것으론
사슴의 가죽

さぞな星ひじき物には鹿の革(1673년~1681년)…148

칠월 칠석날인 오늘 견우성과 직녀성은 필시 사슴의 가죽을 깔고 사랑을 나누리라.

고전 『이세 이야기』에 실린 아래의 와카 한 소절을 인용하여 지은 구이다.

마음 있거든 / 덩굴 우거진 집에 / 함께 잡시다

바닥에 깔 것으론 / 옷소매뿐이라도

思ひあらば葎の宿に寝もしなむひじきものには袖をしつつも

박꽃 하얀데
한밤중의 측간에
지노불 들고

夕顔の白ク夜ルの後架に紙燭とりて(1681년 이전)…149

박꽃이 지붕 위에 하얗게 피어 으스스한 밤중, 기름종이에 불을 붙여 들고 홀로 측간에 간다.

고전 수필 『쓰레즈레구사』 에서의 박꽃이 희부옇게 피어있는 장면과 고전 소설 『겐지 이야기』에서의 기름종이에 불을 붙여 든 장면을 버무려 8/7/6의 음절로 유현(幽玄)의 세계를 연출한 구이다.

紙燭(지노불)은 종이를 꼬아 만든 심지에 기름을 먹여 불을 붙이는 당시의 손전등.

다른 작자의 유사한 기존 하이쿠도 있다.

박꽃 하얀데 / 종이 불 간당간당 / 측간의 인형

빈산의 밥솥
서리에 울부짖는
소리 추워라

貧山の釜霜に鳴く声寒し(1681년 이전)…150

‘가난한 절’에 걸린 밥솥이 서리를 뒤집어쓴 채 휘이휘이 우는 소리를 내니 더없이 춥다.

중국 고사 ‘豊山之鐘霜降而鳴(풍산의 종은 서리가 내리면 저절로 운다)’의 豊山(풍산)을 貧山(빈산)이라는 절 이름으로 바꾸고, 霜(서리)를 밥솥에서 나오는 김으로, 鳴く(운다)를 김이 새어나오는 소리로 각각 대치하여 지은 구이다.

여기서의 山(산)은 절의 이름 앞에 붙이는 산호(山号)의 줄임말로, 절이라는 뜻이다.

"달에 고적하고, 몸이 고적하고, 아둔함이 고적해서 고적하다고 답하려 해도 묻는 사람조차 없다. 고적하고 또 고적해서"

고적하게 맑거라
쓰키와비 서생의
나라차 노래

侘びて澄め月侘斎が奈良茶歌(1681년 이전)…151

고적하게 맑아라 달이여, 달을 벗 삼아 고적하게 사는 사람이 이렇게 외로이 와카를 읊노라.

侘び(와비)는 본래 아쉬움을 토로하는 감탄사였다가 일본 차도를 정립한 리큐(千利休·1522~1591) 등에 의해 '한적한 풍취를 감상할 때 쓰이는 낱말'이 되었다. 현대 사전에서는 '장식이나 허식을 버린, 조용하고 고담(枯淡)스러운 맛. 차도와 하이쿠의 이념의 하나', '한적한 생활을 즐기는 것' 등으로 정의하고 있다. 이 구에서는 '고적(孤寂)'으로 번역했다.

月侘斎(쓰키와비 서생)은 '달을 벗 삼아 고적하게 사는 서생'이라는 뜻의, 바쇼가 지어낸 가공 인물이다.

月는 앞뒤 구절에 동시에 쓰인 표현이며, 斎는 문인 등에 붙이는 아호(雅號)이다.

奈良茶歌는 '나라 지방의 찻물로 지은 밥(奈良茶)'과 '노래(歌)'를 이어 붙여 바쇼가 지어낸 말로, '검소한 음식을 먹으며 고적하게 시를 짓는다'는 뜻이다. 여기서 歌는 와카(和歌)의 줄임말이다.

澄め(맑아라)를 발음이 같은 말 住め(살아라)로 풀이하면 다음과 같은 구가 된다.

고적하게 살거라
쓰키와비 서생의
나라차 노래

“오두막에서 마시는 물”

쓰디쓴 얼음
시궁쥐 목구멍을
적시어 주네

氷苦く偃鼠が喉をうるほせり(1681년 이전)…152

비록 얼음 서린 물이지만 시궁쥐는 이것을 마시고 목을 축인다.

강변의 오두막 암자에서 자족하며 지내는 자신의 모습을 그린 구이다.

偃鼠(시궁쥐)는 『장자』의 「소요유」에 실린 글 “시궁쥐는 강물을 마시지만 배를 채우면 족하고 …”에서 인용한 표현이다. 당시 후카가와 일대는 수질이 좋지 않은 곳이어서 이곳 사람들은 스미다강을 오가는 물장수에게 식수를 구해 마셨는데, 겨울에는 물통에 받아놓은 물이 얼기도 했다.

저물고 저물어
떡을 치는 메아리
홀로 듣는 밤

暮れ暮れて餅を木魂の侘寝哉(1681년)…153

집집마다 설떡을 만드는 소리가 메아리처럼 들려오는 세밑, 나는 홀로 외로이 누워 그 소리를 듣고 있다.

暮れ暮れて(저물어 저물어)를 발음이 같은 말 くれくれて(다오 다오)로 풀이하면 다음과 같은 구가 된다.

다오 다오
설떡을, 메아리
홀로 듣는 밤

버들과 매화
영락없이 유녀고
연동이로다

梅柳(うめやなぎ)さぞ若衆(わかしゅう)かな女(おんな)かな(1682년·39세)…154

버들은 마치 유녀처럼 나긋나긋한 모양새로 하늘거리고, 매화는 마치 연동인 양 분홍빛으로 화사하게 피어있다.

女는 화류계의 유녀를, 若衆는 남색의 대상인 미소년을 이른다.

초안…버들과 매화 / 보아라 유녀로다 / 연동이로다

梅柳看よ若衆かな女かな

요염한 약코
요즘식 꽃놀이에
로사이 하네

艶(えん)ナル奴今様花(やっこいまようはな)に弄斎(ろうさい)ス(1682년)…155

화사하게 차려 입은 어린 동자가 요즘 방식의 꽃놀이 자리에서 유행가를 부른다.

奴(약코)는 신분 높은 무사를 섬기는 동자인데, 남색의 상대가 되기도 했다.

今様花(요즘식 꽃놀이)는 헤이안 시대부터 사용하던 낱말 今様歌(요즘식 노래)의 歌 자리에 花를 넣어 바쇼가 지어낸 말이다.

弄斎(로사이)는 에도 시대 초기에 샤미센 반주에 맞추어 부르던 가요 弄斎節(로사이부시)의 줄임말이며, 弄斎ス는 당시 공연물에 등장하던 유행어 今様朗詠ス(요즘풍 낭영을 한다)를 패러디한 말이다.

"상사(上巳)"

옷소매 더럽히리
우렁 잡는 어부는
여념이 없네

袖汚(そでよご)すらん田螺(たにし)の海士(あま)の隙(ひま)を無(な)み(1682년)…156

옛 와카에서 3월 3일 상사에 바닷가의 어부들이 옷소매를 더럽히며 조개를 잡는다고 읊은 것처럼, 지금의 논에서는 농부들이 '우렁 잡는 어부'가 되어 우렁이를 잡느라 분주하다.

고대 시가집 『만요슈(萬葉集)』에 실린 와카의 한 구절 袖汚すらん(옷소매 더럽히리)와 당시 유행가의 노랫말 隙を無み(여념이 없네)를 섞어 7/7/5의 음절로 지은 구이다.

유월 잉어에
겨울철의 복어라
왼쪽이 이김

ゆき ふぐ ひだりかち みなづき こい
雪の河豚左勝水無月の鯉(1682년 이전)…157

여름철 입맛의 진수 잉어와 눈 내리는 겨울의 진미 복어 중에 어느 쪽이 더 맛있는가 하면… 왼쪽의 잉어 승!

제자 스기야마 산푸의 별장에서 열린 납량 모임에 차려진 잉어 요리를 칭송한 인사구이다.

左勝(왼쪽 승)은 좌우로 편을 나누어 교대로 구를 읊고 우열을 가리는 렌쿠 짓기 모임에서 승부를 판정할 때의 구호이다. 바쇼는 후카가와 강변의 암자로 옮기기 전까지 렌쿠 짓기 모임의 판정관이었다.

水無月는 유월의 다른 이름이다.

스기야마 산푸(杉山杉風·1647~1732)는 에도 니혼바시에서 막부에 생선을 조달하던 상인으로 바쇼의 제자 하이쿠 시인 겸 화가였다. 후카가와의 암자를 바쇼에게 제공하는 등 오래도록 바쇼를 후원한 그는 1670년대 중·후반에 걸쳐 에도 바쇼 문파의 중심인물이었다. 그가 그린 초상화가 바쇼의 풍모를 정확히 표현한 것으로 알려져 있다. 그의 가문이 보유한 바쇼 친필과 관련 자료는 '생선집 물건'이라고 불린다.

<스기아먀 산푸의 초상>

나팔꽃 보며
나는야 밥을 먹는
대장부로세

朝顔に我は飯食う男哉(1682년 이전)…158

나는 초가집에서 나팔꽃을 보며 밥을 먹고 청빈낙도하는 대장부다.

자유분방하고 도락을 즐기는 제자 기카쿠가 지은 아래의 하이쿠에 답하는 형식으로 자신의 청빈한 생활을 언급한 구이다.

오두막에서 / 나는야 여뀌 먹는 / 반딧불일세

草の戸に我は蓼食ふ蛍哉

기카쿠는 이 구를 통해 '여뀌 먹는 벌레도 제가 좋아서'라는 속담을 인용하여 '누추한 곳에 살며 밤에는 여기저기를 떠도는 반딧불이 같은 나, 하지만 쓴맛이 도는 여뀌를 좋아라 먹는 여뀌 벌레도 있듯, 같은 반디라도 취향은 각자 다른 법이다'라는 속내를 표현했다.

<다카라이 기카쿠의 초상>

다카라이 기카쿠(宝井其角·1661~1707)는 14세에 바쇼의 문하생이 되어 초기 바쇼 문파의 중심인물이 되었고, 1680년대 후반부터는 유머와 기지를 중시하고 화려한 수식어를 구사하는 도회풍의 구를 지어 많은 문하생을 거느렸다. 바쇼 사후 그가 창시한 에도좌(江戸座)라는 하이쿠 유파는 1868년의 메이지 유신 직전까지 에도에서 성행하였다.

서녘 초승달
나팔꽃이 저녁에
맺은 봉오리

三ケ月や朝顔の夕べ蕾むらん(1682년 이전)…159

저녁에 맺어놓은 봉오리에서 다음 날 나팔꽃이 활짝 피어나는 것처럼 저녁 하늘에 뜬 저 초승달은 조만간 만월로 피어날 달의 꽃봉오리다.

"나팔꽃에 잠꼬대"

웃을지어다 울지어다
나의 아침 나팔꽃
오므라들 때

笑ふべし泣くべしわが朝顔の凋む時(1682년)…160

아침에 핀 나팔꽃이 시드는 것은 당연한 이치니 웃을 일이기도 하고 덧없음을 생각하면 울 일이기도 하다.

정해진 음수율을 많이 초과하여 9/7/5 음절로 지으면서까지 굳이 わが(나의)를 넣은 것으로 미루어 朝顔(나팔꽃)은 신체의 특정 부위를 빗댄 표현으로 추정한다.

웃을지어다 울지어다
나의 아침 나팔꽃
수그러들 때

눈 속에 있는
메꽃 시들지 않네
뜨거운 햇볕

雪の中の昼顔枯れぬ日影哉(1682년)…161

메꽃은 겨울의 눈 속에서도 뿌리가 시들지 않고 여름날의 뜨거운 햇볕 아래서도 꽃이 시들지 않는다.

생긴 모습은 나팔꽃과 비슷하지만 여름의 땡볕 아래에서 늠름하게 피는 메꽃의 강인함을 읊은 구로, 가운데 소절(昼顔枯れぬ)은 앞뒤 구절과 독립적으로 이어진다.

메꽃 옆에서
땀 식히는 방아꾼
애처로워라

昼顔に米搗き涼むあはれなり(1682년)…162

쌀을 찧으며 고된 노동을 하던 일꾼들이 그늘도 없는 메꽃 옆에서 쉬는 모습을 보니 안쓰럽다.

한여름의 뜨거운 햇살 아래서 꽃을 피우는 메꽃은 고전 시가에서도 한여름의 땡볕을 상징하는 소재였다. 米搗き는 에도의 대규모 정미소에 한 철 동안 고용되어 쌀을 찧는 노동자로, 지금의 니가타현 일대에서 오는 사람이 많았다.

일본어에서 朝顔(아침 얼굴)은 나팔꽃, 昼顔(낮 얼굴)은 메꽃, 夕顔(저녁 얼굴)은 박꽃이다.

초안…박꽃 옆에서 / 쉬고 있는 방아꾼 / 애처로워라
夕顔に米搗き休むあはれなり

열나흘의 달
이 밤에 서른아홉
어린애로세

月十四日今宵三十九の童部(1682년)…163

보름달에서 하루 모자란 열나흘 달이 하늘에 떠있는 오늘, 불혹의 나이 마흔에 한 살 모자란 어린아이 같은 내가 달을 바라보고 서있다.

팔월대보름을 맞아 바쇼의 암자에서 열린 렌쿠 짓기의 시작구이다.

"늙은 두보를 생각하며"

수염 바람에 날리며
만추를 한탄하는 자
누구이런가

髭風ヲ吹いて暮秋嘆ズルハ誰ガ子ゾ(1682년 이전)…164

수염을 바람에 휘날리며 만추의 비수(悲愁)를 한탄하는 사람이 과연 누구이더냐.

8/8/4 음절로 지은 한시풍 하이쿠로 첫 소절은 한시에 자주 쓰이는 상투적인 문구이고, 가운데와 끝 소절은 두보의 시에서 인용한 문구이다.

“스스로 빗속에 ‘와비의 삿갓’을 쓰다”

비가 내려도
더더욱 소기의
객지 잠자리

世にふるも更に宋祇のやどりかな(1682년 이전)…165

세상에 비가 내리더라도 소기가 하이쿠에 읊은 것처럼 빗속에서 객지를 떠다니며 방랑의 잠을 자련다.

바쇼가 흠모한 시인 소기(宗祇·1421~1502)가 지은 아래 하이쿠 가운데 소절의 時雨(가을비)를 宋祇(소기)로 바꾸어 지은 구이다.

비가 내려도 / 더더욱 가을 빗속 / 객지 잠자리

世にふるも更に時雨のやどりかな

소기 또한 헤이안 시대의 여류 시인 사누키(讃岐·1141~1217)가 지은 아래 와카의 첫 소절을 비틀어 위의 하이쿠를 지었다.

세상 살기는 / 괴롭고 힘든 것을 / 나무 지붕에

쉽사리도 떠가네 / 오락가락 가을비

世にふるは苦しきものを槙の屋にやすくも過ぐる初時雨かな

이불은 무겁네
오나라 하늘에서
눈을 보리라

夜着は重し呉天に雪を見るあらん(1682년 이전)…166

겨울밤에 이불이 무겁게 느껴지는 것을 보니 한시의 시구처럼 오나라의 하늘에 눈이 내리고 있나 보다.

추운 겨울밤에 떠오르는 이국땅의 상념을 노래한 아래의 중국 한시의 삿갓 자리에 이불을 넣어 패러디했다.

삿갓은 무겁네 오나라의 눈, 짚신은 향기롭네 초나라의 꽃

해가 바뀌기 사흘 전에 에도에서 발생한 화재의 불길이 후카가와까지 번져 바쇼의 암자도 불탔다. 이 화재는 1682년 12월 28일 밤중에 누군가 절에 방화한 불이 에도를 휩쓸어 3,500명의 희생자를 낸 덴나의 대화재(天和の大火)이다. 이후 바쇼는 현재의 야마나시현 쓰루시(都留市)의 관리이자 하이카이 시인 다카야마 시게후미의 집에서 지내다 이듬해 5월에 다시 에도로 돌아가 새로운 암자가 지어지는 겨울까지 제자들의 집을 오가며 지냈다.

정월 새 아침
생각하면 쓸쓸타
가을 저물녘

元日や思えばさびし秋の暮(1683년 이전·40세)…167

부산하던 세밑이 지나고 맞이한 설날 아침, 한산하고 적막해진 풍경에 왠지 가을날 해거름 같은 허전함이 엄습한다.

'정초 하이쿠는 축의(祝意)를 담아 짓는다'는 기성 시단의 틀에서 벗어나 쓸쓸하다, 저물녘 등의 표현을 사용한 것이 특징인 구이다. 지금부터 시간이 흘러 이윽고 다시 찾아올 가을의 해거름을 생각하면 쓸쓸하다는 뜻풀이도 가능하다.

새도 나비도
들썽들썽 날으네
뭉게구름 꽃

蝶鳥の浮つき立つや花の雲(작성 연도 미상)…168

구름이 펼쳐진 듯 흐드러지게 피어있는 꽃에 새와 나비도 마음 들떠 날아다닌다.

그림에 적은 화찬으로 추정되는 구이다.

"슬퍼야 진정한 술 맛을 알고, 가난해야 비로소 돈이 소중해진다"

꽃에 뜬세상
나의 술은 허옇고
밥은 거멓네

花にうき世我が酒白く飯黒し(1683년 이전)…169

꽃 피는 봄을 맞아 왁자지껄 노니는 세상 사람들과 담을 쌓은 나, 희멀건 탁주를 마시며 거무칙칙한 보리밥을 지어 먹는다.

넷이 읊은 가센의 시작구로, 머리글은 백낙천의 시구를 인용하여 썼다.

うき世(뜬세상)을 발음이 같은 말 憂き世(괴로운 세상)으로 풀이하면 다음과 같은 구가 된다.

꽃에 괴로운 세상
나의 술은 허옇고
밥은 거멓네

휘파람새를
영혼에 재우는가
아리따버들

鶯を魂にねむるか嬌柳(1683년 이전)…170

잠든 미녀처럼 아름답게 늘어져 있는 버들가지에서 휘파람새 우는 소리가 들려온다. 행여 저 버들가지의 넋이 휘파람새가 되어 잠들어있는 것 아닌가?

중국 송나라 시대의 사상가 장자가 꿈속에 나비가 되어 날아다니다 꿈을 깨고 나서 '내가 꿈을 꾸고 나비가 된 것인지, 아니면 나비가 꿈을 꾸어 지금의 내가 되어있는 것인지' 알 수 없었다는 우화 호접지몽(胡蝶之夢)을 배경에 두고 지은 구이다.

嬌柳(다오야나기)는 당시 유행하던 가무극의 노랫말 たおやか(다오야카·아리땁다는 뜻)의 たお(다오)에 嬌(야나기·버들가지)를 붙여 바쇼가 지어낸 말 '아리따버들'로, 앞 구절의 魂(다마)에 호응하여 발음상 구의 리듬감을 살리는 역할을 한다. '우구이스오/다마니 네무루카/다오야나기'

소쩍새 울어
다랑어 물들였네
그렇다 하네

時鳥鰹を染めにけりけらし(1683년 이전)…171

초여름에 즐겨 먹는 가다랑어의 살이 붉은 것은 필시 소쩍새가 울다 피를 토한 까닭이오. 뭐 그렇다고 합디다.

한 맺힌 귀촉도가 피를 토해 진달래를 물들였듯 생선의 살도 붉게 만들었다며, 초여름의 대표적인 풍물 두 가지를 엮어 해학을 지어냈다.

정(淨)히 들으리
귀에 향을 피우고
두견새 소리

清く聞かん耳に香焼いて郭公(1683년 이전)…172

귀에 향이라도 피우 듯 정갈한 마음으로 귀를 기울여 두견새 우는 소리를 들으련다.

원나라의 책 『연주시격』에 나오는 글 "두보는 마음 정갈히 묘향(妙香)을 음미한다(聞)"를 배경에 두고 지은 구이다.

香焼는 향을 피워 그 연기를 의복 등에 배어들게 하는 일종의 향수이며, 聞香은 그것을 음미하는 행위를 이른다.

두견새야
정월엔 매화꽃이
피었더랬지

時鳥正月は梅の花咲けり(1683년 이전)…173

매화가 핀 정월에는 휘파람새가 울음을 울었거늘 병꽃이 피어난 지금, 두견새야 어째서 너는 울음소리를 들려주지 않느냐.

예로부터 시가 문학에서 매화에 휘파람새, 병꽃나무에 두견새, 대나무에 참새를 짝지어 글을 지은 전통을 바탕에 두고 지었다.

뽕나무 열매
꽃을 잃은 나비의
세상 등진 술

椹(くわのみ)や花(はな)なき蝶(ちょう)の世捨酒(よすてざけ)(1683년 이전)…174

철이 지나 꿀을 찾지 못한 나비가 농익은 오디의 과즙을 '세상을 등지고 마시는 술'인양 빨아먹고 있다.

世捨酒(세상 등진 술)은 世捨て人(세상 등진 사람=승려)를 비틀어 바소가 지어낸 말이다.

"무쓰(陸奥) 지방 명소 하이쿠 짓기, 天和年中"

꼬리 흔들며
암다랑어 모이네
수사슴의 섬

ひれ振(ふ)りてめじかも寄(よ)るや男鹿島(おがのしま)(1683년 이전)…175

꼬리지느러미를 연신 흔들며 암가다랑어(めじか·メジカツオ의 줄임말)가 아키타현 앞바다에 떠있는 수사슴섬(男鹿島)에 모여든다.

ひれ를 발음이 같은 말 領巾(여성이 어깨를 덮고 앞으로 늘어뜨리던 장식용 흰 천)으로, めじか를 발음이 같은 말 女鹿(암사슴)으로 풀이하면 다음과 같은 구가 된다.

영포 날리며
암사슴도 모이네
수사슴의 섬

머리글에 언급된 무쓰 지방은 지금의 아오모리현과 이와테현 일대이며, 天和는 112대 일왕 레이겐이 재위한 1681년 9월부터 1684년 9월까지의 연호이다.

객사 문간에
숙박 표찰 걸어라
소쩍 소쩍새

戸の口に宿札名乗れほととぎす(1683년 이전)…176

해가 저물어 소쩍새가 울고 있구료. 이곳 객사의 문간에 이름을 걸어놓고 들어가 쉽시다.

宿札는 숙소명과 숙박자의 성과 이름을 적어 숙소의 문간에 붙여두던 에도 시대의 표찰이다.

戸(문)과 宿札(숙박 표찰), 口(입)과 名乗れ(이름을 밝히다)의 연관어를 사용하여 지었다.

戸の口(객사 문간)을 바쇼가 묵은 곳(지금의 후쿠시마현 이나와시로 호수 북측 나루터의 지명) 도노쿠치로 풀이하면 다음과 같은 구가 된다.

도노쿠치에
숙박 표찰 걸어라
소쩍 소쩍새

검은 수풀을
뭐라고 부르든지
이 아침의 눈

黒森をなにといふとも今朝の雪(1683년 이전)…177

저 숲을 검은 숲이라고 부른다지만 이름이야 어떻든 오늘 아침에는 눈에 덮여 새하얗다.

산은 고양이
핥고서 지나갔네
눈 녹은 자리

山は猫ねぶりて行くや雪の隙(1683년 이전)…178

고양이산이라는 이름의 이 산에 고양이가 자기 몸을 혀로 핥은 것처럼 군데군데 눈이 녹아있다.

앞의 세 구와 함께 명소를 소재로 삼아 지은 구로, 후쿠시마현 반다이산의 봉우리 이름 猫山(고양이산)을 넣어 지었다.

청보리떡
쑥개떡에 이삭이
솟아오른 떡

青ざしや草餅の穂に出でつらん(1683년 이전)…179

장터에 나와 있는 이 청보리떡은 마치 지난봄에 먹은 쑥개떡에서 이삭이 자라난 모양새다.

봄에 먹는 쑥개떡과 초여름에 먹는 청보리떡의 빛깔이 비슷함을 소재로 삼은 구로 봄과 여름의 계절어를 함께 사용하여 시간의 흐름을 압축적으로 담아냈다.

青ざし는 볶은 청보리를 절구로 찧어 실타래처럼 꼬아 만든 떡으로 주로 단오에 즈음하여 선물로 주고받았다.

"말 위의 삿갓 쓴 사람은 대체 어디서 와서 무엇을 하고 있느냐 물으니 그림의 주인이 말하기를 본인이 여행하는 모습을 그린 것이라 한다. 아하, 망집에 사로잡혀 나라를 유랑하며 위험스레 말을 타고 다니는 내 모습이 바로 이러하구나. 떨어져 다치지나 말 일이다"

말 타박타박
나를 그림에 보는
여름의 들판

馬ぼくぼく我を絵に見る夏野かな(1683년)…180

그림 속에서 말이 사람을 태우고 여름날의 광야를 느릿느릿 걸어간다. 왠지 내 모습을 보는 것만 같다.

바쇼는 수정을 거듭하며 이 구를 여러 문집에 실었다.

말 타박타박 / 나를 그림에 보네 / 여름의 들판

馬ぼくぼく我を絵に見ん夏野哉

여름 말 타박타박 / 나를 그림에 보는 / 우거진 수풀

夏馬ぼくぼく我を絵に見る茂り哉

여름 말 타박타박 / 나를 그림에 보는 / 심경이로고

夏馬ぼくぼく我を絵に見る心哉

여름 말 느릿느릿 / 나를 그림에 보는 / 심경이로고

夏馬の遅行我を絵に見る心かな

하얀 겨자꽃
가을비가 꽃으로
피어났어라

白芥子や時雨の花の咲きつらん(1683년 이전)…181

이 흰 겨자꽃은 가을의 비구름에서 떨어진 비가 꽃으로 피어난 것이다.

하얀 겨자꽃의 가녀림과 청순함에 떠가는 구름을 따라 무심히 한차례 흩뿌리고 지나가는 가을비의 덧없음을 연결 지어 읊은 구이다.

하얀 국화야 하얀 국화야
부끄긴 머리칼아
긴 머리칼아

白菊よ白菊よ恥長髪よ長髪よ(1683년 이전)…182

흰 국화야, 오래 살아 너처럼 하얗게 센 나의 긴 머리카락이 부끄럽고 또 부끄럽구나.

'오래 살면 부끄러울 일이 많다'는 장자의 글과 꽃이 오래 피어있는 데서 영감풀(翁草)이라고도 불리는 흰 국화를 연결 지어 10/7/5의 음절로 지은 구이다.

恥長는 '부끄럽게도 긴'이라는 뜻을 담아 바쇼가 지어낸 말로, 본서에서는 '부끄긴'으로 번역하였다.

"다시금 암자를 지어 살며"

싸라기 듣네
이내 몸은 본디의
오랜 참나무

霰聞くやこの身はもとの古柏(1683년)…183

새로 지은 암자에 들어 싸락눈 내리는 것을 보고 있는 지금, 나는 이곳에 오래 전에 뿌리 내린 떡갈나무처럼 변함없이 여기에 있다.

1년 전의 화재로 암자가 소실되어 문하생들의 집집을 전전한 바쇼가 지인과 문하생들의 도움으로 새로운 초막에 입주한 즈음에 읊은 구이다.

가을에 시든 떡갈나무 잎이 땅에 떨어지지 않고 겨울 내내 가지에 붙어있는 데서 다음과 같이 풀이할 수도 있다.

싸라기 듣네
이내 몸은 애당초
시든 참나무

봄이 왔구나
새해 드니 해묵은
쌀이 다섯 되

春立つや新年ふるき米五升(1684년 이전·41세)…184

신년이 밝자 내 암자에 있던 쌀이 해묵은 쌀이 되었다.

새로 지은 암자에 이사한 바쇼는 뒤주로 쓰는 조롱박에 쌀을 가득 채워 넉넉한 설을 맞이하였다.

ふるき(해묵다)를 발음이 같은 말 揮き(밝아오다)로 풀이하면 다음과 같은 구가 된다.

봄이 왔구나
새해가 밝아오니
쌀이 다섯 되

초안…나는 부잘세 / 새해에는 해묵은 / 쌀이 다섯 되
我富めり新年古き米五升
초안…어울리도다 / 새해 드니 해묵은 / 쌀이 다섯 되
似合はしや新年古き米五升

일어나 일어나
내 친구 삼으리니
자는 범나비

起きよ起きよ我が友にせん寝る胡蝶(1684년 이전)…185

호랑나비야 잠만 자지 말고 어서 일어나렴, 내가 친구 되어줄 테니.

자신이 나비로 변한 꿈을 꾸는 것인지 나비가 자신이 된 꿈을 꾸는 것인지 알 수 없다는『장자』속의 우화 호접지몽을 배경에 두고 지은 구이다.

초안…일어나 일어나 / 내 친구 삼으리니 / 취한 범나비
起きよ起きよ我が友にせん酔う胡蝶

나비여 나비여
당나라의 하이카이
물어보노라

蝶よ蝶よ唐土の俳諧問はん(1684년 이전)…186

나비야, 행여 네가 장자가 꿈속에서 만난 그 나비라면 당나라 땅의 시는 어떠했는지 내게 알려다오.

옆으로 드러누운 모습의 장자를 그린 그림에 써넣은 화찬이다.

초안…당나라 땅의 / 하이카이 묻노라 / 나는 범나비
唐土の俳諧問はん飛ぶ胡蝶

김 된장국의
솜씨를 보여주네
아사기사발

海苔汁の手際見せけり浅黄椀(1684년)…187

아사기사발이 김을 넣고 끓인 된장국의 훌륭한 요리 솜씨를 보여주는구려.

김의 명산지 에도 아사쿠사에 사는 제자 지리를 방문하여 식사를 대접받고 지은 인사구로, 음식을 담은 그릇을 앞에 내세워 감사의 뜻을 표현했다.

浅黄椀(아사기사발)은 검은색 옻칠 위에 옅은 녹청색의 옻으로 꽃이나 새의 문양을 그려넣은 사발이다.

잊지 않거든
사요의 나카야마
쉬어 가렴아

忘れずば小夜の中山にて涼め(1684년)…188

지나가는 길에 내 말을 기억하거든 사이교의 발자취가 남아있는 사요의 나카야마 고개에서 더위를 식히고 가거라.

이세 지방으로 길을 떠나는 문하생에게 써 준 전별구로, 나카야마 고개는 6년 전에 바쇼가 넘으며 아래의 하이쿠를 지은 곳이다.

목숨 붙어서 / 한 뼘의 삿갓 아래 / 더위 식히네

命なりわづかの笠の下涼み

2.『백골 기행』

"지리와 둘이 먹을 것도 챙기지 않은 채 삼경 달 아래 무아(無我)에 들어간다. 선인을 지팡이 삼아 1864년 8월 초라한 집을 나서려니 바람 소리 차갑다"

백골 되리라
작정한 이내 몸에
스미는 바람

野ざらしを心に風のしむ身かな(1684년·『백골 기행』)…189

죽음을 각오하고 먼 길을 나서는 새벽, 때마침 불어오는 가을바람이 몸에 스며든다.

비장한 심정으로 가을에 아홉 달간의 긴 여행을 떠나며 지은 구로, 당시에는 많은 사람이 여행 도중에 도적·기아·질병 등으로 불귀의 객이 되었다. 野ざらし는 비바람을 맞아 백골이 되어 버려진 사람의 뼈를 이른다.

바쇼는 1684년 8월부터 1685년 4월까지 9개월간 에도를 떠나 고향 이가, 교토, 나고야, 나가노 지방을 거쳐 다시 에도에 돌아오기까지의 약 2천 km의 여정을 하이쿠 중심으로 기록해 기행문『백골 기행(野ざらし紀行·노자라시기행)』에 담았다. 이 여행을 통해 나고야 지방에 바쇼의 하이쿠 유파가 결성되고 하이쿠집이 편찬되는 등 바쇼풍 하이쿠가 널리 확산되었다. 이 기행문은 바쇼 사후 출간되었으며 여러 이름을 거쳐 지금은 기행문에 실린 첫 구의 소절을 딴 '백골 기행'으로 널리 알려져 있다. 스물한 장의 그림을 곁들인 바쇼의 친필본은 사라지고 제자가 쓴 필사본만 현존한다.

가을 십 년에
되려 에도 가리켜
고향이라네

秋十年却って江戸を指す故郷(1684년·『백골 기행』)…190

에도에서 열 번째 맞은 가을, 고향으로 길을 떠나려다 보니 도리어 이곳이 고향인 양 느껴진다.

고향 방문을 포함한 여행길에 오르기 전에 에도의 문하생들에게 읊은 작별구이다.

가을 안개비
후지 뵈지 않는 날
운치로워라

霧しぐれ富士を見ぬ日ぞおもしろき(1684년·『백골 기행』)…191

부옇게 안개가 낀 데다 가을비도 내려 오늘은 후지산이 보이지 않는다. 하지만 그곳에 있을 후지산의 모습을 상상하는 것만으로도 운치롭다.

"곤륜은 태고의 산, 봉래산과 방장산은 신선이 사는 땅이로다. 눈앞의 후지산, 땅에서 솟아나 창천을 받치고 해와 달을 위해 운문(雲門)을 여는구나. 마주하니 모든 것을 드러내고 천변만화하는 산이여. 시인도 글로 다 못 쓰고 재사와 문인도 말을 잃고 화공(畵工)마저 붓을 던지고 달아나는구나. 혹여 막고야산의 신선이 있으면 이것을 시로 능히 쓰리니, 이것을 능히 그림으로 그리리니"

안개와 구름
순식간에 백경을
그리어내네

雲霧の暫時百景を尽しけり(1684년)…192

피어나는 안개와 흘러가는 구름이 천변만화하며 잠깐 사이에 온갖 풍경을 지어낸다.

<후지산>

"후지강 기슭을 지나가는데 세 살쯤 먹은 아이가 버려져 애타게 울고 있었다. 이 강물 같은 험한 세파를 견디지 못해 이슬 같은 목숨 저절로 끊어지기를 바라며 놓고 갔으리라. 가을바람에 흩어지는 싸리꽃, 오늘밤 시드려나 내일 지려나. 소매에서 먹을 것을 꺼내 던져주고 지나간다. 무슨 일이 있었느냐. 아버지가 미워했느냐, 어머니가 무심했느냐. 아니, 그게 아니다. 아버지는 너를 미워하지 않았다, 어머니는 무심하지 않았다. 이것은 하늘이 내린 숙명이니 그저 네 운명의 덧없음을 울거라"

원숭이를 듣는 자여
버려진 아이에게
갈바람을 어이해

猿を聞く人捨子に秋の風いかに(1684년·『백골 기행』)…193

단장의 원숭이를 노래한 옛 시인들이여, 이 버려진 아이에게 몰아치는 찬 가을바람을 어찌하리오.

새끼 잃은 어미 원숭이의 창자가 마디마디 끊겨 죽었다는 중국 고사 모원단장(母猿斷腸)을 인용하여 7/7/5의 음절로 지은 구로, 중국 고전 시가에서 늦가을에 원숭이가 높은 소리로 우는 구애 소리는 비장감·슬픔의 눈물을 자아내는 시재로 쓰였다.

いかに(어이해)는 선문답을 주고 받을 때의 묻는 용어로 '(당신이라면) 어떻게 하겠소?'라는 뜻이다.

후일 바쇼는 버려진 아이를 구하지 않고 지나쳐간 일로 많은 비난을 받았다.

초안…원숭이를 우는 나그네 / 버려진 아이에게 / 갈바람을 어이해

猿を泣く旅人捨子に秋の風いかに

길가에 핀
무궁화는 말에게
먹혀버렸네

道のべの木槿は馬に食はれけり(1684년·『백골 기행』)…194

길옆에 핀 무궁화 꽃은… 무엇인고 하니… 내가 탄 말이 먹어 버렸소.

'A는 B이다'라는 식으로 하이카이의 시작구를 짓던 당시의 기법에서 벗어나 'A가… 없어져버렸다'라며 허를 찌르는 해학을 담은 구이다.

"스무날을 넘긴 달이 하늘에 어슴푸레 떠있고, 산기슭은 깜깜한데 말 등에서 등자를 늘어뜨리고 몇 리를 갔다. 아직 닭도 울지 않았는데 '두보의 새벽길 잔몽(殘夢)'인 양 사요의 나카야마에 다다라 황홀경"

말에서 자다
남은 꿈, 달은 저 멀리
차 끓는 연기

馬に寝て残夢月遠し茶のけぶり(1684년·『백골 기행』)…195

어스름 새벽에 말 등에서 꿈을 꾸다 깨어나 보니 하늘 멀리에 달이 떠있고 집집마다엔 찻물을 끓이는 연기가 피어오른다. 바쇼는 이 구를 수정해가며 여러 서적에 게재했다.

말에서 자고 / 남은 꿈 남은 달 / 차 끓는 연기

馬に寝て残夢残月茶の煙

말에서 잠들려다 / 남은 꿈 남은 달 / 차 끓는 연기

馬上眠からんとして残夢残月茶の煙

말에서 떨어지려다 / 남은 꿈 남은 달 / 차 끓는 연기

馬上落ちんとして残夢残月茶の煙

그믐날 달은 없고
천 년의 삼나무를
감싸는 바람

三十日月なし千年の杉を抱く嵐(1684년·『백골 기행』)…196

그믐날인 까닭에 달은 떠있지 않고 옛날과 다름없이 신령스러운 바람만이 수령 천 년의 삼나무를 감싸듯 불고 있다.

옛 시인 사이교가 이곳을 찾아 지은 글 "신(神)의 길을 깊숙이 들어가니 끝없이 높다랗게 솟아오른 삼나무 우듬지를 솔바람이 감싸고 있다"를 배경에 두고 7/7/5 음절로 지은 구이다.

이날 바쇼는 승려 행색을 하였기 때문에 이세 신궁의 외궁까지만 들어갈 수 있었다.

미에현 이세시에 있는 이세 신궁은 일본 왕가의 조상신인 태양신과 의식주를 관장하는 신을 모시는 신사이자 전국 8만여 신사의 총본산으로 일본 왕가의 위패를 안치하고 있다. 사람들의 거주와 이동을 통제하던 에도 시대에도 이세 신궁 참배는 제한하지 않았고, 지금도 일본인들 사이에 일생에 한 번은 이세 신궁을 참배해야 한다는 관념이 널리 퍼져 있다.

<이세 신궁의 내궁>

"사이교 골짜기에서 여인이 토란 씻는 것을 보고"

토란 씻는 아낙네
내가 사이교라면
시를 지으리

芋洗ふ女西行ならば歌詠まむ(1684년·『백골 기행』)…197

물가에서 아낙이 토란을 씻고 있다. 내가 사이교라면 글을 지어 저 아낙네와 문답하리라.

500년 전에 사이교가 강가의 유녀에게 하룻밤 잠잘 곳을 청하며 주고받은 아래의 와카를 배경에 두고 8/7/5의 음절로 지은 구이다.

인간 세계를 / 저버리고 나오기 / 쉽지 않거늘
잠잘 곳을 내주기 / 아깝다는 그대여

世の中をいとふまでこそかたからめ仮の宿りををしむ君かな(사이교)

속세를 떠난 / 분이라 들었으니 / 객지 잘 곳에
연연치 않으리라 / 생각이 드오마는

世をいとふ人とし聞けば仮の宿心とむなと思ふばかりぞ(유녀)

"이날 돌아오는 길에 들른 찻집에서 테우라는 여자가 자기 이름으로 글을 지어달라며 흰 비단을 내밀기에 써주었다"

난초의 향기
나비의 나래 위에
향내를 싣네

蘭(らん)の香(か)や蝶(ちょう)の翅(つばさ)に薫物(たきもの)す(1684년·『백골 기행』)…198

나비 날개에서 난의 향기가 풍긴다. 마치 향을 태운 향내를 날개에 불어넣은 듯.

하이쿠를 부탁한 테우라는 여인의 이름과 발음이 비슷한 낱말 '초우(나비)'를 넣어 지은 구로, 유녀 출신의 이 여인은 매춘업을 겸한 찻집의 안주인으로 하이쿠에 조예가 깊었다.

薫物す는 사향·꿀·매실 등에 개어둔 백단·침향의 분말을 불에 태워 옷이나 두발에 향내를 불어넣는 것을 이른다.

제자 핫토리 도호가 쓴 하이쿠 논서 『산조시(三冊子)』에 따르면 이 찻집 주인의 전처였던 鶴(쓰루)라는 여인도 이곳을 찾은 담림파 하이쿠 시인의 거두 니시야마 소인에게 자신의 이름이 들어간 아래의 하이쿠를 지어 받았다.

넝쿨(쓰루) 잎새가 / 떨어진(오쓰루) 원한이여 / 밤중의 서리

葛の葉のおつるのうらみ夜の霜

바쇼의 고향 후배인 핫토리 도호(服部土芳·1657~1730)는 평생 독신으로 살며 하이쿠를 지은 바쇼의 충실한 문하생으로, 바쇼 사후 하이쿠 논서 『산조시』를 집필하여 바쇼와 바쇼 하이쿠를 연구하는 데 귀중한 자료를 남겼다.

담쟁이 기고
청대나무 네댓에
휘도는 바람

蔦植ゑて竹四五本の嵐かな(1684년·『백골 기행』)…199

심어놓은 담쟁이가 벽을 타고 오르고 네댓 그루 서있는 대나무 사이로 바람이 몰아치는, 참으로 정취 넘치는 암자구료.

하이쿠 시인이 은둔하는 초막을 방문하여 읊은 인사구이다.

"9월 초순에 고향에 돌아오니 어머니 없는 집에 원추리도 서리를 맞아 흔적조차 없고 무엇 하나 옛날과 같지 않다. 형제들 머리칼은 세고 주름은 깊은데 그저 '살아 왔으니 됐다' 하고는 서로 말이 없다. 형이 주머니를 열어 '어머니 머리카락에 인사 올려라, 상자를 연 우라시마 사람처럼 너도 눈썹이 셌구나'라며 한참을 울었다"

손에 쥐면 스러지리
눈물은 뜨겁도다
가을의 서리

手にとらば消えん涙ぞ熱き秋の霜(1684년·백골 기행)…200

손에 쥔 어머니의 흰 머리칼에 뜨거운 눈물이 흘러내려 가을날의 서리처럼 녹아버릴 듯하다.

고향을 떠난 지 9년 만에 에도에서 하이쿠 시인으로 이름을 떨치고 이가 우에노에 돌아온 바쇼는 전해 타계한 모친의 임종을 지키지 못했다.

솜 타는 활의
비파 소리 푸근한
대숲의 안쪽

わたゆみ びわ なぐさ たけ おく
綿弓や琵琶に慰む竹の奥(1684년·『백골 기행』)…201

대숲 속에서 들려오는 솜 타는 소리가 마치 비파를 연주하는 소리 같아 듣는 이의 마음이 푸근해진다.

동행한 제자 지리의 고향에서 가에몬이라는 사람의 집에 며칠간 머물며 읊은 인사구이다.

綿弓는 줄로 튕겨 목화를 부풀리는 도구로, 활 모양의 대나무에 걸어놓은 고래나 소의 힘줄에서 비파 소리처럼 울리는 소리가 난다.

승려 나팔꽃
몇 죽어 돌아갔나
가람의 장송

そうあさがおいくし かえ のり まつ
僧朝顔幾死に返る法の松(1684년·『백골 기행』)…202

이 법당에 서있는 소나무가 지켜보는 가운에 승려와 나팔꽃을 비롯해 얼마나 많은 생명이 스러져 다른 생명으로 태어났으려나.

法の松는 612년에 나라현 가쓰라기시에 세워진 절 다이마데라(當麻寺)에 있는 소나무로, 다이마데라에는 공주가 연꽃 실로 짠 만다라를 이 절에 바치고 성불했다는 전설과 함께 다수의 국보와 중요 문화재 등이 남아있다.

"야마토 땅 오와리는 과연 도읍에서 멀지 않으니 산골이면서도 산골 같지 않다. 집주인의 심성이 올바라 노모 모시기를… 가난할 때 효도한다는 말은 있지만… 부자면서 효심 지극하기는 옛사람도 쉬이 못 한 일이다"

겨울 없는 집
나락을 까부르는
소리 싸라기

ふゆし　やど　もみす　おとあられ
冬知らぬ宿や籾摺る音霰(1684년)…203

양식이 풍부하고 다복하여 겨울을 모르는 이 집에서는 싸락눈 떨어지는 소리마저 키질하는 소리처럼 넉넉하게 들린다.

바쇼를 환대한 집주인에게 지어준 인사구로, 音(소리)는 이중으로 사용되었다. 이 구는 여행에 동행한 제자 지리의 손자가 소지하고 있던 바쇼 친필을 다른 제자 도스이가 옮겨 적어 세상에 알려졌다.

다듬이 소리
나에게 들려주오
숙방의 아낙

きぬたう　き　ぼう　つま
砧 打ちてわれに聞かせよ坊が妻(1684년·『백골 기행』)…204

숙방(宿坊)의 아낙네여, 또닥또닥 또닥또닥 다듬이 방망이를 두드려 맑게 울리는 그 소리를 내게 들려주오.

절을 순례하거나 여행하는 사람들이 머무는 숙방에서 지은 구로, 처자식이 있는 대처승이 살림집을 겸하여 운영하는 곳도 있었다. 바쇼가 이날 머문 곳은 요시노산(吉野山)으로 당시 '중국의 로산에 필적한다'는 말이 있을 정도로 요시노에 많은 사람이 들어와 살며 글을 짓고 풍류를 읊었다.

"사이교 암자 터는 오쿠노인에서 오른쪽으로 3백 걸음쯤 들어가 나무꾼들이 다니는 길만 겨우 나있는 깊은 골 건너편에 자리하고 있다. 그가 읊은 똑똑 떨어지는 맑은 물은 옛날과 변함없이 지금도 방울져 떨어지고 있다"

이슬 또옥 똑
어디 한번 뜬세상
헹구어 볼까

露とくとく試みに浮世すすがばや(1684년·『백골 기행』)…205

사이교가 다녀간 오래 전부터 이끼 사이로 방울져 떨어지는 옹달샘의 맑은 물로 속세의 때를 씻어보련다.

나라현 요시노산에서 사이교가 지은 아래 와카를 배경에 두고 지은 구이다.

똑똑 또옥똑 / 떨어지는 바위틈 / 이끼 옹달샘

다 퍼낼 일도 없는 / 가난한 오막살이

とくとくと落つる岩間の苔清水くみほす程もなきすまひかな

<사이교 암자>

“산에 올랐다 내려가는데 어느새 가을 해가 기울었다. 이름난 곳곳을 뒤로 하고 고다이고 사당에 먼저 참배한다”

사당 오랜데
무엇이 그리운가
그립다는 풀

御廟年経て偲ぶは何をしのぶ草(1684년·『백골 기행』)…206

오랜 세월이 흐른 오늘, 고다이고 왕의 사당 터에 무성하게 자라난 ‘그리는 풀(넉줄고사리)’은 무엇이 그리워 피어있을까.

고다이고(後醍醐)는 1333년 가마쿠라 막부를 무너뜨리고 천하를 손에 넣었지만 모반을 당해 쫓기다 요시노산에 들어와 죽은 일왕의 이름이다.

나뭇잎 지네
벚 잎은 가벼웁지
노송나무 갓

木の葉散る桜は軽し檜木笠(1684년)…207

나뭇잎 우수수 지는 산길을 걷노라니 단풍 든 벚나무 이파리가 삿갓 위로 사뿐히 떨어진다.

檜木笠(노송나무 갓)은 수행자 등이 햇볕을 가리고 비를 피하는 용도를 겸해서 깊숙이 눌러 쓰는, 폭이 넓은 원추형 삿갓이다.

"…오미길에 접어들어 미노에 다다랐다. 이마스와 야마나카를 지나던 도중에 도키와의 오래된 무덤이 있어"

요시토모의
심경에 닮았어라
가을바람

義朝(よしとも)の心(こころ)に似(に)たり秋(あき)の風(かぜ)(1684년·『백골 기행』)…208

스산하게 불어오는 가을바람이 살육의 전쟁터에서 비운의 죽음을 맞은 요시토모의 심경처럼 처연하다.

무로마치 시대의 하이쿠 시인이 1540년에 이세 신궁에 봉납한 하이쿠집 『모리다케센쿠(守武千句)』에 실린 7/7 음절의 아래 대구(對句)에서 한 글자를 바꾸어(殿→心) 지은 구이다.

요시토모 나리에 / 닮았어라 가을바람

義朝殿に似たる秋の風

義朝는 헤이안 시대의 장수 미나모토노 요시토모(源義朝)로, 아버지와 동생을 상대로 전쟁을 치르는 등 치열한 전투를 거듭하다 패퇴하던 중 부하의 배반으로 암살당했다.

머리글의 이마스와 야마나카는 기후현 후와군 세키가하라초(関ヶ原町)에 있는 지명이며, 도키와는 요시토모의 아내로서 현상금을 노린 산적에 죽임을 당해 이곳에 묻혔다는 전설이 전해진다.

갈바람 부네
수풀도 밭두렁도
불파의 관문

秋風や藪も畠も不破の関(1684년·『백골 기행』)…209

불파의 관문이 서있던 이곳이 지금은 숲과 밭으로 변해 가을바람이 황량하게 불고 있다.

不破の関는 10세기 이전에 지금의 기후현 후와군(不破郡)에 설치된 것으로 알려진 관문이다. 헤이안 시대의 와카 시인 후지와라노 요시쓰네도 이곳에서 가을바람을 소재로 와카를 지었다.

사는 이 없는 / 불파 관문지기의 / 판잣집 처마
스러진 자리에는 / 그저 가을바람뿐
人住まぬ不破の関屋の板廂荒れにしのちはただ秋の風

이끼 담쟁이
덮여있네, 혼몽의
염불 소리

苔埋む蔦のうつつの念仏哉(1684년)…210

이끼와 담쟁이에 뒤덮인 무덤에서 꿈인 듯 생시인 듯 염불 소리가 들려온다.

고전『이세 이야기』의 내용을 좇아 지금의 기후현 오가키시에 있는 미나모토노 도모나가(源朝長·1144~1160)의 무덤에 참배하며 지은 진혼구이다. 무덤의 주인공은 교토에서 시작된 전투에 패해 아버지 미나모토노 요시토모와 함께 오가키까지 도망쳐왔지만 상처가 깊어 자결했다. 16살인 그가 자신의 배를 가르고 염불을 외울 때 아버지가 칼로 목을 쳐주었다. 아버지도 사흘 뒤 부하의 배반으로 죽었다.

"오가키(大垣)에 당도하여 보쿠인의 집에 묵었다. 무사시에서 백골 되기를 작정하고 길을 나섰건만"

죽지도 않은
객지잠의 끝자락
가을 저물녘

死(し)にもせぬ旅寝(たびね)の果(は)てよ秋(あき)の暮(くれ)(1684년·『백골 기행』)…211

죽지 않고 오래도록 떠돈 끝에 늦가을에 이곳에 당도하여 방랑을 마무리한다.

바쇼는 이 하이쿠에 '백골 기행'을 마무리하는 듯한 감회를 담았다. 바쇼에게 '백골 기행'은 애초에 보쿠인이 초대하여 시작된 여행이기도 하다.

초안…죽을락 말락 / 떠돌이의 마지막은 / 가을 저물녘
死よ死なぬ浮身の果ては秋の暮

기후현 오가키의 부유한 선박업자 다니 보쿠인(谷木因·1646~1725)은 바쇼와 함께 기타무라 기긴에게 사사하였으나 이후 바쇼의 문하생이 되어 오가키 지역에서 바쇼풍 하이쿠의 부흥을 선도했다. 현존하는 바쇼의 편지 가운데 1681년에 보쿠인에게 보낸 편지가 가장 오래된 것일 만큼 둘은 오래도록 친구 관계를 유지했다. 그는 바쇼가 멀리했던 이하라 사이카쿠 등의 문인들과도 친교를 유지했다.

비파행을 듣는 밤
샤미센 뜯는
소리 싸라기

琵琶行の夜や三味線の音霰(1684년)…212

샤미센 연주 소리가 마치 싸라기눈 떨어지는 소리처럼 들려 서사시「비파행」에 나오는 밤의 분위기에 젖어든다.

오가키에 사는 문하생 조코가 집에서 샤미센 공연을 열어 자신을 대접한 데 대한 인사구로 7/5/5 음절로 지었다. 琵琶行(비파행)은 백거이가 지은 서사시로, 여행 중에 비파를 켜는 여인에게 기구한 삶의 여정을 듣는 이야기이다.

音(소리)는 앞뒤 구절에 모두 이어지는 낱말이며, 音霰(오토+아라레)는 경쾌한 발음을 이어 붙여 싸라기가 떨어지는 소리를 연출한 표현이다.

신관이시여
내 이름 흩어주오
나뭇잎의 강

宮守よわが名を散らせ木葉川(1684년)…213

신관이여, 그곳에 적힌 내 이름을 강물에 떠가는 나뭇잎처럼 흩어주시오.

오가키에서 나고야까지 바쇼와 동행한 보쿠인이 도중에 다도(多度) 신사에서 아래와 같은 하이쿠를 한 수 지었다. 보쿠인이 이세 지방의 하이쿠를 쇄신하려는 의지를 담은 아래 구에 자신과 바쇼의 이름을 함께 적어 신사에 써 붙인 것인데, 이에 대해 바쇼가 자신의 이름을 빼라며 답구 형식으로 지은 구이다.

이세 사람의 / 홋쿠를 구하리라 / 나뭇잎의 강

伊勢人の発句すくはん落葉川

무시무시한
소리 싸락 싸라기
노송나무 갓

いかめしき音や霰の檜木笠(1684년)…214

노송나무로 만든 삿갓 위에 싸라기눈이 떨어지면서 무시무시한 소리를 낸다.

音(소리)는 앞뒤 소절에 모두 이어진다. 삿갓을 쓴 사람의 그림에 본 구를 적은 자필 화찬이 현존한다.

놀러 안 오는
복어 낚시 겸해서
일곱 리까지

遊び来ぬ鰒釣りかねて七里まで(1684년)…215

뱃놀이 중에 낚시를 하다 물고기도 낚지 못하고 '일곱 리'까지 왔다.

七里는 동해도 상의 미야주쿠와 구와나주쿠를 잇는 뱃길의 명칭이다. かねて(兼ねて)를 다른 뜻으로 풀이하면 아래의 구가 된다.

놀러 안 오는
복어 낚지 못해서
일곱 리까지

초안에 등장하는 인물 이릉(李陵)은 중국 후한서에 나오는 자릉(子陵)을 착각하여 쓴 것으로, 엄자릉이 퇴관한 뒤에 칠리탄(七里灘)에서 낚시 삼매경에 빠졌다는 고사가 전해진다.

초안…복어 낚으리 / 이릉의 일곱 리의 / 물결 위엔 눈
鰒釣らん李陵七里の浪の雪

이 바다에
짚신 삿갓 던지리
가을 소낙비

この海に草鞋捨てん笠時雨(1684년)…216

떠가는 가을비처럼 방랑하는 나, 이제 신발과 삿갓을 바다에 내던지고 그대의 집에서 쉬고자 하오.

지금의 나고야시 아쓰타구에 도착하여 문하생 하야시 도요의 집에서 머물며 지은 인사구 겸 가센의 시작구이다.

칼바람 속의
이내 몸, 지쿠사이
닮았으려니

(狂句)木枯の身は竹斎に似たるかな(1684년·『백골 기행』)…217

하이쿠를 읊으며 매서운 북풍을 헤치고 걸어가는 내 모습이 소설 속의 주인공 지쿠사이와 비슷하리라.

지금의 나고야 일대의 문하생들에 대한 인사구 겸 가센 짓기의 시작구로, 본구 앞에 적은 狂句는 익살스러운 하이쿠라는 뜻이다.

竹斎(지쿠사이)는 당시 유행한 소설의 주인공이다. 돌팔이 의사이자 시인인 그는 하인을 데리고 유랑하며 병자에게 익살스러운 하이쿠를 읊어주는 에도판 '돈키호테'였다.

객지 잠자리
개도 비를 맞는지
밤중의 소리

草枕犬も時雨ゝかよるのこゑ(1684년·『백골 기행』)…218

타관에 홀로 외로이 누워있는데 늦가을의 비를 맞아 떨고 있는지 밤중에 개 우는 소리가 들려온다.

나고야의 여숙(旅宿)에서 지은 구이다.

"아쓰타 신궁에 참배했다. 경내가 몹시 황폐하였다. 담장은 허물어져 풀에 덮이고 저쪽에는 줄을 쳐 말사 흔적이라 하고, 이쪽에는 돌을 깔아 이런저런 신의 자리라고 한다. 쑥과 넉줄고사리가 멋대로 자라 차라리 가지런한 모습보다 운치롭다"

고사리마저
시들어 떡을 사네
신사의 찻집

しのぶさへ枯れて餅買ふやどりかな(1684년·『백골 기행』)…219

넉줄고사리마저 시들어 버린 경내의 찻집에서 떡을 사 먹으며 잠시 쉬어간다.

나고야에 있는 아쓰타(熱田) 신궁은 일본 신화의 중심 신이자 왕실의 조상신 아마테라스 오오미카미(天照大神)를 주신으로 섬기는 신사이다. しのぶ(고사리)를 발음이 같은 말 偲ぶ(그리워하다)로 풀이하면 다음과 같은 구가 된다.

그리움마저
시들어 떡을 사네
신사의 찻집

삿갓도 없는
내게 비 뿌리기냐
어허 이것 참

笠(かさ)もなきわれを時雨(しぐ)るるかこは何(なん)と(1684년)…220

삿갓도 들지 않고 나왔는데 가을비가 쏟아지다니 이거 원 야단났다.

아래의 초안을 시작구로 완성한 가센을 문집 『아쓰타 3인 가센』에 싣고, 이후 수정한 이 구를 다른 문집 『모음구』에 게재했다.

당시 가무극의 대사에 유행하던 구어체 표현을 인용하여 지은 구이다.

초안…삿갓도 없는 / 내게 비 뿌리기냐 / 이것 참 이것 참
笠もなきわれを時雨るるか何と何と

겨울 모란에
물떼새라, 눈 속의
두견이로고

冬牡丹千鳥(ふゆぼたんちどり)よ雪(ゆき)のほととぎす(1684년·『백골 기행』)…221

한모란이 피어있는 겨울날의 뜰에 물떼새 소리가 들려온다. 모란은 본디 여름꽃이니 그렇다면 저 물떼새는 계절에 맞지 않게 눈 덮인 산에서 지저귀는 두견새나 매한가지 아니더냐.

지금의 구와나시에 있는 절 혼토지(本統寺)에 머물며 주지, 보쿠인과 더불어 하이카이렌가를 읊으며 지은 구이다.

말까지를
쳐다보네, 눈 내린
오늘 이 아침

馬をさえ眺むる雪の朝かな(1684년·『백골 기행』)…222

밤새 눈이 쌓인 풍경이 얼마나 상쾌한지 지나가는 말을 다시금 바라본다.

앞 구를 지은 다음 날 같은 곳에서 열린 렌쿠 짓기의 시작구로, 눈(雪)이 앞뒤 구절에 모두 이어지도록 지었다.

시장 사람들아
이 삿갓을 팔겠소
눈 쌓인 우산

市人よ此笠うらふ雪の傘(1684년·『백골 기행』)…223

장터에 모인 사람들이여, 눈이 쌓여있는 이 삿갓을 그대들에게 팔고자 하오.

傘는 손잡이가 달린 우산, 笠는 머리에 쓰는 삿갓이지만 더러 혼용하기도 했다.

아래의 초안은 우산 위에 쌓인 눈을 팔겠다는 내용을 담고 있다.

초안…시장 사람들에게 / 이 우산에 쌓인 / 눈을 팔리라
市人に此傘の雪うらん

“나고야 땅 아쓰타에서 사람들이 동짓달의 바다를 보려고 배를 띄워”

바다 저물어
오리 떼 소리
아스라이 하얗네

海暮れて鴨のこゑほのかに白し(1684년·『백골 기행』)…224

해가 기울고 어둠에 휩싸여 가는 바다에서 오리 떼 우는 소리가 하얀 빛깔처럼 아스라이 들려온다.

5/5/7의 음절로 지은 구로, 어둑해진 바다의 색깔에 어렴풋이 들려오는 오리 떼의 울음소리를 하얀 색깔로 대비시켜 지었다.

“객지잠에 물려 아직 어둑한 동안에 물가에 나가”

어스름 새벽
하얀 뱅어 하얗기
딱 한 치로세

あけぼのや白魚白きこと一寸(1684년·『백골 기행』)…225

푸르스름한 빛이 도는 꼭두새벽의 물가, 물고기의 이름과 색깔에서 차가움이 투명하게 몸에 사무친다.

바쇼가 머무르던 구나와 지방의 속담 ‘겨울 뱅어는 한 치, 봄 뱅어는 두 치’를 배경에 두고 지은 구이다. 중국의 두보도 뱅어에 대해 “하얗게 몰려다니는 생명, 생긴 그대로 두 치 물고기”라고 읊었다.

초안…눈이 살포시 / 하얀 뱅어 하얗기 / 딱 한 치로세
雪薄し白魚しろきこと一寸

눈 그리고 눈
이 밤은 동짓달의
명월이런가

雪と雪今宵師走の名月か(1684년)…226

사방이 흰 눈으로 덮여있어 마치 동짓달에 중추의 보름달이 뜬 것처럼 세상이 환하다.

다투던 두 사람이 화해하고 난 뒤의 원만함을 축복한 구이다.

"여기에서 짚신 끈 풀고, 저기에 지팡이 던져놓고, 객지잠 자며 한 해가 저물어"

해가 저무네
짚신을 신은 채로
삿갓 쓴 채로

年暮れぬ笠きて草鞋はきながら(1684년·『백골 기행』)…227

머리에 삿갓을 쓰고 발에는 짚신을 신은 모습으로 떠돌다 올해도 일 년의 끝자락에 서있다.

8월에 에도의 암자를 나서 넉 달 동안 문학적 행각을 마치고 고향의 형 집에 도착한 바쇼가 연말에 지은 구이다.

가마쿠라 시대의 와카 시인 후지와라노 데이카가 지은 아래의 와카에도 유사한 표현이 실려있다.

방랑자의 / 삿갓을 쓰고 말에 / 올라탄 채로

고삐에 이끌려서 / 서방정토 가거라

旅人の笠着て馬に乗りながら口を引かれて西へこそ行け

뉘 집 신부까
풀고사리떡 실은
소해(丑年)의 정초

誰が聟ぞ歯朶に餅負ふ丑の年(1685년·『백골 기행』·42세)…228

소해의 정초, 등에 설떡을 실은 소를 앞세우고 가는 아낙은 어느 집 신부일까.

정초에 설떡을 빚어 친정에 찾아가는 풍습과 축년의 새해가 밝았음을 동시에 담은 구로, 丑(소)는 앞뒤의 문맥에 모두 이어진다.

歯朶に餅는 풀고사리 위에 찰떡을 얹은 설떡을 이른다.

새해 자일에
도읍지에 함께 갈
벗이 있으면

子の日しに都へ行かん友もがな(1685년)…229

새해를 맞아 교토에 올라가 옛 풍류를 함께 즐길 친구가 있으면 좋겠다.

子の日는 정월의 지지(地支)에서 자(子) 자가 처음 들어가는 날에 들에서 작은 소나무와 나물을 캐며 잔치를 벌인 헤이안 시대의 봄맞이 잔치 행사이다.

헤이안 시대의 승려 와카 시인 노인 법사(能因法師·988~1058)가 매년 정초에 도읍에 올라왔다는 고사를 배경에 두고 지은 구이다.

길손 까마귀
옛 둥지엔 매화가
한창이리니

旅烏古巣は梅になりにけり(1685년)…230

새들이 태어난 둥지로 돌아간다는 옛 시구(詩句)처럼 방랑하던 이 까마귀가 돌아온 고향에 옛날과 다름없이 매화가 피어 향기를 풍긴다.

고향 문하생 사쿠에이의 집에서 병풍 그림을 보고 지은 구로, 이 구를 시작구로 여럿이 가센을 지었다.

古巣는 75대 일왕 스토쿠인이 지은 아래의 와카에도 실린 표현이다.

꽃은 뿌리로 / 새는 옛 둥지로 / 돌아가건만

봄날이 가는 곳을 / 아는 이가 없구나

花は根に鳥は古巣にかへるなり春のとまりをしる人ぞなき

봄이 왔구나
이름도 없는 산에
희부연 안개

春なれや名もなき山の薄霞(1685년·『백골 기행』)…231

봄이 되어 딱히 이름조차 없는 그만그만한 산에 봄 안개가 엷게 깔려있다.

나라 도다이지(東大寺)의 2월 안거에 참가하려 고향을 나서 가던 도중에 지은 구이다. 바쇼의 고향 이가는 산속 분지에 위치해 있어 봄이 오면 고갯길마다 안개가 많이 끼었다.

초안…봄이 왔구나 / 이름도 없는 산에 / 아침의 안개

春なれや名もなき山の朝霞

물 긷는 새벽
얼음장 승려들의
나막신 소리

水取りや氷の僧の沓の音(1685년·『백골 기행』)…232

얼어붙을 듯 숙연한 분위기에서 우물물을 긷는 스님의 나막신 소리가 귀에 박힌다.

2월 초 14일간 나라의 도다이지(東大寺)에서 열리는 참회 법회에 참가하여 지은 구이다.

水取り는 법회의 7일과 12일째의 새벽에 법당 우물에서 물을 길어 향수와 약수로 사용하는 의식, 沓는 승려가 신는 의식용 목제 신발이다.

발음 나는 대로 옮기면 '미즈도리야/고오리노 소오노/구쓰노 오토'로, の(노)를 반복적으로 사용하여 운율감을 살렸다.

"가쓰라기에 사는 사람이 있는데 처자 살갑고 자식이 많아 봄에 논 갈고 가을엔 가을걷이에 바쁘다. 집엔 살구꽃 향기… 자동의 국수(菊水)와 덕을 견줄 만하다"

봄의 첫머리
술에 매화를 파는
향기 풍기네

初春まづ酒に梅売る匂ひかな(1685년)…233

이른 봄에 팔고 있는 이 집의 술은 매화 향까지 곁들여져 한결 향기롭다.

나라현 가쓰라기(葛城)의 술 빚는 집에서 지은 인사구이다. 글머리는 주나라 목왕의 시종을 지내다 유배당한 국자동이 국화 이슬의 영험한 물을 마시고 장수하였다는 설화 속의 영수(靈水)에 비유하여 술맛을 칭송하는 내용이다.

세상에 풍겨라
매화 가지 하나에
굴뚝새 둥지

世に匂へ梅花一枝のみそさざい(1685년)…234

굴뚝새가 둥지를 튼 매화 나뭇가지의 향기처럼 그대의 덕이 널리 떨치기 바라오.

나라현 가쓰라기에 사는 의사의 집 일지헌(一枝軒)에 묵으며 집주인의 인품을 칭송한 인사구로, "굴뚝새는 깊은 숲에 둥지를 짓지만 결국 가지 하나에 짓는다"라는 장자의 글에 집주인의 예명을 연결시켜 지었다.

매실 하얗소
엊저녁에 두루미
도둑맞았소

梅白し昨日や鶴を盗まれし(1685년·『백골 기행』)…235

훌륭한 별장에 매화가 한껏 피어있구료. 송나라의 시인 임포는 고산에 은거할 때 매화와 학을 기르며 글을 지었다는데, 이곳에 학이 보이지 않으니 혹여 누가 훔쳐간 것 아니오?

교토 오무로강에 있는 별장 나루타키에 묵으며 유유자적하는 미쓰이 슈후(三井秋風)의 모습을 중국의 옛 시인에 빗대 칭송한 인사구이다. 당시 바쇼가 묵었던 나루타키 별장은 많은 문인들이 드나들며 글을 짓고 교류하던 곳으로, 관서 지방 문단의 살롱 역할을 하였다. 바쇼의 구에 별장의 주인은 '별것 아니오. 그저 가축 몇 마리 살고 있는 누추한 곳이오'라는 뜻의 대구를 아래와 같이 지었다.

쇠뜨기에 몸 비비는 / 소 둘에 말 한 마리

杉菜に身擦る牛二ツ馬一ツ

떡갈나무의
꽃에 아랑곳없는
의연한 모습

樫の木の花にかまはぬ姿かな(1685년·『백골 기행』)…236

떡갈나무가 주위에 피어있는 꽃에 아랑곳하지 않고 의연한 자태로 서있다.

세상사에 얽매이지 않고 호방하게 살아가는 집주인의 모습을 칭송한 구로 앞 구와 같은 곳에서 지었다. 이 구에도 슈후가 아래와 같이 대구를 지었다.

둥지 짓는 흙이나 / 나르는 제비라오

家する土を運ぶ燕

별장 주인 미쓰이 슈후는 현재의 미쓰이 재벌가의 장손이었지만 이후 재산을 탕진하고 실의에 빠져 에도에서 사망했다.

내 옷자락에
후시미의 복사꽃
방울져주오

わが衣に伏見の桃の雫せよ(1685년·『백골 기행』)…237

복숭아 꽃잎이 한 잎 두 잎 떨어져 내 옷을 분홍색으로 물들이듯 그대의 높은 덕을 내게 베풀어주시오.

복숭아가 유명한 고장 후시미의 절 사이간지(西岸寺)에서 주지의 환영 인사구에 대한 답구로 지었다. 저명한 담림파 하이쿠 시인인 여든 살의 주지는 에도에서 온 바쇼를 벚꽃에 비유하여 다음의 구를 읊었다.

기다렸다오 / 헛걸음하지 않게 / 에도 사쿠라

人をあだにやらじと待や江戸桜

가라사키의
소나무는 꽃보다
희부연하게

辛崎の松は花より朧にて(1685년·『백골 기행』)…238

화사하게 피어있는 벚꽃보다 안개에 가려 형체만 어렴풋이 보이는 호숫가의 소나무가 더 깊은 정취를 자아낸다.

아래의 초안은 소나무를 헤이안 시대의 전설적인 여류 와카 시인 오노노 고마치의 모습에 빗대 지었다.

초안…가라사키의 / 소나무는 오마치의 / 아련한 육신
辛崎の松は小町が身の朧

산길 가다가
왜 그런지 끌리네
제비꽃 떨기

山路来て何やらゆかし菫草(1685년·『백골 기행』)…239

산길을 걷다가 눈에 들어온 제비꽃에 나도 모르게 마음이 이끌린다.

다양한 해석이 존재하는 구로, 감정을 정제하여 시어(詩語)로 표현하지 않고 느낌을 직설적으로 드러냈다 하여 비난을 받는 등 당시의 시단에 파문을 일으켰다. 아래의 초안은 아쓰타의 절에서 열린 가센의 시작구로 쓰였다.

초안…나도 모르게 / 왜 그런지 끌리네 / 제비꽃 떨기
何とはなしに何やら床し菫草

"낮에 여숙 가게에 걸터앉아 쉬다가"

철쭉을 꽂고
그 아래서 대구포
찢는 아낙네

躑躅(つつじ)生(い)けてその陰(かげ)に干鱈(ひだら)割(さ)く女(おんな)(1685년)…240

철쭉꽃 가지를 꽂아 곱게 장식해 놓은 화병 아래에서 아낙이 요리에 쓸 대구포를 북북 찢고 있다.

타는 듯한 붉은 색의 꽃과 무채색의 대구포, 시적인 풍경과 서민적인 모습을 각각 대비시켜 지은 구이다.

당시의 대구포는 찢어서 말려 놓았다가 연중 먹을 수 있는 음식으로, 가난한 사람들의 대표적인 먹거리였다.

바쇼 사후 4년째인 1698년에 나고야의 의사인 문하생 이토 후코쿠가 편집하여 출간한 하이쿠집 『하쿠센슈(泊船集)』에 실린 구이다.

유채밭에서
꽃구경 얼굴 되네
동네 참새들

菜畠(なばたけ)に花見顔(はなみがお)なる雀哉(すずめかな)(1685년)…241

유채밭에 모인 참새들이 마치 꽃구경 나온 듯한 표정을 짓고 있다.

그림을 보고 지은 구로, '○○○ 얼굴'이라는 식의 표현은 사이교가 지은 와카에도 종종 사용되었다.

목숨 두 개
사이에 살아있는
벚나무로다

命二つの中にいきたる桜かな(1685년·『백골 기행』)…242

재회한 두 사람 사이에 긴 세월을 살아온 벚나무가 꽃을 피우고 서있다.

고카시(甲賀市) 인근의 역참 미나쿠치주쿠에서 문하생 도호와 20년 만에 상봉하며 읊은 구이다. 命(목숨)은 사이교 법사가 읊은 와카에 실린 표현이다.

배도 발걸음
멈출 때가 있어라
복사꽃 해변

船足も休む時あり浜の桃(1685년)…243

복숭아꽃이 피어있는 해변의 바다 위에 배가 멈춰선 듯 느릿느릿 지나가며 도원경 같은 풍경을 그려낸다.

나비만
날고 있는 들녘에
가득한 햇살

蝶の飛ぶばかり野中の日影哉(1685년으로 추정)…244

보이는 것은 날아다니는 나비뿐인 너른 들판에 봄날의 햇살이 쏟아진다.

장자의 관념적인 시각에서 벗어나 나비를 풍경의 일부로만 보고 지은 구이다.

호기심쟁이
향기 없는 풀잎에
내려온 나비

物好きや匂はぬ草にとまる蝶(1684년~1688년)…245

꽃이 없어 향기를 풍기지 않는 풀에 호기심 많은 나비 한 마리가 내려앉았다.

강변의 암자에 홀로 살며 고적하게 살아가는 자신을 나비에 비유한 표현이라는 해석도 가능하다.

제비붓꽃
나에게 홋쿠 지을
마음이 이네

杜若われに発句の思ひあり(1685년)…246

눈앞의 제비붓꽃을 보고 있으려니 나도 홋쿠를 짓고 싶은 마음이 솟아난다.

4월 4일, 나고야 나루미 지역의 세 문하생과 물떼새를 주제로 지은 가센의 시작 구로, 헤이안 시대의 귀족 시인 아리와라노 나리히라가 이곳 나고야의 야쓰하시(八橋)에서 제비붓꽃을 소재로 와카를 읊었듯 자신도 글을 지어 선인을 뒤따르고 싶다고 했다.

"세 옹(翁)은 풍아(風雅)의 천공(天工)을 타고나시어 궁리(窮理)를 만방에 떨치셨다. 그 그늘에 있는 자 누군들 하이곤(俳言)을 좇지 않으리오"

꽃과 달 세상
이분들이야말로
진정한 주인

月華の是やまことのあるじ達(1685년)…247

이 사람들이야말로 꽃과 달 등 자연계의 아름다움을 글로 읊는 풍류계의 진정한 주인이다.

백골 기행 중에 나고야 아쓰다에 사는 문하생이 그린 그림에 쓴 화찬으로, 그 그림에는 하이쿠의 길을 개척한 아라키다 모리타케(荒木田守武·1473~1549), 야마자키 소칸(山崎宗鑑·1465~1554), 마쓰나가 데이토쿠(松永貞徳·1571~1654)가 그려져 있었다.

세상을 바라보는 시인의 시각에 대해 바쇼는 "보이는 것 모두 꽃 아닌 것이 없고 생각하는 것 모두 달 아닌 것이 없다. 보이는 것에서 꽃을 느끼지 않으면 야만인과 다를 바 없고 마음에 달을 생각하지 않으면 새와 짐승이나 마찬가지다"라고 언급한 바 있다.

머리글의 하이곤은 기존의 와카나 렌가에는 사용되지 않고 하이쿠에만 사용하는 속어나 한자어 등의 용어를 일컫는 말로, 데이몬파 하이쿠에서 특히 중요시했다.

이 구는 계절어(季語)가 없는 하이쿠이다. 바쇼가 지은 하이쿠 가운데 무계절 하이쿠는 총 여섯 수다.

"새잡이가 그려진 부채에"

새잡이꾼도
장대기 내던지리
두견새 소리

鳥刺も竿や捨てけんほととぎす(1685년)…248

두견새 소리가 들려온다. 새 사냥꾼이 새 잡는 장대를 팽개칠 만큼 싱그러운 두견새의 울음소리가.

여기서의 竿(장대기)는 끈적이는 떡을 붙여 작은 새를 잡는 긴 막대를 이른다.

양귀비꽃에
날개 떼어 남기네
나비의 유품

白芥子に羽もぐ蝶の形見かな(1685년·『백골 기행』)…249

양귀비꽃과 어울리며 함께 시간을 보내던 나비가 꽃을 떠날 때 유품으로 날개를 떼어 놓고 간다.

죄를 지어 유배지로 귀양 가는 문하생 도코쿠(杜国)를 흰 양귀비에, 도코쿠와 헤어지는 자신을 나비에 비유하여 이별의 아픔을 읊은 구이다.

나고야에서 곡물상을 하던 문하생 도코쿠는 사기로 쌀을 판매한 죄로 현재의 아이치현 다하라시(田原市)로 추방당했다. 도코쿠는 '미모의 청년'인 데다 감성도 풍부한 제자여서 둘 사이의 관계에 대해 동성애설 등의 추측이 나돌고 있다. 2년 뒤에 나고야를 다시 찾아간 바쇼는 그곳에서 도코쿠의 행방을 듣고 그를 만나러 겨울에 사흘 길을 되돌아간다.

"돌아앉은 스님이 염주를 들고 '속세를 벗어나 산속에 살며 옷소매를 검게 물들이노라. 自詠自畫'라고 썼다. 이 고매한 모습에 친근감을 느껴"

부채를 들어
부쳐드리오리다
그대 뒷모습

団扇(うちわ)もてあふがん人(ひと)のうしろむき(1685년)…250

세상을 등지고 은거하는 고승의 뒷모습에 부채를 부쳐드리옵니다.

나고야 문하생의 집에 걸려있는 고승 반사이(盤斎)의 자화상을 소재로 삼아 지은 구이다.

あふぐ(=あおぐ)를 발음이 같은 말 仰ぐ(우러르다)로 풀이하면 다음과 같은 구가 된다.

부채를 들고
우러러 바라보리
그대 뒷모습

모란 꽃술 깊은 곳을
헤집어 나온 벌의
아쉬움이여

ぼ たんしべふか　わ　い　はち　なごり
牡丹蘂深く分け出づる蜂の名残かな(1685년·『백골 기행』)…251

융숭한 대접을 받던 이 집을 나서는 나의 심정은 마치 모란꽃 깊숙이 들어가 꿀을 빨아먹다 헤집어 나오려는 벌과 같다.

나고야 인근의 아쓰타의 문하생 하야시 도요에게 지어준 8/8/5 음절의 작별 구이다. 바쇼가 아쓰타에 머물 때는 늘 그의 집에서 숙식을 제공받았다.

초안…모란 꽃술 헤집어서 / 기어나오는 벌의 / 아쉬움이여
牡丹蘂分けて這ひ出づる蜂の余波哉

생각나는
기소 땅, 사월 달의
벚꽃 나들이

おも　た　きそ　しがつ さくらが
思ひ立つ木曽や四月の桜狩り(1685년)…252

옛 와카의 문구처럼 벚꽃이 한창일 4월에 기소 땅으로 순례를 떠나겠다.

남북조 시대의 와카 시인 겐코 법사가 지은 아래의 와카의 일부를 인용하여 지은 구이다. 노(能)에서 이 와카는 죽은 남자의 혼령이 승려를 통해 아내에게 자신이 입던 삼베옷을 공양하도록 하는 장면을 담았다.

생각나는 / 기소 땅의 삼베옷 / 스리 사알짝
물들여야 하리오 / 그 옷소매의 빛깔
思ひたつ木曽の麻衣浅くのみ染めてやむべき袖の色かは

"작년 가을부터 행각 중이던 이즈 땅의 승려가 내 이름을 듣고 나고야까지 동행하자고 말하기에"

그럼 둘이서
보리 이삭 먹으리
방랑 풀베개

いざ共に穂麦喰はん草枕(1685년·『백골 기행』)…253

그리 합시다. 보리밭의 이삭을 먹고 풀베개를 베고 자며 방랑의 길을 함께 갑시다.

이즈 출신의 행각승 로쓰(路通)가 바쇼를 흠모하여 여행길을 함께 다니려고 나고야까지 따라온 일을 읊은 구이다.

草枕(풀베개)는 와카 등 고전 시가 문학에서 사용하는 수사법의 한 가지인 마쿠라고토바(枕詞)로, 정처 없는 방랑·외로운 객지 잠자리·덧없이 스러지는 이슬 등을 암시하는 말이다.

매화 그리워
병꽃에 절하노라
흐르는 눈물

梅恋ひて卯の花拝む涙かな(1685년·『백골 기행』)…254

매화 향기 날리듯 덕을 베푼 그대를 사모하건만 지금은 초여름이다 보니 매화 대신 모습이 닮은 병꽃에 합장하며 눈물로 명복을 비나이다.

앞 구의 해설에 언급한 행각승 로쓰에게서 다이텐화상이 입적했다는 소식을 듣고 제자 기카쿠에게 편지에 적어 보낸 진혼구이다. 매화는 다이텐화상의 덕(德)을 비유한 표현이다. 다이텐은 가마쿠라에 있는 엔가쿠지(円覚寺) 절의 163대 주지로, 바쇼의 제자 기카쿠의 다른 스승이었다.

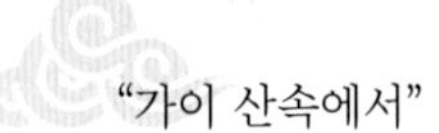

“가이 산속에서”

길 가는 말의
보리에 마음 놓네
나그네의 집

行(ゆ)く駒(こま)の麦(むぎ)に慰(なぐさ)むやどりかな(1685년·『백골 기행』)…255

염천의 여행길을 걷다 지친 말에게 집주인이 보리를 한껏 먹여주니 나 또한 기운을 얻는다.

타고 간 말에게 여물을 먹여주고 자신에게도 잠자리를 내어준 집주인에 대한 감사의 뜻을 담아 지은 구이다. 가이(甲斐)는 지금의 야마나시현으로 ‘가이의 검은 말(甲斐の黒駒)’이라는 말이 있듯 예로부터 궁중에 진상해온 검은 명마의 산지이다.

산사나이의
턱을 동여매었네
우거진 넝쿨

山賤(やまがつ)のおとがひ閉(と)づる葎(むぐら)かな(1685년)…256

가이 산속에 얼기설기 자란 넝쿨들이 산길을 막을 뿐 아니라 사람의 얼굴마저 칭칭 감은 건지 여행길에 마주친 산사람들이 말없이 묵묵히 일한다.

山賤(사냥꾼이나 나무꾼 등 산에 살며 생계를 꾸리는 사람)의 과묵하고 질박한 모습을 읊은 구이다.

여름 지낸 옷
아직도 붙은 이를
다 잡지 못해

夏衣いまだ虱を取り尽さず(1685년·『백골 기행』)…257

지난 여행 때 입은 옷에 붙어있는 이를 잡지 않은 채 쉬며 지낸다.

백골 기행을 마치고 4월 말 에도의 후카가와 암자에 돌아온 바쇼가 여유로운 심경을 표현한 구. 제자 교쿠스이도 이를 소재로 지은 아래의 하이쿠를 남겼다.

길 가는 나그네 / 이 물린 데 긁으며 / 봄날 저무네

旅人の虱かき行く春暮れて

"휘파람새 깃든 다케우치(竹内)에 매화 한 잎 두 잎 떨어지며 벚꽃이 피어나고, 파랗게 개인 장마철의 하늘 아래 모내기 재촉하는 새소리가 좁다란 마을 길에 울려 퍼지고, 목동은 살진 소 등에 걸터앉아 곰방대를 꺼내 반디를 부른다. 허리에 찬 표주박의 술을 부어 둥근 잔에 달을 씻어냈던, 그야말로 일표천금(一瓢千金)의 기억이로다"

즐거웁고나
푸른 논의 물소리에
더위 식히네

楽しさや青田に涼む水の音(1685년으로 추정)…258

벼가 잘 자라는 논을 바라보며 물소리에 더위를 식히니 즐겁다.

가상의 마을의 초여름의 풍정을 상상하여 지은 구로, 머리글의 '모내기 재촉하는 새'는 두견새, 일표천금은 표주박에 담은 한 잔의 술이 천금 같다는 뜻이다.

"연꽃은 군자의 꽃이다. 모란은 고귀한 꽃이다. 볏모는 진흙에서 나와 연꽃보다 깨끗하고 가을에는 향기로운 벼를 맺으니 모란보다 고귀하다. 하나가 두 풀을 겸하니 진정 깨끗하고 고귀하다"

시골 사람은
벼 보고 시를 짓네
여기가 도읍

里人(さとびと)は稲(いな)に歌詠(うたよ)む都(みやこ)かな(1685년으로 추정)…259

농민들은 도읍 사람들이 읊는 와카의 소재로 언급되는 연꽃·모란에 못지않게 고귀한 벼를 키우며 글을 지으니 이들이 사는 시골 또한 도읍이나 마찬가지다.

歌詠む(시를 짓네)는 앞뒤 소절에 동시에 이어지는 표현이다. 머리글은 중국의 시집 『진보(眞寶)』에 실린 구절로, 이 구가 위작이라는 주장이 제기되어 있다.

객지잠 자며
내 시를 깨치거라
가을 찬 바람

旅寝(たびね)して我(わ)が句(く)を知(し)れや秋(あき)の風(かぜ)(1685년)…260

소슬한 바람을 맞고 객지잠을 자며 지은 나의 하이쿠를 그대여, 세상 밖으로 나가 몸으로 겪으며 배우거라.

그림 솜씨가 뛰어난 문하생 나카가와 조쿠시가 펴낸 『백골 기행 그림책(野ざらし紀行画巻)』에 바쇼가 '이 책은 기행문이 되지 못하고 그저 여기저기의 풍경, 단편적인 생각과 행동을 적은 것이다'라는 발문과 함께 쓴 구이다.

"사이교의 와카를 마음에 담아"

구름 간간이
사람을 쉬게 하네
보름달 구경

雲をりをり人をやすめる月見かな(1685년)…261

하늘에 떠가는 구름이 이따금 보름달을 가려주는 덕분에 사람들이 틈틈이 쉬어가며 보름달을 감상한다.

바쇼가 흠모하던 사이교 법사가 지은 아래 와카를 바탕에 두고 읊었다.

차라리 / 간간이 구름이 / 드리워져야 / 둥그런 보름달을 / 온전히 모시리라

なかなかに時雲のかかるこそ月をもてなすかぎりなりけり

"인근에 사는 사람 셋이 밤늦게 내 암자를 찾아왔다. 중재한 사람에게 이름을 물으니 모두 시치베라고 한다. 혼자 술을 마시던 차에 흥이 올라 말장난"

술잔에 셋의
이름을 마시노라
달이 뜬 이 밤

盃 にみつの名を飲む今宵かな(1685년)…262

달이 떠있는 오늘 밤에 세 사람의 이름을 술잔에 띄워 술을 마신다.

みつ(셋)을 발음이 같은 말 満つ(차다)로 풀이하면 다음과 같은 구가 된다.

잔에 차오른
이름을 마시노라
달이 뜬 이 밤

"줘서 먹고 얻어서 먹고, 이럭저럭 굶어 죽지 않고 한 해 저물어"

복받은 사람
축에도 들어가리
늘그막 세모

めでたき人の数にも入らむ老の暮(1685년)…263

늘그막에 맞이한 이 세밑이 지나면 나도 '복받으셨다'는 인사를 받는 노인 축에 들어간다.

마흔두 살의 바쇼가 '대액(大厄)의 나이'인 마흔두 살을 넘겨야 공공연히 '장수하신다'는 말을 들었던 당시의 시대상을 담아 지은 구이다.

머리글은 바쇼가 에도 도심에서 후카가와 암자로 이주하면서 하이쿠에 점수를 부여하고 평론을 다는 평가관(点者) 생활을 접었기 때문에 금전적인 수입이 사라져 제자들의 도움을 받아 생계를 유지한다는 뜻이다.

초안…복받은 사람 / 축에도 들어가리 / 한 해 끝자락
めでたき人の数にも入らむ年の暮

몇몇 성상에
마음을 다잡아서
문간 소나무

いくしも　こころ　まつかざ
幾霜に心ばせをの松飾り(1686년·43세)…264

세월이 흘러도 변하지 않는 기상을 본받고자 바쇼의 암자에 소나무 가지를 세운다.

해마다 정초에 문 앞에 소나무 가지를 세우는 풍습에 자신의 기개를 빗대 지은 구로, ばせを를 본인의 이름 바쇼로 풀이하면 다음과 같은 구가 된다.

몇몇 성상에
바쇼의 마음가짐
문간 소나무

헤이안 시대의 고전에도 식물 이름에 엇걸어 지은 와카가 있다.

행여나 하며 / 기다리는 사이에 / 세월이 가네
기다린 이 마음을 / 그 사람이 아리니
いささめに時待つまにぞ日は経ぬる心ばせをば人に見えつつ

(ささ-笹-조릿대, 待-松-소나무, 日は-枇杷-비파, ばせを-芭蕉-파초)

병에 걸리니
떡도 먹지 못하네
복숭아꽃

わずら　もち　く　もも　はな
煩へば餅をも喰はず桃の花(1686년)…265

병이 들어 떡도 먹지 못하고 그저 화사하게 피어있는 복숭아꽃만 바라본다.

삼월삼짇날 복숭아절구(桃の節句)를 맞아 지은 구로, 떡은 이 시기에 쪄 먹는 쑥떡을 이른다.

관음 가람의
용마루 바라보네
뭉게구름 꽃

観音のいらか見やりつ花の雲(1686년)…266

병석에서 일어나 시선을 들어 센소지 절의 지붕을 바라보자니 그 일대에 피어 있는 벚꽃이 마치 구름이 펼쳐진 듯 보인다.

観音(관음)은 관음보살을 본존으로 하는 도쿄 아사쿠사에 있는 절 센소지(浅草寺)의 별칭이다.

종소리 지니
꽃 향기가 울리네
산사의 저녁

鐘消えて花の香は撞く夕哉(1684년~1689년)…267

길게 울려퍼지던 산사의 저녁 종소리가 사라지자 어스름한 산골 마을에 꽃향기가 종소리의 여운처럼 피어오른다.

헤이안 시대의 시인 노인(能因·988~?)이 지은 아래 와카의 끝 두 소절 '종소리 울리니 꽃잎이 진다'의 인과 관계를 뒤바꾸어 지었다.

산골 마을에 / 봄날의 저녁 해가 / 저물고 나니

산사의 종소리에 / 꽃잎이 흩어지네

山里の春の夕暮れてみれば入相の鐘に花ぞ散りける

산벚나무에
기와지붕 이는 곳
먼저 두 군데

やまざくらかわらふ　ふた
山桜 瓦葺くものまづ二つ(1686년으로 추정)…268

멀리 산등성이에 활짝 꽃을 피운 산벚나무들 사이에서 기와지붕을 올리는 집 두 채가 확연히 눈에 들어온다.

에도 전기의 와카 시인 기노시타 초쇼시가 지은 와카 모음집에 실린 문구 "지금 살고 있는 곳에 지붕 이는 곳이 두 군데…"를 인용하여 지은 구로, 산속에 기와지붕을 올리는 건물은 절이나 신사로 추정한다.

"3월 20일, 즉흥"

꽃이 피나니
이레간 학을 보리
산기슭 아래

はなさき　なのか つる み　ふもとかな
花咲て七日鶴見る麓哉(1686년)…269

벚꽃 피고 학이 날아다니는 모습을 이 산기슭에서 이레 동안 즐겨보리라.

아키타 지역의 부유한 상인 스즈키 세이후의 에도 저택에서 지은 가센의 시작 구 겸 집주인에 대한 인사구이다.

'꽃도 7일, 학도 7일'이라는 속담을 배경에 두고 지었다.

고요한 연못
개구리 뛰어드는
퐁당 소리

古池や蛙飛びこむ水の音(1686년)…270

조용히 물을 담고 있는 작은 연못에 개구리가 뛰어들어 정적을 깨고 퐁당 하는 물소리를 낸다.

3월에 문하생 10여 명이 바쇼의 암자에 모여 개구리를 소재로 하여 지은 렌쿠의 시작구로, '평범한 사물에서 정취를 지어내 와카나 렌가, 그때까지의 하이쿠의 틀에 박힌 풍류에 한 획을 그어' 하이쿠의 대명사로 널리 알려진 구이다.

첫 소절의 古池(고요한 연못)에 대해 제자 시코는 자신이 쓴 하이쿠 이론서(『葛の松原』)에 '바쇼의 암자 옆에 있던 연못'이라고 적었다. 古는 운율을 맞추기 위해 접두사의 역할을 하는 낱말로 특별한 의미는 없다. 두 번째와 세 번째 소절은 기존 전통 시가에서 '우는 존재'로만 묘사하던 개구리를 '뛰는 존재'로 탈바꿈시켜 연못의 정적감을 극대화한 표현이다.

이 구를 처음 실은 하이쿠집 『와합(蛙合)』의 편집자인 제자 센카는 "개구리를 소재로 한 구아와세(句合·두 팀으로 편을 갈라 우열을 겨루는 하이쿠 짓기 행사)에 출품된 마흔 구에 스승의 하이쿠 한 수를 추가하였는데 이 구가 가장 왼편(최고 위치)을 차지했다"라고 기록했다. 당시 하이쿠의 우열은 편집자를 중심으로 참가자들이 논의하여 판정했다.

본 구를 지을 때 바쇼는 뒤 두 소절을 먼저 제시하고 제자들에게 첫 소절을 완성시키도록 하였다. 이에 제자 기카쿠가 '황매화 피고'를 제안하자 바쇼는 "와카의 전통적인 분위기를 풍기는 '황매화 피고'라는 다섯 글자가 풍류로는 화려하지만 '고요한 연못'이라는 다섯 글자는 소박하여 참되다. 안성맞춤인 '황매화 피고'라는 다섯 글자를 버리고 '고요한 연못'을 택하는 마음이야말로 속되지 않다"라고 말했다.

팔월 보름달
연못을 돌고 돌아
밤을 지새네

名月や池をめぐりて夜もすがら(1686년)…271

밤늦도록 교교한 달빛 아래의 연못을 돌며 흥취에 젖어든다.

기카쿠 등 문하생 셋과 바쇼가 암자에 있는 '개구리 뛰어드는' 연못에서 달구경을 하며 지은 구이다.

빈 둥지, 그저
한량없이 허전할
이웃이려니

古巣ただあはれなるべき隣かな(1686년)…272

날아가는 새처럼 길 떠날 스님이여, 그대를 보내고 빈집을 바라보면 나는 가없이 외롭고 헛헛할 것이오.

인근에 은거하던 선승(禪僧) 소하가 바쇼의 주선으로 나고야 지역으로 수행하러 떠날 때 지은 전별구이다. 소하는 이듬해 바쇼가 가시마 신궁에 참배하러 갈 때 다른 제자 소라와 함께 동행한다.

동쪽 서쪽에
아와레는 한가지
소슬한 바람

東西(ひがしにし)あはれさひとつ秋(あき)の風(かぜ)(1686년)…273

소슬한 바람이 불어오는 이 계절, 멀리 떨어져 살아도 시심(詩心)은 같다.

문하생 교라이가 누이동생과 이세 신궁에 참배하고 소감과 하이쿠를 섞어 지은 글 「이세 기행」의 발문으로 보낸 구이다.

'동쪽 에도의 바쇼 서쪽 교토의 교라이, 누가 짓던 하이쿠는 아와레를 노래한다'고도 해석 가능한 이 구는 여러 문집에 조금씩 다르게 실려있다.

동쪽 서쪽에 / 아와레도 같도다 / 소슬한 바람

東西あはれも同じ秋の風

동쪽 서쪽에 / 아와레는 같도다 / 소슬한 바람

東西あはれさおなじ秋の風

あはれ(あわれ·아와레)는 사전에 "일본 문학의 미적 이념의 하나로 고어에서는 희로애락의 감정을 나타내는 감동사였던 말 '어즈버' 혹은 '아'가 자연이나 인생에 대한 복잡한 정서까지 표현하게 되면서 정신적 이념으로 발전되었다. 아와레가 포함하는 내용은 폭이 넓어 참된 것, 맑음(雅), 그윽함, 와비(간소함), 사비(한적함) 등과 맥락이 닿는다", "절실히 마음에 와닿는 감동으로 특히 비애·비련·불민의 감정을 일컫는다" 등으로 설명되어 있다.

본 서에서는 아와레를 각각의 하이쿠의 시정(詩情)에 맞게 처연·애절·쓸쓸함 등으로 번역하였고 본 구에서는 아와레라고 일본어 발음대로 표기하였다.

가진 것 하나
조롱박은 가벼운
나의 삶이라

もの一つ瓢はかろきわが世かな(1686년)…274

내가 소유한 유일한 물건인 조롱박처럼 나의 인생도 단출하다.

바쇼의 암자에 조롱박이 하나 있었는데 바쇼는 이것을 쌀을 담는 손뒤주로 사용하였다. 글벗 야마구치 소도가 보내준 아래의 한시에 네 곳의 산이 언급된 데서 바쇼는 이 조롱박에 四山の瓢(네 산을 품은 조롱박)이라는 이름을 붙였다.

조롱박 하나는 태산보다 무겁고, 스스로를 웃으며 기산이라 부르네
수양산처럼 굶는 일은 없으리, 이 속에 쌀 무더기 반과산이 있으니
一瓢は黛山よりも重く 自ら笑って箕山と称す
首陽の餓に慣ふことなかれ這の中に飯顆山あり

초안…가진 것 하나 / 나의 삶은 가벼운 / 표주박이라
もの一つわが世は軽き瓢かな

야마구치 소도(山口素堂·1642~1716)는 스무 살에 가업인 양조업을 동생에게 물려주고 학문과 문예에 전념한 하이쿠 및 와카 시인으로, 한시·차도·노 등의 예능도 즐겼다. 바쇼가 무명 시절을 보내던 1675년부터 바쇼와 친교를 맺어 평생 절친하게 지낸 그는 고아함을 특징으로 하는 가쓰시카풍(葛飾風) 하이쿠의 시조가 되었다.

"배 타고 나가 밤을 새운 뒤 하현달도 애처로운 새벽녘, 배 지붕 위로 머리를 내밀어"

밝아오누나
스무이레 밤에도
초사흘의 달

明け行くや二十七夜も三日の月(1686년 이전)…275

동틀 무렵의 하늘에 걸려있는 27일 밤의 하현달의 이지러진 모양새가 마치 초승달 같다.

초안…동트는 하늘 / 스무이레 밤에도 / 초사흘의 달
あけぼのや二十七夜も三日の月

"서리 내린 뒤의 덩굴(葎)을 찾아가"

꽃은 모두 시들어
아와레를 떨구네
땅 위의 풀씨

花みな枯れてあはれをこぼす草の種(1686년 이전)…276

서리를 맞아 시든 꽃들 아래에 풀씨들이 땅에 흩어져 있어 무상함을 자아낸다.

머리글의 덩굴은 '풀로 뒤덮인 집' 혹은 '시든 뜰'을 암시하는 표현이다. 7/7/5 음절로 지은 구로, こぼす(떨구다)는 앞뒤 구절에 모두 이어지는 표현이다.

"겐키 화상에게 술을 받은 답례로"

강물 차가워
잠 이루지 못하네
갈매기 소리

水寒く寝入りかねたる鴎かな(1686년 이전)…277

보내준 술 고맙소. 겨울밤의 차가운 강물에 갈매기조차 잠들지 못하고 끼룩거리고 있구료.

바쇼가 살았던 암자가 위치한 후카가와 일대(도쿄 고토쿠 스미다강 어귀의 서측)에 지금은 '고토쿠(江東区) 바쇼 기념관'이 세워져 있다.

"암자에서 첫눈이 내리는 것을 보려고 근방에 있다가도 하늘에 구름만 끼면 서둘러 돌아오기 몇 번이던가, 동짓달 여드레에 처음으로 눈을 맞는 이 기쁨"

첫눈이시여
마침맞게 암자에
있사옵니다

初雪や幸ひ庵にまかりある(1686년)…278

고대하던 눈께서 드디어 내리시는군요. 오늘은 때마침 제가 암자에 머무르고 있던 터라 눈 내리는 모습을 바라볼 수 있어 감개무량하옵니다.

첫눈을 바라보는 감동을 서간체의 문장으로 지은 구이다.

이 해 바쇼는 일 년 내내 후카가와 강변의 암자에서 지냈다.

눈이 내리네
수선화의 이파리
휘어지도록

初雪や水仙の葉のたわむまで(1686년)…279

앞 구와 같은 날 암자에서 지은 구이다.

"인근에 움막을 짓고 사는 소라 아무개가 아침저녁으로 찾아온다. 내가 밥을 지으려 하면 땔감을 지어오고 차를 달이는 밤에는 찾아와 방문을 두드린다. 조용한 것을 좋아하고 돈을 따지지 않는다. 어느 밤, 눈이 오길래"

여보 불을 피우소
좋은 거 보여줌세
하얀 눈뭉치

きみ火をたけよき物見せん雪丸げ(1686년 이전)…280

여보게 불을 피워서 찬 한 잔 끓여주시게, 내가 눈을 굴려 커다란 눈뭉치를 만들어 보여주리다.

친근한 호칭과 대화체 용어를 사용하여 격의 없는 정감을 7/7/5의 음절로 표현한 구이다.

이후 가와이 소라(河合曾良·1649~1710)는 바쇼의 문하생이 되어 가시마 신궁 참배 여행에 동참하였고, 동북 지방으로의 여행 '오쿠의 오솔길'에 동행하여 여행의 실제 모습을 전해주는 귀중한 자료인 『소라 여행 일기(曾良旅日記)』를 후세에 남겼다. 1709년부터는 막부의 지방 감독관으로 임명되어 일하던 중 후쿠오카 일대에서 병사하였다.

<바쇼(좌)와
소라(우)의 초상>

동지섣달의
하얀 달은 잠에서
깨어난 시로

月白き師走は子路が寝覚め哉(1686년 이전)…281

12월의 차가운 하늘에 청명한 달이 떠있다. 마치 잠에서 막 깨어난 시로의 맑은 눈동자 같은 달이.

子路(시로)는 공자의 제자 가운데 가장 청렴하고 실직(實直)한 것으로 알려진 인물이다. 발음 나는 대로 옮기면 '쓰키시로키/시와스와 시로가/네자메카나'로, し(시) 음을 반복적으로 사용하여 리듬감을 살린 구이다.

"추운 밤"

물독 깨지는
한밤중 얼음장의
마알간 의식

瓶割るる夜の氷の寝覚め哉(1686년 이전)…282

겨울밤의 냉기에 잠에서 깨어나 또렷한 의식 속에서 물이 얼어 항아리가 쩌억 갈라지는 소리를 듣는다.

홀로 지내는 암자에서 겨울밤의 냉기와 마주한 엄혹한 정황을 얼음장에 빗대 표현한 구이다.

氷(얼음장)은 앞뒤 구절에 모두 이어진다.

물독 깨지는
한밤중 얼음장에
잠에서 깨네

세밑 장마당
선향이라도 사러
나가 볼까나

年の市線香買ひに出でばやな(1686년 이전)…283

속세에서 벗어나 암자에서 은둔하며 살아가는 나, 하지만 왠지 선향을 핑계 삼아 사람들로 북적대는 연말의 장터를 기웃거려 보고 싶다.

線香(선향)은 하이쿠를 읊을 때 피우거나 향 자체를 즐기는 사람들이 사용하던 물건으로, 새해맞이 장터에서는 거래되지 않는 품목이었다.

달이야 눈이야
나대고 다녔노라
저무는 한 해

月雪とのさばりけらし年の暮(1686년 이전)…284

세밑을 맞아 지난 일 년을 뒤돌아보니 달과 눈을 좇아 풍류를 읊는답시고 이곳저곳 꽤 돌아다녔다.

다음에 올 구와 함께 나고야 나루미 지방의 문하생 지소쿠에게 편지에 적어 보낸 구이다.

시모사토 지소쿠는 데이몬파, 담림파의 하이쿠를 짓다가 바쇼의 문하생이 된 이후 나루미 지역 바쇼 문파의 중심적인 역할을 하였다. 본업은 양조업이었지만 말년에 삭발하고 출가하였다.

"란세쓰가 보낸 설빔을 입어 보니"

그 누군가의
차림새에 닮았네
새해의 아침

誰やらがかたちに似たり今朝の春(1687년·44세)…285

은둔 생활을 하는 내가 설을 맞아 새 옷을 차려입고 보니 여느 세상 사람들 가운데 하나가 된 듯한 느낌이 든다.

머리글의 설빔은 제자 핫토리 란세쓰가 하이쿠 종장(宗匠)의 자격을 취득하여 바쇼에게 선물한 옷으로 추정한다.

굴보다는
차라리 김을 팔지
늙은 장사꾼

牡蠣よりは海苔をば老の売りもせで(1687년)…286

나이 든 장사꾼이여, 무거운 굴을 메고 다니지 말고 가벼우면서도 불법(佛法)과 연이 닿는 김을 팔면 어떠리오.

'어차피 살생계를 범할 바에는 입을 다물고 있는 가키(굴)를 파는 것이 어떤가. 가키는 입을 열지 않고 불경을 읽는다는 선종의 용어 가킨(看経)과 발음이 비슷하여 불도에 맥락이 닿으니'라는 뜻을 읊은 사이교의 아래 와카를 배경에 두고 지은 구이다.

같은 값이면 / 굴을 꿰어서 / 말릴지어다

대합조개보다는 / 이름도 미더우니

おなじくはかきをぞ挿して干しもすべき蛤よりは名も便りあり

바쇼의 제자 교라이는 하이쿠 이론서 『교라이쇼(去来抄)』에 이 구와 관련하여 이렇게 기록했다.

"고사·고가(古歌)를 본뜰 때는 옛글을 가다듬어 구를 지어야 한다. 예를 들어 '대합조개보다 굴을 꿰어 말리라'는 옛 스승 사이교의 와카를 본떠 바쇼 스승은 '굴보다는 차라리 김을 팔지 늙은 장사꾼'이라고 구를 지었다. 원래의 글은 '같은 생물을 팔더라도 가키(굴)를 팔아라, 가키는 가킨이라는 글자와 어울리기 때문이다'라고 되어있는 것을, 바쇼 스승은 '목숨이 붙어있는 것을 팔기 보다 노리(김)를 팔아라, 노리(법·法)는 불법(佛法)에 부합한다'라고 더욱 다듬었다. 늙음에 학력이 있도다."

묵정밭에서
냉이를 캐며 가네
남정네 무리

古畑(ふるはた)やなづな摘(つ)みゆく男(おとこ)ども(1687년 이전)…287

겨우내 버려진 밭에서 정초에 사내들이 냉이를 캐며 걸어간다.

'헤이안 시대의 정초에는 화사하게 차려입은 기품 넘치는 궁녀들이 들에 나가 봄나물을 캐던 풍습이 있었지만, 오늘날의 에도 시대의 정초에는 우아함과는 거리가 먼 사내들이 일구지도 않은 밭에서 냉이를 캐면서 간다'라고 언어적 유희를 담아 지은 구.

古畑는 전해에 추수를 한 뒤 아직 밭갈이를 하지 않은 밭이며, なづな는 일곱 가지 봄나물의 하나인 냉이를 이른다.

"인일(人日)"

사방팔방에
냉이 메김소리도
중구에 난방

四方(よも)に打(う)つ薺(なずな)もしどろもどろ哉(かな)(1687년 이전)…288

냉이를 썰며 저마다 멋대로 부르는 노랫소리가 여기저기에서 들려온다.

정월 초이레에 일곱 가지 봄나물로 죽을 끓여 먹는 풍습을 노래한 구이다. 머리글의 인일(人日)은 정월 초이레의 별칭으로, 새해의 1일부터 6일까지는 짐승과 가축에 대한 길흉을 점치고 7일 차에 사람의 운수를 점치던 중국 풍습에서 비롯한 명칭이다. 薺打つ는 6일 밤부터 7일 새벽까지 냉이를 썰며 여럿이 주고받는 형식으로 민요를 부르는 풍습이다. 바쇼는 이 집 저 집에서 저마다 부르는 노랫소리를 중구난방이라고 표현하였다.

자세히 보니
냉이꽃 피어있네
울타리 아래

よく見れば薺花咲く垣根かな(1687년 이전)…289

담장 밑을 가만히 들여다보니 냉이에 조그맣고 하얀 꽃이 오밀조밀 피어있다.

마후쿠다의
하카마 시늉하나
쇠뜨기 뱀밥

真福田が袴よそふかつくづくし(1687년 이전)…290

뱀밥의 생김새가 마후쿠다가 몸에 두른 하카마와 비슷하다.

하카마(袴)는 주름을 잡은 치마 형태의 바지로, 나라 시대의 승려 교키(行基·668~749)가 이즈미 땅의 공주였던 전생에 불도를 수행하기로 결심한 남자 종 마후쿠다에게 지어준 데서 유래했다는 설화가 전해진다.

세상에 활짝
피어난 꽃에게도
나무아미타

世に盛る花にも念仏申しけり(1684년~1688년)…291

무엇에나 합장을 하는 습관이 붙어있던 차에 봄에 흐드러지게 핀 꽃을 보고도 그만 염불을 외운다.

동리 아이야
매화 꺾고 남기렴
소몰이 채찍

里の子よ梅折り残せ牛の鞭(1687년 이전)…292

소를 모는 동네 아이들아, 매화 가지를 꺾어 소를 모는 것은 좋지만 내가 시를 지을 만큼의 꽃가지는 남겨다오.

은자들이 소를 타고 다니며 풍류를 읊던 시절의 중국 고사를 배경에 두고 지은 구.

초안…동리 아이야 / 채찍 꺾고 남기렴 / 매화 꽃가지
里の子よ鞭折り残せ梅の花

"어느 은자를 찾아가니 주인은 절에 참배하러 가고 나이 든 노인 혼자 암자를 지키고 있었다. 담장에 매화가 활짝 피어있어 '꽃도 집 주인을 닮았구료' 했더니 그 노인 왈 '옆집 나무올시다'"

빈집에 가니
담장의 매화조차
이웃집 가지

留守に来て梅さへよその垣穂かな(1687년 이전)…293

주인 없는 집을 찾아가니 담장 위의 매화 가지조차 옆집에서 넘어온 것이다.

한시의 전통적인 소재 방우불우(訪友不遇·찾아간 벗을 만나지 못한다)를 소재로 지은 구.

초안…빈집에 가니 / 울타리의 매화도 / 이웃집 가지
留守に来て梅さへよその垣根かな

"교토 하늘 아래에서 1년간 수행할 때 우연히 만난 행각승이 올봄 오슈로 행각을 떠난다며 초막에 찾아와"

잊지 마시오
덤불 속에 피어난
매화꽃을

忘るなよ藪の中なる梅の花(1687년)…294

덤불 속에 피어난 매화를 부디 잊지 말고 다시 찾아 주시오.

동북 지방으로 수행하러 떠나는 승려에게 지어준 전별구로, 梅の花(매화꽃)은 속세를 벗어나 살아가는 자신의 모습을 비유한 표현이다.

제자 로쓰가 편집한 하이쿠집 『월산홋쿠합(月山發句合)』에는 바쇼가 아닌 어부(漁父)가 본 구의 작자라고 기록되어 있다.

초안…다시 오시오 / 덤불 속에 피어난 / 매화꽃에게
またも訪へ藪の中なる梅の花

황새 둥지도
보이누나, 벚나무
꽃잎 너머로

鸛の巣も見らるる花の葉越し哉(1687년 이전)…295

산벚나무의 꽃잎 저편에 황새 둥우리가 보인다.

꽃 자체를 대상으로 하던 전통적인 하이쿠의 시각에서 벗어나 꽃잎 너머로 보이는 새의 둥지에 초점을 맞춰 지은 구이다.

황새 둥지에
폭풍 아랑곳없는
벚나무로세

鸛の巣に嵐の外の桜哉(1687년 이전)…296

이 벚나무에 지어진 황새 둥지는 세차게 불어닥치는 봄바람에 아랑곳없이 평온하다.

嵐(폭풍)은 '황새 둥지에'와 '아랑곳없는'에 이중으로 쓰인 표현이다.

뭉게구름 꽃
종소린 우에논가
아사쿠산가

花の雲鐘は上野か浅草か(1687년)…297

구름이 펼쳐진듯 흐드러지게 피어있는 벚꽃 너머에서 종소리가 들려오건만, 우에노에 있는 간에지(寛永寺)의 종소리인지 아사쿠사에 있는 센소지(浅草寺)의 종소리인지 분간이 안 된다.

후카가와 암자에서 바라본 풍경을 시각·청각적으로 읊은 구이다.

긴긴날에도
다 울지 못하고서
나는 종달새

永き日も囀り足らぬひばり哉(1687년 이전)…298

기나긴 봄날에 종일 지저귀어도 마음에 차지 않았는지 저녁 하늘에 종달새가 떠있다.

바쇼 암자를 찾아온 제자 고이즈미 고오쿠에게 다음에 올 구와 함께 제시한 구이다. 고오쿠는 이후 하이쿠 선집『숯 가마니(炭俵)』를 편집하여 바쇼 만년의 하이쿠 사상인 '가루미'에 관련한 귀중한 자료를 남겼다.

허허벌판에
마음도 두지 않고
우는 종달새

原中やものにもつかず啼く雲雀(1687년 이전)…299

햇살 쏟아지는 너른 들판에서 종달새가 무엇에도 마음을 두지 않고 홀로 하늘 높이 떠올라 지저귄다.

모든 것에서 벗어나 무심하게 피어있는 가냘픈 나리꽃을 읊은 사이교의 아래 와카 넷째와 다섯째 구절을 응용하여 지은 구이다.

종달새 나는 / 황야에 피어있는 / 하늘나리꽃
그 무엇도 마음에 / 두지 않는 그 심사
雲雀立つ荒野に生ふる姫百合の何につくともなき心かな

초안…풀도 나무도 / 모두 떠나 왔노라 / 우는 종달새
草も木も離れ切つたるひばりかな

"절에 얽힌 사연을 사람들에게 전해 듣고"

가사데라 절
새지 않는 바위집도
봄비에 젖네

笠寺や漏らぬ岩屋も春の雨(1687년 이전)…300

다시 지어져 지금은 '새지 않는 바위집'이 된 절 가사데라가 내리는 봄비에 촉촉히 젖어 든다.

'본존을 우산으로 가려준 여인이 부처의 가호를 받아 왕비가 되어 절을 부흥시켰다'는 전설이 깃든 절에 바쇼가 봉납한 하이쿠이다.

헤이안 시대의 승려가 지은 아래 와카의 넷째 구절을 인용하여 지었다.

어찌 초가만 / 이슬에 젖는다고 / 생각했던고

새지 않는 바위 집도 / 소매는 젖건마는

草の庵を何露けしと思ひけん洩らぬ岩屋も袖はぬれけり

“단다우 화상을 추도함”

땅에 쓰러져
뿌리에 다가가네
꽃의 이별법

地に倒れ根に寄り花の別れかな(1687년 이전)…301

자신이 태어난 곳으로 돌아가 생을 마감하는 꽃처럼 화상이 죽어 땅에 묻혔다. 단다우 화상에 대해 알려진 내용은 없다.

75대 일왕 스토쿠인도 유사한 시정을 담은 아래의 와카를 지었다.

꽃은 뿌리로 / 새는 옛 둥지로 / 돌아가건만
봄날 머무는 곳을 / 아는 이가 없구나

花は根に鳥は古巣にかへるなり春のとまりをしる人ぞなき

나를 위했나
학이 먹고 남겨준
미나리 밥

我がためか鶴食み残す芹の飯(1687년 이전)…302

산길에 있는 밥집에서 미나리 밥을 내왔다. 혹시 이것이 ‘청니방(青泥坊)의 데친 미나리’라고 두보가 시에 읊은 그 미나리 밥이 아닐까? 만약 그렇다면 이 밥은 그 시에 나오는 두루미가 나를 위해 남겨준 것이로구나.

두견새 우네
울고불고 울어 예네
바쁘다 바빠

ほととぎす鳴く鳴く飛ぶぞ忙はし(1687년 이전)…303

두견새가 연신 소리 내어 울며 이곳저곳으로 바삐 날아다닌다.

우는 소리를 듣고자 오래도록 고대하다 비로소 들려오는 두견새의 일성을 예찬하던 전통적인 와카의 방식에 반해 두견새의 실제의 움직임을 청각과 시각적으로 자유로이 묘사한 구이다.

초안…두견새 우네 / 울며 울며 날아가네 / 바쁘다 바빠
ほととぎす鳴き鳴き飛ぶぞ忙はし

두견새 소리
지금은 시인 없는
세상이로다

ほととぎす今は俳諧師なき世哉(1688년 이전)…304

새로운 계절을 알리며 두견새가 우는데도 사람들이 하이쿠를 짓지 않는구나. 아 슬프다, 지금은 시인이 없는 세상이로다.

俳諧師なき(하이카이 시인 없는)은 '두견새 울음을 능가할 시를 쓸 시인이 없다', '어떤 시라도 두견새 울음소리에 압도된다', '뛰어난 시인이 없다' 등 다양하게 풀이할 수 있다.

병꽃나무도

어머니 없는 집에라

처연한 모습

卯(う)の花(はな)も母(はは)なき宿(やど)ぞ冷(すさま)じき(1687년)…305

평소 초여름의 풍취를 한껏 자랑하던 병꽃이 어머니가 돌아가신 집 앞에서는 저녁의 어둠 속에 처연하게 서있다.

제자 기카쿠(其角)의 모친 사후 35일째의 추선 공양에 읊은 구로, 본 구에 기카쿠는 이렇게 대구를 지었다.

향 연기 남아있는 / 짧은 밤에도 꿈을

香消え残る短夜も夢

"物皆自得"

꽃에 노니는

꽃등에 먹지 마오

내 친구 참새

花(はな)に遊(あそ)ぶ虻(あぶ)な喰(くら)ひそ友雀(ともすずめ)(1687년)…306

만물은 저마다의 자리가 있고 쓸데없는 존재는 없는 법이니 나의 친구 참새여, 꽃등에를 잡아먹지 마오.

머리글은 장자의 글 "만물을 가만히 바라보면 이치를 깨닫는다(萬物靜觀皆自得)"의 일부이다. 友(친구)를 발음이 같은 말 共(무리)로 풀이하면 다음과 같은 구가 된다.

꽃에 노니는

꽃등에 먹지 마오

참새의 무리

새끼 참새와
주고받고 운다네
쥐 사는 구멍

雀子と声鳴きかはす鼠の巣(작성 연도 미상)…307

새끼 참새와 쥐구멍 속의 새끼 쥐가 짹짹 찍찍 하며 주거니 받거니 노래한다.

11세기의 수필집 『마쿠라노소시(枕草子)』에 실린 구절 "새끼 참새가 새끼 쥐 우는 소리에 춤추고 나선다"를 배경에 두고 지은 구이다.

다랑어 장수
어디 사는 누구를
취하게 할꼬

鰹売りいかなる人を酔はすらん(1687년 이전)…308

다랑어 장수의 외침이 들려온다. 오늘은 또 어느 부잣집 사람이 다랑어를 안주 삼아 술을 마시고 거나하게 취하려나.

다랑어는 에도 사람 누구나 좋아하는 먹거리였지만 값비싸서 서민에게는 그림의 떡이나 마찬가지였다.

酔う(취하다)를 다른 뜻 체하다, 탈나다로 풀이하면 다음과 같은 구가 된다.

다랑어 장수
어디 사는 누구를
탈나게 할꼬

"제자 문린이 출산존상(出山の尊像)을 보내와 안치하고"

나무아미타
풀로 지은 불단도
시원하소서

南無(なむ)ほとけ草(くさ)の台(うてな)も涼(すず)しかれ(1687년 이전)…309

존귀하신 부처님이시여, 부득이 연화대가 아닌 풀로 엮은 누추한 암자에 모시오만 부디 무더운 여름에 시원하게 자리하소서.

바쇼는 이후 거주지를 옮길 때마다 이 불상을 지니고 다녔다. 후일 유언장에 이 불상을 자신의 후원자이자 열 명의 고제(高弟) 가운데 한 사람인 시코에게 물려준다고 썼다.

머리글의 출산존상은 깨달음을 얻어 설산을 나온 석가의 모습을 새긴 불상이다.

"란세쓰가 그림을 그려 와서 구를 지어달라기에"

나팔꽃은
엉성하게 그려도
애처로우니

朝顔は下手の書くさへ哀れなり(1684년~1688년)…310

나팔꽃은 그림 솜씨 없는 사람이 그려도 허무감과 애절함이 담겨있어 운치롭다. 바쇼의 열 제자 가운데 한 사람인 란세쓰의 그림에 친밀감을 담아 평한 구이다.

나팔꽃은 아침나절에만 피었다 시들기 때문에 덧없음과 허무함을 표현하고자 할 때 시가 문인들이 자주 사용한 소재였다.

핫토리 란세쓰(服部嵐雪·1654~1707)는 사무라이였다가 스물한 살에 바쇼의 문하생이 되었다. 초기의 방탕한 생활을 거쳐 만년에는 선(禪)을 수련하며 온화하고 유려한 기풍의 하이쿠를 지은 그는 바쇼 사후 기카쿠와 에도 바쇼 문파 세력을 양분하며 설문(雪門)이라는 유파를 창시하였다. 바쇼의 '가루미' 사상에 공감하지 못해 만년의 바쇼와는 교류하지 않았다.

취해 잠들리
패랭이 피어있는
바위 위에서

酔うて寝ん撫子咲ける石の上(1687년 이전)…311

패랭이꽃 피어있는 물가의 너럭바위에 누워 술을 마시고 취해 잠들고 싶다.

撫子(패랭이꽃)은 '어루만진다'는 한자의 뜻 때문에 시가에서 이성과 한자리에 눕는 것을 비유하는 데 쓰이기도 했다. 石の上(바위 위)는 고전 『후선와카집(後選和歌集)』의 미녀 오노노 고마치와 객승 헨조가 주고 받은 와카에도 등장하는 표현이다.

바위 위에서 / 객지잠을 자려니 / 너무 추워요
이끼로 지은 옷을 / 제게 빌려주셔요
岩の上に旅ねをすればいと寒し苔の衣を我にかさなん(고마치)

세상 등지니 / 이끼로 지은 옷은 / 너무 얇구려
박정할 순 없으니 / 함께 덮고 잡시다
世をそむく苔の衣は唯ひとえ貸さねば疎しいざ二人ねん(헨조)

솔바람에
떨어진 잎새련가
물소리 시원타

松風の落葉か水の音涼し(작성 연도 미상)…312

유달리 물소리가 청량하게 들리는 까닭은 솔바람에 떨어진 나뭇잎이 물에 실려 오기 때문이다.

바쇼 사후 15년 뒤인 1709년에 제자 핫토리 도호가 출간한 바쇼 하이쿠 모음집 『바쇼 옹 하이쿠집(蕉翁句集)』에 실린 구로, 지은 시기나 작구의 정황 등은 알려지지 않았다.

여름 장맛비
물통 테 끊어지는
한밤중 소리

五月雨や桶の輪切るる夜の声(1687년 이전)…313

장맛비가 줄기차게 내리는 밤, 빗물을 받던 물통에서 테 끊어지는 소리가 우지끈하고 들린다.

'장마철의 눅눅하고 음울한 분위기는 와카·렌가·하이카이 등의 기존 시가에서 많이 언급되었지만 장마의 영향을 이토록 감각적이고 구체적으로 표현한 것은 처음'이라며 당시의 문단에서 찬사를 받은 구이다.

桶の輪(물통 테)는 대나무를 꼬아 물통의 바깥을 단단히 고정하는 테두리이다.

바쇼 문파의 하이쿠집에도 다른 작자의 유사한 구가 실려있다.

여름 장맛비 / 나무통의 테두리 / 끊기는 소리

"가난한 사람이 스스로를 읊다"

머리 자라고
얼굴은 해쓱구나
여름 장맛비

髪生えて容顔青し五月雨(1687년 이전)…314

장마철에 눅눅한 오두막에 갇혀 지내다 문득 거울을 보니 덥수룩하게 자란 머리에 파리한 자신의 얼굴이 있다.

장맛비 속에
논병아리 뜬 둥지
보러 가리다

五月雨に鳰の浮巣を見にゆかん(1687년 이전)…315

장맛비로 물이 불어난 비와호에 떠있을 논병아리의 둥지를 살피러 내 조만간 그쪽으로 건너가리다.

논병아리가 물 위에 풀을 엮어 집을 짓기 때문에 시가에서 '논병아리의 뜬 둥지'는 정처 없이 떠도는 풍정을 암시하는 표현으로 쓰인다.

제자 도호는 『산조시(三冊子)』에 "'이 구에 하이쿠의 맛은 없다. 구태여 보러 가고자 하는 마음에 해학이 있다'고 스승께서 말씀하셨다"라고 기록하였다.

"살던 사람 자취 감추고 덩굴만 우거진 빈 자리를 찾아가"

참외 기르는
그대가 있더라면
저녁의 납량

瓜作る君があれなと夕涼み(1687년 이전)…316

여름의 더위를 식히는 저녁나절, 참외를 심으며 조용히 살아가던 그대가 곁에 있더라면 하는 아쉬움에 젖는다.

사이교가 지은 아래 와카의 두 소절을 인용하여 지었다.

솔뿌리 뻗은 / 이와타 벼랑가에 / 저녁의 납량

그대 있으면 하고 / 마음속에 그리네

松が根の岩田の岸の夕涼み君があれなと思ほゆるかな

자잘자잘 게
발에 기어오르네
맑은 시냇가

さざれ蟹足這ひのぼる清水哉(1687년 이전)…317

맑은 냇물에 발을 담그고 있으려니 작은 민물 게가 발 위로 기어오른다.

さざれ蟹는 맑은 민물에 사는 작은 게 사와가니(沢蟹)로, 자잘하다는 뜻의 낱말 さざれ의 경쾌한 리듬감을 살려 지은 구이다.

"산푸가 여름 수업료로 삼베옷을 지어 보냈기에"

이것 참 내가
좋은 옷을 입었네
매미 날개 옷

いでや我よき布着たり蝉衣(1687년 이전)…318

허 참, 내가 매미 날개처럼 가볍고 값비싼 여름옷을 입었구료.

蝉衣(매미 옷)은 속이 비칠 만큼 가볍고 바람이 잘 통하는 옷을 매미의 날개에 빗댄 표현이다.

초안…어허 참 내가 / 좋은 옷을 입었네 / 매아미 소리
いでや我よき布着たり蝉の声

바치나이다
토란잎은 연잎과
비슷하오니

手向(てむ)けけり芋(いも)は蓮(はちす)に似(に)たるとて(1687년 이전)…319

이보게 친구, 토란잎도 연잎과 비슷하게 생겼으니 내가 그대 영전에 토란잎을 올리오. 받아주시구려.

제자 스기야마 산푸의 부친 추도식에 부쳐 지은 구로, 바쇼는 산푸의 부친과 막역한 사이였다.

"리카에게"

번갯불을
손에 쥔 어둠 속의
기름종이 불

稲妻(いなずま)を手(て)にとる闇(やみ)の紙燭(しそく)哉(かな)(1687년 이전)…320

번쩍이는 번갯불을 손에 쥔 것처럼 깜깜한 밤의 어둠 속에서 손에 든 기름종이 불이 환하게 빛난다.

제자 리카의 시재(詩才)를 은유적으로 칭찬한 구이다.

手にとる(손에 든)이 앞뒤 구절에 모두 이어지도록 지었다.

3. 『가시마 기행』

싸리 들녘에
하룻밤 재워주오
산속 짐승들

萩原や一夜はやどせ山の犬(1687년·『가시마 기행』)…321

싸리꽃이 펼쳐진 가을의 들판에서 길 가는 나그네가 하룻밤 묵고자 하오. 산에 사는 짐승들이여 나를 받아주오.

바쇼가 제자 소라와 소하를 데리고 달구경을 겸해 가시마 신궁에 참배하러 가는 도중인 8월 14일에 지은 구이다.

『가시마 기행』은 바쇼가 1687년 8월에 가시마 신사 참배, 절 곤폰지의 주지인 붓초화상 방문과 달구경을 겸한 짧은 여행을 하면서 쓴 글을 엮은 기행문이다. 바쇼 자신과 동행한 제자 둘의 하이쿠 14수를 실은 이 기행문은 바쇼 사후 100여 년이 지난 1790년에 출간되었다.

"비가 내려 달구경을 포기하고 있던 차에 비구름이 조금 걷힌 새벽의 달빛과 빗소리가 그지없이 고즈넉하여"

버달리는 달
가지에는 빗방울
매달은 채로

月はやし梢は雨を持ちながら(1687년·『가시마 기행』)…322

비 그친 새벽, 아직 가지 끝에 빗물이 방울방울 달려있는데 하늘의 달은 구름 사이를 빠르게 지나간다.

주지 붓초 선사(禪師)의 아래 와카도 함께 기행문에 실렸다.

시시때때로 / 변치 않는 하늘의 / 달빛이련만

많고 많은 풍경은 / 구름 사이사이에

折にかはらぬ空の月影もちぢのながめは曇のまにまに

절에서 자고
말간 얼굴일레라
보름달 구경

寺に寝てまこと顔なる月見哉(1687년·『가시마 기행』)…323

절에서 하룻밤 잠자고 경건한 마음가짐으로 달구경을 한다.

앞 구와 함께 가시마시에 있는 절 곤폰지(根本寺)에서 지은 구로, 동행한 제자 소라와 소하가 지은 아래의 하이쿠도 기행문에 나란히 실렸다.

비에 잠자고 / 대나무 일어나네 / 보름달 구경

雨に寝て竹起かへるつきみかな(소라)

달은 외롭네 / 법당의 추녀 끝에 / 맺힌 빗방울

月さびし堂の軒端の雨しづく(소하)

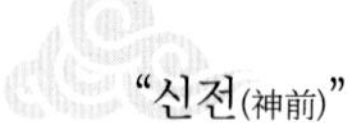

"신전(神前)"

이 소나무가
움트던 아득한 날
신사의 가을

この松(まつ)の実生(みば)えせし代(よ)や神(かみ)の秋(あき)(1687년·『가시마 기행』)…324

신령스러운 분위기가 감도는 신사, 그곳에 서있는 소나무가 처음 움텄을 아득히 먼 옛날을 생각한다.

가시마(鹿島) 신궁은 무사들에게 숭경을 받는 무신(武神)을 섬기는 신사로서 중세 이후 융성하였다.

"시골 풍경"

벼베기 하는
논두렁의 두루미
시골의 가을

刈(か)りかけし田面(たづら)の鶴(つる)や里(さと)の秋(あき)(1687년·『가시마 기행』)…325

군데군데 벼 베기를 마친 가시마의 논에 학이 내려와 가을 농촌의 풍경을 그려낸다.

"시골 풍경"

농삿집 자식
벼 타작하다 말고
달을 바라네

賤の子や稲摺りかけて月を見る(1687년·『가시마 기행』)…326

농갓집의 아들이 벼를 찧다가 가을 하늘에 휘영청 떠있는 달을 바라본다.

초안…시골집 자식 / 벼 타작하다 말고 / 달을 바라네
里の子や稲摺りかけて月を見る

"시골 풍경"

토란 잎사귀
달 기다리는 산골의
불태운 화전

芋の葉や月待つ里の焼ばたけ(1687년·『가시마 기행』)…327

산골 동네 사람들 모두가 보름달이 뜨기를 기다리는 중추, 초목을 불태워 잿빛으로 우중충한 화전(火田) 마을의 밭에 보름달인 양 둥그런 토란 잎새가 서있다. 焼ばたけ는 풀과 나무를 불사르고 그 땅에 농사를 짓는 화전식 밭을 뜻한다.

“홀로 지내는 초암에서 가을바람 소슬한 저녁에 벗들에게 띄운 소식”

도롱이벌레
소리 들으러 오소
오막살이집

蓑虫の音を聞きに来よ草の庵(1687년)…328

여럿이 모여 도롱이벌레가 우는 소리를 들어보지 않겠소? 내 사는 초막으로 한번 건너오시오.

빗속에 가시마 행각을 다녀온 바쇼를 동료 시인 소도가 도롱이벌레에 빗대 지은 아래 하이쿠에 대한 답구로 지은 구이다. 도롱이벌레가 실제로는 울지 않지만, 예로부터 문인들은 도롱이를 뒤집어쓴 듯한 벌레 모습에서 이야기를 지어내고, 우는 소리를 상상하여 글로 지었다.

<도롱이(좌)와 도롱이벌레(우)>

도롱이벌레 / 다시 보지 못한 게 /며칠이던가

みのむしにふたたびあひぬ何の日ぞ(소도)

후일 바쇼의 제자 란세쓰는 ‘벌레 소리를 들으러 갔더니’라는 머리글을 붙인 아래의 하이쿠를 편지에 적어 바쇼에게 보냈다.

벼만 파먹고 / 아무 소리도 않는 / 메뚜기로세

何も音もなし稲うち喰うて螽哉(란세쓰)

한편, 바쇼의 고향 이가에 암자를 지은 제자 도호는 바쇼에게 이 구가 적힌 그림을 선물 받고 암자의 이름을 ‘도롱이벌레 암자’로 바꾸었다.

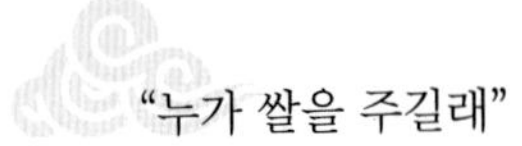

“누가 쌀을 주길래”

바깥세상은
벼 베는 시절인가
오막살이집

世の中は稲刈るころか草の庵(1687년 이전)…329

세상과 동떨어져 초막에 은거하여 살다 보니 햅쌀을 받아들고서야 지금이 추수철인가 한다.

“고승 도쿠카이, 내 초막에서 임종하시어 장사 지내고”

그 무엇도
모두 불러들이고
잠자는 억새

何ごとも招き果てたる薄哉(작성 연도 미상)…330

누구를 부르는 손짓인 양 늘 바람에 흔들리던 억새가 지금은 미동도 하지 않는다. 마치 모든 것을 다 불러들였기에 더 이상 부를 것이 없다는 듯.

바쇼가 보살피던 승려에 대한 추도구이다.

일어서는
국화 가마득하네
큰물 지난 뒤

起きあがる菊ほのかなり水のあと(1687년 이전)…331

홍수로 물이 쓸고 지나간 자리에 쓰러져 있던 국화가 힘겹게 조금씩 일어선다.

바쇼 암자가 위치한 후카가와 일대는 지대가 낮아 큰비가 내리면 물이 차올랐다.

가을 꽈리는
잎도 씨도 껍질도
단풍이로세

鬼灯は実も葉も殻も紅葉哉(작성 연도 미상)…332

가을이 깊어가며 꽈리의 씨, 잎, 껍질 할 것 없이 모두 붉게 물들었다.

시들어가며
하릴없는 국화가
맺은 봉오리

痩せながらわりなき菊のつぼみ哉(1687년)…333

비쩍 말라붙은 국화가 안쓰럽게도 꽃봉오리를 맺었다.

국화가 지금의 처지를 떠나 자연의 섭리에 따르고 있음을 읊은 구로, 1687년 10월부터 긴 여행을 떠나기 직전에 지었다.

4.『괴나리 기록』

"10월 초순, 하늘 흐린데 이내 몸은 바람에 날리는 낙엽인 양 갈 곳 모르네"

나그네라고
내 이름 불러주오
가을 소나기

旅人(たびびと)とわが名呼(なよ)ばれん初(はつ)しぐれ(1687년·『괴나리 기록』)…334

정처 없이 길을 떠나려는 나를 이제부터 나그네라 불러다오.

바쇼가 여행을 앞두고 문하생들과 함께 지은 가센의 시작구이다.

しぐれ(시구레)는 늦가을에서 초겨울 사이에 한바탕 흩뿌리고 지나가는 소나기를 말한다. 떠가는 구름을 따라 옮겨 다니는 비라서 예로부터 외로이 방랑하는 모습을 표현할 때 시가의 문인들이 즐겨 사용하던 시어(詩語)다. 初しぐれ는 그해 처음 내리는 시구레를 이른다.

바쇼는 1687년 10월 25일 에도를 떠나 이듬해 4월 23일까지 반년 동안 나고야(렌쿠 짓기 개최), 고향 이가(부친 제사), 이세 신궁(참배), 와카야마현의 요시노(꽃구경), 고야산·와카노우라·나라·스마·아카시(유람)를 거쳐 교토에 이르는 긴 여행을 했다.

이때의 여정을 기록한 하이쿠집이 『괴나리 기록(笈の小文·오이노 코부미)』으로, 바쇼가 남긴 글과 하이쿠·편지 등을 물려받은 제자 가와이 오토쿠니가 바쇼 사후 1709년에 이 제목을 붙여 출간했다. 제자 시코가 편집한 『경오(庚午) 기행』 등 다른 이름으로 출간된 것도 다섯 가지가 있다.

서명의 笈는 행각승이나 수도자가 여행에 필요한 물품을 넣어 등에 짊어지고 다니던 대나무 혹은 나무로 만든 궤인데 본 서에서는 '괴나리'로 번역하였다.

"후지(不二)"

능선 하나엔
비 뿌리는 구름인가
후지산의 눈

一尾根(ひとおね)はしぐるる雲(くも)か富士(ふじ)の雪(ゆき)(1687년으로 추정)…335

가을비가 내리는지 산줄기 하나는 비구름에 덮여있고, 그 뒤로 눈을 이고 있는 후지산이 보인다.

不二는 후지산(富士山)의 별칭이다.

초안…능선 하나엔 / 비 뿌리는 구름인가 / 눈 덮인 후지
一尾根はしぐるる雲か雪の不二

교토까지는
아직 절반의 하늘
눈 실은 구름

京まではまだ半空や雪の雲(1687년·『괴나리 기록』)…336

교토까지 갈 길이 아직 절반 남아있는 지금, 하늘에 눈구름이 드리워져 있다.

당시 한 고위 관료가 에도에서 교토를 향해 길을 가다 나고야의 숙소 나루미가타에서 지은 아래 와카에 대한 답구 형식으로 지은 글이다.

오늘도 아직 / 도읍은 까마득한 / 나루미가타
아스라한 바다를 / 가운데 놓아두고

けふも猶都も遠くなるみがたはるけき海を中にへだてて

半空을 발음이 같은 말 中天으로 풀이하면 다음과 같은 구가 된다.

교토까지는
아직, 하늘 복판에
눈 실은 구름

별곶마을의
어둠을 보라면서
우는 물떼새

星崎の闇を見よとや啼く千鳥(1687년·『괴나리 기록』)…337

별빛이 총총하기로 유명한 별곶마을의 렌쿠 짓기에 초대해 주어 감사하오. 하지만 구름이 드리워 아쉬워하던 참에 물가의 새들이 이곳의 어두운 풍광도 부디 보고 가라며 저토록 울어대는구려.

렌쿠 모임을 주관한 나루미의 여관 주인에 대한 인사구 겸 가센의 시작구이다.

춥기는 해도
둘이 자는 밤이로다
미더운지고

寒けれど二人寝る夜ぞ頼もしき(1687년·『괴나리 기록』)…338

겨울밤의 객사가 춥기는 해도 제자와 둘이 함께 자니 미쁘다.

바쇼는 나고야 지역에서 유배 중인 문하생 도코쿠가 다하라시 아쓰미(渥美)반도 끝에 있는 호비마을에 있다는 소식을 듣고 그를 만나러 오던 길을 되돌아갔다. 이때 나고야에서부터 동행한 제자 에쓰진과 함께 현재의 도요하시시 일대의 여숙에서 지은 구이다.

초안…춥기는 해도 / 둘이 자는 객지잠 / 미더웁고나
寒けれど二人旅寝ぞ頼もしき

솔가리 태워
수건을 말리노라
겨울의 추위

ごを焚いて手拭あぶる寒さ哉(1687년)…339

추운 날, 솔가리로 불을 지펴 몸을 덥히고 수건에 불을 쬔다.

앞 구와 같은 객사에서 지은 구이다. 길을 나서려 채비를 서두르는 아침의 모습을 읊은 것인지, 객사에 도착한 다음의 안도감을 읊은 것인지는 분명치 않다.

ご는 말린 솔잎을 뜻하는 이 지방의 사투리이다.

초안…솔가리 태워 / 수건을 말리노라 / 얼음장 냉골
ごを焚いて手拭あぶる氷哉

겨울날의 해
말 위에 얼어붙은
그림자 하나

冬の日や馬上に凍る影法師(1687년)…340

희부연 하늘에는 온기 없는 겨울 해가 떠있고, 차가운 땅바닥에는 겨울바람을 맞으며 말 위에 얼어붙은 것처럼 앉아있는 내 그림자가 드리워져 있다.

바쇼는 이 구에 '아마쓰 논길이라는 좁은 논두렁 길이 있는데 바닷바람이 참으로 차가웠다'라는 설명을 덧붙였다. 도요하시와 아마쓰(天津)를 잇는 거리 12km의 이 길은 춥기로 유명하여 '양자로 팔려가나, 아마쓰 논길을 벌거벗고 달리네'라는 속담마저 생겨났다.

影法師(그림자 법사)는 그림자를 의인화한 문학적 표현이다.

초안…웅크려 가네 / 말 위에 얼어붙은 / 그림자 하나
すくみ行や馬上にこおる影法師
초안…겨울 논길의 / 말 위에 웅크렸네 / 그림자 하나
冬の田の馬上にすくむ影法師
초안…춥디추운 날 / 말 위에서 웅크린 / 그림자 하나
さむき日や馬上にすくむ影法師

그럼 그렇지
허물어져 버리고
서리 덮인 집

さればこそ荒れたきままの霜の宿(1687년)…341

아니나 다를까 멀리서 찾아간 제자의 움막이 황폐한 데다 서리를 뒤집어쓰고 있어 애통하다.

제자 도호쿠의 귀양지인 호비마을에서 지은 구로, 동행한 제자 에쓰진이 그린 그림 위에 바쇼가 쓴 하이쿠가 현존한다.

"잠시 숨어 지내는 이에게 고한다"

반겨 맞으라
매화를 마음속에
겨울나기

まづ祝へ梅を心の冬籠り(1687년)…342

추운 겨울이 지난 뒤에 매화가 피어날지니 다가올 봄을 기쁘게 맞이하거라.

유배형을 받고 있는 제자에게 용기를 북돋우려 지은 글이다.

梅(매화)는 앞뒤 소절에 모두 이어지는 표현이고, 冬籠り는 겨울 동안 추위를 피해 집에 틀어박혀 지낸다는 뜻의 시어(詩語)다.

"이라고 가는 길에 에쓰진이 술에 취해 말에 타기에"

눈에 모래에
말에서 떨어지소
술 거나하니

雪や砂馬より落ちよ酒の酔(1687년)…343

이곳은 모래땅인 데다 눈까지 쌓여 땅바닥이 푹신하니 어디 한번 말에서 떨어져 보소. 술도 깰 겸.

두 제자와 이라고곶(伊良湖崎)으로 가던 도중에 친밀감을 담아 지은 구이다.

매 한 마리를
찾아서 기쁘도다
이라고곶이

鷹一つ見付けてうれし伊良湖崎(1687년·『괴나리 기록』)…344

매의 명소라 일컫는 이라고곶에서 매 한 마리를 찾아 기쁘다.

유배 중인 제자와 이 고장의 명물 매를 엮어 재회의 기쁨을 표현한 구이다.

기행문에는 "호비마을에서 이라고곶까지는 1리쯤이려나. 미카와 땅에서 뻗어나와 이세가 바다 건너에 있는데, 어인 일인지 만요슈(万葉集)에는 이세의 명소라고 적혀 있다. 이 곶에서 예로부터 바둑돌을 줍는다는데 이름하여 '이라고 흰 돌'이렷다. 뼈산이라는 언덕은 매를 잡는 곳이다. 매가 먼 남쪽 바다에서 날아와 일본 땅에 처음 내려앉는 곳이라 한다. 와카에도 '이라고 매'라는 말이 나올진대 더욱 감회에 젖어…"라는 설명이 달려있다.

초안…이라고 곶이 / 비할 것이 없도다 / 매 우는 소리
いらご崎似るものもなし鷹の声

"도코쿠의 불행으로 인해 이라고곶까지 찾아와 때마침 매 우는 소리를 듣고"

꿈속보다는
생시의 매 아닌가
미더운지고

夢よりも現の鷹ぞ頼もしき(1687년)…345

길하다는 꿈속의 매보다 직접 눈으로 보는 살아있는 매가 한결 미쁘다.

제자와 상봉한 기쁨을 꿈과 생시를 대비하여 읊은 구로, '길한 꿈의 으뜸은 후지산, 둘째는 매, 셋째는 가지'라는 나고야 지방의 속담을 배경에 두고 앞 구와 같은 날 지었다.

보리 자라서
은거하기 좋은 집
밭농사 마을

麦生えてよき隠れ家や畑村(1687년)…346

밭농사를 짓는 마을의 보리가 풍성하게 자라 남의 눈에 잘 띄지 않도록 제자의 집을 가려준다.

隠れ家(은거하는 집)은 제자가 유배지에서 거주하는 오두막의 완곡한 표현이다. 畑村은 지금의 아이치현 다하라시 후쿠에초(福江町).

초안…보리 심어서 / 은거하기 좋은 집 / 밭농사 마을

麦蒔きてよき隠れ家や畑村

"이 마을 이름은 옛날 어느 상왕이 이곳을 칭찬한 데서 비롯되었다 한다. 동네 사람들 말로는 어디에 글로 남아있지는 않지만 잊지 않고 기억으로 전해진다고 한다"

매화와 동백
일찍 피어 기리네
칭찬의 고장

梅椿早咲き褒めん保美の里(1687년)…347

나도 '칭찬마을'에 왔으니 이 고장에서 매화와 동백꽃이 일찍 피는 것을 칭찬하오.

마을 이름 호비(保美)가 호오비(褒美·칭찬)와 발음이 비슷한 점에 착안하여 지었다.

흥겨웁도다
눈으로 바뀌려니
겨울날의 비

面白し雪にやならん冬の雨(1687년)…348

내리는 겨울비에 희끗거리는 것이 섞여있으니 비가 이제 곧 눈으로 바뀔 듯하오. 글을 짓는 자리에 때마침 눈이 내리다니 신명 나는 일이구료.

11월 20일, 나고야 나루미의 도검(刀劍) 장인 지쇼의 집에서 지은 가센의 시작구 겸 인사구이다.

이 구에 대해 집주인은 이러한 대구를 지었다.

얼음을 두드리는 / 웅덩이의 대백로

氷をたたく田井の大鷺

"바쇼 옹께서 뱃병을 앓아 기토에게 약을 지어오라 하시며"

약 지어 먹네
안 그래도 찬 서리의
타향살이

薬飲むさらでも霜の枕かな(1687년)…349

그렇지 않아도 서리 내린 추운 밤에 객지에 홀로 누워있는데 병들어 약까지 지어 먹는다.

머리글은 바쇼의 문하생 곤도 조코가 문집을 엮으며 덧붙인 것이다. 바쇼는 심한 복통을 동반하는 위장병 적취(積聚)를 오랫동안 앓았다.

霜(서리)를 은유적인 뜻 백발로 풀이하면 다음과 같은 구가 된다.

약 지어 먹네
안 그래도 백발노인
타향살이

다시 갈아낸
거울도 말갛고나
눈의 꽃송이

磨ぎなほす鏡も清し雪の花(1687년·『괴나리 기록』)…350

신사의 청동 거울을 다시 갈아 맑아진 지금, 꽃송이인 양 하늘에서 눈이 내린다.

3년 전에 바쇼가 방문하였을 때 방치되어 있던 아쓰타 신궁(熱田神宮)이 복원된 것을 기리는 구로, 문하생 도요와 둘이 읊은 가센의 시작구로 쓰였다.

이 신사에는 '일본의 세 가지 신기(神器)' 가운데 하나인 거울이 안치되어 있다.

"28일 나고야, 창벽회(昌碧會)"

매만지고서
눈 구경에 갈음옷
먹두루마기

ためつけて雪見(ゆきみ)にまかる紙子(かみこ)かな(1687년·『괴나리 기록』)…351

겨울 나들이에 입을 마땅한 옷이 없어 낡은 종이 두루마기의 주름을 펴고 매만져 나들이옷을 대신한다.

초대한 나고야의 집주인에 대한 인사구 겸 가센의 시작구이다.

紙子는 감물 먹인 종이를 부드럽게 비벼서 지은 두루마기 형태의 겉옷으로, 가볍고 보온성이 뛰어나 승복으로 많이 입었다.

"풍월(風月)이라는 책방 이름이 정감 있어 한동안 지내며 쉬고 있을 즈음에 눈이 내려 길을 나서며"

자아 그럼
눈을 보러, 미끄러져
구를 때까지

いざさらば雪見(ゆきみ)にころぶ所(ところ)まで(1687년·『괴나리 기록』)…352

자, 그럼 눈을 보러 갑시다. 눈에 미끄러진들 어떻겠소. 미끄러져 데구르르 구를 때까지 어디 한번 가봅시다.

초안…어서 가세나 / 눈을 보러, 미끄러져 / 구를 때까지
いざ出む雪見にころぶ所まで

향기 따라간
매화에서 보았네
곳간의 처마

香を探る梅に蔵見る軒端かな(1687년·『괴나리 기록』)…353

향기를 좇아 매화를 찾아갔다 곳간의 처마 끝에 시선이 닿는다.

나고야의 상인 보카와의 저택에서 지은 가센의 시작구 겸 인사구로 집주인의 풍아(風雅)함을 매화에, 부유함을 곳간에 비유했다. 바쇼가 나고야에 머물던 이 시기에 미노·오가키·기후 등지에서 많은 사람들이 바쇼를 찾아와 가센, 혹은 반가센을 함께 지으며 글짓기에 관한 가르침을 받았다.

가센(歌仙)은 장구(5·7·5)와 단구(7·7)를 여럿이 번갈아 지어가며 36구를 완성하는 렌쿠(連句) 짓기의 한 유형이다. 반가센은 18구를 짓는다.

"호사 사람들에게 붙들려 대접받으며 잠시 머물 즈음"

하코네 넘는
사람도 있으려니
눈 내린 아침

箱根こす人も有るらし今朝の雪(1687년·『괴나리 기록』)…354

아침에 눈을 뜨니 세상이 하얗게 눈에 뒤덮여있다. 이런 날에도 험준한 하코네를 걸어서 넘는 사람이 있으리라.

12월 4일 나고야 일대의 문하생들과 함께 지은 가센의 시작구로, 호사는 나고야 아쓰타 신궁 서쪽의 지명이다.

잠자리 좋고
객사엔 동짓달의
저녁달 뜬 밤

旅寝(たびね)よし宿(やど)は師走(しわす)の夕月夜(ゆうづきよ)(1687년)…355

객지잠은 불편하고 외롭기 마련인데 오늘의 잠자리는 편한 데다 12월의 저녁달마저 떠있어 운치도 있다.

12월 9일, 나고야의 문하생 이쓰세이의 집에 초대받아 아쓰타 지역의 문하생들과 지은 반가센의 시작구 겸 인사구로 지었다.

夕月夜는 매달 10일 무렵까지의 상현달을 일컫는 말로, '저녁달이 뜬 밤'과 '저녁에 뜬 달'의 두 가지 뜻을 가진다.

잠자리 좋고
객사엔 동짓달의
저녁에 뜬 달

이에 대해 집주인은 겸양의 뜻을 담아 이렇게 대구를 지었다.

마당마저 좁으니 / 쌓이는 건 자국눈
庭さへせばく積もる薄雪

이슬 얼어서
붓에 모두 마르네
맑은 옹달샘

露凍てて筆に汲み干す清水哉(1687년으로 추정)…356

추운 밤에 옹달샘이 얼어붙어 붓 한 자루를 적시니 얼마 남지 않는 물이 모두 스며들었다.

나고야 문인의 집 정원을 칭송한 인사구 겸 가센의 시작구로, 사이교가 지은 아래의 와카를 배경에 두고 지었다.

똑똑 또옥똑 / 떨어지는 바위틈 / 이끼 옹달샘

다 퍼낼 일도 없는 / 가난한 오막살이

とくとくと落つる岩間の苔清水くみほす程もなきすまひかな

아래 구는 바쇼가 이듬해에 고쳐 지은 것이다.

녹아내려서 / 붓에 모두 마르네 / 맑은 옹달샘

凍て解けて筆に汲み干す清水哉

손을 포개니
이부터 시려오네
옹달샘의 물

結ぶより早歯にひびく泉かな(1684년~1688년)…357

손을 포개 옹달샘의 물을 퍼올리려니 이가 먼저 시려온다.

結ぶ는 두 손바닥을 모아 물을 뜬다는 의미이다.

"올해도 열흘 남짓, 나고야를 떠나 고향에 돌아가련다"

타향살이에
바라보네, 뜬세상의
섣맞이 청소

旅寝して見しやうき世の煤はらい(1687년·『괴나리 기록』)…358

설을 앞두고 집집마다 대청소하는 모습을 유랑하는 내가 타관에서 바라본다.

う煤はらい는 연말에 집 안팎을 청소하는 연중행사로, 한 해 동안 실내에 불을 피워 생긴 그을음을 벽과 천정에서 털어내는 데서 기원하였다. 이 시기에는 집집의 일꾼들과 바쇼의 제자들도 각자의 집으로 돌아갔다. 과거에는 신앙적인 의미까지 보태져 12월 13일에 시행하다가 현재에는 연말 연휴가 시작되는 29, 30일에 많이 행해진다.

걸어갔으면
지팡이 짚을 고개
낙마하였네

徒歩ならば杖つき坂を落馬かな(1687년·『괴나리 기록』)…359

'지팡이 짚고 넘는 고개'에서 공연히 말을 타고 가다 떨어졌다.

"구와나부터 중간중간 말을 빌려 탔다. 고개를 올라가려고 짐 안장을 바꾸다 말에서 떨어졌다…… 계절어도 없는 잡스러운 구라고 말할 사람도 있으리"라는 설명이 기행문에 쓰여있다.

지금의 욧카이치시와 스즈카시를 잇는 고갯길의 이름 쓰에쓰키자카(杖衝坂)를 소재로 하여 지은 구이다.

고향 땅에서
탯줄 보고 우노라
저무는 한 해

旧里や臍の緒に泣く年の暮(1687년·『괴나리 기록』)…360

고향 땅에서 맞은 세모에 부모가 남긴 나의 탯줄을 보고 눈물 흘린다.

고향 이가 우에노의 형 집에 돌아와 작고한 모친이 남긴 자신의 탯줄을 보고 지은 구이다.

미에현 이가시에 있는 바쇼의 생가는 1860년대 후반기에 다시 지어진 건물로, 1900년대 초기까지 바쇼 집안의 후손이 거주했다.

"지나간 해를 아쉬워하며 섣달그믐에 밤새 술을 마셔 정초 아침에 늦잠을 자고"

이튿날에도
빼먹진 않으리라
꽃 피는 새봄

二日にもぬかりはせじな花の春(1688년·『괴나리 기록』·45세)…361

섣달 그믐날 밤에 술을 많이 마셔 늦잠을 자고 말았다. 하지만 정초의 둘째 날만큼은 아침 해에 절하며 경건하게 새해를 맞으리라.

이 구해 대해 제자 도호는 『산조시(三冊子)』에 "'이튿날엔'이 마땅하나 그리하면 평이해서 운치가 없기 때문에 '이튿날에도'로 지으셨다"라고 기록했다.

花の春(꽃피는 새봄)은 새해를 예찬할 때 사용하는 전통적인 시구(詩句)이다.

『산조시』는 바쇼의 제자 핫토리 도호가 지은 하이쿠 이론서로 하이쿠의 역사와 작법, 바쇼의 가르침과 바쇼 하이쿠의 정신 및 수련 방법 등이 기록되어 있다.

“후바쿠 저택에서”

입춘 지나고
아직 아흐레만치
고향의 산야

春(はる)たちてまだ九日(ここのか)の野山(のやま)かな(1688년·『괴나리 기록』)…362

고향의 산과 들에 입춘이 고작 아흐레 지난 날수만큼의 풍정이 펼쳐져 있다. 『첫 매미(初蟬)』, 『박선집(泊船集)』 등의 문집에 실린 머리글로 미루어 바쇼 고향의 바쇼 문파 중진이자 부유한 상인 오가와 후바쿠의 집에 초대받은 자리에서 읊은 인사구로 추정한다.

성려하시어
흥겨운 백성들의
설맞이 잔치

叡慮(えいりょ)にて賑(にぎわ)ふ民(たみ)の庭竈(にわかまど)(1688년)…363

백성을 위하는 임금의 성은으로 집집마다 풍성하게 설 잔치를 벌인다.

제자 에쓰진과 성군·현신을 소재로 번갈아 읊은 구 가운데 하나로, 고전 『신고금집』에 실린 인덕왕이 지은 아래 와카의 한 소절 民の竈(백성의 부뚜막)을 民の庭竈(백성의 설맞이 잔치)로 바꾸어 지었다. 庭竈는 정월 사흘 동안 마당에 부뚜막을 짓고 솥을 걸어 불을 피우며 집안사람이 함께 먹고 마시던 풍습이다.

높은 망루에 / 올라서 바라보니 / 연기 오르는
백성들의 부뚜막 / 넉넉하기 더없네
高き屋に登りて見れば煙立つ民の竈はにぎはひけり

팔월 보름달
솟았노라, 법조문
오십한 가지

名月の出づるや五十一ヶ条(1688년)…364

하늘 높이 떠오른 중추 보름달처럼 세상을 두루 밝혀줄 51조의 법도를 적은 법전이 만천하에 공포되었다.

가마쿠라 막부가 1232년 8월 10일에 공포한 무가 최초의 성문법전을 칭송한 구로, 바쇼 사후 1728년에 제자 에쓰진이 출간한 하이쿠집『설맞이 잔치(庭竈集)』에 앞 구와 함께 실렸다.

눈 녹은 곳에
연한 보라색으로
땅두릅 새순

雪間より薄紫の芽独活哉(1688년)…365

군데군데 쌓인 눈이 녹은 틈새에 연보랏빛 감도는 땅두릅의 새싹이 돋았다.

매화 향기에
쫓기어 물러가네
겨울의 추위

梅が香に追ひもどさるる寒さかな(1688년~1694년)…366

남아있던 겨울 추위가 매화 향기에 되밀려 물러난다.

追ひもどさるる는 冴え返る(따스해지던 봄날에 추위가 다시 찾아온다)는 말에 대비시켜 지어낸 표현이다.

아코쿠소의
마음도 모르면서
매화 피었네

あこくその心も知らず梅の花(1688년)…367

옛 시인 아코쿠소가 읊은 '마음도 모르면서 매화 향기 날리네'라는 와카의 구절처럼 내 고향에 매화가 피어있다.

헤이안 시대의 와카 시인 기노 쓰라유키가 지은 아래 와카의 한 구절을 인용하여 고향 친구 후바쿠의 집의 정원을 예찬한 인사구이다.

あこくそ(아코쿠소)는 기노 쓰라유키의 아명인데, 바쇼는 후바쿠와 죽마고우 지간임을 강조하기 위해 와카 지은이의 어릴 적 이름을 인용했다.

정작 그대의 / 마음도 모르면서 / 고향 땅에는

매화만이 옛날의 / 향기를 흩날리네

人はいさ心も知らずふるさとは花ぞ昔の香ににほひける

"이가 산속에 이탄이라는 것이 있다. 땅에서 캐는 까만 땔거리인데 돌도 아니고 나무도 아닌 것에서 역겨운 냄새가 난다"

향기 풍겨라
이탄 캐는 언덕에
매화 꽃가지

香に匂へうに掘る岡の梅の花(1688년)…368

이탄을 캐는 곳에서 피어난 고귀한 매화여, 그대의 향기로 이곳을 덮어다오.

시든 잔디에
이윽고 아지랑이
한 치 두 치

枯芝(かれしば)ややや陽炎(かげろう)の一二寸(いちにすん)(1688년·『괴나리 기록』)…369

겨우내 누렇게 말라붙은 잔디밭에 드디어 아지랑이가 한두 치쯤 설핏설핏 피어오른다.

초안…누런 잔디밭 / 아직은 아지랑이 / 한 치 두 치
枯芝やまだかげろうの一二寸

"이가의 고향집에서"

코를 푸는
소리마저 매화가
한창인 풍경

手鼻(てばな)かむ音(おと)さへ梅(うめ)の盛(さか)り哉(かな)(1688년)…370

꽃구경하러 나온 구경꾼들이 손으로 '팽' 하고 코를 푸는 소리조차 매화가 한창 피어있는 봄날 풍경의 일부가 된다.

368번 구와 함께 역겨운 냄새, 맨손으로 코를 푸는 행위 등의 비속함(俗)과 매화의 고상함(雅)을 대비시켜 지은 구이다. 바쇼의 제자 도호는 이 구에 관련하여 하이쿠 이론서 『산조시』에 "스승님은 '고귀한 마음을 깨달아 속으로 돌아가야 한다'는 가르침을 남기셨다"라고 기록하였다.

초안…코를 푸는 / 소리마저 매화가 / 풍기는 향기
手鼻かむ音さへ梅の匂ひかな

잎새를 등진
동백나무, 꽃잎은
쌀쌀한 마음

葉にそむく椿や花のよそ心(1688년 이전)…371

동백나무의 꽃잎이 나뭇잎과 소원한 관계인 듯 다른 방향을 보고 피어있다.

よそ心를 다른 뜻, 딴생각으로 풀이하면 다음과 같은 구가 된다.

잎새를 등진
동백나무, 꽃잎은
딴마음 먹네

다른 사람이 지은 아래의 유사한 구가 있다는 것이 편집 과정에서 밝혀져 이 구는 문집『괴나리 기록』에 실리지 못했다.

원망스럽네 / 등을 지고 돌아선 / 동백나무 꽃
うらめしやあちら向たる花椿

개울가에서
아양스레 눈을 뜨네
냇버들 가지

古川にこびて目を張る柳かな(1684년~1694년)…372

교태를 머금고 눈을 뜨듯 개울가의 버들가지가 조금씩 움을 틔운다.

目(눈)을 발음이 같은 말 芽(움)으로 풀이하면 다음과 같은 구가 된다.

개울가에서
아양스레 움트네
냇버들 가지

조로쿠불(佛)에
아지랑이 높아라
연화대의 위

丈六(じょうろく)に陽炎高(かげろうだか)し石(いし)の上(うえ)(1688년·『괴나리 기록』)…373

돌로 만든 연화대 위에 있던 과거의 불상은 사라지고, 지금은 그 자리에 아지랑이만 높게 피어오른다.

바쇼의 고향 이가시에 있는 신대불사(新大佛寺)가 폐허가 된 모습을 읊은 구이다.

丈六(조로쿠)는 옛날에 서있던 불상 丈六佛의 줄임말로 당시 불상의 표준적인 높이 한 장 여섯 자(약 4.8미터)에서 유래했다.

"이가국 아와노쇼에 이 절을 창건한 초겐의 발자취가 있다… 이름만 천년의 유물… 가람은 무너지고 초석만 남아 승방은 사라지고 논밭이 되었다… 조로쿠대불은 연화대 아래 묻히고 머리 부분만 모습을 드러내 사람들이 합장하는데… 초겐의 모습은 지금도 완전한 형태로 남아계시어 생전의 모습을 뵈니 눈물이 그치지 않는다"라는 설명이 기행문에 남아있다.

石の上는 돌로 만든 연화대 위를 이르며, 丈六를 불상의 높이 한 장 여섯 자로 풀이하면 아래와 같은 구가 된다.

한 장 여섯 자
아지랑이 높아라
연화대의 위

초안…조로쿠불에 / 아지랑이 높아라 / 연화대 흔적
丈六にかげろふ高し石の跡
초안…아지랑이에 / 모습을 지어내라 / 연화대의 위
かげろふに俤つづれ石の上

어느 나무의
꽃인지는 몰라도
향기로워라

何の木の花とはしらず匂かな(1688년·『괴나리 기록』)···374

어느 나무에 피어있는 꽃에서인지는 모르지만 향기로운 꽃내음이 감돈다.

2월 4일, 이세 신궁 외궁에 참배하며 삼나무 울창한 이세 신궁 경내에 감도는 신성한 기운을 꽃의 향기에 비유하여 지었다.

헤이안 시대의 시인 사이교가 이곳을 찾아 지은 아래 와카의 앞 세 소절과 같은 형식으로 지은 글이다.

그 어느 분이 / 자리하시온지는 / 알지 못해도
황공하고 감사해 / 눈물이 흐르누나

なにごとのおはしますかは知らねどもかたじけなさに涙こぼるる

"2월 17일 가미지산(神路山)을 나서며"

벌거벗기에
아직은 이월 달의
소소리바람

裸(はだか)にはまだ衣更着(きさらぎ)の嵐哉(あらしかな)(1688년·『괴나리 기록』)…375

조가 대사에 얽힌 고사처럼 옷을 모두 벗어버리기에는 아직 2월의 바람이 너무 차다.

헤이안 시대의 승려 조가가 이세 신궁을 참배하던 중 사욕을 버리라는 계시를 받아 옷을 모두 벗어 걸인에게 주었다는 사이교의 글을 바탕에 두고 지은 구이다.

머리글의 가미지산은 이세 신궁 경내에 있는 산의 이름이며, 소소리바람은 이른 봄에 살 속으로 스며드는 듯한 차고 매서운 바람을 뜻한다.

음력 2월의 다른 이름 사사라기(衣更着)를 글자 뜻대로 풀이하면 다음과 같은 구가 된다.

벌거벗기에
아직은 옷 다시 입을
소소리바람

무녀 별채의
한 그루 고아해라
꽃 피운 매화

御子良子(おこらご)の一(ひと)もとゆかし梅(うめ)の花(はな)(1688년·『괴나리 기록』)…376

어린 무녀들이 기거하는 별관의 뒤편에 매화 한 그루가 꽃을 피우고 청초하게 서있다.

매화에 나어린 무녀의 청순함을 비유하여 읊은 구이다. 이 매화는 당시 이세 신궁에 있던 유일한 매화로 알려져 있다. 御子良子는 이세 신궁에서 신에게 바칠 음식을 차리는 소녀로, 여기에서는 그들이 기거하는 별채를 뜻한다.

초안…매화 드물게 / 한 그루 고아해라 / 무녀의 별채
梅稀に一もとゆかし子良の舘

"15일 외궁 신관채에서"

신사의 담장
생각지도 않았던
석가 열반상

神垣(かみがき)や思(おも)ひもかけずねはんぞう(1688년·『괴나리 기록』)…377

불법(佛法)을 금지한 이세 신궁 가까이에 뜻밖에 열반상을 걸어 놓은 절이 있다.

神垣는 신사를 둘러싼 담장으로, 여기에서는 신사의 주변이라는 뜻이다.

ねはんぞう는 석가의 입멸을 추도하는 법회식에 즈음하여 절에서 내거는 석가의 입적 장면을 그린 불화이다.

"이치유의 아내"

포렴 너머의
깊은 곳 그윽해라
북쪽의 매화

暖簾の奥ものふかし北の梅(1688년)…378

포렴 안쪽의 북당(北堂) 뜰에 매화가 그윽히 피어있다.

이세에 사는 의사 이치유의 저택에서 그의 아내를 매화에 비유하여 지은 인사구이다.

暖簾은 옥호나 점포명을 써서 상가의 출입문 위에 내거는 천이며, 奥는 안채·안주인·깊은 곳 등 다양한 뜻을 가진 용어이다.

"아지로 히로카즈를 만나"

매화 가지에
또다시 돋은 가지
매화 꽃가지

梅の木に猶宿り木や梅の花(1688년·『괴나리 기록』)…379

매화 고목에서 새로운 가지가 자라나 향기로운 매화꽃을 피웠다.

이세 신궁의 신관이자 담림파(談林派) 하이쿠 문단의 중진 아지로 히로카즈가 주관한 렌쿠 짓기에서 읊은 인사구로, 고덕하고 풍아한 아버지의 대를 이어 렌가와 하이카이를 짓는 서른두 살의 히로카즈를 다시 돋아난 가지에 비유하여 칭송하였다.

부를 이름을
먼저 묻는 갈대의
새순이라오

物の名を先問ふ蘆の若葉かな(1688년·『괴나리 기록』)…380

새순이 돋아나 바람에 흔들리고 있는 이 갈대를 이곳에서는 뭐라 부르는지 그대에게 먼저 묻고자 하오.

이세 지역의 박식한 학자이자 하이쿠 실력자인 이세 신궁의 신관 쇼샤가 주관한 렌쿠 짓기에서 읊은 인사구이다.

같은 사물도 지역에 따라 다르게 부름을 일컫는 이세 지방의 속담 '나니와의 갈대는 이세의 해변싸리(難波の蘆は伊勢の浜萩)'를 배경에 두고 지었다.

초안…부를 이름을 / 먼저 묻는 싸리의 / 새순이라오
物の名をまづ問ふ萩の若葉かな

토란 심고
문간에는 덩굴의
새순 자라네

芋植ゑて門は葎の若葉かな(1688년·『괴나리 기록』)…381

밭에는 토란이 자라고 문에는 덩굴풀이 무성한, 운치로운 암자이구료.

이세의 절 경내에 있는 암자에서 열린 렌쿠 짓기에서 읊은 인사구이다.

芋(토란)은 사람의 소탈·담백·표일한 성품을 비유할 때 사용하는 표현이며, 葎(덩굴풀)은 청빈함을 암시하는 표현이다.

초안…덤불진 동백 / 문간에는 덩굴의 / 새순 자라네
藪椿門は葎の若葉かな

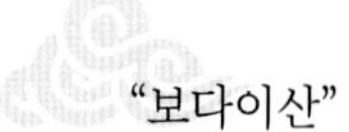

"보다이산"

이 산에 얽힌
슬픔을 말해주오
마 캐는 노인

この山(やま)のかなしさ告(つ)げよ野老掘(とろろぼり)()(1688년·『괴나리 기록』)…382

산에서 마를 캐고 있는 노인이여, 그토록 웅대했던 절이 이렇게 쇠락한 슬픈 사연을 내게 들려주시오.

나라 시대의 고승 교키가 세운 절 보다이산 진구지(菩提山神宮寺) 절터에서의 회한을 읊은 구이다.

이세 신궁의 말사였던 진구지는 1262년에 발생한 화재로 소실되었다.

초안…산사에 얽힌 / 슬픔을 말해주오 / 마 캐는 노인
山寺のかなしさ告げよ野老掘

"구스베에서"

이 술잔에
흙일랑 떨구지 마
떼 지은 제비

盃(さかずき)に泥(どろ)な落(おと)しそ群燕(むらつばめ)(1688년)…383

부지런히 처마 아래를 드나들며 둥지를 짓고 있는 제비들이여, 물고 있던 진흙을 이 술잔에 떨어뜨리지 말거라.

찻집에서 지은 즉흥구로, 구스베는 이세 남부에 있는 지명이다.

초안…이 술잔에 / 흙일랑 떨구지 마 / 춤추는 제비
盃に泥な落しそ舞ふ燕
초안…이 술잔에 / 흙일랑 떨구지 마 / 하늘의 제비
盃に泥な落しそ飛ぶ燕

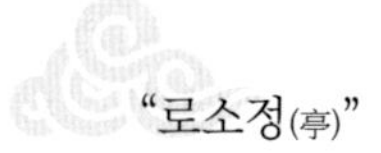

"로소정(亭)"

두루마기가
젖더라도 꺾으리
비에 젖은 꽃

紙衣の濡るとも折らん雨の花(1688년)…384

입고 있는 두루마기가 젖어도 개의치 않고 빗속의 꽃가지 하나를 꺾으리라.

이세 지역의 신관(神官) 로소의 별당에서 비가 내리는 가운데 열린 렌쿠 짓기의 시작구로, 고전 와카집 『신고금집』에 실린 아래의 와카의 한 구절을 인용하여 로소의 집의 풍정을 예찬했다.

가을 이슬비 / 젖어든 산그늘의 / 단풍 든 잎새
젖더라도 꺾으리 / 가을의 유품으로
露時雨もる山陰の下紅葉濡るとも折らん秋の形見に

紙衣는 방한용이나 이불 대용으로 사용하는 두루마기 형태의 종이옷인데, 죽은 사람에게도 입히는 물품이기 때문에 전통적인 와카에서는 사용하지 않던 용어였다.

초안…두루막 입고 / 젖더라도 꺾으리 / 비에 젖은 꽃
紙子着て濡るとも折らん雨の花

"약사사(藥師寺) 월례회 첫 모임"

벚꽃이 피네
마침맞게 오늘은
경사로운 날

初桜折りしも今日はよき日なり(1688년)…385

고향의 절에서 하이쿠 모임을 여는 경사스러운 날에 벚꽃이 피었다.

바쇼의 고향 이가에 있는 절에서 문하생들이 렌쿠 월례회를 설립하는 자리에 초대받아 읊은 인사구이다.

이런저런
일들이 생각나는
벚꽃이로다

さまざまのこと思ひ出す桜かな(1688년·『괴나리 기록』)…386

지금도 변함없이 피어있는 벚꽃을 보니 옛날의 여러 가지 기억이 되살아나 감개무량하다.

주방 일을 하며 도도 요시타다를 섬기던 바쇼가 방방곡곡에 수많은 문하생을 거느린 하이쿠 시인이 되어, 세상을 떠난 요시타다의 아들 단간이 주최한 벚꽃놀이에 초대받아 자신이 일하던 곳에 돌아와 지은 구이다. 단간도 글을 짓는 문인으로, 바쇼 문파의 하이쿠집 『원숭이 도롱이』 등에 그의 하이쿠가 실려있다.

바쇼 사후 100주년 추모 공양을 맞이하여 교토의 승려 초무가 지은 『바쇼 옹 그림책전(芭蕉翁絵詞伝)』에 이날의 정황이 "단간의 별채에서 꽃구경을 연 자리, 바쇼 옹께서 아직 이름이 무네후사였을 때의 충절을 떠올리며 대면하셨다. '이런저런/일들이 생각나는/벚꽃이로다'라는 바쇼 옹의 구에 단간이 대구를 지었다. '봄날 하루 짧아서/붓에 저물어가네'"라고 묘사되어 있다.

"표죽암(瓢竹庵)에 눌러앉아 여행을 회상하며 쉬고 있을 무렵"

꽃을 집으로
처음부터 끝까지
스무 날가량

花を宿に始め終りや二十日ほど(1688년)…387

벚꽃이 피어 질 때까지의 스무 날가량을 줄곧 꽃 대궐 속에서 지낸다.

바쇼가 제자 도코쿠와 함께 고향 이가의 문하생 오카모토 다이소 저택의 별채에 머물며 융숭하게 대접 받은 데 대한 인사구이다.

헤이안 시대의 서예가 후지와라노 다다미치가 모란을 읊은 아래의 와카를 바탕에 두고 지었다.

피어서부터 / 모두 질 때까지 / 바라보나니
모란꽃의 곁에서 / 스무 날이 지나네
咲きしより散りはつるまで見しほどに花のもとにぞ廿日経にける

"길 떠나는 날"

금번의 일을
꽃에게 예 올리네
그럼 안녕히

このほどを花に礼いふ別れ哉(1688년)…388

이번에 베풀어 준 호의에 대해 이 집에 피어있는 꽃에게 감사를 표하고 작별 인사로 갈음하오.

3월 19일, 앞 구를 지은 암자에서 요시노로 길을 나서며 지은 전별구이다.

요시노에서
벚꽃을 보여주마
노송나무 갓

吉野(よしの)にて桜(さくら)みせうぞ檜笠(ひのきがさ)(1688년·『괴나리 기록』)…389

내가 쓰고 있는 삿갓아, 내가 요시노에 닿거든 네게도 벚꽃을 보여주겠다.

바쇼는 이 구에 대해 기행문에 이렇게 설명을 붙였다.

"3월도 반이 지나자 왠지 벚꽃의 부름을 받듯 마음이 들뜨고 그 기분이 나를 이끄는 길잡이가 되어 요시노 벚꽃을 보기로 작정하였다. 길을 떠나려던 참에 예의 이라고곶(伊良崎)에서 미리 약속한 사람이 이세로 마중나와 주어 함께 여행길의 풍정을 맛보고, 또 나를 챙겨줄 동자가 되자 길 안내자가 되겠다며 만 기쿠마루(万菊丸)라고 불러달라고 했다. 참으로 소년 같은 이름이어서 재미있다. 출발에 앞서 장난 삼아 삿갓 안쪽에 낙서를 했다. '요시노에서/벚꽃을 보여주마/노송나무 갓 乾坤無住同行二人(건곤무주동행이인)'."

제자 기쿠마루도 바쇼의 구에 호응하여 아래의 하이쿠를 지었다.

요시노에서 / 나도 보여주리라 / 노송나무 갓

여기에서의 기쿠마루는 지난겨울에 바쇼가 이라고곶까지 사흘 길을 되돌아가 만난 제자 도코쿠로, 그는 이때부터 이름과 예명을 바꾸어 썼다.

남색이 터부시되지 않고 미소년에 의한 매춘도 횡행했던 당시 풍조에 비추어 바쇼와 13살 어린 제자 도코쿠가 동성 연인 관계였다는 주장이 제기되고 있다. 이때 함께한 100일간의 여행을 끝으로 둘은 다시 만나지 못했다.

밤 깊은 봄날
비는 사람 고아한
법당의 구석

はる よ ごも ど どう すみ
春の夜や篭り人ゆかし堂の隅(1688년·『괴나리 기록』)…390

봄날 밤에 법당 한쪽에서 소원을 비는 여인의 모습이 고아하여 마음이 이끌린다.

篭り人는 기도 도량에 한동안 머물며 기도를 올리는 사람을 이른다.

<하세데라의 법당>

헤이안 시대부터 사랑의 소원을 들어주는 것으로 이름나 귀족 여성 등이 참배했다는 하쓰세(初瀬) 관음이 안치된 나라현 하세데라(長谷寺) 절에서의 풍정을 소재로 지은 구로 알려져 있다.

기행문 『괴나리 기록』을 집필하던 중에 이 절을 소재로 하여 바쇼가 제자들과 읊은 아래의 렌쿠 등을 참고하여 추가적으로 지은 구라는 주장도 있다.

사람은 가고 / 아직도 그 자리엔 / 향기 감도네
人去りていまだ御座の匂ひける(에쓰진)
하세데라에서 비네 / 법당의 한쪽 구석
初瀬に籠る堂の片隅(바쇼)
봄날의 밤은 / 깊었건만 하세데라에 / 올리는 기도
春の夜はたれか初瀬の堂籠(소라)

"호소 고개, 다후노봉에서 용문에 이르는 길"

종달새보다
하늘에서 쉬노라
고갯마루 길

雲雀より空にやすらふ峠かな(1688년·『괴나리 기록』)…391

하늘 높이 날아올라 지저귀는 종달새보다 더 높은 곳에 있는 고갯마루에서 쉬어 간다.

초안…종달새보다 / 높은 데서 쉬노라 / 고갯마루 길
雲雀より上にやすらふ峠かな

용문폭포에
피어난 꽃, 술꾼의
선물 삼으리

龍門の花や上戸の土産にせん(1688년·『괴나리 기록』)…392

요시노 용문폭포(竜門の滝) 주위에 꽃이 만발한 그림 같은 풍경을 술을 좋아하는 벗들에게 선물 삼아 이야기하리라.

上戸(술꾼)은 폭포를 사랑한 중국의 술의 신선 시선(詩仙) 이백을 빗댄 표현이다.

술꾼에게
들려주리, 이토록
폭포에 핀 꽃

酒飲みに語らんかかる滝の花(1688년·『괴나리 기록』)…393

이처럼 멋진 폭포와 꽃이 피어있는 풍광을 술주정꾼에게 이야기해 주리라.

かかる를 발음이 같은 말 懸る(드리우다)로 풀이하면 다음과 같은 구가 된다.

술꾼에게
들려주리, 드리운
폭포에 핀 꽃

"야마토(大和) 땅을 행각하다 어느 농가에 하룻밤 묵던 참에 집주인이 정 깊고 자상하게 대접해 주어"

꽃그늘 아래
노랫말에 닮았네
객지 잠자리

花の陰謡に似たる旅寝哉(1688년)…394

꽃 핀 봄날에 친절한 집에서 하룻밤 묵으며 노랫말의 분위기에 젖어든다.

花の陰(꽃그늘 아래)는 봄날에 꽃이 피어있는 풍경을 의미하는 시가의 전통적 표현 기법이고, 謡(노랫말)은 승려나 길손이 타관에서 잠자리를 구하는 장면의 노(能)의 가사를 의미한다.

이날 바쇼가 지나간 곳은 현재의 요시노초(吉野町) 히라오(平尾)마을 일대로, 가난한 집에 행각승이 하룻밤 머물며 신세를 진다는 서사는 예로부터 시가 문학의 단골 소재였다.

벚꽃 따라서
신통해라 날마다
오십 육십 리

桜狩り奇特や日々に五里六里(1688년·『괴나리 기록』)…395

꽃을 찾아 매일 같이 오륙십 리 길을 거뜬히 걷다니 스스로 생각해도 대견하다.

1670년대 중반부터 바쇼 문파 사이에 수고를 아끼지 않고 멀리까지 풍류를 좇아 나다니는 풍조가 생겨났고 이를 소재로 하이쿠를 짓기도 했다. 이러한 맥락에서 바쇼가 스스로를 격려하는 형식으로 지은 글이다.

요시노 일대는 지형이 다채롭고 기복이 심해서 꽃구경하러 다니기에는 힘들지만, 벚꽃이 피어있는 기간이 다른 곳보다 길다.

일본에서 1리(里)는 약 4킬로미터이다.

부채를 들어
술 뜨는 나무 아래
흩어지는 꽃

扇にて酒くむかげや散る桜(1688년·『괴나리 기록』)…396

벚나무 아래에서 노(能)를 연기하는 배우인 양 부채를 술잔 삼아 술을 떠서 마시니 마치 꽃비가 내리듯 꽃잎이 흩날린다.

목청 좋으면
노래를 부르련만
꽃잎이 지네

声よくば謡はうものを桜散る(1688년으로 추정)…397

벚꽃이 하염없이 흩어지는 지금, 목소리 좋으면 노래라도 한 소절 부르고 싶다.

예나 지금이나 벚꽃의 명소로 널리 알려진 요시노산 일대에서 봄바람에 꽃잎이 날리는 풍경은 몽환적인 분위기를 자아내는 것으로 유명하다.

"니시카와강"

나풀나풀
황매화 흩날리네
폭포수 소리

ほろほろと山吹散るか滝の音(1688년·『괴나리 기록』)…398

폭포수 떨어지는 소리가 세차게 들리는 가운데 요시노 니시카와강 기슭에 피어있는 황매화 꽃잎이 한 잎 두 잎 바람에 흩날리며 떨어진다.

여기에서의 か는 영탄법의 표현이다.

꽃구경 길에
해 저물어 외롭네
나한백나무

日は花に暮れてさびしやあすならう(1688년·『괴나리 기록』)…399

꽃구경을 하다 땅거미가 질 무렵에 마주친 나한백나무 한 그루가 홀로 외로이 서있다.

나한백나무가 매일같이 편백나무가 되고자 하지만 그 소원이 이루어지지 않는다는 설화를 배경에 두고 지은 구이다.

あすなろう(나한백나무)를 발음이 같은 말 '내일 되어야지'로 풀이하면 다음과 같은 구가 된다.

꽃구경 길에
해 저물어 외롭네
내일 되리라

초안…외로워라 / 꽃나무의 곁에 선 / 나한백나무
さびしさや華のあたりのあすならふ

"고케이즈미(苔清水)"

내리는 봄비
나무 타고 흐르네
맑은 옹달샘

春雨の木下につたふ清水かな(1688년·『괴나리 기록』)…400

선인이 찾았던 이 맑은 옹달샘은 나무줄기를 타고 내려온 봄비가 나무 아래로 흘러들어 생겨난 샘이다.

바쇼가 흠모한 시인 사이교가 와카를 지어 기린 옹달샘 '이끼 맑은 물'을 찾아가 지은 구이다.

초안…내리는 봄비 / 나무 아래 걸렸네 / 방울방울
春雨の木下にかかる雫哉

"요시노산"

만발한 벚꽃
산은 언제나처럼
여명의 빛깔

花盛り山は日ごろの朝ぼらけ(1688년)…401

벚꽃이 만발한 요시노산은 종일 구경꾼으로 북적이지만 새벽의 산은 늘 그렇듯 고요한 가운데 푸르스름한 여명의 빛깔에 덮여있다.

바쇼는 이 구를 지을 때의 정황을 "꽃구경 중에 요시노에 사흘간 머물며 동트는 광경, 해지는 풍경을 바라보며…"라고 기행문에 남겼다.

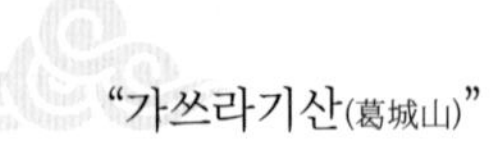

"가쓰라기산(葛城山)"

더 보고 싶소
꽃 속에 밝아오는
신의 얼굴을

なほ見たし花に明けゆく神の顔(1688년·『괴나리 기록』)…402

서광이 비치면서 산에 핀 꽃들이 점차 모습을 드러내는 이 순간, 해가 뜨기 전에 모습을 감추어버린다는 신의 얼굴을 더 보고 싶다.

노 <가쓰라기(葛城)>의 노랫말에 실려있는 전설에 해학을 담아 지은 구이다.

봄에 철쭉꽃이 군락을 이루어 산을 붉게 물들이는 나라현 가쓰라기시에 있는 이 산에는 무엇이든 한마디의 소원을 말하면 들어준다는 '한마디신(一言主神)'이 사는데, 자신의 얼굴이 추해서 날이 밝아오면 모습을 감추기 때문에 그 신의 얼굴을 본 사람이 없다는 전설이 전해져 온다.

"고야산(高野山)"

어머니 아버지
가없이 그리워라
꿩 우는 소리

ちちははのしきりに恋し雉の聲(1688년·『괴나리 기록』)…403

고야산에서 꿩 우는 소리를 들을 때마다 돌아가신 부모가 그리워진다.

꿩이 우는 소리의 의성어가 아버지(치치), 어머니(하하)와 발음이 같은 점에서 착안하여 지은 구로, 요시노산에서 나라 시대의 대승정 교키가 지은 아래의 와카를 배경에 두었다.

산에 사는 새 / 꾸꾸 꾸꾸꾸 우는 / 소리 들으니

아버진가 하노라 / 어머닌가 하노라

山鳥のほろほろと鳴く声聞けば父かとぞ思ふ母かとぞ思ふ

고야산은 고보대사(弘法大師)가 816년에 와카야마현의 해발 900미터의 고원에 창건한 고야산진언종의 총본산으로 곤고부지(金剛峯寺) 등 수많은 사찰이 남아있는 불교 성지다.

가는 봄날을
와카노우라에서
따라잡았네

行く春に和歌の浦にて追ひ付きたり(1688년·『괴나리 기록』)…404

요시노산 위에서 벚꽃 구경을 한 다음 바닷가 마을에 내려와 또다시 봄의 풍정을 맛본다.

지금의 와카야마시 남쪽의 와카노우라는 당시 고야산 등지의 절에서 참배를 마친 사람들이 돌아가는 길에 쉬어가는 휴양지 역할을 했다.

하나 벗어서
등 뒤에 짊어지면
여름옷 채비

一つ脱いで後に負ひぬ衣がへ(1688년·『괴나리 기록』)…405

오늘은 겨울옷을 여름옷으로 갈아입는 4월 초하루. 하지만 방랑의 길을 떠도는 처지이니 옷 한 겹 벗어 등에 메고 '옷 갈아입기'로 갈음한다.

衣がへ는 4월과 10월의 초하루에 계절 옷을 바꿔 입던 날로, 지금은 6월과 10월 1일에 학교나 회사에서 제복과 유니폼 등을 바꿔입는다.

관불회 날에
맞추어 태어났네
사슴의 새끼

灌仏の日に生まれあふ鹿の子かな(1688년·『괴나리 기록』)…406

불교의 중심지 나라에 있는 절마다 관불회를 열어 석가 탄생을 기리는 복된 날에 맞추어 새끼 사슴이 태어났다.

관불회는 초파일에 향수, 오색수 등을 아기 부처상의 정수리에 뿌리며 여는 법회이다.

나라의 공원 등지에는 지금도 천여 마리의 사슴이 별도의 구분 시설 없이 사람과 섞여 살고 있다.

"쇼다이 절에 오실 때 배에서 일흔 가지가 넘는 고난을 겪으시다 눈에 바닷바람이 들어 종국에 실명하신 감진 스님의 존상을 뵙고"

어린잎으로
눈가의 이슬방울
닦아드리리

若葉(わかば)して御目(おんめ)の雫(しずく)ぬぐはばや(1688년·『괴나리 기록』)…407

신록의 계절에 돋아나는 싱그러운 잎으로 거룩한 스님의 눈에 맺힌 이슬을 닦아드리오리다.

당나라의 승려 감진은 754년에 일본으로 건너와 율종을 전파하고 나라에 도쇼다이지(唐招提寺)를 세웠다. 중국 절강성을 출발하여 동남아에 표류하는 등 5년에 걸친 항해 끝에 큐슈 남쪽 야쿠시마에 도착할 때는 이미 눈이 멀어있었다.

초안…푸른 잎으로 / 눈가의 이슬방울 / 닦아드리리
青葉して御目の雫ぬぐはばや

<승려 감진의 목상>

"나라 땅에서 오랜 친구들과 헤어지며"

사슴뿔의
첫 번째 마디 같은
이별이로다

鹿の角まづ一節のわかれかな(1688년·『괴나리 기록』)…408

사슴뿔의 첫 마디가 갈라진 모습처럼, 우리도 아쉽지만 여기에서 헤어져 각자의 길을 갑시다.

나라에서 만난 고향 문하생들과의 이별을 아쉬워한 인사구이다.

わかれ를 分かれ(갈라진다)로 풀이하면 아래와 같은 구가 된다.

사슴의 뿔
첫 번째 마디부터
갈라지누나

바쇼가 지은 아래 구는 본 구의 초안이 아니라 사슴뿔이 두 갈래로 나뉘는 늦봄과 초여름의 계절감을 읊은 별개의 구로 추정한다.

두 갈래로 / 나뉘기 시작하네 / 사슴의 뿔

二俣に別れ初めけり鹿の角

"행각에 짐이 많으면 거추장스러워 물건을 모두 버렸건만, 밤에 입을 옷 한 벌·비옷·벼루·붓·종이·약과 점심거리를 싸서 등에 짊어지면 허약한 다리와 기력 없는 몸뚱이가 위에서부터 짓눌려 제대로 걷지 못하고 마음만 무거울 때가 많다. 야마토(大和) 행각 중에"

녹초가 되어
잠자리 찾을 무렵
등꽃 송아리

草臥れて宿かる頃や藤の花(1688년·『괴나리 기록』)…409

온종일 걸어 몸은 지치고 아직 객사를 정하지 못한 채 날마저 어두워지는데, 주렁주렁 매달려 피어있는 보랏빛 등꽃 송이가 문득 눈에 들어왔다.

초안…소쩍새 우네 / 잠자리 찾을 무렵 / 등꽃 송아리
ほととぎす宿かる比の藤の花

"오사카에 있는 어떤 이의 집에서"

제비붓꽃을
이야기하는 것도
여행의 하나

杜若語るも旅のひとつかな(1688년·『괴나리 기록』)…410

제비붓꽃이 한창 피어있는 계절, 사연이 있는 이 꽃을 화제 삼아 이야기 나누는 것도 여행의 즐거움 중 하나다.

제자 만기쿠를 대동하여 오사카에 거주하는 고향 문하생 잇쇼의 집에 머물며 지은 인사구이다.

예로부터 와카 시인들은 제비붓꽃을 소재 삼아 많은 글을 지었다. 그 가운데 헤이안 시대의 시인 아리와라노 나리히라가 집에 두고 온 아내를 그리워하며 각 소절의 첫 음에 제비붓꽃(かきつばた)의 한 글자씩을 넣어 아이치현의 절 무료주지(無量壽寺)에서 지은 아래의 와카는 화투장에 그려진 그림으로 인해 널리 알려졌다.

입는 옷처럼 / 내 몸에 익숙해진 / 아내를 두고
아득한 길 떠나온 / 여행을 생각하네

から衣/**き**つつなれにし/**つ**ましあれば/はる**ば**る来ぬる/**た**びをしぞ思ふ

달이 있건만
빈집인 양하여라
스마의 여름

月はあれど留守のやうなり須磨の夏(1688년·『괴나리 기록』)…411

보름달이 둥실 떠있는데도 초여름의 스마 바닷가의 풍경은 마치 사람이 살지 않는 집처럼 적적하다.

어린 나이에 전쟁터에서 죽은 장수 다이라노 아쓰모리와 이곳으로 귀양 온 와카 시인 아리와라노 나리히라의 고사에서 유래하여 스마는 예로부터 외로운 장소의 대명사, 특히 가을의 적요(寂寥)함을 상징하는 곳으로 널리 알려졌다.

초안…여름이건만 / 빈집인 양하여라 / 스마에 뜬 달
夏はあれど留守のやうなり須磨の月

달을 보아도
어딘지 허허롭네
스마의 여름

月見ても物たらはずや須磨の夏(1688년·『괴나리 기록』)…412

달구경의 명소에서 초여름의 달을 바라보건만 어딘지 부족하다. 역시 스마의 정취는 가을이 제격이다.

앞 구에 이어 게재한 구로, 바쇼는 이 구에 “4월 중순의 하늘인데 아련한 봄날 밤의 풍정이 남아있다. 속절없이 짧은 밤의 달은 한결 맑고, 산의 여린 잎은 이른 아침의 풍경 속에 거무스름히 비친다. 귀촉도가 이제라도 울어댈 듯한 동녘 하늘은 산이 아닌 바다 쪽에서부터 희부연 빛깔이 돌기 시작했다. 스마 절 쪽으로 우에노인 듯한 곳에 넘실대는 보리 이삭에 붉으스름한 기운이 감돌고 어부의 집집 옆에 드문드문 양귀비꽃이 보인다”라는 설명을 덧붙였다.

어부 얼굴에
먼저 눈길이 가네
양귀비의 꽃

海士の顔まづ見らるるや芥子の花(1688년·『괴나리 기록』)…413

양귀비꽃이 피어있는 바닷가 마을에서 오가는 어부들의 얼굴에 먼저 시선이 간다.

‘스마의 어부’가 처연함을 상징한다는 고전 작품의 전통적인 서정을 전제로 하여 지은 구로, “어부들의 집 처마 가까이에 양귀비가 다문다문 피어있다”라는 설명이 기행문에 쓰여있다.

스마 어부의
화살길에서 우네
두견새 소리

須磨の海士の矢先に鳴くか郭公(1688년·『괴나리 기록』)…414

스마의 어부가 위협적으로 화살을 겨눈 방향에서 두견새가 울며 날아간다.

앞 구에 곁들인 설명문 "스마는 동스마·서스마·물가 스마 세 곳으로 나뉘어져 있는데 별반 특별한 가업이 있어 보이지 않는다. '해초 늘어뜨리며'라고 옛날 와카에 소금을 만든다고 쓰여있지만 지금은 그런 흔적이 남아있지 않다. 그물로 잡아 올린 물고기를 모래 위에 펼쳐 말리는 것을 까마귀가 날아와 물어간다. 이것을 미워해 활로 겁주는 것은 어부가 할 일이 아니다. 혹시 겐페이의 전투를 치른 곳이라서 그 영향으로 이러는가 싶다. 큰 죄를 짓는 일이다"에 이어서 지은 구이다.

겐페이의 전투(源平の合戦·1180~1185)는 일왕의 명을 받은 겐(源)씨 가문이 군사를 일으켜 시모노세키의 단노우라에서 헤이(平)씨 세력을 멸망시킨 전국 규모의 내전이다.

스마데라 절
불지 않은 피리 듣네
수풀의 그늘

すまでら ふ ふえき こしたやみ
須磨寺や吹かぬ笛聞く木下闇(1688년·『괴나리 기록』)…415

절의 수풀 우거진 곳에서 부는 사람도 없는데 한 맺힌 피리 소리가 들려온다.

가마쿠라 시대의 군담 소설 『헤이케 이야기(平家物語)』 속의 요곡 <아쓰모리>를 배경에 두고 지은 구로, 1184년 2월 7일 이곳에서 전투에 패해 16살에 죽은 피리의 명인 다이라노 아쓰모리의 머리가 묻힌 무덤과 그가 불던 피리가 이 절에 보관되어 있다.

須磨寺(스마데라)는 지금의 스마에 있는 후쿠쇼지(福祥寺) 절이며, 吹かぬ笛(불지 않은 피리)는 이 절에 전해 내려오는 아래의 와카의 구절을 응용하여 지어낸 표현이다.

불지 않아도 / 소리가 들려오는 / 대나무 피리
아득한 그 옛날이 / 가슴에 사무치네
吹かねども音に聞こえて笛竹の代々の昔を思ひこそやれ

초안…스마 절에서 / 불지 않는 피리 듣네 / 수풀의 그늘
須磨寺に吹かぬ笛聞く木下闇

"두 곳이 기어서 갈 수 있을 만큼 가깝다더니 바로 이 말이로다"

달팽이야
뿔을 벌려 흔들렴
스마 아카시

かたつぶり角振り分けよ須磨明石(1688년)…416

스마와 아카시는 지척의 거리에 있다던데, 달팽이야, 두 뿔을 벌려보렴. 얼마나 가까운지 한번 보자꾸나.

머리글은 고전 소설『겐지 이야기』의「스마편」에 나오는 구절 "스마에서 아카시 포구까지는 기어서 갈 만한 거리"를 가리킨 말이다.

두견새 울며
날아가 사라진 곳
섬 하나 있네

ほととぎす消え行く方や島一つ(1688년·『괴나리 기록』)…417

두견새가 울면서 바다로 날아가 사라진 방향에 섬 하나가 덩그러니 떠있다.

지금의 고베시 스마쿠에 있는 뎃카이산(鉄拐山)에서 바다를 바라본 풍정을 읊은 구로, 고전 와카집『백인일수』에도 유사한 시정을 담은 아래의 와카가 실려있다.

두견새가 / 울어대는 방향을 / 바라보자니

어스름 새벽달만 / 덩그러니 남았네

ほととぎす鳴きつる方をながむればただ有明の月ぞ残れる

『백인일수』는 100명의 와카 시인의 작품 한 수씩을 실은 와카 모음집으로 여러 가지 백인일수 가운데 귀족 와카 시인 후지와라노 사다이에가 1235년에 편찬한『오구라백인일수(小倉百人一首)』가 널리 알려져 있다.

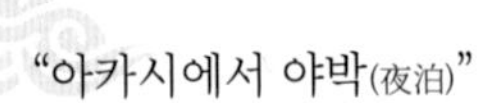

"아카시에서 야박(夜泊)"

단지의 문어
덧없는 꿈을 꾸네
여름밤의 달

蛸壺やはかなき夢を夏の月(1688년·『괴나리 기록』)…418

푸른 달빛이 비쳐드는 바다 아래에서 문어단지 속의 문어가 여름밤의 단꿈에 빠져 있다. 날이 새면 뭍으로 끌려 올라갈 운명인 줄 모르고.

고베시 서쪽의 아카시는 1184년의 이치노타니 전투(一の谷の合戦)에서 미나모토 세력에 급습을 당한 헤이시 세력이 바다로 패퇴한 슬픈 역사를 가진 곳이자 여름에 문어잡이가 활발하게 이루어지는 고장이다.

머리글에 적은 내용과 달리 실제로는 바쇼는 배에서 밤을 보내지 않고 당일 스마로 돌아갔다.

발을 씻고서
돌아서면 날 새네
등걸잠 자기

足洗うてつひ明けやすき丸寝かな(1688년)…419

여행 도중 객사에 도착하여 발을 씻고 나면 쓰러지듯 방에 누워 다음 날 아침까지 곯아떨어지기 일쑤다.

고마우신
모습에 절하리라
제비붓꽃

有難(ありがた)き姿拝(すがたおが)まんかきつばた(1688년)…420

하이쿠의 기틀을 세우신 당신께 절을 올립니다. 제비붓꽃에 얽힌 별명도 얻으셨다지요.

비쩍 말라 걸인 같은 행색을 한 소칸이 카키쓰바타(제비붓꽃)를 들고 있는 모습을 보고 사람들이 가키(아귀·餓鬼)쓰바타라고 불렀다는 일화를 담은 구이다.

<야마자키 소칸의 목상>

유수한 렌가(連歌) 시인이었던 야마자키 소칸(山崎宗鑑·1465~1554)은 전통에서 벗어나 익살스러운 글로 렌가를 지어 하이카이렌가(俳諧連歌)의 기틀을 세웠다. 아라기타 모리타케(荒木田守武·1473~1549)와 함께 하이쿠의 아버지로 불리는 그는 종기가 도져 1554년 10월 28일 임종하는 자리에서 아래의 유명한 사세구를 남겼다.

소칸이 / 어디에 갔느냐고 / 누가 묻거든

잠깐 볼일이(종기가) 생겨 / 황천 갔다 일러라

宗鑑は いづくへと人の 問うならば ちとよう(ヨウ)がありてあの世へといへ

"속사(俗士)가 권해 5월 4일 요시오카 모토메를 보았다. 5일 그가 죽었다"

창포에 핀 꽃
하룻밤에 시드네
그대 모토메

花あやめ一夜に枯れし求馬哉(1688년)…421

꽃창포처럼 매혹적인 배우 모토메가 하룻밤 사이에 유명을 달리했다.

전날 가부키 공연에서 직접 얼굴을 본 배우가 다음 날 창포의 명절에 사망했다는 소식을 듣고 지은 추도구이다. 배우의 이름 求馬(모토메)를 발음이 같은 낱말 求め(갈구하다)로 풀이하면 다음과 같은 구가 된다.

창포에 핀 꽃
하룻밤에 시들어
그댈 바라네

장맛비에도
가려지지 않누나
세타의 다리

五月雨に隠れぬものや瀬田の橋(1688년)…422

장마철의 굵은 빗줄기에 가려 비와호수와 호반의 모든 것이 시야에서 사라지는 가운데 세타 다리만큼은 당당하게 자태를 드러내고 있다.

이 다리는 지금의 시가현 오쓰시의 세타노카라교(瀬田の唐橋)이다.

"기소지로 떠나기 전 오쓰에 머물 무렵 반딧불이를 보러 나가"

이 반딧불이
논마다 걸린 달에
견줘 보리라

この螢田毎の月にくらべみん(1688년)…423

이곳 세타의 반딧불이의 아름다움을 다고토에 떠있는 달의 아름다움과 비교해 보련다.

田毎の月는 나가노현에 있는 가무리키산(冠着山) 주변 다락논의 천 배미의 논마다 하나씩 뜬다는 달을 이른다.

머리글의 기소지(木曽路)는 에도-나가노현의 기소 골짜기-오미-교토를 잇는 나카센도의 별칭으로 '에도 5가도'의 하나이다.

눈에 어리는
요시노를, 세타의
반딧불이 불

目に残る吉野を瀬田の螢哉(1688년)…424

세타강에서 반딧불이를 구경하면서도 요시노에서 보았던 벚꽃 풍경이 눈에 어른거린다.

예로부터 요시노는 봄철의 벚꽃 명소로, 세타강은 여름철의 반딧불이로 유명하다.

풀잎 위에서
떨어지다 날으네
반딧불이 불

草の葉を落つるより飛ぶ螢哉(1688년 이전)…425

풀잎에서 빛 하나가 스르르 미끄러져 땅에 떨어지나 싶더니 다시 여름의 밤하늘로 날아오른다.

"5월 말, 어떤 이의 수루(水樓)에 올라"

바다는 개고
히에산엔 남은 비
여름의 장마

海は晴れて比叡降り残す五月哉(1688년)…426

이윽고 장마 구름이 걷혀 비와호 위의 하늘은 맑게 개어있는데 호수 너머의 히에산 일대는 아직도 비구름이 덮여있다.

"사쿠보쿠정(亭)에서 놀며"

세상은 여름
호수에 떠다니는
잔물결의 위

世の夏や湖水に浮む浪の上(1688년)…427

세상 천지 어디나 무더운 여름인데 호숫가의 수루에서 더위를 식히고 있자니 마치 호수의 물결에 몸을 맡기고 있는 듯 상쾌하다.

비와호수 남단 오쓰(大津)에 있는 문하생 사쿠보쿠의 집에 초대받아 지은 인사구로 浮む浪은 앞뒤 구절에 이중으로 쓰인 표현이다.

"겐로쿠 원년 6월 5일 렌쿠 짓기"

너출모란이
짧은 밤 잠을 자는
여름의 한낮

鼓子花の短夜眠る昼間哉(1688년)…428

여름밤이 짧아 잠이 모자란 탓인지 메꽃이 한낮에 졸린 듯 피어있다.

오쓰 지역의 문하생 열 명이 참가하여 지은 가센의 시작구이다.

鼓子花(너출모란)은 메꽃의 다른 한자 이름으로, 끝 소절 昼間와의 글자 중복을 피하려 원래의 이름 昼顔 대신 사용한 메꽃의 옛 이름이다.

眠る는 '짧은 여름밤에 잠을 잔다'와 '잠을 자는 한낮'에 이중으로 쓰였다.

"에도 가는 길에 미노에서 리유에게 글로 소식 전하며"

메꽃 핀 낮에
낮잠이나 잘 것을
잠자리의 산

昼顔(ひるかお)に昼寝(ひるね)せうもの床(とこ)の山(やま)(1688년으로 추정)…429

산 이름이 잠자는 곳이라 하니 이곳에 피어있는 메꽃을 감상하며 낮잠이라도 자고 갈 것을 그러지 못하였소.

6월 7일경 문하생인 히코네 메이쇼지(明照寺) 절의 주지에게 서신에 적어 보낸 구로, 인근을 지나가면서 찾아가지 못한 아쉬움을 산의 이름을 빌려 표현했다.

昼顔(낮에 피는 메꽃)-昼寝(낮잠)-床(잠자리) 식으로 연관어를 연결 지은 구이다.

여기 살리라
명아주가 지팡이
되는 날까지

宿(やど)りせん藜(あかざ)の杖(つえ)になる日(ひ)まで(1688년)…430

마당에 심어진 명아주가 자라 지팡이로 만들어질 때까지 오랫동안 이곳에 머물고 싶은 마음이오.

기후현의 절 묘쇼지(妙照寺)에 있는 암자에서 지내며 지은 인사구이다.

"라쿠고 아무개의 초대를 받아 이나바산 소나무 바람 선선한 곳에서 장도의 허함을 달랠 무렵"

산그늘에서
몸보신을 하련다
참외 심은 밭

山陰(やまかげ)や身(み)を養(やしな)はん瓜畠(うりばたけ)(1688년)…431

참외밭이 있는 이 산그늘에서 좋아하는 참외를 먹으며 허기를 달래고 몸을 추스르고자 하오.

별장에 바쇼를 초대한 기후현의 포목 상인 라쿠고의 집에서 읊은 인사구로, 예로부터 참외의 명산지인 미노(美濃·지금의 기후현 남부) 지방의 풍물을 엮어 지었다.

머리글의 이나바산(稲葉山)은 지금의 기후시 인근에 있는 긴카잔(金華山)이다.

"그 무렵 라쿠고정(亭)의 주인이 어린 자식을 잃어 추모함"

가녀린 이에
어울릴 만한 꽃도
여름의 들판

もろき人(ひと)にたとへん花(はな)も夏野哉(なつのかな)(1688년)…432

덧없이 스러진 자식에 견줄 꽃 한 송이도 피어있지 않은 여름날의 벌판이 허허롭다.

なつ(여름)을 발음이 비슷한 낱말 無し(없음)으로 풀이하면 다음과 같은 구가 된다.

가녀린 이에
비견할 꽃도 없는
들판이로다

하이쿠집 『괴나리 일기(笈日記)』에 집주인 라쿠고가 지은 아래의 하이쿠와 나란히 실려있다.

닮은 얼굴이 / 있으면 나가 보리 / 덩실 춤추며
似た顔のあらば出て見ん一おどり

“이나바산(稲葉山)”

범종마저도
울리는 듯하여라
매아미 소리

撞鐘もひびくやうなり蝉の声(1688년)…433

윙윙윙 울려퍼지는 매미의 울음소리에 공명하여 종루에 매달린 절의 종도 웅웅웅 하고 소리내는 듯하다.

묘쇼지 등의 많은 절이 산재해 있는 기후현 이나바산의 산자락에서 읊은 구이다.

황성 옛터에
오랜 샘의 맑은 물
먼저 찾으리

城跡や古井の清水まづ訪ん(1688년)…434

산성이 있던 곳에 올라 샘물이 솟아나던 오래 전의 우물을 찾아가 옛날을 회상하련다.

이 지역의 은퇴한 촌장 마쓰하시의 초대를 받아 읊은 인사구로, 사이교의 글 ‘샘물을 찾아가 옛일을 회상한다(いづみにむかひてふるきをおもふ)’ 등을 배경에 두고 지은 것으로 추정한다.

이나바산성은 330미터의 산 정상에 지어진 성으로 일본을 통일한 오다 노부나가에게 1567년에 공략되었다. 이나바산성이 있던 긴카잔에 지금은 모의 천수각과 기후성 자료관이 지어져 있다.

"말 그대로 가마우지꾼이라는 사람을 기다렸다가 날이 어두워진 뒤 시키는 대로 사람들이 이나바산 아래에 자리 잡고 술잔을 들며"

다시없으리
나가라강 강변의
은어 초무침

又やたぐひ長良の川の鮎鱠(1688년)…435

나가라강에서 맛보는 은어 회 무침은 무엇과도 비할 바 없이 맛있다.

강 이름 ながら가 앞 구절과 이어져 '비할 데 없다(たぐひながらん)'는 뜻으로도 읽히도록 지은 구로, 기후시 북쪽을 지나는 이 강은 예로부터 가마우지를 이용한 고기잡이가 유명한 곳이다.

鮎鱠은 잘게 썬 은어에 여뀌초로 조미한 초무침을 이른다.

"가마우지 낚시를 끝내고 돌아가던 중"

재미있다가
나중엔 슬퍼지네
가마우지 배

おもしろうてやがて悲しき鵜舟かな(1688년)…436

은어잡이에 신명 났었는데 잡아먹히는 물고기, 목에 매인 줄 때문에 물고기를 삼키지 못하고 토해내는 가마우지의 처지를 생각하니 나중에는 불쌍한 마음이 든다.

어둠 속의 강물 위에서 여러 척의 배가 횃불을 밝히고 소리를 지르며 흥이 올라 있다가 낚시가 끝나면 일순간에 어두워지며 적막해지는 쓸쓸함을 당시의 가무극 <가마우지 낚시>에서도 "죄도, 업보도, 저세상도 까마득히 잊고 재미지구나. 어두운 귀로(歸路), 몸속으로 파고드는 회한을 어이하리"라는 구절로 표현했다.

이쪽 언저리
눈에 보이는 것은
모두 시원타

このあたり目に見ゆるものは皆涼し(1688년)…437

이 일대에서 눈에 들어오는 것 모두가 시원해 보여 상쾌하다.

기름 상인 오호의 별장에 초대받아 지은 구로, 바쇼는 이곳을 18루라고 이름 짓고 아래와 같은 글을 남겼다.

“미노 땅에 나가라강을 바라보는 수루가 있다. 주인은 가시마라는 사람이다. 이나바산이 뒤에 솟아있고, 란잔산이 서측에 멀지도 가깝지도 않게 자리 잡았다. 논 가운데의 절은 삼나무 숲에 가려있고, 강가를 따라 늘어선 민가는 대나무로 둘러싸여 짙푸르다. 물들인 천이 군데군데 나부끼고, 오른편에 나룻배가 떠있다. 마을 사람들은 빈번히 오가고, 어촌 집은 처마를 맞대고, 그물을 끌거나 낚싯대를 드리우거나 제각각인 모든 것이 오로지 이 누각을 떠받드는 듯하다. 기나긴 여름 해를 어느새 잊었는지 해그림자에도 달빛이 들고 밤 물결에 뒤섞인 횃불의 그림자도 지척에 드리웠다. 높은 루 바로 아래서 가마우지 낚시가 펼쳐지니 참으로 눈부신 볼거리다. 바로 그 소상팔경, 서호십경도 선선한 바람 하나에 담겠구나. 만약 이 루의 이름을 짓는다면 18루(十八樓)는 어떠리.”

부는 바람
사이로 물고기 뛰네
여름 액막이

吹く風の中を魚飛ぶ御祓かな(1684년~1688년)…438

강가에서 여름의 정화 의식을 치르는 가운데 바람이 상쾌하게 불어오고 물고기가 수면 위로 힘차게 뛰어오른다.

매년 6월과 12월 말일에 신사에서 주관하는 액막이굿의 연비어약(鳶飛魚躍) 풍정을 묘사한 구로, 미소기강이 그려진 그림에 적은 화찬이다.

고전 와카집 『신칙선집』에도 아래와 같은 액막이굿에 관한 와카가 실려있다.

바람 살랑이는 / 나라땅 개울가의 / 해 질 무렵에

액막이굿 열리네 / 여름을 알리면서

風そよぐならの小川の夕暮は御祓ぞ夏のしるしなりける

여름이 와도
오로지 잎새 하나
한 이파리 풀

夏来てもただひとつ葉の一葉かな(1688년)…439

여름이 와도 더욱 무성해지지 않고 일엽초는 줄곧 잎새를 하나만 달고 있다. 단엽의 양치식물 일엽초를 보고 즉흥으로 읊은 구이다.

어떤 비유도
걸맞지 아니하네
초사흘의 달

何事の見立てにも似ず三日の月(1688년)…440

오늘 저녁 하늘에 떠있는 초승달은 지금까지의 모든 비유를 넘어서 특별한 정취를 자아낸다.

나고야에 있는 엔도지(円頓寺) 절에서 읊은 구로, 고래로 시가에서 초승달을 빗·미인의 눈썹·활·조각배 등 여러 사물에 비유했음을 전제로 하였다.

초안…온갖 비유도 / 걸맞지 아니하네 / 초사흘의 달
ありとある見立てにも似ず三日の月
초안…온갖 비견도 / 걸맞지 아니하네 / 초사흘의 달
ありとある譬にも似ず三日の月

저 먹구름은
번개를, 기다리던
소식이로다

あの雲(くも)は稲妻(いなずま)を待(ま)つたより哉(かな)(1688년 이전)…441

저기에 드리운 먹구름은 번개를 일으키고 비를 뿌려 풍년이 들게 할 테니 농사에 반가운 소식이다.

옛사람들이 벼(稲)가 번개를 맞아 수정된다고 여겨 벼락을 벼의 배우자(稲夫=稲妻)라고 부르던 것을 배경에 두고 지은 구이다.

妻를 성별을 구분하지 않고 결혼의 상대나 연인을 가리키던 과거의 낱말로 풀이하면 다음과 같은 구가 된다.

저 먹구름은
배필을, 기다리던
소식이로다

한편 밤중에 남자들이 여자의 처소에 드나들다 배우자로 선택받던 헤이안 시대의 혼인 풍습 가요이콘(通いこん)과 맞물려 稲妻는 '여자 품을 찾아가는 사내'를 비유하는 말이기도 하다.

"논 가운데 서있는 절 호조지(法蔵寺)에서"

추수한 논에
벼 이삭 군데군데
도요새 소리

刈り跡や早稲かたかたの鴫の声(1688년)…442

올벼를 벤 논 곳곳에 낙곡이 흩어져 있고 도요새 소리가 들려온다.

早稲(올벼)는 제철보다 일찍 여무는 벼로, 고전 시가에서 가을걷이철이 도래하였음을 알리는 소재로 사용되었다. 여기서의 かたかた는 方方.

かたかた를 도요새가 우는 소리로 풀이하면 다음과 같은 구가 된다..

추수한 논에
벼 이삭, 카타카타
도요새 소리

살기 좋은 집
참새도 신났구려
뒷마당의 조

よき家や雀よろこぶ背戸の粟(1688년)…443

집 뒤의 텃밭에 조가 노랗게 익어 참새들도 신이 나서 날아다니는, 참으로 복된 집이오.

나고야 나루미의 촌장이자 양조장 주인의 신축 주택에서 지은 가센의 시작구 겸 인사구로, 이날 읊은 렌쿠의 첫 여섯 구를 적은 바쇼의 친필 한 쪽이 현존한다.

초안…살기 좋은 집 / 참새도 신났구려 / 뒤꼍의 가을
よき家や雀よろこぶ背戸の秋

"나루미(鳴海)를 바라보며"

가을의 문턱
바다도 푸른 논과
같은 푸른색

初秋や海も青田の一みどり(1688년)…444

가을의 첫머리, 시야에 들어온 푸른 논과 그 뒤에 펼쳐진 바다가 하나의 푸른 색으로 보인다.

7월 10일 입추에 나루미 지역의 문하생이 모여 가센을 지을 때의 시작구이다. 당시에는 이세만의 바다가 지금의 나루미초까지 깊숙이 들어와 있었다. 아래의 초안은 전날인 7월 9일에 지어졌다.

초안…가을 문턱은 / 바다이건 논이건 / 모두 푸르네
初秋は海やら田やら緑哉

하이얀 박꽃
가을엔 이런저런
쪽박 되리니

夕顔や秋はいろいろの瓢哉(1688년)…445

지금 피어있는 하얀 빛깔의 박꽃에 가을에는 여러 가지 색깔과 모양의 쪽박이 열린다.

7월 11일, 오쓰의 문하생 쇼도의 집에서 지은 인사구로, 고전 와카집 『고금집』에 실린 아래의 와카를 비틀어서 지었다. 와카에서는 봄풀이 가을에는 여러 가지 꽃으로 피어난다고 하였는데 바쇼는 박꽃이 가을에 여러 가지 쪽박이 된다고 하였다.

연둣빛 도는 / 한 가지 풀이라고 / 봄엔 보아도

가을엔 이런저런 / 꽃으로 피어나리

緑なるひとつ草とぞ春は見し秋は色々の花にぞありける

『고금집』은 905년에 일왕의 칙령에 의해 지어진 시가집인데, 총 20권에 약 11,000수의 와카가 계절과 주제별로 정리되어 있다.

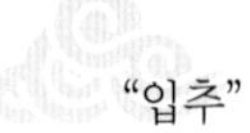

"입추"

방랑에 물려
오늘이 며칠이뇨
부는 갈바람

旅に飽きてけふ幾日やら秋の風(1688년)…446

길고 긴 방랑에 질려 날짜마저 가물가물한 즈음에 문득 가을을 알리는 바람이 불어온다.

1년 전 늦가을에 '괴나리 기록' 여행에 나서 한 해 동안 이곳저곳 거처를 옮겨 다니다 맞이한 입추에 지은 구이다. 발음이 같은 낱말 飽き(아키)와 秋(아키)를 첫 소절과 끝 소절에 집어넣어 반복적인 리듬감을 살렸다. '타비니 아키테/케후 이쿠카야라/아키노 카제'

연못에 핀 꽃
꺾지 말고 그대로
다마마쓰리

蓮池や折らでそのまま玉祭(1688년)…447

이 연못에 피어있는 연꽃을 꺾지 말고 살아있는 그대로 조상의 영전에 올리면 어떻겠소.

나고야의 문하생 지소쿠가 전해 가을 판 연못이 있는 정자의 풍정을 소재로 삼아 읊은 구이다.

玉祭(다마마쓰리)는 7월 13일부터 16일의 우란분 기간에 선조를 기리는 행사로 집의 안팎에 등롱을 밝히고 신단을 설치하고 꽃·장식물·음식 등을 올린다.

떠나간 이의
저고리도 이제는
도요오보시

無き人の小袖も今や土用干(1688년)…448

오늘은 책과 옷가지를 포쇄하는 날, 세상을 떠난 사람이 생전에 입던 옷도 이제는 햇볕 아래 널려있으려니.

여동생 지네(千子)가 세상을 떠났다는 제자 교라이의 편지를 받고 글에 적어 보낸 추도구이다.

바쇼의 문하생이었던 지네는 자신의 죽음을 반딧불이에 비유한 아래의 사세구를 남겼다.

불타기 쉽고 / 또한 꺼지기 쉽네 / 반딧불이 불
もえやすくまた消えやすき蛍かな

제자 교라이도 자신의 여동생의 죽음에 아래의 이별의 구를 지었다.

손 위에서 / 슬프게 꺼져가네 / 반딧불이 불
手の上に悲しく消ゆる蛍かな

小袖는 통소매로 된 여성용 평상복으로 현재 기모노의 원형이며, 土用干(도요오보시)는 입추 전에 의복과 서적 등을 그늘에 말리며 바람을 쏘이는 포쇄 행사를 이른다.

무카이 교라이(向井去来·1651~1704)는 사무라이 생활을 접고 서른셋의 나이에 바쇼의 문하생이 된 이래 변함없이 바쇼의 가르침을 충직하게 지킨 인물로, 그가 쓴 하이쿠 이론서 『교라이쇼(去来抄)』는 바쇼에 대한 최고의 연구서로 평가받는다.

바쇼는 본초와 『원숭이 도롱이』를 공동 편집한 교라이를 '서쪽 33 나라의 하이쿠 장관'이라고 부르며 두터운 신망을 표현했다. 바쇼가 체재하며 『사가 일기』를 쓴 교토의 별장 라쿠시샤는 교라이의 별장이다.

조에 피에
궁색지도 않도다
오막살이집

粟稗(あわひえ)にとぼしくもあらず草(くさ)の庵(あん)(1688년)…449

주변 채마밭에서 조와 피가 여물어가는 넉넉한 암자에 스님은 살고 계시구료.

나고야의 절 게다쓰지(解脱寺)의 승려인 문하생이 개최한 7인 가센의 시작구 겸 유유자적한 승려의 모습을 기리는 인사구이다.

중국 두보가 쓴 글에도 조와 피를 언급한 아래의 구절이 있다.

밭에서 조와 피를 거둬들이니 아직 가난치 않도다
園ニ粟稗収メテ未ダ貧シカラズ

초안…조에 피에 / 가난치도 않도다 / 오막살이집
粟稗にまづしくもなし草の庵

숨길 것 없네
이 집은 풋고추에
나물 된장국

隠(かく)さぬぞ宿(やど)は菜汁(なじる)に唐辛子(とうがらし)(1688년으로 추정)…450

이 집의 주인이 가난함을 숨기지 않고 나물국에 고추만으로 간소한 밥상을 차려냈다.

지금의 도요하시에 사는 의사 문하생 우소의 집에서 읊은 인사구이다.

"야스이의 여행길을 배웅하며"

길을 떠나는
뒷모습 쓸쓸해라
가을 찬 바람

見送りのうしろや寂し秋の風(1688년)…451

스산한 가을바람이 부는 가운데 원치 않는 길을 가야만 하는 그대의 뒷모습이 배웅하는 내게 사뭇 쓸쓸하게 비치는구료.

나고야에 머물던 바쇼가 포목상이자 관리인 문하생 야스이가 교토로 떠날 때 지은 전별구로, 야스이는 다양한 지역의 하이쿠 시인들과 교류하며 많은 하이쿠를 남겼다.

야스이는 글을 읽고 하이쿠를 지으며 은자 생활을 하고 싶어도 관직을 그만두지 못하는 심정을 아래의 하이쿠에 읊었다.

첫눈 내리는 / 올해도 하카마(=관복)를 / 입고 나서네

はつ雪のことしも袴きてかへる

가지가지 풀
저저마다 제 꽃을
피우는 솜씨

草いろいろおのおの花の手柄かな(1688년)…452

이 땅의 갖가지 풀들이 꽃을 피워 저마다 훌륭한 솜씨를 뽐내고 있다.

에도로 돌아가려 배웅받는 자리에서 미노(美濃) 일대의 문하생들의 글을 짓는 역량을 칭송한 전별구로, 1983년 일본을 방문한 미국 레이건 대통령이 중의원 본회의장에서 연설할 때 두 나라의 협력과 조화를 강조하며 낭송했다.

아침 나팔꽃
한창 술을 모르고
한창 피었네

朝顔(あさがお)は酒盛(さかもり)知(し)らぬ盛(さか)り哉(かな)(1688년)…453

사람들이 밤새워 벌인 석별의 술자리가 끝나가는 아침, 인간사는 알 바 없다는 듯 나팔꽃이 활짝 피어있다.

사라시나로 여행을 떠나기 전날의 모습을 읊은 구이다.

발음 나는 대로 옮기면 '아사가오와/사카모리 시라누/사카리카나'로, 발음은 유사하지만 별개의 뜻을 가진 낱말(酒盛, 盛り)을 사용하여 리듬감을 살린 것이 특징이다.

5. 「사라시나 기행」

하늘거리며
이슬에도 젖었네
마타리꽃

ひよろひよろと尚露(なおつゆ)けしや女郎花(おみなえし)(1688년·「사라시나 기행」)…454

가느다란 줄기에 큰 키를 하고 너울거리며 위태롭게 서있는 마타리꽃이 이슬에도 흠뻑 젖어 더욱 가련하다.

여랑화라고도 불리는 마타리꽃은 싸리·억새·칡·패랭이·등골나물·도라지와 함께 고전 와카에서 자주 언급되는 가을의 일곱 가지 풀 가운데 하나이다.

전별구로 지은 초안을 수정하여 완성한 구이다.

초안…하늘거리다 / 쓰러져 이슬 젖네 / 마타리꽃
ひよろひよろと転けて露けし女郎花

「사라시나 기행」은 1688년 8월 11일 기후를 출발하여 8월 말 에도에 이르기까지의 여정길에서 지은 하이쿠 11수와 산문으로 구성된 기행문으로, 『괴나리 기록』의 부록 성격을 띠고 있다.

사라시나는 교토에서 중부 지방의 산악부를 거쳐 에도에 이르는 길 나카센도(中山道)에 위치한 곳의 지명으로, 지금의 나가노시 일대이다.

저 가운데에
마키에 그리련다
객사에 뜬 달

あの中に蒔絵書きたし宿の月(1688년·「사라시나 기행」)…455

객사의 지붕 위에 떠있는 둥그런 달 속에 마키에를 그려넣고 싶다.

기행문에 "마키에가 그려진 커다랗고 허름한 객사의 술잔을 보고…"라는 설명이 딸려있다.

蒔絵(마키에)는 옻칠 위에 금은 가루나 박(箔)을 붙여 만든 공예품을 이른다.

月(달)을 발음이 같은 낱말 杯(잔)으로 풀이하면 다음과 같은 구가 된다.

저 가운데에
마키에 그리련다
객사의 술잔

초안…달 가운데에 / 마키에 그리련다 / 객사에 뜬 달
月の中に蒔絵書きたし宿の月

배웅받고
배웅하고 한 끝은
기소의 가을

送られつ送りつ果ては木曽の秋(1688년)…456

문하생들의 배웅을 받기도 하고 길 떠나는 사람들을 보내기도 하다가 지금은 기소에서 가을을 맞이한다.

초안…배웅받고 / 헤어지고 한 끝은 / 기소의 가을
送られつ別れつ果ては木曽の秋

출렁다리여
목숨줄을 휘감은
담쟁이덩굴

栈橋や命をからむ蔦葛(1688년·「사라시나 기행」)…457

급류 위에 드리워진 출렁다리의 동아줄을 담쟁이덩굴이 뒤덮고 있다. 마치 내 목숨을 휘감은 것처럼.

널빤지를 이어 붙여 절벽 사이에 걸려있는 출렁다리 가운데서도 위태롭기로 유명한 기소 지방의 출렁다리는 고래로 와카에서 자주 언급된 소재였다.

출렁다리에
불현듯 생각나네
말맞이 행사

栈橋や先づ思い出づ駒迎へ(1688년·「사라시나 기행」)…458

골짜기에 걸쳐 있는 위태로운 다리를 건너다 보니 말맞이 행사를 치르던 먼 옛날에 말과 사람들이 이곳을 어떻게 지나다녔을지 회한에 젖는다.

몸에 스미어
무 맛도 알싸하네
가을 찬 바람

身にしみて大根からし秋の風(1688년·「사라시나 기행」)…459

가을 초입에 대접받은 무의 맵싸한 맛이 때마침 불어오는 가을바람과 함께 몸에 절절이 스미어든다.

에도로 돌아가는 길에 지나는 기소 땅의 풍물을 엮어 지은 구로, 땅이 척박한 기소에서 자라는 무는 작고 매운맛이 나고 기소의 골짜기에 몰아치는 추운 바람은 매섭기로 유명하다.

からし(알싸하네)는 앞의 무와 뒤의 가을바람에 모두 이어지는 표현이다.

기소 칠엽수
뜬세상 사람에게
선물하리라

木曽の橡浮世の人の土産かな(1688년·「사라시나 기행」)…460

기소에서 주운 칠엽수 열매(마로니에)를 에도에 사는 속세의 사람들에게 선물 삼아 가져가련다.

칠엽수 열매를 은일(隱逸)을 상징하는 소재로 사용한 사이교가 지은 아래의 와카를 배경에 두고 지은 구이다.

깊은 산속의 / 바위에 떨어지는 / 물 막아두리
톡 토독 떨어지는 / 칠엽수 줍는 계절
山深み岩にしたたる水とめむかつがつ落つるとち拾ふほど

의사이자 나고야 바쇼 문파의 중진인 제자 가케이는 이때 받은 칠엽수 열매를 소재 삼아 연말에 아래와 같은 하이쿠를 지어 바쇼에게 보냈다.

해 저무는데 / 칠엽수 열매 하나 / 데굴 데구루
としのくれ栃の実ひとつころころと

초안…속세에 사는 / 사람에게 따게 하리 / 기소 칠엽수
世に居りし人に取らせん木曽の橡

“우바스테야마(姥捨山)”

그때 그 모습
할머니 홀로 우는
보름달 아래

俤や姥ひとり泣く月の友(1688년·「사라시나 기행」)…461

산에 올라 달을 바라보고 있으려니 먼 옛날 이 산에 버려져 달빛만을 벗 삼아 홀로 울고 있던 할머니의 모습이 떠오른다.

보름달이 뜰 때 늙은 부모를 등에 업어 와서 버렸다는 ‘오바스테산(姨捨山·할머니 버리는 산)’의 전설을 소재로 지은 구로, 이 산은 지금의 나가노현의 가무리키산(冠着山)이다. ‘논마다 뜨는 달(田毎の月)’로도 널리 알려진 이 산의 달은 ‘일본의 3대 명월’의 하나로 일컬어진다.

십육일 밤도
아직 사라시나의
땅에 서있네

十六夜もまだ更科の郡かな(1688년·「사라시나 기행」)…462

보름달을 감상한 어제에 이어 오늘도 사라시나군(郡)을 벗어나지 못하고 기우는 달을 바라보고 있다.

十六夜(16일의 달)은 보름달이 이지러지기 시작하는 처연함을 일컫는 표현이다.

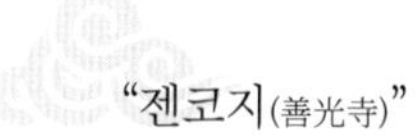

"젠코지(善光寺)"

휘영청 달빛
네 문도 네 종파도
오로지 하나

月影や四門四宗もただ一つ(1688년·「사라시나 기행」)…463

사방으로 네 문이 나있고 네 종파를 하나로 수렴한 젠코지 절에 달이 떠올라 세상을 두루 비춘다.

나가노시에 위치한 유서 깊은 절 젠코지에서 지은 구이다.

7세기 초에 창건된 이 절은 특정 종파에 속하지 않고 동서남북 네 방향으로 난 문의 현판에 각 종파를 대표하는 절의 이름이 적혀 있다. 일본 3대 사찰의 하나로 지금도 많은 참배객이 찾고 있는 이 절의 본존은 백제의 성명왕이 보낸 아미타삼존불이다.

<젠코지>

뿜어 날리는
돌은 아사마산에
부는 노와케

ふ　と　いし　あさま　のわきかな
吹き飛ばす石は浅間の野分哉(1688년·「사라시나 기행」)…464

무릇 노와케(폭풍)는 풀과 나무를 흔드는 법이건만 아사마산의 노와케는 돌을 하늘에 내뿜어 날리게 한다.

'들(野)의 풀들이 바람에 불려 갈라진다(分)'에서 유래하여 가을에 부는 폭풍이나 태풍을 일컫는 말 노와케(野分)를 사용하여 아사마산의 돌과 돌가루 등이 날리는 황량한 풍광을 읊은 구이다.

浅間(아사마)는 나가노현과 군마현의 경계에 있는 표고 2,568미터의 원추형 성층화산 浅間山(아사마산)의 줄임말로, 오래도록 폭발과 분화를 거듭해 온 탓에 아사마산 일대는 나무와 풀이 아닌 토석류와 경석으로 덮여있어 바람이 불면 돌가루 등이 분연처럼 날리기도 한다. 685년의 최초 분화 기록 이래 수백 차례 분화를 거듭하여 1783년의 분화 때에는 1,443명이 사망하였고, 최근의 분화는 2019년이었다.

기행문 초고에 이 구를 여러 번 다듬은 흔적이 아래와 같이 남아있다.

뿜어 떨구는 / 돌은 아사마산에 / 부는 노와케
吹き落す石は浅間の野分哉
뿜어 떨구는 / 돌을 아사마산에 / 부는 노와케
吹き落す石を浅間の野分哉
뿜어 떨구는 / 아사마산은 돌이 / 날리는 노와케
吹き落す浅間は石の野分哉
뿜어 내리는 / 아사마산은 돌이 / 날리는 노와케
吹きおろす浅間は石の野分哉
갈바람 부네 / 돌을 뿜어 떨구는 / 아사마의 산
秋風や石吹きおろす浅間山

"소도정(亭). 10일의 국화. 연못 주인과 또 국화를 마주했다. 어제는 '용산(龍山)의 잔치'를 열었고 오늘은 어제 남긴 술을 다시 권하며 하이쿠를 짓고 놀기로 했다. 내년에는 누가 무사할지"

십육일 달과
아침에 남은 국화
그 어느 것이

いざよひのいづれか今朝(けさ)に残(のこ)る菊(きく)(1688년)…465

보름 다음 날의 이지러지기 시작한 달과 중양절 다음 날 아침의 국화 중에 무엇이 더 처연한가?

에도로 돌아와 여섯 제자가 모인 자리에서 읊은 구로, 때가 지나 쓸모가 없어짐을 비유하는 말 '六日のあやめ, 十日の菊(5월 5일 단오 다음 날인 6일의 창포, 9월 9일 중양절 다음 날인 10일의 국화)'을 배경에 두고 지었다.

머리글의 '연못 주인'은 연꽃을 좋아하는 글벗 소도의 별명, '용산의 잔치'는 이백의 시에 언급된 9월 9일 중양절에 벌인 잔치, '내년에 누가…'는 이백의 시구 '내년 이 자리에 누가 무사할지 몰라'에서 인용한 글이다.

초안…십육일 달과 / 견주어 보리로다 / 남겨진 국화
十六夜の月と見やはせ残る菊

기소 야윔도
채 낫지 않았거늘
구월 달구경

木曽の痩せもまだなほらぬに後の月(1688년)…466

기소를 지나오느라 힘들어 쇠약해진 몸이 아직 회복되지 않았는데 또다시 달구경에 나선다.

바쇼의 암자에서 8명이 함께 지은 가센의 시작구이다.

後の月는 9월 13일 저녁에 밤을 바치며 달구경하는 풍습을 일컫는 말로, '8월 보름달 구경을 하고 다음 달 13일 밤에 달구경을 하지 않으면 복이 달아난다', '13일 밤에는 구름도 안 낀다' 등의 관련 속담이 있다.

담쟁이 잎새
예스러운 빛깔로
물들어가네

蔦の葉は昔めきたる紅葉哉(1688년 이전)…467

단풍 든 담쟁이 이파리에서 예스러운 분위기가 감돈다.

고전 소설 『이세 이야기』에서 담쟁이 잎은 붉게 물들면서도 암녹색을 띤 고색창연함을 지닌다고 언급하는 등 고래로부터 시가 문인들에게 사랑받아 온 가을 단풍의 대표적인 시어 蔦紅葉(담쟁이 단풍)을 묘사한 구이다.

"대통암 주인 도원 거사, 존함을 듣고 찾아뵈리라 약조했거늘 그날을 기다리지 않고 초겨울에 하룻밤의 서리 되어 내리셨다. 오늘 1주년에 해당한다는 말을 듣고"

그대 모습을
뵈오리니, 고목의
지팡이 형상

その形見ばや枯れ木の杖の長(1688년)…468

생전에 애용하시던 고목나무 지팡이를 보고 입적하신 스님의 모습을 상상한다.

세부 내용이 알려지지 않은 인물에 대한 추도구이자 가센의 시작구로 이때 쓴 가센이 현존한다. 長는 ようす(형상)이라는 뜻.

뒤집어쓴
이불은 차가우리
밤은 외로우리

被き伏す蒲団や寒き夜やすごき(1688년)…469

아내를 잃은 그대여, 홀로 덮는 이불은 차가울 것이고 밤에는 외로우리라.

강변의 암자에 파초를 보내준 제자 리카의 아내에 대한 추도구이다. 소절마다 키(き)를 넣어 지은 구로, '가즈키후스/후토응야 사무키/요야 스코키'로 읽는다. 고전 『신고금집』에 실린 아래 와카의 일부 구절을 응용하여 지었다.

밤은 추우리 / 입은 옷은 얇으리 / 한쪽 깎아낸
엇걸목의 사이로 / 서리가 나리누나
夜や寒き衣や薄き方そぎのゆき合ひの間より霜やおくらん

국화 맨드라미
모조리 베어냈네
니치렌 법회

菊鶏頭切り尽しけり御命講(1688년)…470

니치렌의 법회를 맞아 불단에 올리려고 국화와 맨드라미를 비롯하여 경내에 심어져 있던 꽃이 모두 잘려 이르게도 스산한 겨울의 기운이 감돈다.

御命講는 일연종(日蓮宗)의 절에서 시조 니치렌(日蓮·1222~1282)의 기일인 10월 13일에 여는 법회이다.

일연종은 '남무묘법연화경(南無妙法蓮華経)'이라는 법화경에 귀의하는 종파로, 우리나라에는 남무묘법연화경의 일본식 발음(남묘호렌게쿄)이 와전된 '남녀호랑개교'로 알려져 있다.

"어린 아들을 잃은 이를 생각하며"

화롯불마저
스러지네, 눈물이
타는 소리

埋火も消ゆや涙の烹ゆる音(1688년)…471

애통해 흘리는 눈물에 화로의 숯불도 사위어가고 그 위에 눈물방울이 떨어져 치이 소리를 내며 끓어 사라진다.

기후의 부유한 상인이자 서예가인 라쿠고에게 지어준 추도구로, 3년 후 라쿠고도 마흔 살에 세상을 떴다.

소리 맑아서
북두까지 울리네
다듬이 소리

声(こえ)澄(す)みて北斗(ほくと)にひびく砧哉(きぬたかな)(1689년 이전)…472

가을의 투명한 밤하늘에 집집에서 다듬이질하는 소리가 북두칠성까지 닿을 듯 또닥또닥 또닥또닥 맑게 울린다.

싸리의 이슬
쌀 찧는 시골집의
길 가장자리

萩(はぎ)の露米(つゆこめ)つく宿(やど)の隣(となり)かな(작성 연도 미상)…473

쿵덕쿵덕 쌀을 찧고 있는 농갓집 옆에 싸리가 아침 이슬을 머금고 서있다.

萩の露(이슬 머금은 싸리)는 "싸리는 빛깔이 무척 짙고 가지가 낭창거리며 피는데, 아침 이슬에 젖어 처져서 늘어진 것이 더 좋지요. 수사슴이 싸리 핀 언덕에 자주 들르는 것도…"라는 고전 수필 『마쿠라노소시』의 구절처럼 예로부터 가을의 서정을 표현할 때 시가 문학에 자주 등장하던 소재였다.

원숭이 광대는
원숭이 저고리를
다듬질 소리

猿引は猿の小袖を砧哉(さるひきはさるのこそでをきぬたかな)(작성 연도 미상)…474

추수가 끝난 가을날 저녁, 집집마다 다듬이질 소리가 들려오건만 이 동네 저 동네 다니며 원숭이를 부리는 사람은 지금 무얼 하고 있을까. 혹여 다음 날 원숭이에게 입힐 옷을 다듬잇돌에 올려놓고 방망이질이라도 하고 있지 않을까?

猿引는 원숭이의 우스꽝스러운 재주를 보여주며 생계를 잇는 사람인데, 이 구는 곳곳을 떠돌며 근근히 살아가는 광대의 애처로운 모습을 간접적으로 담고 있다.

이 구 외에도 바쇼는 원숭이를 소재로 한 글을 종종 지었다. 본초, 교라이와 셋이 지은 아래의 가센에도 원숭이가 등장한다.

탁발승 날 추워져 / 제 절로 돌아가고
僧やゝさむく寺にかへるか(본초)
원숭이 광대 / 원숭이와 세월 가네 / 가을밤의 달
さる引の猿と世を経る秋の月(바쇼)
그 사람도 일년에 / 세금이 한 말일세
年に一斗の地子はかる也(교라이)

"화찬, 4폭, 하조정(亭)"

가을 깊어서
나비도 빨아 먹네
국화의 이슬

秋を経て蝶もなめるや菊の露(1688년 이전)…475

가을 깊어 중양절을 맞은 오늘, 늙은 나비도 국화에서 이슬을 빨아먹는다.

국화 꽃잎을 술잔에 띄워 술을 마시며 불로장생을 기원하는 중양절의 풍습을 배경에 두고 지은 구이다. 철 지나 꿀을 빨아 먹는 늙은 나비를 장수하고자 국화주를 마시는 인간에 빗댔다.

초안…가을 깊어서 / 나비도 빨아 먹네 / 국화의 서리
秋を経て蝶もなめるや菊の霜

밤이 새도록
대나무 얼리었네
아침의 서리

夜すがらや竹氷らする今朝の霜(작성 연도 미상)…476

지난밤의 매서운 한기를 밤새 대나무가 몸으로 받아냈는지 아침에 댓잎마다 서리가 서려있다.

자신의 그림에 써넣은 화찬이다.

"눈 오는 밤에 장난삼아 소재를 찾던 중 米買(미매)라는 두 글자를 뽑아"

쌀 사러 가다
눈 내리니 쌀자루
두건이 되네

米買(こめかい)ひに雪(ゆき)の袋(ふくろ)や投頭巾(なげずきん)(1688년)…477

쌀을 사러 가는데 눈이 내려 쌀자루를 장사꾼들이 쓰는 두건처럼 머리에 뒤집어쓴다.

投頭巾은 네모난 윗부분을 머리 뒤로 젖혀 쓰는 두건으로 주로 장사꾼이 착용하던 두건이다.

雪(눈)을 발음이 같은 말 行き(가다)로 풀면 다음과 같은 구가 된다.

쌀을 사려고
가는 길에 쌀자루
두건이 되네

바쇼는 암자에 자주 드나드는 일곱 제자(依水·苔水·泥芹·路通·曾良·友五·夕菊)에 자신을 더해 '후카가와 여덟 가난뱅이(深川八貧)'라고 이름 붙이고 자주 어울렸다.

머리글의 米買는 그날 제시된 여덟 가지 하이쿠 소재(나무·술·숯·차·두부·물·쌀·밥짓기) 가운데 바쇼 본인에게 할당된 글짓기의 소재이다.

"나고야의 주조(十藏)는 에치고(越後) 사람인지라 에쓰진(越人)이라 부른다. 조밥을 먹고 나무로 불을 때며 시중(市中)에 은거하는데 이틀 정진하고 이틀 놀고, 사흘 정진하고 사흘 논다. 성(性)과 주(酒)를 좋아하고 취기가 돌면 샤미센을 연주하며 『헤이케 이야기』를 읊는다. 나의 벗이다"

둘이 보았던
그 눈은 올해에도
내렸으려나

二人見し雪は今年も降りけるか(1688년)…478

작년 겨울에 함께 눈보라를 맞으며 걸었던 아마쓰 논길(天津縄手)이 생각나는구료. 올겨울에도 그곳에 눈이 내렸을지 모르겠소.

기후부터 에도까지의 사라시나 기행을 함께 한 제자 에쓰진이 나고야로 돌아간 뒤에 지어 보낸 하이쿠이다. 나중에 에쓰진은 하이쿠집을 편찬하면서 이 구를 첫 구로 싣고, 아래의 대구를 달았다.

가슴의 그리움도 / 시들거라 사립문

胸のしのぶも枯れよ草の戸

머리글의 『헤이케 이야기(平家物語)』는 헤이안 시대 말기부터 가마쿠라 시대 초기에 걸쳐 겐(源)씨 가문과 헤이(平)씨 가문의 대립과 흥망성쇄를 그린 13세기의 군담(軍談) 소설이다.

겨울나련다
또다시 이 기둥에
둘러붙어서

冬籠りまた寄りそはんこの柱(1688년)…479

올해도 또 이 초막의 기둥에 등을 바짝 붙이고 추운 겨울을 보내려하오.

여행에서 돌아온 바쇼가 자신의 암자에서 지어 이세 신궁의 신관 마스미쓰에게 12월 3일 자 편지에 적어 보낸 구이다.

바쇼가 제자와 지인 등에게 보낸 편지 가운데 현존하는 것은 212통이며, 이 중 7통은 작성 시기가 밝혀지지 않았다.

"가을에 기소에서 몸이 허해져 겨울에는 암자에 틀어박혀"

다섯에 여섯
차과자에 늘어선
화로 언저리

五つ六つ茶の子にならぶ囲炉裏哉(1688년)…480

제자들의 머리통 대여섯이 차과자를 앞에 두고 화로 주변에 옹기종기 둘러앉아있다.

囲炉裏는 마루를 사각형으로 파낸 곳에 불을 피우는 실내 화로다.

"이 주책맞은 노인아. 평소에는 누가 찾아오는 것도 귀찮아 사람을 만나지 않고, 스스로도 사람을 찾지 않겠다며 길 떠나는 마음을 되새기건만 달이 떠있는 밤, 눈 내린 아침만큼은 한없이 사람이 그립다. 말없이 홀로 술을 마시며 속으로 묻고 속으로 답한다. 암자 장지문을 젖혀놓고 눈을 바라보고, 다시 술잔을 들고, 붓을 적셨다 붓을 놓는다. 아, 정신 나간 노인네여"

술을 마시면
더더욱 잠 못 드네
눈 내리는 밤

酒のめばいとど寝られぬ夜の雪(1688년 이전)…481

눈 내리는 밤의 풍정을 이야기할 벗도 없이 독작을 하고 있으려니 망상만 생겨나고 흩어지기를 반복하며 쉬이 잠들지 못한다.

들어박힌
초막의 벗이로다
채소 행상꾼

さし籠る葎の友か冬菜売り(1688년)…482

두문불출하며 은거하는 초막에 겨울을 나는 동안에 찾아오는 사람 없어 이따금 다녀가는 겨울철의 채소 장수가 나의 유일한 벗이다.

葎는 葎の宿(잡초가 무성한 황폐한 암자)라는 의미이며, 冬菜는 수확기가 겨울인 채소를 이른다.

모두 절하라
후타미의 금줄에
저무는 한 해

皆拝(みなおが)め二見(ふたみ)の七五三(しめ)を年(とし)の暮(くれ)(1688년)…483

오늘은 한 해의 마지막 날, 후타미 부부바위에 드리워진 금줄에 합장하며 새해의 복을 빕시다.

제자 여덟 명과 지은 가센의 시작구로, 미에현의 바닷가 후타미가우라(二見が浦)에서 실물을 보고 지은 구가 아니라 부부암이 그려진 족자에 적은 것이다.

이세의 후타미 금줄은 매년 연말에 새로이 꼬아 부부암을 연결시켜 드리운다.

의심치 말라
파도의 물보라도
바닷가의 봄

うたがふな潮(うしお)の花(はな)も浦(うら)の春(はる)(1689년)…484

이세 신궁의 신덕(神德)을 의심치 말지어다. 바닷가 부부바위에 부딪혀 꽃처럼 피어나는 파도의 물보라조차 새봄을 축복하고 있지 않은가.

이세 신궁 참배의 시작점이자 참배에 앞서 몸을 정화하는 곳으로 여기는 후타미 바닷가의 영험함을 읊은 구이다.

うたがふな(의심치 말라)는 신불(神佛)의 공덕을 기리는 데 사용하던 문학적 표현, 浦는 二見浦의 줄임말이다. 앞면에 후타미가우라의 풍경을 그려넣고 뒷면에는 본 구를 쓰고 바쇼가 '元禄 2 年 仲春芭蕉'라고 서명한 소형 목제 책상 '후타미문대(二見文台)'가 현존한다.

소절마다 첫음절에 う(우)를 반복적으로 사용하여 '우타가우나/우시오노 하나모/우라노 하루'로 읽는다.

"해가 바뀌어도 아직 여행할 때의 기분이 가라앉지 않아"

정초 아침엔
논마다 뜨는 해가
그리웁구나

元日は田毎の日こそ恋しけれ(1689년·46세)…485

작년 가을밤에 '논마다 뜬 달'을 바라보았던 우바스테야마(姥捨山)에 지금은 신년을 맞아 '논마다 떠있을 아침 해'의 장면이 눈에 어른거린다.

수신자 불명의 서찰에 전해의 기소지의 여행 소감과 함께 적어 보낸 구이다.

신나는구나
올해의 봄날에도
여행길 하늘

おもしろや今年の春も旅の空(1689년)…486

올봄에도 여행길의 하늘 아래 있을 생각을 하니 신명 난다.

봄에 여행을 떠날 것을 암시한 구로, 두 달 뒤인 3월 27일에 바쇼는 동북 지방으로 150일간의 여행길에 나선다.

제자 교라이가 바쇼에게서 받은 편지에 본 구가 쓰여있었다고 언급한 글은 있지만, 해당 편지가 존재하지 않아 이 구가 바쇼 친작인지는 불분명하다.

아침저녁에
누굴 기다리는 섬
마음이 가네

朝夜さを誰まつしまぞ片心(1689년 이전)…487

온종일 누군가를 기다리고 있다는 마쓰시마섬이 왠지 내 마음을 떠나지 않는다.

まつ를 발음이 같은 말 松로 풀이하면 まつしま는 지나갈 여행길에 있는 동북 지방의 섬 이름 마쓰시마(松島)가 된다.

아침저녁으로
누굴, 마쓰시마에
마음이 가네

내 어깨에서
아지랑이 오르네
솜두루마기

かげろふの我が肩に立つ紙子かな(1689년)…488

걸치고 다니던 겨울 두루마기의 어깨에서 아지랑이가 모락모락 피어나는 것을 보고 봄이 왔음을 느낀다.

2월 7일, 에도에 머물던 문하생 보쿠인의 여숙에서 7명이 지은 가센의 시작구이다.

홍매화 피네
못 본 사랑 지어내는
옥구슬 주렴

紅梅や見ぬ恋作る玉簾(1689년)…489

봄날의 저택, 드리워진 발 뒤편에 마치 홍매화 같은 여인이 다소곳이 앉아있는 듯하여 연심이 인다.

나고야에 거주하는 문하생 도요에게 보낸 서찰에 적은 구이다. 주렴 뒤에 앉아있어 얼굴을 볼 수 없는 여염집 여인과의 사랑 이야기를 소재로 다룬 옛 시가와 요곡의 전통을 좇아 지었다.

"시킨이 청하여, 덩굴 우거진 집의 그림에"

환삼덩굴도
새순은 보드랍네
허물어진 집

葎さへ若葉はやさし破れ家(1689년으로 추정)…490

쓰러져가는 집을 뒤덮은 거친 넝쿨마저 새순에는 부드러움의 풍정이 담겨있다.

폐가를 뒤덮은 葎(율초)는 헤이안 시대 이래로 시가에서 황량함이나 검박함을 표현하는 소재로 쓰였다.

바쇼의 제자 시킨은 오가키번에서 녹봉 백 석을 받는 관료로, 그의 아버지와 두 형제 모두 바쇼의 열렬한 문하생이었다.

"술을 마시고 있는 사람의 그림에"

꽃도 달도
없이도 술 마시는
한 사람 있네

月花(つきはな)もなくて酒(さけ)のむ独(ひと)り哉(かな)(1689년 이전)…491

여느 풍류인과 달리 그림 속의 이 사람은 꽃이나 달을 즐기지 않고 홀로 은일(隱逸)의 술을 마시고 있다.

계절어를 넣지 않고 지은 구이다.

月과 花는 자연계의 아름다움을 대표하는 표현으로 하이쿠에서 '月花'는 계절어로 취급하지 않는다. 바쇼의 하이쿠 가운데 계절어가 없는 구는 이 구를 포함하여 모두 여섯 수이다.

3부,

나그네

비와호수에서 달을 감상하는 바쇼
- 초무, 『바쇼 옹 그림책전(芭蕉翁絵詞伝, 1792)』

1.『오쿠의 오솔길』

오두막집도
사는 사람 바뀔 때
히나 인형 집

草の戸も住み替る代ぞ雛の家(1689년·『오쿠의 오솔길』)…492

시인 홀로 살아 사립문에 풀만 무성한 이 암자도 이제는 새로운 가족이 이사와 히나마쓰리 때는 인형도 장식하는 단란한 보금자리가 되리라.

'오쿠의 오솔길'의 긴 여행을 앞두고 암자를 타인에게 넘기고 떠나는 심정을 담아 아래의 서문 말미에 적은 구이다.

"세월은 백대(百代)의 과객이고 지나가는 해(年) 또한 여행객이다. 배 위에 생애를 띄우고 말 고삐 쥐고 늙어가는 자는 매일 여행하며 여행을 집으로 삼는다. 많은 선인도 길에서 죽었다. 나도 언제부터인지 떠가는 조각구름에 이끌리며 표박에 마음 들떠 바닷가 땅을 떠돌다 작년 가을 강가의 초라한 곳에 거미집을 지었다. 그럭저럭 해도 저물고 봄기운 담은 안개가 하늘에 서리자 시라카와 관문(白川の関)을 넘고 싶어 부추김신이 들린 듯 마음 바쁘고 길잡이신이 손짓하여 아무것도 손에 잡히지 않는다. 헤진 가랑이 꿰매고 갓끈을 바꿔 달고 족삼리에 뜸 뜨고 나니 마쓰시마 달이 먼저 마음에 걸리어 살던 곳을 남에게 넘기고 산푸의 별채로 옮겼다. '오두막집도 사는 사람 바뀔 때 히나 인형 집'이라고 시작구를 짓고 하이쿠 여덟 구를 기둥에 걸어놓는다."

초안…오두막집도 / 사는 사람 바뀔 시절 / 히나 인형 집

草の戸も住み替る世や雛の家

『오쿠의 오솔길』은 1689년 3월 27일부터 9월 6일까지 약 150일 간 제자 소라와 에도에서 오슈(奥州), 호쿠리쿠(北陸), 오가키(大垣)까지 총 거리 2천4백 킬로미터의 여정을 산문과 하이쿠로 기록한 기행문이다.

바쇼는 이 여행 중에 헤이안 시대의 와카 시인 노인(能因·988~?)과 사이교(西行·1118~1190)의 발자취를 좇아 옛 와카에 실린 명소에서 선인의 시심(詩心)을 접하고, 곳곳에서 하이쿠 시인들과 교류하며 자신의 하이쿠를 전파했다.

이 기행문은 격조 있고 완성도가 높은 글로 일본 문학사에서도 빼어난 기행문으로 손꼽힌다. 당대의 많은 하이쿠 제자들과 근대의 하이쿠 시인들도 바쇼가 지나간 이 길을 순례하였다.

바쇼가 센다이 지방의 풍물을 언급한 구절 "오쿠 땅 오솔길의 산기슭에 이 고장의 명물 '열 겹 돗자리'있도다…"에서 제목을 따 『오쿠의 오솔길(奥の細道·오쿠노 호소미치)』이라고 명명된 이 기행문은 바쇼 사후 8년이 지난 1702년 교토의 서점에서 처음 판본으로 출판되었다.

떠나가는 봄
새 울고 물고기의
눈에는 눈물

行く春や鳥啼き魚の目は泪(1689년·『오쿠의 오솔길』)…493

가는 봄을 아쉬워하며 새가 울고 물고기 눈에는 눈물이 비친다.

'오쿠의 오솔길' 여행길에서 지은 첫 하이쿠로, 기행문에 "3월 27일, 여명의 하늘 몽롱하고 지새는달은 빛을 잃어 후지산 봉오리가 어슴푸레 보이는데, 우에노·야나카의 벚꽃 가지 언제 다시 볼지 까마득하다. 가까운 이들이 어제저녁에 모여 배를 타고 배웅해 주었다. 센주(千住)라는 곳에서 배에 오르니 앞길 삼천 리에 가슴이 먹먹하고, 꿈결 같은 갈림길에서 이별의 눈물이 흘렀다. '떠나가는 봄 새 울고 물고기의 눈에는 눈물'이라고 읊었건만 발길이 떨어지지 않는다. 그네들이 길 가운데 서서 모습이 보이지 않을 때까지 배웅해 주었다"라는 설명을 달았다.

이 구가 '실제로는 4년 후 기행문을 편집할 즈음에 지은 구'라는 주장이 제기되어 있다.

은어 새끼가
백어를 앞세우는
이별이로고

鮎の子の白魚送る別れ哉(1689년)…494

새끼 은어가 뱅어를 앞세우고 강을 거슬러 올라가듯 제자들이 나를 뒤따르며 배웅한다.

산란을 위해 뱅어가 2월경에, 은어 치어는 3월경에 강의 상류로 헤엄쳐 올라가는 이 지방의 풍물을 엮어 지은 구로, 이후 퇴고를 거듭했지만 기행문에는 실리지 못했다.

아지랑이에
열기설기 뒤엉켜
오르는 연기

糸遊に結びつきたる煙哉(1689년)…495

연못 가운데의 섬에서 피어나는 아지랑이에 전설 속의 연기가 뒤섞여 오르는 듯 보인다.

3월 29일 도치기시의 오미와(大神) 신사에서 마주친 아지랑이가 이는 풍광에 전설을 엮어 지은 구이다.

바쇼는 이 구에 아래와 같은 머리글을 달았다.

"무로노야시마(室の八島)에 참배했다. 동행한 소라는 '이곳의 본존은 고노하나사쿠야 공주라고 하는데 후지산의 아사마 신사와 같은 신입니다. 니니기노신과 하룻밤의 잠자리로 공주가 회임했기 때문에 정조를 의심받자 화가 난 공주는 나갈 문을 돌로 막은 산실(産室) 우쓰무로(無戸室)에 들어가 만일 부정을 저질렀다면 태아와 함께 불타 죽겠지만 그렇지 않으면 둘 다 살아남을 것이라는 말을 남기고 그곳에 불을 질러 훨훨 타오르는 불길 속에서 호호데미노신을 출산하여 누명을 벗었다고 합니다. 그래서 이곳을 무로노야시마라고 합니다. 이런 사연이 있어서 이곳이 연기를 주제로 하는 우타마쿠라(歌枕·와카에 등장하는 명승지)가 된 것입니다'라고 한다."

기울어가는
해도 뉘엿뉘엿
봄날의 저녁

入りかかる日もほどほどに春の暮(1689)…496

여유로운 봄날 저녁, 해가 서서히 산 너머로 진다.

초안…기울어가는 / 해도 아지랑이가 / 두고 간 여운
入りかかる日も糸遊の名残かな

종소리 없는
마을은 그 무엇을
봄날의 저녁

鐘撞かぬ里は何をか春の暮(1689년)…497

인근에 절이 없어 만종 소리를 듣지 못하는 마을 사람들은 무엇에 의지하여 해 저무는 봄날의 풍정을 견디려나.

고전 『신고금 와카집』에 실린 노인 법사의 아래 와카를 바탕에 두고 지었다.

산속 마을의 / 봄날의 해 저물녘 / 찾아왔더니
산사의 저녁 종에 / 벚꽃이 흩어지네
山里の春の夕ぐれ来てみれば入相の鐘に花ぞ散りけり

"농가에서의 봄날 저녁"

만종 소리도
들려오지 않고서
봄날 저무네

入逢の鐘もきこえず春の暮(1689년)…498

절에서 울리는 종소리 하나 들리지 않는 가운데 봄날의 해가 저물어 간다. 앞 구와 함께 지금의 도치기현 가누마시(市) 인근에서 지은 구이다.

아아 거룩타
푸른 잎 어린잎에
햇살 비추네

あらたふと青葉若葉の日の光(1689년·『오쿠의 오솔길』)…499

아아 숭고하도다. '日光(닛코)'라는 땅 이름처럼 이곳에서는 잎새마다 밝은 햇살이 비쳐든다.

바쇼는 기행문에 "4월 1일, 닛코에서 도쿠가와 이에야스의 신사 도쇼구(東照宮)에 참배했다. 이 산은 예로부터 후타라산(二荒山)이라고 불렸는데, 고보대사가 이 이름에 운율을 실어 닛코로 고쳤다 한다. 대사가 천 년 후의 이런 번영을 예견하신 것일까. 도쿠가와 이에야스를 모신 이후 도쿠가와 집안의 위광은 햇발처럼 하늘에 빛나고 은혜는 팔방에 넘쳐 사농공상 모든 사람이 모두 마음 편히 살아간다. 쓸 말은 많지만 이만 필을 접는다"라는 설명을 덧붙였다.

초안…아아 거룩타 / 나무 아래 그늘도 / 햇살 비추네
あらたふと木の下闇も日の光

한동안은
폭포에 칩거하리
하안거 시작

しばらくは瀧にこもるや夏の初め(1689년·『오쿠의 오솔길』)…500

지금은 승려가 하안거에 들어가는 시절, 폭포 속에서 떨어지는 폭포수를 바라보며 서있는 나도 잠시 여름철의 산사에서 수행하는 기분에 젖어든다.

"도쇼구에서 대략 이십여 정(1丁은 약 108미터)쯤 올라가니 폭포가 있다. 물은 절벽 꼭대기에서 부서져 흩날리기를 백 척, 울퉁불퉁한 바위가 시퍼렇게 패인 웅덩이에 떨어진다. 바위굴에 비집고 들어가니 뒤에서 폭포수를 볼 수 있어 '뒤를 보는 폭포(裏見の滝)'라고 한다"라는 설명이 기행문에 적혀있다.

こもる는 산사에 칩거하며 수행에 전념한다는 뜻, 夏는 夏籠り(하안거)의 줄임말이다.

뻐꾸기 소리
원망스런 폭포의
안쪽 바깥쪽

ほととぎすうらみの滝の裏表(1689년)…501

폭포수 떨어지는 물소리 탓에 폭포 밖에서 우는 뻐꾸기 소리를 폭포 안에서 듣지 못해 원망스럽다.

うらみの滝를 발음이 같은 말이자 이 폭포의 이름인 裏見の滝로 풀이하면 아래와 같은 구가 된다.

뻐꾸기 우네
뒤서 보는 폭포의
안쪽 바깥쪽

"나스(那須)의 구로바(黒羽)에 문하생 스이토를 찾아가는 길"

꼴 짊어진
사람을 길잡이로
여름의 들판

秣負う人を枝折の夏野哉(1689년)…502

언뜻언뜻 보이는 꼴을 등에 메고 가는 사람을 이정표 삼아 풀이 무성한 여름 들판에서 방향을 잡아 갈 길을 간다.

지금의 도치기현 나스마치 일대의 하이쿠 시인들과 함께 읊은 가센의 시작구이다.

"도세쓰 별당의 아름다운 풍경에"

산도 마당에
움직여 들어오네
여름의 별당

山も庭に動き入るるや夏座敷(1689년)…503

여름 전용 별채에서 지내고 있자니 멀리 서있는 산조차 앞마당으로 옮겨온 듯 시원한 기운이 돈다.

구로바네번(黒羽藩)의 녹봉 500석 관료이자 문하생인 스이토의 형 도세쓰가 바쇼와 소라를 초대하여 14일간 숙식을 제공한 데 대한 인사구로 지었다.

논에 보리에
그중에도 여름의
뻐꾸기 소리

田や麦や中にも夏のほととぎす(1689년)…504

푸릇푸릇 벼가 자라는 논과 누렇게 익어가는 보리밭도 정겹지만 그 가운데 산과 들을 가로질러 메아리치는 여름의 뻐꾸기 소리가 으뜸이다.

앞 구와 같은 곳에서 지은 구이다.

초안…논에 보리에 / 그중에도 여름엔 / 뻐꾸기 소리
田や麦や中にも夏はほととぎす

딱따구리도
암자는 쪼지 않네
여름의 수풀

木啄も庵は破らず夏木立(1689년·『오쿠의 오솔길』)…505

여름날 우거진 숲속에 사는 딱따구리도 위대한 스승이 거처하던 암자는 감히 부리로 쪼아 망가뜨리지 않는다.

바쇼에게 선(禪)을 가르친 붓초화상(佛頂和尚·1641~1715)이 수행하다 임종한 절 운간지의 암자에서 지은 구이다.

초안…딱따구리도 / 암자는 먹지 않네 / 여름의 수풀
木啄も庵は食らはず夏木立

여름 산에서
나막신에 절하네
여정의 시작

夏山に足駄を拝む首途かな(1689년·『오쿠의 오솔길』)…506

세상에 알려지지 않은 땅 미치노쿠(奧州)에 있는 울창한 여름 산에 들어가기 앞서 선인의 공덕을 입고자 수행자가 남긴 나막신에 합장하며 무탈을 빈다.

전국의 험준한 산을 누비며 서민의 질병을 치료한 수험도(修驗道)의 창시자 엔노오즈노(役小角·634?~701?)가 신었다는 굽 높은 나막신이 안치되어 있던 절 수험광명사에서 읊은 구이다.

당시에는 도적과 질병, 추위와 부족한 먹거리 등으로 외진 곳을 여행할 때에는 생명의 위험을 감수해야 했다.

足駄(高足駄)는 비나 눈이 내리려 질척이는 땅을 지날 때 신는 굽 높은 나막신이다.

초안…여름날의 산 / 갈 길을 비나이다 / 높은 나막신
夏山や首途を拝む高足駄

두루미 우네
그 소리에 파초가
찢어지겠네

鶴鳴くやその声に芭蕉破れぬべし(1689년)…507

널따란 파초의 이파리는 바람에 쉬이 찢어진다지만, 이 그림 속의 파초는 찌르는 듯 징명한 학의 울음소리에 의해 찢어질 듯하다.

날카로운 학의 울음소리와 바람에 찢기기 쉬운 파초 잎의 형상을 연결 지어 읊은 화찬이다.

들판 옆으로
말을 돌려주구려
뻐꾸기 소리

野を横に馬引き向けよほととぎす(1689년·『오쿠의 오솔길』)…508

들판 너머에서 들려오는 저 뻐꾸기 소리를 한번 들어볼 테니 고삐를 당겨 말을 들판 옆으로 돌려주오. 그리고 마부여, 그대도 함께 들어봅시다.

"문하생 도세쓰가 말을 내주었는데 그 말을 끌던 마부가 '하이쿠 하나 적어 주시지요'라고 뜻하지 않은 말을 건네기에"라는 설명을 기행문에 남겼다.

떨어져오네
다카쿠의 객사에
뻐꾸기 소리

落ち来るや高久の宿の郭公(1689년)…509

다카쿠라는 마을에 있는 객사에 머물고 있으려니 뻐꾸기 소리가 높은 하늘에서부터 떨어져오듯 들려온다.

나스초 다카쿠마을의 촌장 집에 묵으며 지은 인사구이다.

마을 이름 高久(다카쿠)를 발음이 같은 말 高く(높게)로 풀이하면 다음과 같은 구가 된다.

떨어져오네
높디높은 객사에
뻐꾸기 소리

돌의 내음새
여름풀은 벌겋고
이슬 뜨겁네

石の香や夏草赤く露暑し(1689년)…510

돌에서 풍기는 독한 냄새가 코를 찌르는데 풀은 모두 누렇게 말라 죽었고 이슬조차 열기를 머금고 있다.

지금의 나스유모토 온천 인근의 풍정을 읊은 구로 바쇼는 기행문에 "살생석(殺生石)은 온천 신사 바로 뒤에 있다. 돌에서 뿜어 나오는 독기로 벌과 나비들이 죽어 땅이 보이지 않을 만큼 겹겹이 쌓여있다"라는 설명을 적었다.

"온천대명신사의 경내에 하치만 신을 옮겨 모시니 한꺼번에 두 신에게 소원을 빌 수 있기에"

온천수 뜨는
서원(誓願)도 하나로세
이와시미즈

湯をむすぶ誓も同じ石清水(1689년)…511

온천수를 떠서 손을 정갈히 하고 이 신사에 참배하면 이와시미즈하치만신에게도 동시에 기원하는 셈이다.

온천물이 흐르는 온천대명 신사(温泉大明神社)에서 읊은 구로, 이 신사의 경내에 무인에게 숭상을 받는 활의 신 이와시미즈하치만(石清水八幡)도 합사되어 있다.

湯をむすぶ는 水をむすぶ(신사에서 참배에 앞서 손이나 물 국자로 물을 떠 손을 정갈히 씻는 행동)의 물(水) 자리에 湯(뜨거운 온천수)를 집어넣은 표현, むすぶ는 掬ぶ(물을 뜨다)와 願結び(종이에 소원을 적어 신사의 기둥 등에 묶는 일)을 엇건 표현이다.

"사이교가 와카를 읊은 버드나무가 아시노 역참의 논두렁에 남아있다. 이곳 촌장이 진즉부터 꼭 가보라고 당부하였는데 오늘 비로소 그 나무 아래에 섰다"

논 한 뙈기에
모 심고 떠나노라
버드나무 길

田一枚植ゑて立ち去る柳かな(1689년·『오쿠의 오솔길』)…512

(사이교는 상념에 젖어 이 버드나무 아래를 떠나지 못한다고 와카에 읊었지만) 나는 논 한 뙈기에 모내기하는 것을 보고 나서 이곳을 떠난다.

고전 와카집 『신고금집』에 실린 사이교의 아래의 와카에 답구 형식으로 지은 구이다.

길섶을 따라 / 맑은 물 흘러가는 / 버들의 그늘
잠시만 머물려다 / 길 떠나지 못하네
道のべにしみづ流るゝ柳かげしばしとてこそ立どまりつれ

나스초 아시노(芦野)에 서있는 이 버드나무에 지금은 유행류(遊行柳)라는 이름이 붙여져 있다.

<유행류>

"시라카와 관문"

동이런가 서런가
볏모에서부터도
바람의 소리

西か東かまづ早苗にも風の音(1689년)…513

관문을 넘어서니 어디서 부는 바람인지 알 수 없어도 옛날과 다름없는 바람이 볏모를 스치는 소리와 함께 나를 맞이한다.

헤이안 시대의 와카 시인 노인 법사가 지은 아래의 와카 속의 장소에서 옛날과 같은 바람을 맛보는 감개를 7/7/5의 음절로 읊은 구이다.

도읍지를 / 봄 안개와 함께 / 떠나왔건만

가을바람 부누나 / 시라카와의 관문

都をば霞とともに立ちしかど秋風ぞ吹く白河の関

초안…볏모 푸른데 / 내 얼굴은 검고나 / 며칠 지났나

早苗にも我が色黒き日数哉

머리글의 시라카와 관문은 후쿠시마현 시라카와시에 있던 오우 지방으로 들어가는 고대의 관문이다. 바쇼는 이곳을 넘으면서 오우 땅에 처음 발을 디뎠다.

奥羽(오우)는 陸奥(미치노쿠, 후쿠시마·미야기·이와테·아오모리현 일대)와 出羽(데와, 아키타·야마가타현 일대)를 아우르는 말로 지금의 동북 지방 6현이다.

풍류놀이의 시작일세, 오쿠의 모내기 노래

風流(ふうりゅう)の初(はじ)めや奥(おく)の田植歌(たうえうた)(1689년·『오쿠의 오솔길』)…514

옛 와카에 실린 명소와 유적지 등을 찾아가 그 땅의 시인들과 시를 짓는 오쿠에서의 풍류 여행이 초입에서 만난 여유로운 모내기 노래를 듣는 것으로부터 시작되었다.

4월 22일 후쿠시마현 스카가와시의 문하생 집에 도착하여 소라와 셋이 지은 가센의 시작구이다.

奥(오쿠)는 시라카와강의 북쪽이라는 뜻으로 陸奥(미치노쿠)의 줄임말이다.

"커다란 밤나무 그늘에 의지하여 세상을 등지고 사는 승려가 있다. 도토리 줍던 큰 산도 이러했으리라는 생각에 글을 적는다. 율(栗) 자는 西와 木 자로 구성되어 서방정토(西方淨土)에 이어지므로 교기 보살은 평생 지팡이와 기둥을 이 나무로 사용하셨다"

세상 사람의
눈에 띄지 않는 꽃
처마 밤나무

世の人の見付けぬ花や軒の栗(1689년·『오쿠의 오솔길』)…515

처마 아래에 밤나무가 세상 사람들의 눈에 띄지 않게 소리 없이 꽃을 피우고 서있다.

밤나무 아래의 초막에서 수도하는 릿사이(栗斎)라는 승려의 청빈함을 칭송한 인사구로, 4월 24일에 문하생의 암자에서 7인이 지은 가센의 시작구로 쓰였다.

'은둔하며 살아가는 조촐한 암자에 걸맞게 처마 아래의 밤나무가 소리 없이 꽃을 피웠다'는 뜻의 이 하이쿠에 집주인은 '찾아오는 사람은 없지만 이따금 반딧불이가 초암의 지붕에 찾아온다'라는 뜻의 대구를 지었다.

어쩌다 반딧불이 / 내려앉는 이슬 풀

まれに蛍のとまる露草

이날 지은 가센의 36구를 동행한 제자 소라가 가이시 네 쪽에 기록하였다. 가이시(懐紙)는 시가·연가·하이쿠 등을 정식으로 기록할 때 사용하는 폭 약 40센티미터, 길이 약 30센티미터의 종이로 크기나 접는 방식, 글을 쓰는 양식 등이 정해져 있다.

관문지기
사는 집을 뜸부기에
물어볼 것을

関守の宿を水鶏に問はうもの(1689년)…516

시라카와 지방의 수문장이나 마찬가지인 그대를 찾아뵙지 못하고 시라가와를 지나쳐 아쉽소. 때마침 그곳에서 울던 뜸부기에게 그대의 댁을 물어 풍류를 나눌 걸 그랬구료.

가운이라는 사람에게 보낸 서신에 적은 구로, 뜸부기 우는 소리가 문을 두드리는 소리와 같다 하여 예로부터 와카 등의 시가에서 뜸부기를 손님의 방문이나 타관에서의 소식을 암시하는 표현으로 사용한 전통을 좇아 지었다.

"스카가와 역참에서 동쪽으로 20리 거리에 이시가와폭포가 있다고 한다. 그곳에 가서 가센을 짓고자 했으나 이번 비로 물이 물어 강을 건널 수 없다 하여"

억수 장맛비
폭포 쏟아 휘덮고
차올랐도다

五月雨は滝降り埋むみかさ哉(1689년)…517

장맛비가 폭포수처럼 쏟아져 내려 폭포를 휘덮을 만큼 물이 불어났다.

滝(폭포)가 滝降り(폭포처럼 쏟아지다)와 滝埋む(폭포를 덮다)에 이중으로 읽히도록 지은 구이다.

みかさは 水嵩(みずかさ·수량)의 줄임말이다.

볏모를 쥔
손길이여, 옛날의
시노부 옷감

早苗(さなえ)とる手(て)もとや昔(むかし)しのぶ摺(ずり)(1689년·『오쿠의 오솔길』)…518

볏모를 쪄서 손에 쥐고 물에 헹구는 여인의 손길에서 옛날에 풀을 손에 쥐고 천에 문질러 무늬를 만들어내던 모습을 회상한다.

しのぶ摺는 둥근 무늬가 박힌 바위에 천을 펼치고 넉줄고사리(시노부구사) 잎을 문질러 무늬를 만드는 옷감으로, 시노부마을의 특산품이다.

고전『고금집』에 실린 아래의 와카에 나오는 바위를 찾아온 바쇼가 반쯤 땅에 묻힌 채 버려져 있는 바위를 보고 상심하며 지은 구이다. 와카는 '시노부 옷감의 무늬처럼 흩어진 이 마음은 오로지 당신 때문'이라는 남녀 간의 사랑을 읊은 내용이다.

미치노쿠의 / 시노부의 옷 무늬 / 누구 때문에

어지러이 물드나 / 내 탓은 아니련만

みちのくの忍ぶもぢずり誰ゆえにみだれそめにし我ならなくに

옷감의 이름 しのぶ(시노부)를 발음이 같은 말 偲ぶ(그리워하다)로 풀이하면 다음과 같은 구가 된다.

볏모를 쥔
손길이여, 옛날을
그리는 무늬

초안…볏모 움켜쥔 / 손길이여 옛날의 / 시노부 옷감
早苗つかむ手もとや昔しのぶ摺
초안…모 심는 처녀에 / 그 모습 비춰보리 / 시노부 옷감
早乙女に仕形望まんしのぶ摺

궤도 큰 칼도
오월에 장식하라
가미노보리

おい　たち　ごがつ　かざ　かみのぼり
笈も太刀も五月に飾れ紙幟(1689년·『오쿠의 오솔길』)…519

지금은 단오 절구, 이 절에 있다는 요시쓰네의 칼과 벤케이의 궤도 화려하게 장식하고 주변에 색색의 깃발을 세워놓으면 어떠하리오.

가마쿠라 시대의 무장 미나모토 요시쓰네의 충신 두 형제의 무덤이 있는 이오지(医王寺) 절을 찾아 요시쓰네의 칼과 벤케이의 궤에 참배하고 지은 구이다.

이 笈(궤)는 미나모토 요시쓰네의 충직한 부하로 전쟁터에서 온몸에 화살을 맞고 선 채 숨졌다는 승려 무장 벤케이(弁慶·?~1189)가 짊어졌던 궤라는 전설이 내려온다. 요시쓰네의 칼은 2차 세계 대전 중에 분실되었다.

紙幟(가미노보리)는 오월 단오에 종이에 마귀를 쫓아내는 신이나 무사의 그림을 그려 장대에 매달아 문밖에 세우는 것이다.

초안…벤케이의 / 궤도 장식하여라 / 가미노보리
弁慶が笈をも飾れ紙幟

<가미노보리>

"교하쿠라는 이가 '다케쿠마의/소나무 보여주오/철 지난 벚꽃'이라고 전별구를 지어 주기에"

꽃 필 때부터
소나무 두 갈래를
석 달 넘도록

桜より松は二木を三月越し(1689년·『오쿠의 오솔길』)…520

뿌리에서부터 두 갈래로 갈라져 자란 소나무를 보고자 벚꽃 피는 봄부터 에도를 떠나 석달 넘게 걸려 여기에 와서 바라본다.

이 구에 대해 바쇼가 기행문에 덧붙인 설명이다.

"…가장 먼저 노인 법사가 떠올랐다. 그 옛날, 미치노쿠 땅에 부임하던 후지와라 다카요시가 나도리강을 건너려 이 소나무를 베어 다리 기둥으로 쓴 것을 노인 법사가 와카로 읊었다.

다케쿠마의 / 소나무는 이제 / 흔적도 없네

천 년의 세월 지나 / 내가 여기 왔노라

武隈の松はこのたび跡もなし千とせをへてや我は来つらん

대대로 이 소나무를 누구는 베고 또 누구는 다시 심기를 거듭하다 다시 천 년 전의 모습으로 부활하여 잘 자랐다."

머리글의 하이쿠는 '벚꽃이여, 지금부터 다케쿠마로 길을 떠날 스승님이 부디 소나무를 볼 수 있게 해다오'라는 뜻이다.

まつ(소나무)를 발음이 같은 말 待つ(기다리다)로 풀면 다음과 같은 구가 된다.

꽃 필 때부터
기다렸네 두 갈래를
석 달 넘도록

초안…스러지지 않는 / 소나무여 두 갈래를 / 석 달 넘도록

散り失せぬ松や二木を三月越し

가사지마가
어디메뇨, 오월의
빗속 진창길

笠島(かさじま)はいづこ五月(さつき)のぬかり道(みち)(1689년·『오쿠의 오솔길』)…521

옛 시인이 묻힌 가사지마가 어디인지 장맛비 내리는 진창길에서 찾아가기 막막하다.

바쇼는 기행문에 "가마쿠라로 달려가던 요시쓰네 일행이 말의 등자를 갈았다는 오솔길과 성 아래를 지나 가사지마에 들어왔다. 후지와라노의 무덤이 어디 있느냐고 사람에게 길을 물었더니 '저기 멀리 오른쪽에 보이는 산자락 동넨데, 미노와(箕輪)·가사지마(笠島)라고 해서 도조신(道祖神)도 있고 후지와라노님의 분신인 억새도 남아있습죠' 한다. 며칠간 내린 장맛비로 길도 질척거리고 몸도 지쳐 멀리서 보기만 하고 돌아가기로 했는데, 미노와(箕輪)의 도롱이(箕)와 笠島의 삿갓(笠)이 모두 장맛비와 연(緣)이 있으니, '가사지마가 어디메뇨, 오월의 빗속 진창길'이라고 글을 짓는다"라는 설명을 덧붙였다.

헤이안 시대의 귀족 와카 시인 후지와라노 사네카타(藤原実方·?~999)는 궁중에서 다툼을 벌인 죄로 이곳 미치노쿠의 수령으로 좌천되었다. 4년 후 그가 말에 올라탄 채 도조신 신사 앞을 지나갔다가 '신이 노하여' 말에서 떨어져 죽었다. 후일, 사이교가 이곳을 찾아 아래의 와카를 지었다.

스러지지도 / 않을 그 이름만을 / 남겨놓고서

들판의 시든 억새 / 유품인 양하여라

朽ちもせぬその名ばかりをとどめおきて枯野の薄かたみにぞ見る

창포의 잎새
발에 동여매련다
짚세기의 끈

あやめ草足結ばん草履の緒(1689년·『오쿠의 오솔길』)…522

오늘은 창포를 처마에 매다는 5월 4일, 하지만 정처 없이 방랑길을 떠도는 나는 이 창포를 짚신 매는 끈으로 삼으리라.

지금의 센다이 지역을 안내해 준 화가에게서 그림과 암청색 끈이 달린 짚신 두 켤레를 선물 받은 데 대한 답례로 지어준 구이다.

단오 전날 저녁에 쑥과 창포를 처마에 매달아 나쁜 기운을 몰아내고 집에 불이 나는 것을 막는 풍습을 배경에 두고 지었다.

점점이 섬들
천천만만 부서져
여름의 바다

島々や千々に砕きて夏の海(1689년)…523

이 수많은 섬들은 신이 대지를 잘게 부숴 여름 바다에 뿌려놓은 것이다.

260여 섬들이 늘어선 '일본 3경'의 한 곳이자 예로부터 문인들이 시가에서 읊어온 마쓰시마(松島)의 풍경이지만, 정작 기행문 『오쿠의 오솔길』에 실린 것은 바쇼의 구가 아니라 동행한 제자 소라의 아래 구다.

마쓰시마섬 / 학의 몸을 빌려라 / 두견새 소리

松島や鶴に身をかれほととぎす

여름의 수풀
싸울아비 사내들이
꿈꾸던 흔적

夏草や兵どもが夢の跡(1689년·『오쿠의 오솔길』)…524

영화를 꿈꾸며 치열한 전투를 벌이던 곳에 이제는 장수와 병졸들이 꾸었던 꿈의 자취인 양 풀만 무성하다.

겐페이 전투(源平合戦·1180~1185)의 영웅 미나모토노 요시쓰네가 형 미나모토노 요시아사에 쫓겨 이와테현의 히라이즈미에 숨어들었다가 가신들과 함께 최후를 맞이한 옛 성터 고로모가와노타테(衣川館)에서 읊은 구이다. 이 지역에서 3대에 걸쳐 번성한 오슈 후지와라노 가문 또한 요시쓰네를 비호한 탓에 요시아사의 공격을 받고 멸망하였다. 바쇼가 옛 성터를 찾은 것은 요시쓰네가 전쟁터에서 숨진 지 500년을 맞이한 해였다.

반딧불이 불
낮엔 사그라드네
불당의 기둥

蛍火の昼は消えつつ柱かな(1689년)…525

히카리도에 날아들어 깜빡거리던 반딧불이의 불이 날이 밝으며 하나둘 빛을 잃고 기둥에서 사라져간다.

앞 구와 함께 추손지의 불당 금색당에서 지은 것으로 일컬어지고 있지만 바쇼의 친작 여부가 의심스러운 구.

바쇼가 앞의 세 구를 읊은 이와테현 히라이즈미초 일대에서 후지와라 가문 3대에 걸쳐 번성한 헤이안 시대 말기의 불교 문화를 '히라이즈미 문화'라고 일컫는다. 사원과 신사 등이 계획적으로 세워진 이곳에는 수많은 국보와 문화재 등이 남아있으며 추손지 등 사원 다섯 곳이 2011년에 세계 문화유산으로 등록되었다.

여름 장맛비
비키어서 내리네
히카리도오

五月雨の降り残してや光堂(1689년)…526

모든 것을 휩쓸어가는 장맛비가 이곳만큼은 비를 뿌리지 않아 '빛나는 불당' 히카리도(光堂)가 찬란하게 서있다.

히카리도는 히라이즈미의 절 추손지(中尊寺)에 있는 불당으로, 안치된 불상과 건물 전체가 금박으로 덮혀 금색당(金色堂)으로도 불린다.

추손지에는 오슈 후지와라노 가문의 1~3대 영주의 미이라와 4대 영주의 수급이 안치되어 있다.

초안…여름 장맛비 / 해마다 내리기를 / 오백 차례
五月雨や年降りて五百たび
초안…여름 장맛비 / 연년마다 내려도 / 오백 차례
五月雨や年降るも五百たび

<히카리도>

고요하여라
바위에 스며드는
매아미 소리

閑さや岩にしみ入る蝉の声(1689년·『오쿠의 오솔길』)…527

맑고 고요한 산사에서 매미 우는 소리가 바위에 스며들어가듯 도드라져 들린다.

<릿샤쿠지>

"야마가타 땅에 릿샤쿠지(立石寺)라는 산사가 있다. 속세와 떨어져 있는 조용한 절로 지카쿠 대사가 세웠다. 한번 가보라고 사람들이 권하기에 오바나자와에서 길을 바꿔 이곳을 찾았다. 그 거리 약 7리(약 28킬로미터). 도착하니 아직 해가 남아있다. 절에 머물 방을 구해 놓고 산사의 법당에 올라갔다. 돌과 바위로 이루어진 바위산인데 송백은 연륜을 거듭하고 돌과 흙도 오래되고 이끼는 미끄럽다. 바위 위의 원(院)들은 모두 닫혀있어 소리 하나 들리지 않는다. 벼랑을 돌고 바위를 타고 올라가 불전에 합장했다. 풍경이 적막하여 마음이 정갈해진 것을 기억한다"라는 설명을 기행문에 첨부하였다.

초안…쓸쓸하여라 / 바위에 배어드는 / 매아미 소리
さびしさや岩にしみ込む蝉の聲
초안…야마데라 절 / 돌에 배어드는 / 매아미 소리
山寺や石にしみつく蝉の聲

이에 벼룩에
말이 오줌을 싸는
베개 머리맡

蚤虱馬の尿する枕もと(1689년·『오쿠의 오솔길』)…528

이와 벼룩에 물어뜯기고 누워 있는 머리 위에서는 말이 오줌 싸는 소리마저 들려오는 객사의 방에서 힘겹게 여름밤을 보낸다.

미야기현에서 야마가타현으로 넘어가는 국경의 관문 이름(尿前の関)을 넣어 지은 구이다. 이는 실제 겪은 일이 아니라, 여행의 고생스러움을 강조하기 위해 불쾌한 것들을 열거하여 해학을 담은 구로 알려져 있다.

기행문에 바쇼는 아래와 같은 설명을 곁들였다.

"이 집 주인이 말하길 여기부터 데와(出羽) 땅으로 가려면 큰 산을 넘어야 하는데, 그러자면 누군가 길잡이 없이는 무리라고 한다. 그래서 사람을 부탁했더니 억세게 생긴 젊은 사내가 왔다. 어떤가 보니 허리에 칼을 차고 참나무 몽둥이를 손에 들고 우리 앞에 서서 걸어간다. 우악스러운 생김새를 보고 오늘은 틀림없이 험한 일을 당하리라고 주저주저하며 따라갔다. 집주인 말대로 산이 깊어 새소리 하나 들리지 않는다. 나무가 울창하여 그 아래는 마치 밤처럼 깜깜하다. 바람도 거세게 불어 돌가루가 하늘에서 쏟아지는 것 같다. 조릿대 풀숲을 헤치고 또 헤치고, 늪에서 철버덕거리고 돌부리에 채이며 식은땀을 흘린 끝에 간신히 모가미(最上) 땅에 닿았다. 이 젊은 길잡이 왈, '이 길 말요, 보통은 산적들이 얼씬대는데 오늘은 무사히 왔으니 운이 좋은 줄 아쇼' 하고 돌아갔다. 다 끝나고 들어도 가슴이 철렁 내려앉는다."

상그름함을
내 집으로 삼아서
들어앉았네

涼(すず)しさをわが宿(やど)にしてねまるなり(1689년·『오쿠의 오솔길』)…529

선선함을 만끽하며 마치 내 집에라도 있는 양 편히 지내고 있소.

야마가타현 오바나자와에 있는 문하생 세이후의 집에 열흘간 묵으며 지은 인사구 겸 가센의 시작구이다.

스즈키 세이후는 데와 지방의 잇꽃 상인으로 에도와 도쿄를 오가며 하이쿠 문인들과 교류하였다. 초기에는 담림파 하이쿠를 공부했지만 도중에 바쇼풍의 하이쿠를 지었다.

涼しさ(선선함)은 여름철에 남의 집을 칭송할 때 사용하던 고전 시가의 어휘이며, ねまる는 마음 편히 지낸다는 뜻의 이 지역 사투리이다.

눈썹붓을
모양새로 하고서
잇꽃 피었네

眉掃(まゆはき)を俤(おもかげ)にして紅粉(べに)の花(はな)(1689년·『오쿠의 오솔길』)…530

홍화 밭에 눈화장 도구인 붓을 연상시키는 모습으로 꽃들이 화사하게 피어있다.

잇꽃 중개상인 집주인 세이후에 대한 인사구로 지었다.

당시 잇꽃은 고급 화장품과 값비싼 염료의 재료로 쓰였다. 眉掃는 분을 바른 얼굴에서 눈썹의 분을 쓸어 내는 작은 솔이다.

다른 기행문 『원숭이 도롱이』에는 '풍류의 시작일세, 오쿠의 모내기 노래' 구와 나란히 실어 오슈 지방에 들어선 뒤 초기에 접한 풍정임을 강조하였다.

기어나오렴
누에 방의 아래에
두꺼비 소리

這ひ出よ飼屋が下の蟾の声(1689년·『오쿠의 오솔길』)…531

누에 키우는 오두막 아래에서 두꺼비 우는 소리가 난다. 두꺼비야, 밖으로 기어나오렴.

고전 『고금집』에 실린 아래의 와카의 풍정을 살려 지은 구로, 와카 두 번째 소절의 かひ屋(사슴 등을 쫓기 위한 원두막)을 발음이 같은 말 飼屋(누에를 키우는 오두막)으로, 세 번째 소절의 개구리를 두꺼비로 바꾸어 지었다.

아침 안개에 / 원두막 아래에서 / 우는 개구리
소리라도 들으면 / 그립지 않을 것을
朝霞かひ屋が下に泣くかはづ声だに聞かば我恋いめやも

여름 장마를

그러모아 세차네

모가미의 강

五月雨を集めて早し最上川(1689년·『오쿠의 오솔길』)…532

장맛비로 불어난 지류의 물을 한데 모아 모가미강의 강물이 거세게 흐른다.

"모가미강에서 배를 타고 내려가려고 오이시다에서 날이 개기를 기다렸다. '이곳에 일찍이 하이쿠가 들어와 융성했던 그때를 지금도 그리워합지요. 말 그대로 촌스러운 풍류지만 모두 이걸로 위안 삼는답니다. 지금까지 이 하이쿠를 되는 대로 해오기는 했지만 옛것, 새것 두 갈림길에서 어느 게 맞는지 알려주는 사람도 없어서요' 하길래 별수 없이 가센을 읊기로 했다. 이번 여행길의 풍류가 이런 곳까지 전해졌구나. 모가미강은 요네자와가 원류고 야마가타가 상류인 강이다. '바둑돌', '매' 같은 이름의 난소(難所)가 있는 강이다. 이타지키산의 북쪽을 거쳐 마지막에는 사카다바다로 흘러든다. 강의 좌우가 산으로 덮여있어 마치 우거진 숲속을 배가 뚫고 가는 형세다. 이곳에서 쌀을 싣고 다니는 배를 쌀배라고 부른단다. 울창한 나무 사이로 하얀 폭포수가 떨어지고 강 벼랑에는 사당(仙人堂)이 서있다. 강물이 요동쳐 배가 위태롭다"라는 설명을 기행문에 남겼다.

바쇼가 5월 28일 오이시다에서 배 운송업을 하는 사람의 집에 여장을 풀고 국경 통과 증명서를 발급받는 사이에 날이 궂어졌다. 다음 날부터 이틀간 집주인과 마을 촌장, 소라까지 넷이 가센을 짓고 바쇼 자필로 「장맛비 가센(さみだれ歌仙)」을 남겼다.

비 내리는 강가의 저택에서 시원하게 지내고 있어 감사하다는 바쇼의 시작구에 자신은 그저 강가에 반딧불이를 붙잡아두는 배말뚝에 지나지 않는다는 집주인의 대구로 이어지는 총 서른여섯 수의 가센 가운데 첫 여섯 수는 다음과 같다. 이후에 가센 시작구의 가운데 소절 涼し(시원타)를 早し(세차네)로 수정하여 본 구를 완성하였다.

여름 장마를 / 그러모아 시원타 / 모가미의 강

五月雨を集て涼し最上川(바쇼)

강가에 반딧불이 / 매어두는 배말뚝

岸にほたるをつなぐ舟杭(집주인)

참외 밭에서 / 망설이는 하늘의 / 달빛 기다려

瓜畠いざよふ空に影待て(소라)

동네로 들어오는 / 뽕나무밭 오솔길

里をむかひに桑の細道(촌장)

송아지에게 / 마음을 위로받는 / 저녁 어스름

牛ノ子に心慰む夕れ (집주인)

먹구름 무겁구나 / 가슴속의 하이쿠

水雲重しふところの吟(바쇼)

<모가미강>

물속 깊은 곳
얼음 곳간 찾아서
실버들 가지

みず　おくひむろたず　やなぎかな
水の奥氷室尋ぬる柳哉(1689년)…533

강가의 버들가지가 마치 얼음 곳간을 찾으려고 물속을 들여다보듯 늘어져 있다. '이렇게 차가운 물이 어디에서 솟아나는 거지? 분명 물속 어딘가의 빙고에서 나올 거야.'

신조(新庄)의 풍류정에서 지은 가센의 시작구이다. 氷室은 여름에 쓸 얼음을 겨울에 저장해 놓는 곳으로 신사 등지에 많이 지었다. 빙고가 있는 신사에서는 매년 6월 1일 에도 막부에 진상할 얼음을 빙고에서 꺼내는 행사가 열렸다.

바람 내음도
남쪽에 가깝도다
모가미의 강

かぜ　か　みなみ　ちか　もがみがわ
風の香も南に近し最上川(1689년)…534

이 집은 모가미강을 남쪽 가까이에 두고 있어 싱그러운 바람도 불어오는 좋은 집이다.

신조의 부유한 상인의 집을 칭송한 인사구 겸 가센의 시작구로, 南に는 앞뒤 구절을 동시에 수식하는 말이다.

南를 백낙천의 시구 薫風南より来る(훈풍은 남쪽에서 불어온다)의 줄임말로 풀이하면 다음과 같은 구가 된다.

바람 내음도
훈풍에 가깝도다
모가미의 강

고마우셔라
눈 내음 풍겨오는
남쪽 골짜기

ありがたや雪(ゆき)をかをらす南谷(みなみだに)(1689년·『오쿠의 오솔길』)…535

더운 여름날에 아직도 잔설이 남아있는지 데와삼산의 남쪽 골짜기에서 시원한 바람이 불어와 감사한 마음이 우러난다.

남쪽 골짜기(南谷)라는 지명에 있는 절 벳토지에서 지은 7인 가센의 시작구 겸 인사구이다.

야마가타현에 있는 세 산(月山·湯殿山·羽黒山) 일대를 일컫는 데와삼산(出羽三山)은 다양한 신사와 온천이 산재하여 중세 이후 산악 신앙인 수험도가 번성한 곳이다.

초안…고마우셔라 / 눈 내음 풍겨오는 / 바람의 소리
ありがたや雪をかをらす風の音

청량하여라
어스름 초승달의
하구로산

涼(すず)しさやほの三日月(みかづき)の羽黒山(はぐろやま)(1689년·『오쿠의 오솔길』)…536

여름날의 초승달이 하구로산 위에 어스름히 떠있어 청량한 기운이 돈다.

三(み)가 발음상 ほの見(み)える(어스름히 보이다)와 三日月(みかづき·초승달)의 두 가지 뜻으로 읽히도록 지은 구이다.

초안…청량한 바람 / 어스름 초승달의 / 하구로산
涼風やほの三日月の羽黒山

구름 봉우리
몇몇이 스러지고
달이 오른 산

雲の峰いくつ崩れて月の山(1689년·『오쿠의 오솔길』)…537

구름을 몇 차례나 헤치고 올라간 끝에 산봉우리에 다다르니 달이 떠있다.

산의 이름을 응용하여 지은 구로, 바쇼는 “8일, 갓산(月山)에 올랐다. 숨차고 몸이 지쳐 정상에 오르니 해가 지고 달이 솟았다”라는 설명을 기행문에 적었다.

말할 수 없는
유도노에서 적시네
나의 옷소매

語られぬ湯殿にぬらす袂かな(1689년·『오쿠의 오솔길』)…538

산에서 겪은 일을 입 밖에 내서는 안 된다는 계율을 가진 신비한 신사 유도노산(湯殿山)에서 감동의 눈물이 흘러내려 옷자락을 적신다.

유도노산에 뜨거운 온천수가 솟아나는 남녀 성기 형상의 거대한 바위가 있어 일명 사랑의 산으로도 불리는 점에 착안하면 ‘유도노 온천에서 사랑을 나누느라 바닥에 깐 옷을 흥건히 적신 일은 누구에게도 말할 수 없다’는 뜻의 아래의 구가 된다.

말할 수 없네
유도노에서 적신
나의 옷자락

"내가 삼산을 참배하였으니 추도구를 바쳐야 마땅하다고 문하생들이 줄곧 권하기에 비통한 마음으로 한 구 읊고 향 뒤에서 합장한다"

그대의 영혼
하구로에 되돌리리
불법의 달

その玉や羽黒にかへす法の月(1689년)…539

하구로산에 떠있는 달이 법력(法力)을 발휘하여 수험도 성인의 영혼을 하구로에 되가져 오리라.

정치에 휘말려 유배지인 이즈반도에서 1674년에 열반한 하구로산의 제50대 수험도 지도자 덴유를 추도한 구이다. 수험도는 일본 고래의 산악 신앙이 불교와 결합한 종교로, 신도들은 데와삼산 등의 깊은 산에 은거하며 엄격한 수행을 통해 번뇌를 떨치고 깨달음을 얻고자 하였다. 여기에서의 月(달)은 중생의 미망을 깨쳐 진리를 밝힌다는 불교의 진여월을 뜻한다.

달이냐 꽃이냐
물어봐도 사수도엔
코 고는 소리

月か花か問へど四睡が鼾哉(1689년)…540

달과 꽃 가운데 어느 것이 더 풍류가 있는지 묻건만, 그림 속 네 현자는 코를 골며 잠만 잔다.

하구로에 체제 중에 덴유가 남긴 그림 사수도를 보고 지은 화찬으로, 풍류를 대표하는 두 가지 사물에 대한 우열론을 초월한 경지를 묘사한 구이다.

四睡는 호랑이와 선사, 제자 둘 등 넷이 낮잠을 자는 모습을 그린 중국 천태산 국청사의 그림 사수도(四睡圖)를 이른다.

"겐로쿠 2년 6월 10일, 하구로산에서 7일간 기도하고"

희한하여라
산 나오니 이데와
햇가지로다

めづらしや山(やま)をいで羽(は)の初茄子(はつなすび)(1689년)…541

산에서 나와 이데와 지방의 진귀한 특산품 햇가지를 반찬으로 식사를 했다. 나온다는 말과 이름이 같은 이데와에서의 일인지라 재미있다.

いで를 나오다(出·이데)와 지명 이데와(出羽)에 이중으로 사용하여 지은 구로, 여기서의 가지는 크기가 작고 단단한 이 고장의 특산물 민덴(民田) 가지이다.

더운 산에서
부는 포구에 걸쳐
저녁의 납량

あつみ山(やま)や吹浦(ふくうら)かけて夕(ゆう)すずみ(1689년·『오쿠의 오솔길』)…542

이름만 들어도 더운 아쓰미산(温海山)에서 바람이 분다는 뜻의 이름을 가진 후쿠포구(吹浦)까지의 풍경을 한눈에 바라보며 저녁에 더위를 식힌다.

우리나라의 동해 바다에 접한 사카타에서 숙소를 제공한 집 주인에 대한 인사구 겸 가센 짓기의 시작구이다.

이 무렵의 여행 정황에 대해 바쇼는 기행문에 "하구로를 떠나 쓰루오카의 읍내에 들어가 시게유키라는 무사 집에서 가센을 지었다. 로간이 그곳까지 데려다주었다. 나룻배를 타고 사카타 항에서 내렸다. 사카타에서는 후교쿠라는 의사의 집에 묵었다"라고 적었다.

뜨거운 해를
바다에 밀어넣네
모가미의 강

暑(あつ)き日(ひ)を海(うみ)に入(い)れたり最上川(もがみがわ)(1689년·『오쿠의 오솔길』)…543

뜨거운 해(日)와 무더운 날(日)을 바다에 밀어넣으며 모가미강이 도도히 흘러 이곳에는 시원한 기운이 감돈다.

사카다에서 지은 가센의 시작구로, 동행한 제자 소라가 남긴 글에는 '6월 15일, 데라시마 히코스케의 집에서'라는 머리글에 이어 아래의 초안이 실려있다.

초안…시원하여라 / 바다로 들어가는 / 모가미의 강
涼しさや海に入れたる最上川

기사카타 땅
비에 젖은 서시는
자귀나무 꽃

象潟や雨に西施がねぶの花(1689년·『오쿠의 오솔길』)…544

기사카타의 빗물에 젖은 자귀나무 꽃에서 중국 춘추 시대의 비운의 미녀 서시(西施)의 눈물 어린 얼굴을 떠올린다.

소동파가 중국 고대 미인 서시에 빗대 서호의 아름다움을 노래한 반면 바쇼는 비에 젖은 기사카타 땅의 풍정을 서시의 비극적인 운명에 엮어 노래했다.

자귀나무의 다른 이름 ねぶの花를 발음이 비슷한 말 眠る花로 풀이하면 아래와 같은 구가 된다.

기사카타 땅
비에 젖은 서시가
잠에 빠진 꽃

바쇼는 이곳에 대해 "여태껏 아름다운 풍광을 수없이 보았어도 기사카타로 향하는 지금 마음이 설렌다… 기사카타는 마쓰시마와 닮은 듯 다르다. 마쓰시마는 웃는 것 같고, 기사카타는 원망하는 것 같다. 이 땅에는 미녀가 우수에 젖어있는 듯한 정취가 있다…" 등의 기록을 남겼다.

기사카타는 바닷물이 굽이져 들어온 곳에 작은 섬들이 흩어져 있어 당시에는 마쓰시마와 함께 풍경이 빼어난 곳으로 유명하였다. 하지만 1804년에 발생한 지진으로 이 일대가 융기하여 산재하였던 섬들이 지금은 언덕으로 바뀌며 당시의 풍광은 사라졌다.

초안…기사카타에 / 내리는 비 서시가 / 합환하는 꽃
象潟の雨や西施が合歓の花

비 개인 저녁
벚나무 그늘 아래
물보라의 꽃

夕晴れや桜に涼む波の花(1689년)…545

비가 그친 저녁, 기사카타 바다의 벚나무 아래에서 파도의 물보라가 꽃처럼 피어나는 풍경을 바라보며 더위를 식힌다.

해발 2천 미터가 넘는 조카이산(鳥海山)을 배경으로 크고 작은 섬들이 바다 위에 떠있는 풍경의 기사카타는 마쓰야마와 함께 아름다운 풍경의 대명사로 예로부터 시가에 자주 언급된 명소였다. 사이교 법사가 이 고장을 찾아와 읊은 아래의 와카를 바탕에 두고 지었다.

기사카타의 / 벚나무는 파도에 / 묻혀 버리고
꽃 위에서 노 젓는 / 어부들의 낚싯배
象潟の桜は波にうずもれて花の上漕ぐ海士の釣り舟

시오코시 땅
학 다리 젖어드니
바다 시원타

汐越や鶴はぎぬれて海涼し(1689년·『오쿠의 오솔길』)…546

시오코시 해변에 서있는 학의 정강이를 적시며 바닷물이 밀려오니 보기에도 시원하다.

鶴はぎ를 발음이 같은 말 鶴脛(바지가 짧아 드러난 종아리)로 풀이하면 아래의 구가 된다.

시오코시 땅
종아리 젖어드니
바다 시원타

"사카타 교쿠시의 집에서 납량 가센을 짓는 도중에 참외를 내어놓고 하이쿠를 청하면서 '구(句)를 짓지 않으면 먹기 않기'라고 농을 던지기에"

햇참외로세
동그랗게 자를까
네 쪽을 낼까

初真桑四つにや断たん輪に切らん(1689년)…547

올해 참외를 처음 먹는다. 어디 보자, 이걸 어떻게 자른다?

당시는 수박 종자가 일본에 들어온 지 50여 년이 지나 전국적으로 수박 재배가 보급되던 시기로, 배수가 원활한 사카타 땅에서 수박과 참외 재배가 성행하였다.

걸교하는 달
엿샛날의 저녁도
여느 때 없네

文月や六日も常の夜には似ず(1689년·『오쿠의 오솔길』)…548

명절인 칠월 칠석의 전날, 여느 때와 달리 저녁부터 기분이 들뜬다.

文月는 음력 7월의 아어(雅語)로, 걸교(부녀자들이 직녀성에게 바느질 솜씨를 기원하는 일)가 든 달을 일컫는 말이다.

동행한 제자 소라는 이날의 행적을 자신의 저서 『소라 일기』에 "7월 6일. 비가 갰다. 낮에 나오에쓰에 도착. 초신지 절에 미리 서장을 보내 놓았는데도 상중이라며 내키지 않는 모습이었다. 발걸음을 돌려 집을 나오니 사람이 뒤쫓아 왔지만 응하지 않았다. 재삼재사 데리러 오고 빗줄기도 굵어져 우선 따라갔다. 머물 곳을 후루카와 시사에몬의 집으로 정했다. 밤에 '걸교하는 달/엿새날의 저녁도/여느 때 없네'를 시작구로 렌쿠를 지었다"라고 적었다.

"칠석"

거친 바다 위
사도에 가로지른
밤하늘의 강

荒海や佐渡に横たふ天の河(1689년·『오쿠의 오솔길』)…549

칠석의 밤하늘, 은하수가 거센 파도가 이는 바다를 가로질러 사도섬까지 펼쳐져있다.

견우와 직녀가 일 년에 한 번 상봉하는 기쁨을 누린다는 오작교의 서정에 바다로 가로막힌 유배의 땅 사도섬을 연결 지어 읊은 구로, 사도섬은 나라 시대 이래로 상왕을 비롯해 수많은 귀족과 정치가들의 유배지였다.

이 구는 바쇼가 현장에서 지은 것이 아니라 사도 인근을 지날 때 다가올 칠석을 염두에 두고 미리 지어놓았다는 주장이 제기되어 있다.

약초밭에서
나그네의 풀베개
그 어느 꽃을

薬欄にいづれの花を草枕(1689년)…550

약초밭에 피어있는 여러 가지 꽃 가운데 어느 것으로 풀베개를 지어 방랑의 하룻밤을 자리오.

지금의 조에쓰시에 사는 의사의 집에서 묵으며 지은 인사구 겸 가센 짓기의 시작구이다.

薬欄은 의원에서 사용할 약초를 의사가 직접 재배하는 약초밭을 이른다.

훈풍 날리는
고시의 시라네산
이 고장의 꽃

風かほる越の白根を国の花(1689년)...551

초여름의 산들바람이 불어오는 가운데 저 멀리에 이 고장 고시(越)의 정수라고 할 만한 시라네(白根)산이 잔설을 봉우리에 이고 솟아있다.

越는 호쿠리쿠 지방의 옛 지명 에치젠(越前), 白根는 하쿠산(白山)의 다른 이름이다.

이 구의 출처는 제자 구쿠가 하쿠산의 신사에 봉납한 하이쿠집 『하하소바라집(柞原集)』으로, 구쿠는 이 책에 본 구의 첫 소절 風かほる(훈풍 날리는)을 春なれや(봄이 왔구나)로 바꾸어 게재했다고 기록하였다.

도미를 엮는
버드나무 시원타
어부의 집

小鯛插す柳涼しや海士が家(1689년)…552

잡은 도미를 엮고 있는 버드나무 아래의 어부의 집에서 청량감을 맛본다. 혹은, 도미를 꿴 버들가지에서 시원함을 느낀다.

가나자와에서 지은 가센의 시작구이다.

초안…도미를 엮는 / 버드나무 시원타 / 어부의 아내
小鯛插す柳涼しや海士が妻

한 지붕 아래
유녀도 잠을 잤네
달빛과 싸리

一家に遊女も寝たり萩と月(1689년·『오쿠의 오솔길』)…553

유녀와 같은 집에서 잠을 자는 가을밤, 마당의 싸리꽃에 달빛이 든다.

"오늘은 부모도 몰라보고, 자식도 팽개치고, 개도 발걸음 돌리고, 말도 뒷걸음 친다 등등의 수식어가 붙은 호쿠리쿠가도(北陸街道)의 파도치는 곳을 지나와 몸이 녹초가 되어 일찌감치 잠자리에 들었다.

미닫이문 건너의 방에서 젊은 여자 두엇의 말소리가 들렸다. 나이 든 남자의 목소리도 섞여있는데, 하는 말을 들어보니 여자들은 에치고 땅 니가타에서 일하는 유녀 같았다. 이세 신궁에 참배하러 가는 길인데 이곳까지 데려다준 남자가 내일 니가타에 돌아가는 편에 들려줄 편지 내용에 대한 이야기며 두서없는 전언을 부탁하는 참이었다.

하이얀 파도 / 밀려오는 물가에 / 살아가는

어부의 자식 되니 / 잘 곳도 기약 없네

白なみのよする汀に世をすぐすあまの子なれば宿もさだめず

라는 와카처럼 덧없는 언약이라는 둥 전생의 업보라는 둥 신세 한탄하는 소리를 들으며 잠들었다.

이튿날 아침 채비를 하고 나서는데 '어디로 가야할지 몰라 힘들고 마음 붙일 데도 없어 외롭사옵니다. 먼발치에서 뒤따라가기만 해도 좋으니 데리고 가주시어요. 대자대비한 스님 같사오니 자비를 베푸시고 부처님과 연을 맺어 주시어요' 하고 눈물지으며 애원한다.

불쌍했지만 '우리는 이곳저곳 정처 없이 기거할 때가 많소. 그러니 당신네는 앞서가는 사람들을 뒤따라가시오. 신불의 가호가 있을 것이오' 하고 헤어졌다. 안쓰러운 마음이 오래도록 가시지 않았다"라는 글을 바쇼가 기행문에 남겼다.

하지만 본 구의 내용과 기행문의 글은 바쇼가 직접 겪은 일이 아니라 후일 집필할 때 창작한 것으로 알려져 있다.

벼 익는 내음
헤쳐간 오른쪽은
아리소바다

早稲の香や分け入る右は有磯海(1689년·『오쿠의 오솔길』)…554

벼 익는 내음 풍기는 논을 헤쳐 가니 오른편에 아리소바다가 펼쳐진다.

有磯海(아리소바다)는 도야마만(灣) 서쪽 해안의 옛 지명인데, 나라 시대의 귀족이 아래의 와카에서 언급한 이후 파도가 높게 이는 해안을 뜻하는 문학적 상징어(우타마쿠라·歌枕)로 쓰이고 있다.

이렇게 될 줄 / 미리 알았더라면 / 에쓰바다의
아리소의 파도도 / 보여줄 것을

かからむとかねて知りせば越の海の荒磯の波も見せましものを

구마사카와
맺은 인연, 언제의
다마마쓰리

熊坂がゆかりやいつの玉祭(1689년)…555

큰 도적의 이름에서 구마사카라는 지명이 유래한 이 땅, 이곳 사람들이 그의 영혼을 달래준 것은 언제이던가.

헤이안 시대의 전설적인 도적 구마사카 초한의 영혼이 승려 앞에 나타나 자신이 무장 미나모토노 요시쓰네에게 죽임을 당한 무념을 이야기하는 내용의 노(能) <구마사카>를 소재로 하여 지은 구이다.

玉祭(다마마쓰리)는 7월 보름 전후에 조상의 영혼을 집에 맞아들여 지내는 제사.

초안…구마사카란 / 그 이름, 언제의 / 다마마쓰리
熊坂がその名やいつの玉祭

뫼도 움직여라
내가 우는 소리는
갈바람 타고

塚も動けわが泣く声は秋の風(1689년·『오쿠의 오솔길』)…556

그대의 무덤 앞에서 내가 통곡하는 소리는 가을바람을 타고 울려퍼지리니 이 애통함에 무덤도 움직이거라.

가나자와에서 문하생 잇쇼(一笑)를 추도하며 읊은 구이다. 7월 15일, 바쇼는 하이쿠 재능이 뛰어났던 잇쇼와의 상봉을 고대하며 가나자와에 도착하였다. 하지만 바쇼를 기다린 것은 그가 이미 지난 겨울에 서른여섯의 나이로 세상을 떴다는 소식이었다. 바쇼는 일주일 뒤에 문하생들과 함께 잇쇼 추도 법회를 열었고, 이때 지어진 렌쿠는 추도구 모음집 『서녘 구름(西の雲)』으로 출판되었다.

이글이글
해는 매정하여도
가을 바람결

あかあかと日はつれなくも秋の風(1689년·『오쿠의 오솔길』)…557

아직 해는 이글거리며 땡볕을 내리쪼여도 불어오는 바람결에 가을의 기운이 실려있다.

실제로는 가나자와에 도착하기 전에 시상을 정리하였다가 7월 17일에 열린 렌쿠 짓기에서 피로한 구이지만, 이후에 발행한 기행문 『오쿠의 오솔길』에는 가나자와를 지나 고마쓰에 가는 도중에 지은 것으로 편집해 놓은 구이다.

"어느 초암에 초대받아"

가을 선선타
손마다 깎으세나
가지와 참외

秋涼し手ごとにむけや瓜茄子(1689년·『오쿠의 오솔길』)…558

무더운 여름이 지나가고 한결 선선해졌구료. 앞에 놓인 참외와 가지를 각자 손으로 깎아서 드십시다.

가나자와의 사이카와 강변에서 지은 반가센의 시작구로, 가운데 소절의 手ごと(데고토·손마다)는 기존 와카의 한 소절 田毎(다고토·논마다)의 발음을 패러디한 표현이다.

초안…늦더위 잠시 / 손마다 깎으세나 / 가지와 참외
残暑しばし手毎料れ瓜茄子

무참하여라
투구 아래서 우는
귀뚜리 소리

むざんやな甲(かぶと)の下(した)のきりぎりす(1689년·『오쿠의 오솔길』)…559

무참한 일이다. 전사한 장수가 머리에 썼던 투구 아래에서 귀뚜라미 한 마리가 구슬피 울고 있다.

"고마쓰에서 다다 신사에 참배했다. 사이토 사네모리의 투구와 비단옷 조각이 있었다. 그 옛날 사네모리가 미나모토 가문을 섬길 때 요시아사 공에게 하사 받은 물건이다. 그 가운데 투구는 한눈에 보아도 하급 무사가 쓸 물건이 아니다. 차양부터 양편 투구 어깨까지 국화 당초 문양에 금을 박고, 용두는 두 갈래로 솟아있다. 사네모리가 전사한 후에 적군 측의 장수 미나모토노 요시나카가 기원문을 붙여 이 신사에 봉납했다고 한다…"라는 글이 기행문에 남아있다.

투구의 주인 사이토 사네모리(斎藤実盛)는 전쟁터에서 일부러 눈에 잘 띄는 빨간 비단옷을 입고 일흔셋인 고령의 나이를 숨기려 머리카락을 검게 물들이고 싸우다 전사했다. 전투가 끝나고 죽은 적장의 수급을 확인하던 장수 오케구치가 자신의 생명의 은인인 사네모리의 잘린 머리를 발견하고 '아, 무참하여라'라고 외치는 당시의 가무극 <사네모리>의 대사를 인용하여 지은 구이다.

초안…아아 무참타 / 투구 아래서 우는 / 귀뚜리 소리
あなむざんや甲の下のきりぎりす

귀여운 이름
고마쓰에 부는 바람
싸리 억새풀

しをらしき名や小松吹く萩すすき(1689년·『오쿠의 오솔길』)…560

귀여운 이름을 가진 고장에 바람이 불어와 싸리와 억새를 살랑인다.

지금의 고마쓰(小松)시에서 지은 가센의 시작구로, 小松가 앞뒤 문장과 모두 이어지도록 지었다. 지명 小松를 글자 뜻대로 풀이하면 아래의 구가 된다.

귀여운 이름
애솔에 부는 바람
싸리 억새풀

바쇼는 이날의 행적을 “7월 25일, 고마쓰를 나서려 하자 많은 사람들이 만류하여 예정 변경. 다다 신사를 거쳐 산노 신사의 신관의 집에 가서 렌쿠 짓기 개최. 밤에 신관의 집에서 묵음. 오후 4시경부터 비, 밤에도 비가 오락가락”이라고 기행문에 남겼다.

바위산 절의
바위보다 하얗네
가을 찬 바람

石山の石より白し秋の風(1689년·『오쿠의 오솔길』)…561

오미 지방의 절 이시야마데라(石山寺)를 둘러쌓고 있는 하얀 바위보다 더 하얀 빛깔의 소슬한 가을바람이 이곳에 불고 있다.

이시카와현 고마쓰에 있는 회백색의 기암으로 둘러싸인 절 나타데라(那谷寺)에서 지은 구로, 차디찬 바윗돌에 음향오행설에서 가을바람에 색감을 붙여 부르는 이름 백풍(白風)을 연결 지어 스산한 가을 기운을 부각시켰다. 石山는 절 이름 石山寺(이시야마데라)의 줄임말이다.

"26일, 같은 곳 간세이정(亭)에서 가센, 비"

젖어서 가네
사람도 운치로운
빗속의 싸리

濡れて行くや人もをかしき雨の萩(1689년)…562

가을비에 젖어드는 싸리꽃도 운치롭고, 비에 젖어가며 그 사이를 걸어가는 사람 또한 운치롭다.

이시카와현 고마쓰의 하이쿠 시인 간세이의 집에서 지은 가센의 시작구 겸 인사구이다.

濡れて行く를 '젖어든다'와 '젖어서 간다'의 두 가지 뜻으로 활용하여 지었다.

산속 깊은 곳
국화는 꺾지 않은
온천수 내음

山中や菊は手折らぬ湯の匂(1689년·『오쿠의 오솔길』)…563

야마나카(산속)의 온천수에서 불로장생의 묘약이라는 국화의 이슬 못지않게 영험한 내음이 난다.

바쇼 일행에게 8일간 거처를 제공한 가가의 야마나카 온천 주인에게 지어준 인사구이다. 온천 주인이 아버지를 여의고 가업을 이어받은 열네 살의 소년인 데 착안하여, 주나라 왕에게 사랑받은 선동 국자동(菊慈童)이 유배지에서 산길의 국화(山路の菊)의 이슬을 마시고 불로장생하였다는 중국 고사를 온천의 이름 야마나카(山中)에 연결 지어 읊었다.

복사나무의
그 잎새 흩지 마오
가을 찬 바람

桃の木のその葉散らすな秋の風(1689년)…564

가을바람이여, 부디 복숭아나무의 잎새를 떨구지 말거라.

야마나카 온천에 머무는 동안 하이쿠 문하생이 된 온천 주인에게 바쇼가 도요(桃妖)라는 예명을 지어주며 읊은 구이다.

예명은 시경의 한 구절 桃ノ妖々タル其ノ葉蓁々タリ(복숭아 싱싱하고 그 잎새 우거진다)에서 땄다.

“야마나카 10경, 여울의 어화(漁火)”

어화 불빛에
둑중개 물결 아래
숨죽여 우네

漁り火に鰍や浪の下むせび(1689년)…565

물고기를 잡으려 환하게 켜놓은 어화의 불빛을 본 둑중개가 물속에서 소리 죽여 울고 있다.

下는 浪の下(물결 아래)와 下むせび(흐느낌)에 이중으로 쓰인 표현이다.

초안…치켜든 불에 / 개구리 물결 아래 / 숨죽여 우네
かゝり火に河鹿や波の下むせひ

온천의 여운
오늘 밤엔 내 살이
추워하리니

湯の名残り今宵は肌の寒からん(1689년)…566

온천장에서의 마지막 날, 이곳을 나서면 오늘은 필시 추운 밤을 맞으리라.

야마나카 온천의 주인 도세이에게 남긴 전별구로, 이곳에는 지금도 동일한 이름의 온천이 영업 중이다. 온천 한편에 바쇼관(芭蕉の館)이 세워져 있다.

오늘부터는
적은 글 지우련다
삿갓의 이슬

今日よりや書付消さん笠の露(1689년·『오쿠의 오솔길』)…567

이제부터 삿갓에 쓴 글자를 지우고 홀로 길을 가련다. 삿갓에 맺힌 것은 이슬인가 나의 눈물인가.

여행을 시작한 3월 27일부터 넉 달 남짓 동행한 제자 소라가 위병을 앓아 이세에 있는 친척집으로 먼저 떠나보내며 지은 구이다.

書付는 순례자가 삿갓 안쪽에 써놓는 '건곤무주동행이인(乾坤無主同行二人)'이라는 글씨를 일컫는 말로, '동행이인(同行二人)'은 '부처와 함께' 또는 '동행이 있다'는 뜻이다.

소라가 지은 아래의 이별구도 기행문에 나란히 실렸다.

가고 또 가다 / 쓰러져 엎어져도 / 싸리꽃 들판

行行てたふれ伏とも萩の原

초안…외로움에 / 적은 글 지우련다 / 삿갓의 이슬

さびしげに書付消さん笠の露

마당 쓸고

가려노라, 산사에

지는 버들잎

庭掃いて出でばや寺に散る柳(1689년·『오쿠의 오솔길』)…568

이 절에서 하룻밤 신세 졌으니 때마침 경내에 떨어진 버들잎이라도 빗자루로 쓸어주고 가려오.

절에서 자고 가는 행각승이 머문 곳을 깨끗이 청소하고 떠나는 예법을 배경에 두고 지은 구로, 기행문에 이러한 설명을 곁들였다.

"다이쇼지 성 바깥의 젠쇼지(全昌寺) 절에 묵었다. 이곳은 아직 가가 땅이다. 소라도 어제 이 절에 구를 남기고 갔다.

밤이 새도록 / 갈바람 소리 듣네 / 산사의 뒷산

終宵秋風聞やうらの山

하룻밤 떨어져 지낸 것이 천추 같다. 나도 바람 소리를 들으며 절 방에 누웠다가 멀리서 동이 터오고 독경 소리 맑은 참에 종소리가 울려 식당에 들어갔다. 오늘 에치젠 땅까지 가려니 마음이 급해 법당을 내려오는데 젊은 스님들이 종이와 벼루를 껴안고 계단 아래까지 따라왔다. 마침 경내에 버들잎이 지고 있기에."

"후쿠이시 교외 절의 원로 스님을 오래 전부터 알고 지내던 터라 그를 찾아갔는데 가나자와에 사는 호쿠시라는 자가 '저기까지만, 저기까지만' 하다 결국 가나자와에서 이곳까지 동행해 주었다. 그는 곳곳의 풍경도 허투루 보지 않고 생각이 깊으며 이따금 좋은 하이쿠도 들려주었다. 헤어지는 자리에서"

글을 적어서
부채 찢어 나누네
아쉬운 이별

物書(ものか)いて扇(おうぎ)引(び)き裂(さ)く名残(なごり)かな(1689년·『오쿠의 오솔길』)…569

쥘부채에 하이쿠를 쓰고 둘로 찢어 나눠 가지며 이별의 징표로 삼는다.

호쿠시가 펴낸 하이쿠집에 "스승님과 마쓰오카에서 헤어질 때 부채에 써 주셨다"라는 내용으로 미루어 실제로는 부채를 찢지 않은 것으로 추정한다.

초안…글을 적어서 / 부채 종이 벗기네 / 아쉬운 이별
物書いて扇子へぎ分くる別れ哉

이때 바쇼의 문하생이 된 다치바나 호쿠시(立花北枝)는 바쇼의 열 제자(蕉門十哲) 가운데 한 사람으로, 이후 가가 지역 바쇼 문파의 중진이 되어 『산중문답』 등 많은 저서를 남겼다.

팔월 보름달
바라볼 데 어디뇨
길을 떠나리

名月の見所問はん旅寝せん(1689년)…570

중추명월을 감상할 곳을 알려주시게. 그리고 나와 함께 방랑의 길을 떠나 객지잠을 자세나.

바쇼는 에도에서 활동하던 초기부터 문하생이었던 제자 도사이를 십여 년 만에 만나 후쿠이에서 쓰루가까지 함께 여행했다.

"아사무쓰(浅水) 다리를 건넜다. 지금 사람들은 아사우즈라고 부른다. 세이쇼나곤의 '다리는…'이라는 소절의 이 다리는 朝六つ로도 쓸 수 있는 곳이다"

아사무쓰 다리
달구경 나들이에
날이 지새네

あさむつや月見の旅の明け離れ(1689년)…571

아사무쓰 다리에서 밤이 새도록 달구경을 한다.

あさむつ를 朝(あさ·아침)과 六つ(むつ·여섯)으로 떼어서 풀이하면 아래와 같은 구가 된다.

아침 여섯 시
달구경 나들이에
동이 터오네

후쿠이시에 있는 이 다리는 교통 요충지로, 과거에 관문이 있었다고 전해온다. 헤이안 시대의 와카와 세이쇼나곤(清少納言)의 수필, 에도 시대의 와카 등에서도 이 다리가 다양한 명칭으로 불렸다.

달구경 하소
다마강의 갈대를
베어내기 전에

月見(つきみ)せよ玉江(たまえ)の芦(あし)を刈(か)らぬ先(さき)(1689년)…572

굽이굽이 휘어 돌며 흐르는 다마강의 강가에 베지 않은 갈대가 무성하고 보름달이 떠있으니 사람들이여, 이 강의 갈대를 베어내기 전에 달구경 하시오.

8세기에 지어진 아래의 와카를 배경에 두고 지은 구이다.

미시마강의 / 굽도는 강 갈대에 / 줄을 쳐놓고
내 것인 양 하누나 / 베지도 않았건만

三島江の玉江の薦を標めしより己がとぞ思ふいまだ刈らねど

玉江(다마강)은 지금의 후쿠이시 하난도초(花堂町)로 추정되는 곳이다.

내일의 달과
비를 점쳐 보리라
히나 봉우리

明日(あす)の月雨占(つきあめうら)なはん比那(ひな)が嶽(たけ)(1689년)…573

내일은 팔월대보름, 달이 뜰지 비가 올지 히나 산봉우리의 구름을 보고 가늠해 봅시다.

比那が嶽는 후쿠이시에 있는 해발 800미터인 산의 이름인데, 이곳을 발음이 같은 말 日永岳로 풀이하면 다음과 같은 구가 된다.

내일의 달과
비를 점쳐 보리라
해 긴 봉우리

"기노메고개에 천연두 액막이 부적이 내걸렸기에"

달에 이름을
다 가리지 못하네
천연두의 신

月に名を包みかねてや痘瘡の神(1689년)…574

사람들이 병에 걸려도 내색하지 못하고 숨기기에 급급한 천연두라는 글자가 둥근 보름달 아래에서 별수 없이 이름을 드러내고 있다.

고갯마루에 있는 찻집에서 천연두를 막아주는 부적을 내걸어 놓고 파는 것에 천연두(いも)와 중추에 뜨는 보름달의 별명 토란달(いもの月)의 발음이 같은 점을 엮어 지은 구이다.

"히우치가 성터(燧ヶ城跡)"

요시나카가
잠 못 이룬 산이여
처량한 달빛

義仲の寝覚めの山か月悲し(1689년)…575

적군에 포위된 장수가 뜬눈으로 애절하게 달을 바라보던 산성 터에 달빛이 처연하게 비친다.

헤이안 시대의 무장 미나모토노 요시나카(源義仲·1154~1184)가 다이라 세력에 포위된 성터에서 지은 구이다.

나카야마재
고시지 길에서도
달은 또 목숨

中山(なかやま)や越路(こしじ)も月(つき)はまた命(いのち)(1689년)…576

고시지에서 달을 바라보는 것 또한 예전에 하이쿠에 읊은 대로 목숨이 붙어있기에 가능하다.

바쇼는 시즈오카현에 있는 한 고개에서 '목숨 붙어서 한 뼘의 삿갓 아래 더위 식히네'라는 하이쿠를 읊었다. 그때의 고개 이름이 '나카야마고개'였는데, 이 구는 그가 13년 만에 같은 이름을 가진 고개를 지나며 지은 것이다.

越路(고시지)는 후쿠이현부터 니가타현까지의 바닷가 길의 옛 이름이다.

고장마다의
팔경, 거기에 더해
게히에 뜬 달

国々(くにぐに)の八景(はっけい)さらに気比(けひ)の月(つき)(1689년)…577

고장마다 팔경이라고 일컫는 산수가 빼어난 곳이 있지만, 이곳 게히에는 팔경에 더해 저녁 하늘에 보름달이 떠있는 풍광도 볼만하다.

気比는 쓰루가의 옛 이름이다.

'K'음을 반복적으로 사용하여 리듬감을 살린 구로, '쿠니구니니/하앗케이 사라니/케히노 쓰키'로 읽는다.

지명 気比를 발음이 비슷한 말 景로 풀이하면 다음과 같은 구가 된다.

고장마다의
팔경, 거기에 더해
경치 좋은 달

달빛 맑도다
유교가 지어 나른
은모래 위에

月清(つききよ)し遊行(ゆぎょう)の持(も)てる砂(すな)の上(うえ)(1689년·『오쿠의 오솔길』)…578

게히 신궁의 신전에 깔린 유서 깊은 은모래 위에 8월 14일의 달이 청명한 빛을 비추어 신령스러운 기운이 감돈다.

객사 주인의 권유로 찾아간 신사에서 2대 유교가 바닷가 모래를 지어 날라 게히 신사 주변의 수렁을 메워 참배 길을 닦은 이래 신사에 모래를 뿌리는 관례가 생겨났음을 전해 듣고 지은 구이다.

遊行는 행각을 하며 민중을 교화하는 유교종의 지도자를 일컫는 호칭이다.

초안…눈물겹도다 / 유교가 지어 나른 / 모래의 이슬
なみだしくや遊行の持てる砂の露

“중추, 주인장 말대로 비가 내려”

팔월대보름
북녘 땅의 날씨는
종잡지 못해

名月(めいげつ)や北国(ほっこく)日和(びより)定めなき(1689년·『오쿠의 오솔길』)…579

북쪽 지방에서는 내일 날씨도 알 수 없다던 말처럼 중추가절에 비가 내린다.

바쇼는 “8월 14일, 쓰루가에 도착하여 객사에 여장을 풀었다. 내일 보름달이 뜨겠느냐 물으니 여관 주인이 ‘이곳은 내일 날씨도 맑을지 흐릴지 가늠키 어려운 곳이다’라고 대답했다”라는 설명을 기행문에 적었다.

"'이곳 바다에 종이 가라앉아 있는데 수령이 사람을 넣어 알아보니 용두가 거꾸로 떨어져 있어 뭍으로 끌어올릴 수도 없다'고 여관 주인장이 말하기에"

달은 어디에
종은 가라앉힌
바다의 아래

月いづく鐘は沈める海の底(1689년)…580

오늘 팔월대보름, 바다에 빠뜨렸다는 종은 바닷속에 있건만 마땅히 하늘에 떠 있어야 할 명월은 대체 어디에 있는가?

쓰루가시에 있는 절 곤젠지(金前寺)에서 8월 15일에 지은 구로, 비가 내려 명월을 감상하지 못한 아쉬운 심정을 무로마치 시대에 쇼군과의 전투에서 패한 무장 닛타 요시사다가 군종(軍鐘)을 바다에 빠뜨렸다는 이 고장의 설화에 엮어 지었다.

달뿐이런가
비 탓에 스모마저
없어졌네

月のみか雨に相撲もなかりけり(1689년)…581

팔월대보름에 즈음하여 절과 신사에서 흥겨운 볼거리가 많이 펼쳐질 터인데, 비가 내리는 바람에 달도 사라지고 스모 시합도 사라져버렸다.

“포구”

오래인 이름
쓰누가 그리워라
가을의 달

古き名の角鹿や恋し秋の月(1689년)…582

고대(古代)에 한반도에서 건너온 이름을 따 쓰누가라고 불렸던 지금의 쓰루가(敦賀)는 교통의 요충지로 번성했다. 옛날과 다름없이 떠있는 가을 하늘의 달을 보며 그때를 그린다.

고래로 대륙과의 왕래가 활발했던 이곳에는 시라키(白城) 신사, 시로키히코(信露貴彦) 신사 등 신라와 관련된 신사가 남아있다.

恋し(그리워라)는 앞뒤 구절에 모두 이어지는 말.

쓸쓸하여라
스마를 능가하는
해변의 가을

寂しさや須磨に勝ちたる浜の秋(1689년·『오쿠의 오솔길』)…583

참으로 쓸쓸하다. 이로하마의 바닷가의 가을이 스마 바닷가의 가을보다 더 고적하다.

고전『겐지 이야기』에 실린 이래로 처연함의 대명사로 불려온 스마 해변에 견주어 이로하마의 한적한 운치를 강조한 구이다.

浜는 쓰루가시에 있는 色浜(이로하마 해변)의 줄임말이다.

물결의 사이
분홍 조개 새새에
싸리꽃 조각

波の間や小貝にまじる萩の塵(1689년·『오쿠의 오솔길』)…584

파도가 밀려 나갈 때마다 자잘한 연분홍색 조개들 사이에 선홍색 싸리 꽃잎 조각들이 섞여있는 것이 보인다.

"16일, 하늘이 개어

바다가 물들인 / 자그만 분홍 조개 / 줍는다 해서

물든 바닷가라고 / 부르는가 하노라

汐そむるますほの小貝ひろふとて色の浜とはいふにや有らん

라고 사이교 법사가 읊은 조개를 주우려 바다에 배를 띄웠다. 그곳까지 바닷길로 28킬로미터. 아마야라는 성을 가진 사람이 도시락과 술병 등을 정성껏 준비하고 일꾼들을 배에 가득 태우고 왔다. 뒤바람을 받아 눈 깜짝할 사이에 이로하마(色浜)에 닿았다. 해변에는 어부 집 몇 채와 절 한 채가 덩그러니 서있다. 그곳에서 차를 마시고 술을 데우며 가을 저녁의 바닷가의 한적함을 마음껏 맛보았다"라는 설명을 바쇼가 기행문에 남겼다.

초안…물결의 사이 / 바닷가에 점점이 / 싸리꽃 조각

波の間や浜にまじる萩の塵

“이로하마 바다에 배를 띄우고”

싸리 지거라
연분홍 작은 조개
작은 술잔에

小萩散れますほの小貝小盃(1689년)…585

바닷가에 피어있는 조그만 싸리꽃이여, 연분홍색 조그만 조개 위에도 조그만 술잔 위에도 흩어져 떨어지거라.

ますほ는 붉은색(真赭)의 고어이고, 小貝는 새끼손톱 크기의 담홍색 조개를 이르는데, 선홍색이나 연녹색을 띤 것도 있다.

“이로하마 해변”

검은 옷 입고
분홍 조개 주우리
바닷가의 달

衣着て小貝拾はん種の月(1689년)…586

달이 떠있는 물든 바닷가(色浜·이로하마)에서 나도 사이교 법사처럼 먹빛으로 물들인 옷을 입고 분홍빛으로 물든 조그만 조개를 주우리라.

衣는 승려가 입는 먹빛의 옷, 種の浜(이로노하마)는 色浜(이로하마)의 다른 이름이다.

2. 표박

호랑나비도
못 되고 가을 가네
배추벌거지

胡蝶にもならで秋経る菜虫哉(1689년)…587

다른 벌레들은 나비가 되어 하늘을 날고 있는데 이 배추벌레는 가을이 다 가도록 허물을 벗지 못한 채 땅에서 꿈틀거리고 있다.

8월 21일경 '오쿠의 오솔길' 여행의 종착지인 기후현 오가키(大垣)에 도착한 바쇼가 오가키번의 관료인 문하생 곤도 조코의 집에 묵으며 읊은 구이다.

가지 생김새
날마다 달라지네
부용 꽃나무

枝ぶりの日ごとに変る芙蓉かな(1689년으로 추정)…588

날마다 다른 곳에 꽃을 피워 부용꽃의 가지가 매일 다르게 보인다.

자신이 그린 부용꽃 그림에 써넣은 화찬이다. 헤이안 시대 이래의 고전 시가에서 부용꽃은 단아한 미인의 얼굴을 비유하는 표현으로 사용되었다.

초안…가지 생김새 / 매일매일 바뀌네 / 부용 꽃나무
枝ぶりの日に日に変る芙蓉かな

비둘기 소리
몸에 스미어 오네
동굴의 돌문

鳩の声身に入みわたる岩戸哉(1689년)…589

비불(秘佛)이 안치된 동굴의 돌문 앞에 서있으려니 비둘기가 우는 소리마저 몸에 스미듯 들려온다.

오가키의 절 호코인(寶光院)의 본존의 신비함을 읊은 구이다.

이 불상은 지혜를 다스리는 허공장보살로 외부인에게 공개되지 않는다.

"창을 열면 서녘에 이부키산이 보인다. 꽃에 기대지 않고, 눈에도 기대지 않고 홀로 고산(孤山)의 덕 있으리"

있는 그대로
달에도 기대잖고
이부키의 산

そのままよ月もたのまじ伊吹山(1689년)…590

달의 풍정을 빌리지 않아도 될 만큼 홀로 우뚝 서있는 이부키산은 그 자체로 의연하다.

오가키번 관료의 집에 초대받아 지은 인사구 겸 가센 짓기의 시작구이다.

해에 걸린
먹구름, 잠시간의
철새 무리

日にかかる雲やしばしの渡り鳥(작성 연도 미상)…591

갑자기 먹구름이 일었나 싶더니 철새의 큰 무리가 날아가면서 다시 맑은 가을 하늘이 펼쳐졌다.

이 구는 바쇼 사후 우시로라는 시인이 『철새집(渡鳥集)』이라는 제목의 하이쿠집을 편집한다는 소식을 듣고 제자 시코가 보내주어 세상에 알려졌다.

"조스이 별장에서 즉흥"

눌러앉아서
나무 열매 풀 열매
줍고 싶어라

籠り居て木の実草の実拾はばや(1689년)…592

할 수 있다면 이 집에 오래도록 들어앉아 나무와 풀의 열매를 주우며 살고 싶다.

바쇼가 초대받은 별장을 칭송한 인사구 겸 6인 가센의 시작구이다.

머리글의 도다 조스이(戸田恕水)는 오가키 지역 바쇼 문파의 중진이자 1,300석 녹봉을 받는 고위 관료로, 그가 쓴 『조스이 일기』가 현존한다.

국화의 이슬
떨어져 주웠더니
참마 구슬눈

菊の露落ちて拾へば零余子かな(1689년)…593

국화에서 이슬이 떨어진 줄 알고 주워서 들어 보니 참마의 주아다.

마는 씨앗뿐 아니라 줄기 일부가 잎겨드랑이에서 자라나 번식하기도 하는데 이 움을 주아, 혹은 으뜸눈이라고 한다.

등나무 씨는
하이쿠로 하리라
꽃이 진 자리

藤の実は俳諧にせん花の跡(1689년)…594

꽃이 떨어진 자리에 열린 등나무 씨도 소재로 삼아 하이쿠를 짓겠다.

한시·와카·렌가 등 예로부터의 전통적인 시가에서는 등나무의 꽃만을 언급했지만 이제부터 바쇼 자신은 등나무 꽃이 진 자리에 씨가 달려있는 풍정도 소재 삼아 하이쿠를 짓겠다는 의지를 피력한 구이다.

렌가 시인 소기(宗祇·1421~1502)가 살던 땅에서 찾아온 문하생에게 건넨 인사구로, 소기가 등나무를 소재로 하여 읊은 아래의 하이쿠를 배경에 두고 지었다.

관문 넘으니 / 여기도 하얀 등꽃 / 미사카 언덕

関越えてここも藤白御坂かな

은거하는 집
달빛에 국화꽃에
논이 세 단보

隠れ家や月と菊とに田三反(1689년)…595

그대가 은퇴하고 유유자적하며 지내는 이 집에는 달이 떠있고 국화 피어있고 논도 세 단보나 딸려있으니 부족함이 없구료.

오가키의 부유한 선박업자 보쿠인이 은퇴하여 노후를 보내는 집을 칭송한 인사구이다.

보쿠인(谷木因)은 다양한 문파를 거쳐 바쇼의 문하생이 된 이후 바쇼를 후원하며 오가키 지방의 바쇼 문파 발전에 기여하였다.

"화찬"

사이교의
짚신도 내걸려라
이슬 소나무

西行の草鞋もかかれ松の露(1689년으로 추정)…596

사이교의 암자 앞에 아침 이슬에 젖은 소나무 한 그루가 서있는 이 그림, 내친김에 사이교 법사가 신었던 짚신도 소나무에 걸려있으면 더욱 잘 어울리겠소.

헤이안 시대의 승려이자 와카 시인이었던 사이교는 '새벽 이슬에 짚신을 적셔가며' 일본 방방곡곡을 행각하고 수많은 와카를 남긴 인물이다.

대합조개가
살 껍데기 갈라져
떠나는 가을

蛤(はまぐり)のふたみに別(わか)れ行(ゆ)く秋(あき)ぞ(1689년·『오쿠의 오솔길』)…597

대합조개의 껍데기(蓋·ふた)에서 살(身·み)이 떨어져나가는 듯한 아픔을 견디며 문하생들과 헤어져 각자의 길을 간다.

'오쿠의 오솔길' 여행을 마친 바쇼가 천궁 행사에 참배하려 이세 신궁으로 길을 나설 때 지은 제자들과의 석별구이다. 바쇼는 이때의 정황을 "로쓰가 쓰루가 항에 마중 나와 미노 땅까지 동행했다. 말을 태워주어 오가키에 들어서니 소라는 이세에서 오고, 에쓰진도 말을 달려 조코의 집에 모여있었다. 마에카와, 게이코 부자 외에도 친한 사람들이 밤낮으로 찾아와 마치 죽었다 살아 돌아온 사람과 재회하듯 기뻐하고 위로해 주었다. 몸에 피로가 풀리지 않았지만 9월 6일이 다가오니 이세 신궁을 참배하려 제자들과 헤어져 다시 배에 올랐다"라고 기행문에 적었다.

ふたみ를 발음이 같은 말 二身(두 몸)으로 풀이하면 다음과 같은 구가 된다.

대합조개가
두 몸으로 갈라져
떠나는 가을

또한 ふたみ를 발음이 같은 지명 二見로 풀이하면 아래의 구가 된다.

대합의 고장
후타미로 나뉘어
떠나는 가을

"이세에 있는 이우겐의 집에 머물 때, 그의 아내가 대장부 같은 마음씨로 정성스레 나그네의 마음을 달래주었다. 그 옛날 아케치의 아내가 머리칼을 자른 일이 생각나"

달 창연하라
아케치의 아내를
이야기하리

月さびよ明智が妻の話せむ(1689년)…598

갸륵한 아케치의 아내에 대한 이야기를 하고자 하니 달이여, 세상을 창연하게 비추어다오.

가난하게 살면서도 이세 신궁에 가는 바쇼를 정성껏 접대해준 문하생 이우겐의 아내를 칭송한 감사구로, 아내가 머리카락을 잘라 뒷바라지한 데 분발하여 성공을 거둔 무장 아케치 미쓰히데(明智光秀)의 일화에 비유하여 지었다.

아케치 미쓰히데는 1582년 교토의 절 혼노지에서 오다 노부나가를 습격하여 전국 시대의 일본 정세에 격변을 일으킨 무장이다.

벼루인가
주웠네, 오목하여
이슬 고인 돌

硯かと拾ふやくぼき石の露(1689년)…599

오목하게 파여 이슬이 고여있는 돌을 행여 벼루인가 하여 주워들었다.

사이교가 후타미에서 암자를 짓고 은거할 때 오목한 돌을 벼루로 썼다는 고사를 담은 구이다.

가을바람에
이세 땅의 무덤가
더욱 처량타

秋の風伊勢の墓原なほすごし(1689년)…600

본디 쓸쓸하기 그지없는 이세의 묘지에 가을바람이 불어 더욱 스산하다.

죽음이라는 부정(不淨)을 멀리하는 신궁이 자리한 땅이라서 사람들이 무덤을 돌보지 않는 이세 지방의 풍토를 전제로 하여 지었다.

사이교가 이곳에서 읊은 아래의 와카를 배경에 두고 지은 구이다.

스쳐지나는 / 바람에 아와레를 / 그러모아
그 어디도 처량타 / 가을날의 해 질 녘
吹きわたす風にあはれをひとしめていづくもすごき秋の夕暮

초안…가을도 막바지 / 이세 땅의 무덤가 / 더욱 처량타
秋も末伊勢の墓原なほすごし

"내궁에는 들어가지 못하고 외궁에서 합장하며"

그 숭고함에
모두 밀고 당기네
이십 년 천궁

尊さに皆おしあひぬ御遷宮(1689년)…601

천궁 행사를 치르는 이세 신궁에 들어가려고 사람들이 앞다투며 서로 밀친다.

御遷宮(천궁)은 이세 신궁의 정전 두 채와 별궁 14채를 새로 짓고 신좌(神座)를 옮기는 행사인데 960년부터는 20년마다 치르고 있다.

어서 피어라
아흐레도 가깝다
국화 봉오리

早く咲け九日も近し菊の花(1689년)…602

국화 명절인 9월 9일의 중양절이 머지않으니 국화야 서둘러 꽃을 피우거라.

이세 신궁 참배를 마치고 고향으로 돌아가던 바쇼가 9월 4일 조스이 별장에서 나와 사류라는 관료의 집에서 지은 인사구 겸 가센의 시작구이다.

초안…어서 피어라 / 아흐레도 가깝다 / 객사의 국화
早う咲け九日も近し宿の菊

문 들어서니
소철에서 난초의
향기가 도네

門に入れば蘇鉄に蘭のにほひ哉(1689년으로 추정)…603

산문에 들어서자 아름드리 소철이 있고 그곳에 난의 향기가 감돈다.

커다란 소철로 유명한 이세의 정토종 절 주에이인(守栄院)에서 읊은 인사구이다. 차분한 분위기를 자아내는 이국풍의 상록수 소철은 지금도 이세 지방 곳곳의 사찰과 저택의 정원에서 자라고 있다.

"더운 여름 지나고 쓸쓸한 가을도 지나 산집에서 맞이한 겨울의 문턱"

겨울의 찬비
원숭이도 도롱이
갖고 싶고나

初時雨猿も小蓑を欲しげなり(1689년)…604

겨울의 문턱에서 비를 맞으며 추워서 떠는 원숭이가 자신에게도 비옷이 있으면 좋겠다는 듯 내가 걸친 도롱이를 바라본다.

이세에서 고향 이가로 향하던 산길에서의 초겨울 풍정을 읊은 구이다.

바쇼의 제자 교라이와 본초가 공동으로 편집하여 2년 뒤인 1691년에 출간한 하이쿠집 『원숭이 도롱이(猿蓑)』의 제목은 이 구에서 유래했다.

2권 6부로 구성된 『원숭이 도롱이』는 기카쿠의 서문에 이어 본 구를 첫머리로 한 겨울 소재 하이쿠, 여름 하이쿠, 가을 하이쿠, 봄 하이쿠, 바쇼가 주관하여 지은 가센 4편, 바쇼가 쓴 「겐주암 기록(幻住庵記)」 등과 제자 조소가 쓴 발문 순으로 실었다. 본초(하이쿠 41수), 바쇼(하이쿠 40수), 교라이(하이쿠 25수), 기카쿠(하이쿠 25수) 등 총 118명의 글을 담은 이 책은 바쇼 하이쿠의 특징 가운데 청아(清雅), 유적(幽寂)한 세계관을 잘 담고 있어 바쇼풍 하이쿠집 가운데 가장 완성도가 높은 것으로 평가받는다.

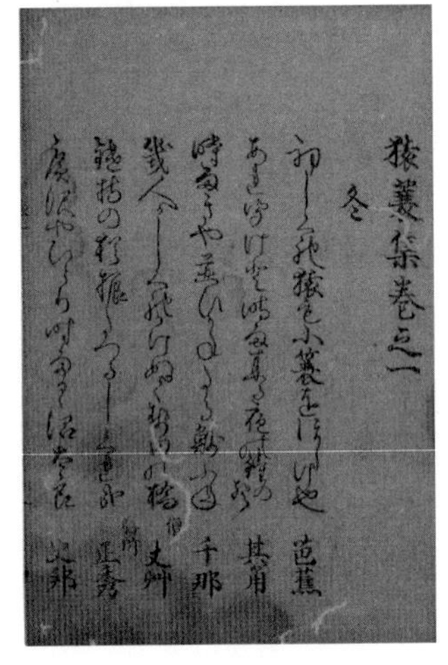
猿蓑集巻之一
冬

<『원숭이 도롱이』의 첫 장>

이 사람들을
겨울비여, 집은
추울지라도

人々(ひとびと)をしぐれよ宿(やど)は寒(さむ)くとも(1689년)…605

겨울비여, 비록 머물고 있는 이 집이 추워도 좋으니 가센을 지으러 모인 이들이 풍류에 젖어들도록 한바탕 쏟아져다오.

이세 신궁 참배를 마친 바쇼가 고향 이가로 돌아와 지은 가센의 시작구이다. 이날 지은 가센에 대해 제자 도호가 쓴 「바쇼구집 초고」에 "스승 이르기를 '신통치 않다. 찢어 버려야 마땅하다'"라고 기록되어 있다.

버섯 따다가
아슬아슬하게도
저녁 겨울비

茸狩(たけがり)やあぶなきことに夕時雨(ゆうしぐれ)(1689년)…606

산에서 버섯을 따고 집에 돌아오자마자 저녁에 겨울비가 쏟아져 가까스로 비를 피했다.

송이버섯 두 송이가 나뭇가지에서 자라고 있는 문하생 교리쿠가 그린 그림에 써넣은 화찬이다.

겨울의 삭풍
대숲에 숨어들어
잦아드누나

木枯しや竹に隠れてしづまりぬ(작성 연도 미상)…607

세차게 불어오던 초겨울의 찬 바람이 대숲을 만나 잦아들면서 그 여파로 대숲이 일렁인다. 마치 바람이 대숲에 숨어들기라도 한 듯이.

대나무를 그린 그림에 화찬으로 적은 구이다.

木枯し는 늦가을부터 초겨울에 걸쳐 세차게 부는 찬 바람을 이른다.

겨울의 뜨락
달도 벌레 소리도
실 가닥 되네

冬庭や月もいとなる虫の吟(1689년)…608

늦가을까지 살아남은 벌레들이 들릴 듯 말 듯 힘없이 우는 겨울의 뜰, 달조차 실 가닥처럼 가느다란 빛을 힘없이 드리우고 있다.

승려 이치뉴의 암자에서 지은 렌쿠의 시작구로, いとなる(실 가닥 되는)은 앞뒤 구절에 모두 이어지는 표현이다.

"산속의 아이들과 놀며"

첫눈 내리니
토끼털 가죽으로
수염 만들렴

初雪に兎の皮の髭作れ(1689년)…609

아이들아, 첫눈이 내리니 토끼의 털가죽으로 수염을 만들어 붙이고 토끼마냥 뒹굴며 놀아보렴.

제자 도코쿠에게 보낸 편지에 적어 보낸 구이다.

다른 제자 교라이는 '아이들이 하는 짓이라고 생각해야 마땅하다'라며 구태여 논리를 가릴 글이 아니라고 그의 저서 『교라이쇼』에 기록하였다.

"1689년 11월 1일, 료본정(亭)에서 하이쿠 가센"

얘들아 어서
뛰어 돌아다니렴
구슬 싸라기

いざ子供走りありかん玉霰(1689년)…610

아이들아, 하늘에서 떨어지는 옥구슬 같은 싸라기눈 속을 뛰어다니며 신나게 놀아보렴.

바쇼 고향의 관료 료본 부부 등 다섯 명이 참가하여 지은 가센의 시작구이다. 이 구에서의 아이들은 글을 짓는 모습을 구경하던 아이들이나 젊은 문인들을 가리킨 것으로 추정한다.

"남녘 도읍을 찾아가다 대불전 건축이 요원하다 하여"

눈이 내리네
하세월에 대불전
기둥 세울까

初雪(はつゆき)やいつ大仏(だいぶつ)の柱立(はしらだて)(1689년)…611

비어있는 절터에 올해도 첫눈이 내리건만 대불전의 기둥은 언제나 세워질까.

120여 년 전에 불타 복원 계획만 세워져 있던 나라의 절 도다이지(東大寺)를 찾아 지은 구이다.

도다이지의 대불전은 일본의 국보이자 세계 최대 목조 건축물로, 758년에 세워진 이래 전화에 휘말려 두 차례 소실되었다가 바쇼 사후인 1709년에 재건되었다.

柱立(기둥 세우기)는 건물을 신축할 때 중심 기둥을 세우는 의식을 이른다.

아래의 초안은 제자 도코쿠에게 편지에 적어 보낸 구다.

초안…눈은 슬프네 / 하세월에 대불전 / 기와 올릴까

雪悲しいつ大仏の瓦葺き

<도다이지>

나라 일곱 겹
일곱 채의 가람에
여덟 겹 벚꽃

奈良七重七堂伽藍八重ざくら(작성 연도 미상)…612

나라 땅은 일곱 왕이 다스린 도읍으로 일곱 채의 가람을 거느린 큰 사원이 많고 옛 시가로 유명해진 여덟 겹의 꽃잎을 가진 벚나무도 많이 자라는 곳이다.

奈良七重는 약 70년(710~784)에 걸쳐 일곱 왕이 도읍으로 삼았던 땅이라는 의미이고, 七堂伽藍는 금당·승방·종루·탑·경전고·강당·식당 등의 일곱 가지 건물을 거느린 큰 절을 뜻한다.

な(나)의 두음을 반복적으로 사용하여 운율감을 살려 지은 구로, '나라 나나에/나나도오 가라음/야에자쿠라'라고 읽는다.

다른 시인이 지은 아래와 같은 유사한 하이쿠도 있다.

나라의 도읍 / 일곱 채의 가람에 / 여덟 겹 벚꽃

명승고적의 / 나라는 일곱 가람 / 여덟 겹 벚꽃

이 구를 두고 바쇼가 지은 구가 아니라는 설, 바쇼가 시상을 적어 놓은 명사 위주의 낱말들을 제자들이 하이쿠로 여겨 책에 실었다는 설 등이 전해진다.

“길을 가다 지은 구”

야마시로에
이데에서 가마 타네
가을 소나기

山城(やましろ)へ井出(いで)の駕籠(かご)借(か)る時雨哉(しぐれかな)(1689년)…613

야마시로에 가려는데 늦가을의 소나기가 내려 이데마을에서 가마를 빌려 타고 간다.

당시의 가무극 <백만(百萬)>에 나오는 대사 “나라 도읍을 나서서… 야마시로에 이데마을… 염소 같은 망아지의 발걸음 가는 대로…”를 응용하여 지은 구이다.

지명 井出를 발음이 같은 말 出で(나서다)로 풀이하면 아래와 같은 구로 읽힌다.

야마시로에
가는 길에 가마 타네
가을 소나기

야마시로는 교토 남부 지역의 옛 지명으로, 이곳에 흐르는 다마가와강은 예로부터 황매화, 개구리 울음소리 등의 정취로 유명하여 헤이안 시대부터 많은 문인들이 글을 쓰러 찾아온 곳이다. 바쇼도 선인들의 발길을 좇아 글을 짓기 위한 명소를 찾아가던 도중에 비를 만난 듯하다.

“날이 새고 난 뒤 행렬이 찾아와”

초오쇼오의
무덤도 돌고 왔나
하치타타키

長嘯の墓もめぐるか鉢叩き(1689년)…614

밤이 지나고 나서야 하치타타키 행렬이 이곳에 오다니, 멀리 시인 초쇼의 무덤까지 돌고 왔단 말인가?

長嘯(초쇼)는 장수의 직위를 박탈당하고 와카 시인이 된 기노시타 가쓰토시의 예명으로, 그는 도요토미 히데요시의 인척으로 알려져 있다. 기노시타 가쓰토시의 무덤은 교토 고다이지(高台寺)에 있다.

鉢叩き(하치타타키)는 헤이안 시대의 승려 구야(空也·903~972)의 기일인 11월 13일부터 48일 동안 밤중에 교토 일대를 돌며 징과 표주박을 두드리고 춤을 추며 염불을 외는 겨울의 고행 의식 또는 행렬을 이른다.

<구야의 조각상>

"오쓰에서 지게쓰라는 늙은 비구니 사는 곳을 찾아가 '자기 소리에…'라는 와카를 쓴 쇼쇼가 노년에 이 근처에서 살았다는 이야기를 듣고"

쇼쇼라는
비구니의 이야기
시가에는 눈

少将(しょうしょう)の尼(あま)の話(はなし)や志賀(しが)の雪(ゆき)(1689년)…615

눈 내리는 시가 땅에서 풍아한 노비구니 지게쓰에게 옛날 이곳에 은거했던 비구니 쇼쇼에 대한 이야기를 듣는다.

머리글의 지게쓰는 오쓰 일대에서 물심양면으로 바쇼를 후원한 여성으로 그녀가 지은 하이쿠와 바쇼에게 보낸 편지가 다수 현존한다.

쇼쇼(少将)는 가마쿠라 시대에 왕비의 시중을 들던 궁녀였다가 출가하여 와카 시인이 된 인물로, 동침한 남녀가 새벽에 헤어지는 애달픔을 읊은 아래의 유명한 와카를 남겼다.

자기 소리에 / 가슴 아픈 이별이 / 있으리라곤
꿈속에도 모르고 / 새벽닭 울어대네
おのが音につらき別れはありとだに思ひも知らで鶏や鳴くらむ

"행각 중에 잃어버린 사발을 여관 주인이 보관하다 7년 만에 보내주어 감격했다는 제자의 말을 스승님이 들으시고"

이건 세상의
그을음 끼지 않은
오랜 밥사발

これや世の煤に染まらぬ古合子(1689년)…616

이 낡고 오래된 밥사발은 세상살이의 때가 묻지 않은 것이다.

제자 로쓰가 편찬한 하이쿠집에 실린 구로, 合子는 행각을 하는 승려가 들고 다니는 뚜껑 딸린 밥그릇이다.

"제제 초암에 사람들이 찾아와"

싸락눈 오면
어살막의 빙어를
삶아 내리라

霰せば網代の氷魚を煮て出さん(1689년)…617

싸라기눈이 오면 죽방렴으로 잡은 빙어를 요리해서 그대들을 대접하겠소.

오미 지방의 문하생들이 방문했을 때 지은 인사구이다.

당시 비와호에서 흘러 내려오는 세타강과 우지강 등에서 죽방렴으로 물고기를 잡는 방법이 성행하였다. 氷魚는 은어의 치어를 이른다.

머리글의 '제제(膳所) 초암'은 오쓰 제제의 절 기추지에 있는 무명암으로, 이후 바쇼가 오미 지방에 머물 때의 거점이 되는 곳이다.

무엇 하러
섣달 장터에 가나
검은 까마귀

何にこの師走の市にゆく烏(1689년)…618

대체 무엇을 하러 사람들이 북적대는 연말의 장터에 가느냐. 너는 사람 모이는 곳과는 인연이 없는 까마귀 아니더냐?

잡다한 세속을 떠나 홀로 살면서도 사람들이 활기차게 움직이는 연말의 분위기에 녹아들고 싶은 심정을 읊은 구이다.

바쇼는 종종 승려복 차림을 하고 다녔으며, 승려복이 검은색인 까닭에 자신과 다른 승려나 제자를 까마귀·박쥐·학의 날개 등으로 묘사했다.

거적 두르고
누군가 계시오네
꽃 피는 새봄

薦を着て誰人います花の春(1690년·47세)…619

새해 아침에 화려하게 차려입고 오가는 사람들 사이에서 홀로 거지 행색을 하고 있는 당신, 혹여 세상을 등지고 사는 현자나 덕이 높은 고승이 아니신지요?

정월 초이튿날 제자 가케이에게 편지에 적어 보낸 구로, 걸인의 행색을 한 고승의 일화를 담은 것으로 추측한다.

이후 4월 10일에 다른 제자들에게 보낸 편지에는 경사스러운 내용을 읊어야 할 정월의 하이쿠에 걸인을 언급하였다 하여 교토의 다른 문파에서 본 구를 문제 삼았다는 내용이 실려있다.

마흔일곱 살이 된 바쇼는 1월에 고향 이가, 3월에 제제, 4월부터 오쓰에 있는 암자 겐주암, 7월에 무명암, 9월 말부터 가타타와 고향 이가, 연말에는 무명암으로 옮겨다니며 지냈다.

"제제에 가는 이에게"

수달마쓰리
구경하고 가거라
세타강 윗녘

獺の祭見て来よ瀬田の奥(1690년)…620

비와 호수 방면으로 가거든 때마침 세타강 상류에서 열리는 수달 축제를 구경하거라.

바쇼의 고향 이가에 찾아온 제자 샤도가 제제로 돌아갈 즈음에 지은 전별구이다.

瀬田の奥는 瀬田川の奥의 줄임말로 여기에서는 수달이 많이 사는 세타강의 상류를 뜻한다.

獺の祭는 일본의 72후(24절기를 3등분한 5일간의 명칭)의 하나로 1월 16일부터 20일까지를 일컫는다. 수달이 잡은 물고기를 물가에 늘어놓는 습성이 있다는 데서 수달마쓰리는 조상을 모신다는 뜻을 가진 정월의 계절어가 되었다.

휘파람새가
떨어뜨린 삿갓은
동백나무 꽃

鶯(うぐいす)の笠落(かさおと)したる椿(つばき)かな(1690년)…621

동백나무 가지 사이를 오가던 휘파람새가 건드렸는지 나무 아래에 동백꽃이 통째로 떨어져 있다.

2월 6일 고향의 문하생 햐쿠사이의 집에서 지은 가센의 시작구이다. 여기서 笠는 꽃을 삿갓에 비유하는 말로, '휘파람새가 매화로 꽃삿갓(花笠)을 엮는다'는 아래의 고전 와카의 전통적인 발상을 뒤집어 바쇼는 '휘파람새가 꽃삿갓 같은 동백꽃을 떨어뜨렸다'고 표현했다.

푸른 버들을 / 홑실 삼아 꼬아서 / 휘파람새가

지어내는 삿갓은 / 매화나무 꽃삿갓

青柳を片糸によりて鶯の縫ふてふ笠は梅の花笠

"고향 형님이 채마밭에 세 가지 씨를 뿌려"

봄비 내리네
두 잎새로 움트는
가지의 씨앗

春雨(はるさめ)や二葉(ふたば)に萌(も)ゆる茄子種(なすびだね)(1690년)…622

봄비가 내리는 동안에 밭에 뿌린 가지 씨앗에서 쌍떡잎이 나왔다.

바쇼의 형의 신분은 하급 사무라이지만 현실적으로는 농부였다.

초안…가느다란 / 이슬비 두 잎새의 / 가지의 씨앗

細かなる雨や二葉のなすび種

요까짓 씨라
우습게 알지 마오
가을의 고추

この種(たね)と思(おも)ひこなさじ唐辛子(とうがらし)(1690년)…623

작은 씨앗이라고 얕보지 마시오. 이래 봬도 가을이 오면 매운맛 나는 빨간 고추가 주렁주렁 열릴 것이오.

바쇼가 고향에 돌아와 그의 형 집에서 지내며 지은 구이다.

초안…가을의 고추 / 우습게 알지 마오 / 요까짓 씨앗
唐辛子思ひこなさじ物の種

"고향 이가의 봄 정취"

흙덩이 토란
벚꽃이 한창일 제
팔려 다니네

種芋(たねいも)や花(はな)の盛(さか)りに売(う)り歩(ある)く(1690년)…624

너도나도 나들이옷 차려입고 꽃구경이 한창인 봄날에 촌부는 흙이 덕지덕지 묻은 씨토란을 짊어지고 팔러 다닌다.

바쇼의 조카를 포함하여 넷이 지은 가센의 시작구로, 화사한 봄날의 풍정에 누추한 토란 장수의 모습을 대비시켜 지은 구이다.

초안…흙덩이 토란 / 꽃이 한창이건만 / 팔려 다니네
芋種や花の盛りを売り歩く

벚나무 아래
국물도 회무침도
꽃의 이파리

木のもとに汁も膾も桜かな(1690년)…625

꽃구경을 나온 자리, 벚나무 아래에 펼쳐놓은 음식마다 꽃잎이 떨어져 있다.

고향 이가의 바쇼 문파 중진 후바쿠의 집에서 벚꽃 놀이를 겸하여 열린 렌쿠 짓기의 시작구이다.

바쇼는 이 구를 시작구로 하여 세 차례의 별도 가센을 짓고 '꽃구경 하이쿠의 풍취를 어느 정도 체득하여 가루미(軽み)에 담았다'라는 말을 남겼다.

가루미는 '일상의 소소한 소재에서 아름다움을 찾아내 솔직·평이하게 표현하는, 바쇼가 만년에 추구한 하이쿠 이념'이다. 이가 지역 바쇼 문파의 중심인물인 핫토리 도호(服部土芳)는 하이쿠 논서 『산조시』에 이 구가 '가루미를 창조한 구'라고 기술하였다.

십상이로다
콩고물 묻힌 밥에
벚꽃 나들이

似合はしや豆の粉飯に桜狩り(1690년)…626

차려온 음식이 비록 콩고물 밥뿐이지만 벚꽃을 찾아 풍류를 읊기에는 잘 어울리지 않소?

과거에는 귀족과 무가에서 꽃 피는 봄에 벚꽃 아래에서 성대한 꽃구경 잔치를 벌였지만, 이 시기에 이르러 서민들도 도시락과 술을 들고 꽃을 찾아다니며 감상하기 시작했다.

봄날의 밤은
벚꽃이 밝아오며
끝나버렸네

春の夜は桜に明けてしまひけり(작성 연도 미상)…627

아침 햇살이 벚꽃을 비추면서 봄날 밤의 꽃놀이가 끝나버렸다.

桜(벚꽃)을 桜狩り(벚꽃을 찾아다니는 유람)의 줄임말로 풀이하면 아래와 같은 구가 된다.

봄날의 밤은
꽃놀이에 날 새며
끝나버렸네

흐드러진
복사꽃 가운데서
벚꽃 피누나

咲き乱す桃の中より初桜(작성 연도 미상)…628

만개한 복숭아꽃 사이에서 벚꽃이 망울을 터뜨리며 첫 꽃을 피운다.

오늘날 일본에 자라는 대부분의 벚나무는 에도 말기에 일본 전역에 보급된 신품종 소메이요시노이다. 이 벚나무는 복숭아꽃보다 일찍 개화하지만, 당시의 재래종 벚꽃은 대부분 복숭아꽃보다 늦게 피었다.

밭을 파는
저 소리 태풍 소리
벚꽃삼나무

畑打つ音や嵐の桜麻(1690년)…629

벚꽃삼나무 씨를 심으려 밭을 파는 소리가 태풍이 부는 소리처럼 요란하게 들려온다.

이가의 시라히게 신사에서 지은 가센의 시작구이다.

꽃의 색깔과 생김새가 벚꽃과 비슷한 데다 벚꽃 필 무렵 씨를 뿌린다 하여 '벚꽃삼'이라고 이름 붙은 이 나무를 심으려면 곡괭이나 쇠스랑으로 구덩이를 좁고 깊게 파야 한다.

嵐(폭풍)을 발음이 같은 말 荒し로 풀이하면 아래와 같은 구가 된다.

밭을 파는
저 소리 요란쿠나
벚꽃삼나무

"교보쿠의 저택에서"

소나무 둔덕
꽃과 나무 우거진
궁궐 지음새

土手の松花や木深き殿造り(1690년)…630

집을 에워싼 둔덕에는 질푸른 소나무가 서있고 정원에는 우거진 나무 사이로 벚꽃이 피어있는 훌륭한 저택이오.

우에노번의 1,500석 관료 도도 나가사다의 집에서 지은 인사구 겸 가센의 시작구로, 머리글의 교보쿠는 집 주인의 하이쿠 예명이다.

아지랑이에
시호꽃의 솜털은
희부연 구름

陽炎や柴胡の糸の薄曇り(1690년)…631

아지랑이 아른대는 봄날의 들판에 무리지어 피어있는 시호꽃의 솜털이 마치 하늘에 떠있는 구름처럼 보인다.

3월 10일 자의 편지에 적어 스기야마 산푸에게 보낸 구이다.

시호는 뿌리를 한방약으로 사용하는 미나리아재빗과의 야생화로 봄에 피는 노란 꽃에 은색 섬모가 붙어있다.

초안…아지랑이에 / 시호꽃의 들판은 / 희부연 구름
陽炎や柴胡の原の薄曇り

한마을 사람
모두가 꽃 지킴이
자손이로세

一里はみな花守の子孫かや(1690년)…632

이 마을 사람은 모두 그 옛날에 벚나무를 지키려던 사람들의 자손이다.

바쇼의 고향 이가의 요노마을을 방문하여 지은 구로, 이 마을에 전해오는 '헤이안 시대의 후궁이 고후쿠지(興福寺) 절의 커다란 천엽벚나무를 교토로 옮겨 심으려 했으나, 목숨을 걸고 반대하는 승려들의 정성에 감명받아 그 뜻을 접었다. 이후 후궁은 이 마을에 꽃담(花垣)이라는 이름을 하사하였다'라는 고사를 담았다.

"로쓰가 미치노쿠로 길을 떠남에"

방랑 풀베개
참된 꽃구경이나
하고 오너라

草枕(くさまくら)まことの華見(はなみ)しても来(こ)よ(1690년)…633

객지로 길을 떠나는 그대여, 참된 하이쿠가 무엇인지 배워서 돌아오너라.

바쇼의 노여움을 산 제자 로쓰가 4월부터 8월까지 북쪽의 오슈로 행각을 떠날 무렵에 지은 구이다. 26세 무렵부터 걸식을 하며 방랑 생활을 하던 로쓰(路通)는 바쇼의 문하생이 되어 마흔 살부터 바쇼 암자 인근에 살았다. 신의가 부족하여 동문 간에 반감을 사 파문당한 그는 바쇼 사후『바쇼 옹 행장기』등 두 권의 저서를 남겼다.

華(꽃)은 풍류의 상징어로 여기에서는 시를 짓는 일, 즉 하이쿠를 이른다.

뱀 먹는다고
듣고 나니 무섭네
꿩 우는 소리

蛇食(へびく)ふと聞(き)けばおそろし雉子(きじ)の声(こえ)(1690년)…634

뱀을 잡아먹는 새라는 말을 듣고 나니 꿕, 꿕 하고 날카롭게 우는 꿩의 소리가 무섭게 들린다.

색색의 화려한 얼굴과 날카로운 발톱이 대조적인 꿩의 모습을 읊은 제자 기카쿠의 아래 하이쿠에 답구 형식으로 지은 구로, 이전의 와카나 렌가에서는 우아하게만 묘사되어 온 꿩의 현실적인 일면을 묘사했다.

울긋불긋 / 얼굴 그린 장끼의 / 며느리발톱
うつくしきかほかく雉のけ爪かな

종달새 우는
사이사이 추임새
꿩 우는 소리

雲雀鳴く中の拍子や雉子の声(1690년 이전)…635

종다리가 하늘 높이서 지저귀는 가운데 추임새를 넣듯 꿩 우는 소리가 간간이 들려온다.

제자 도호는 바쇼 사후에 쓴 하이쿠 이론서 『산조시』에 이 구를 지을 당시 바쇼가 "한가로운 풍정을 담으려 여러 가지로 궁리하셨다"라고 기록하였다.

拍子는 가무극에서 노래를 부르는 중간에 북 등을 두드려 넣는 추임새를 이른다.

어리바리한
개를 짓밟으면서
고양이 사랑

またうどな犬ふみつけて猫の恋(작성 연도 미상)…636

사랑에 정신 팔린 고양이가 둔감한 개는 안중에도 없이 밟고 뛰어다닌다.

사방에서
꽃잎을 불어 넣고
물새의 물결

四方より花吹き入れて鳰の波(なみ)(1690년)…637

호수 주변의 나무에서 벚꽃 이파리가 흩어져 날아들고, 호수에 떠있는 논병아리들이 물결과 함께 출렁거린다.

제제에 머물던 바쇼가 문하생 하마다 샤도(浜田洒堂)의 집을 찾아 지은 인사구이다. 오미 지역의 의사였던 그는 1689년에 바쇼 문파에 들어와 문집을 간행하는 등 두각을 나타내어 전문 하이쿠 시인이 되었지만, 이후 다른 동문과의 알력이 발생하여 바쇼와의 관계도 소원해졌다.

鳰の波는 비와호에 서식하는 수많은 논병아리가 호수의 물결과 함께 출렁대는 풍정에서 기인한 시어(詩語)로, 비와호는 일명 '논병아리 바다(鳰の海)'로도 불린다.

"가라사키에서 배를 띄우고"

가는 봄날을
오미의 사람들과
아쉬워하네

行く春を近江の人と惜しみける(1690년)…638

비와호에서 오미의 제자들과 함께 이 땅을 사랑한 옛사람들과 마음을 주고받으며 저물어가는 봄날을 아쉬워한다.

머리글의 가라사키는 비와호 남서측 호숫가의 지명이다.

제자 교라이가 지은 하이쿠 논서 『교라이쇼』에 따르면, 봄과 오미 사이에 연관성이 없다는 어떤 제자의 질문에 바쇼가 "이곳은 풍류를 아는 옛사람들도 봄을 사랑해온 땅이다"라고 답했다고 한다.

부탁하노라
참나무도 서있는
우거진 수풀

先(ま)づ頼(たの)む椎(しい)の木(き)も有(あ)り夏木立(なつこだち)(1690년)…639

참나무도 있는 울창한 숲속의 암자에서 한동안 머물기를 청하오.

오쓰 남부의 겐주암에 머물던 시기에 읊은 구로, 전해 3월에 에도의 암자를 처분하고 긴 여행을 마친 바쇼는 4월부터 7월까지 이곳에서 지냈다.

頼む와 椎는 사이교가 지은 아래의 와카에 실린 낱말이다.

옹기종기 / 벗과 떨어지지 않는 / 새끼 참새의

둥지로 부탁하노라 / 참나무의 밑가지

ならび居て友を離れぬ子がらめの塒に頼む椎の下枝

頼む椎를 발음이 비슷한 말 頼もしい로 풀이하면 다음과 같은 구가 된다.

믿음직스런
참나무도 서있는
우거진 수풀

椎는 참나무과의 상록수 메밀잣밤나무로, 고전 소설 『겐지 이야기』에서 "그늘을 드리우며 든든했던 참나무가 흔적도 없이 사라졌다…"라고 언급되는 등 예로부터 소설과 시가 문단에서 미더움을 뜻하는 소재로 사용되었다.

오미 제제번의 무사이자 관료인 스가누마 교쿠스이(菅沼曲翠)는 이 무렵부터 바쇼와 친밀한 관계를 유지하며 자신의 백부의 별장인 겐주암(幻住庵)을 바쇼에게 숙소로 제공하였다. 이후 그는 오미 지방의 바쇼 문파의 중진으로 활약하며 바쇼에게 경제적인 도움을 주었다. 현존하는 바쇼의 편지 가운데 교쿠스이와 주고받은 것이 가장 많다. 강직한 무사였던 그는 부정을 저지른 번의 관료를 칼로 베고 할복하였으며 그의 아들도 할복을 명받아 죽었다. 무덤은 바쇼가 묻혀있는 기추지에 있다.

여름 수풀에
부귀를 장식하라
뱀이 벗은 옷

夏草に富貴を飾れ蛇の衣(1690년)…640

뱀이여, 허물을 벗어 우거진 여름철의 무성한 풀을 호화롭게 꾸미거라.

겐주암에 머물며 '내가 사는 암자 주변에 뱀과 지네가 수시로 출몰한다'는 사연과 함께 문하생 샤도에게 보낸 서신에 적은 구이다.

여름의 수풀
내가 앞에 나서서
뱀을 잡으리

夏草や我先達ちて蛇狩らん(1690년)…641

숲에 뱀이 나오면 내가 먼저 나가서 잡을 테니 걱정 말고 암자에 한번 놀러 오시구려.

바쇼가 샤도에게 보낸 편지에 실린 구로 알려져 있지만, 편지 자체가 위작이라는 주장이 제기되어 있다.

반딧불 구경
뱃사공 술에 취해
미덥지 않네

蛍見や船頭酔うておぼつかな(1691년 이전)…642

반딧불이를 구경하다 손님들이 한 잔씩 건네주는 술을 마시고 뱃사공이 취하는 바람에 배가 뒤뚱거린다.

예로부터 반딧불 놀이의 명소인 비와호 남쪽 세타강의 정경을 유머러스하게 읊은 구로, 하이쿠집 『원숭이 도롱이』에 본초가 지은 아래 하이쿠와 나란히 실렸다.

깜깜한 밤에 / 어린애 울어대는 / 반딧불이 배

闇の夜や子供泣き出す蛍舟

자신의 불을
나무마다 반딧불
꽃의 잠자리

己が火を木々に蛍や花の宿(1690년)…643

반디들이 자기가 내는 빛으로 이곳저곳의 나뭇가지들을 장식해 놓고 그 '꽃집'에서 밤을 보낸다.

글을 쓴 정황이 명확히 알려지지 않은 구이다.

木々に는 '자신의 불을 나무마다'와 '나무마다 반딧불'에 이중으로 쓰였다.

교토에서도
교토가 그립구나
소쩍새 소리

京(きょう)にても京(きょう)なつかしやほととぎす(1690년)…644

교토에 있으면서도 소쩍새가 애절하게 우는 소리를 듣고 있으려니 옛날의 교토에 대한 향수에 젖어든다.

겐주암에 머물던 중 잠시 교토에 출타한 바쇼가 오쿠의 오솔길 여행에 문하생으로 삼은 가나자와 지방의 약재상 가메다 쇼슌에게 보낸 편지에 적은 구이다.

"'가와라 바람 쐬기'를 하는 6월 7일부터 18일까지는 강바닥에 평상을 깔고 밤새 술 마시고 음식을 먹으며 논다. 여자는 오비를 단단히 동여매고 남자는 하오리를 길게 늘어뜨리며, 법사와 노인이 어울리고, 물통 짜는 집이나 대장간의 나어린 일꾼까지 짬을 내어 떠들고 노래한다. 과연 도읍의 풍경이로다"

산들 강바람
감물 들인 옷 입고
저녁의 납량

川風(かわかぜ)や薄柿(うすがき)着(き)たる夕涼(ゆうすず)み(1690년)…645

초저녁에 사람들이 연갈색의 여름옷을 입고 강바람을 맞으며 더위를 식힌다.

매년 가모가와강에서 열리는 납량 행사의 풍경을 담아 문하생 교쿠스이에게 편지에 적어 보낸 구인데, 이 구에 대해 바쇼가 다른 문하생에게 "6월에 교토에서 지은 구를 이제서야 마무리 지었다"라고 적어 보낸 편지가 남아있다.

薄柿는 감물을 들인 연갈색의 여름옷이다.

아침에도
저녁에도 들지 않네
참외에 핀 꽃

夕（ゆう）にも朝（あさ）にもつかず瓜（うり）の花（はな）(1690년)…646

무릇 여름 꽃은 아침이나 저녁으로 피는 때가 정해져 있건만, 참외 꽃은 어느 쪽에도 속하지 않고 하루 중 아무 때나 꽃을 피운다.

나고야의 문하생 로센은 이 구에 대해 "아침의 애처로운 나팔꽃도 아니고 저녁의 청초한 박꽃도 아니고, 참외 꽃은 해가 떠있을 때 자신을 드러내며 피운다"라는 설명을 보탰다.

"나니와 근방에서 은사(隱士) 도코가 불초인 나를 흠모하여 찾아와"

나 닮지 마오
두 쪽으로 갈라진
여름의 참외

我（われ）に（に）似るなふたつに割（わ）れし真桑瓜（まくわうり）(1690년)…647

둘로 갈라져 어느 쪽이나 똑같이 생긴 참외처럼 되려 하지 말고 자신만의 길을 스스로 만들어가시오.

후시미의 약방 주인이던 도코가 바쇼의 문하생으로 입문할 무렵 지은 구로, 표면적으로는 형제나 부자간에 얼굴이 많이 닮은 것을 비유하는 속담 '참외를 둘로 가른 듯'을 배경에 두고 지었으며, 하이쿠 외길 인생을 걸어온 자신을 본받지 말고 생업을 겸하며 하이쿠를 공부하라는 뜻을 담은 것으로 추정한다. 도코, 후치쿠 등의 하이쿠 예명을 사용한 에모토 시도(槐本之道)는 후에 오사카 지역 바쇼 문파의 중진이 되어 바쇼의 임종을 지켰다.

우리 집에선
모기가 작은 것을
대접하리다

我が宿は蚊の小さきを馳走かな(1690년으로 추정)…648

내가 사는 초라한 암자에서는 달리 내놓을 게 없소. 하지만 모기가 작아 물려도 아프지 않으니 이것으로 그대의 방문을 접대하고자 하오.

가나자와에서 입문한 문하생 아키노 보가 암자를 방문했을 때의 인사구이다. 마에다번의 관료였던 아키노 보는 나중에 출가하여 승려가 되었다.

초안…내 집에서는 / 모기가 작은 것도 / 대접 거릴세
我が宿は蚊のちさきも馳走かな

"무상신속(無常迅速)"

조만간 죽을
기색은 뵈지 않고
매아미 소리

やがて死ぬけしきは見えず蟬の声(1690년)…649

이제 곧 죽을 목숨인데 그런 낌새는 조금도 없이 매미가 힘껏 울고 있다.

하이쿠집 『원숭이 도롱이』에 문하생들이 지은 두 구와 함께 매미의 과거·현재·미래를 연결 짓는 식으로 본 구를 게재하였다.

어두운 땅속 / 기는 벌레면서도 / 매아미 소리
나그네 모습 / 사는 곳 바꿔가며 / 매아미 소리
조만간 죽을 / 기색은 뵈지 않고 / 매아미 소리

합환 나무의
잎새 너머로도 사랑을
견우 직녀성

合歓の木の葉越しも厭へ星の影(1690년)…650

일 년에 한 번 오작교를 건너 상봉하는 두 별이여, 합환 나무의 잎새 너머로 사람들이 보고 있을지라도 한껏 사랑을 나누거라.

合歓の木는 칠석날을 즈음하여 나뭇가지에 合歡이라고 쓴 종이를 매달아 두 별의 사랑이 이루어지기를 기원하는 풍습에서 비롯한 자귀나무의 별명이다.

合歓은 중국식 표기이고, ねむの木(잠자는 나무)는 밤이 되면 이파리가 오므라들어 나무 전체가 잠자는 듯한 모습을 보이는 데서 붙은 일본식 이름이다.

厭へ가 당시에는 '어루만져라'라는 뜻이었다.

다마마쓰리
오늘도 화장터에
연기 오르네

玉祭り今日も焼場の煙哉(1690년)…651

조상의 넋을 모시고 제를 지내는 기간에도 화장터에서 누군가를 화장하는 연기가 솟아오른다.

다마마쓰리(玉祭り)는 7월 보름 전후에 조상의 영혼을 불러들여 지내는 제사다. 처음에는 진혼제였던 다마마쓰리가 불교 행사, 민간 신앙과 합쳐져 오늘날 우리의 추석과 비슷한 오봉이 되었다. 다른 시인이 지은 기존 하이쿠와 유사한 탓에 하이쿠집『원숭이 도롱이』에 실리지 못했다.

초안…다마마쓰리 / 오늘도 화장터에 / 저녁 연기
玉祭り今日も焼場の夕煙

고추잠자리
내려앉지 못하네
풀 끄트머리

蜻蜓や取りつきかねし草の上(1690년)…652

잠자리 한 마리가 몇 번을 오르락내리락하면서도 가을바람에 흔들리는 풀잎을 붙잡지 못한다.

송이버섯도
우둘투둘 하기는
소나무 모습

松茸やかぶれたほどは松の形(작성 연도 미상) …653

송이버섯 표면의 거무스름하고 우둘투둘한 부분만큼은 소나무 껍질과 모양이 비슷하다.

'이름이 소나무버섯(松茸)이니 만큼 어딘가 소나무와 닮은 곳이 있지 않을까? 옳지, 이곳이 소나무와 닮았구나!'라는 해학을 담아 즉흥적으로 지은 구이다.

멧돼지 집도
덩달아 날아가네
가을의 태풍

猪もともに吹かるる野分かな(1690년)…654

무시무시한 태풍이 불어와 나뭇잎, 나뭇가지와 함께 나의 초라한 오두막도 날아갈 지경이다.

8월과 9월에 두 제자에게 따로 보낸 편지에 적은 구이다.

猪(멧돼지)는 고전 와카의 한 구절 臥猪の床를 압축한 말로 멧돼지가 자고 간 흔적 같은 허름한 잠자리, 즉 시인의 초막이라는 뜻이다.

이쪽을 보오
이 몸도 외롭다오
저무는 가을

こちら向け我もさびしき秋の暮(1690년)…655

북쪽을 향해(北向) 돌아앉은 그대여, 이쪽을 좀 보시오. 가을의 끝자락에 서있는 나도 외롭다오.

자화상을 들고 겐주암으로 찾아온 승려 기타무키 운치쿠(北向雲竹)의 이름에 해학을 담아 지은 구이다.

이 승려는 와카와 하이쿠에 능통한 서예가 겸 화가로 바쇼에게 서예를 가르치기도 했다.

"도읍의 스님 운치쿠, 먼 곳을 바라보는 초상을 그려놓고 여기에 하이쿠를 지어달라 하시는구려. 당신은 예순을 넘겼고 나도 이미 쉰에 가까운 나이인데 우리가 꿈속에 살면서 꿈속에 떠도는 모습을 그리려고 하는구려. 여기에 글을 보태니 이 또한 잠꼬대가 되겠구려"라는 머리글이 적힌 구가 전해진다.

팔월 보름달
이 자리엔 해사한
얼굴도 없네

名月(めいげつ)や座(ざ)にうつくしき顔(かお)もなし(1690년)…656

이거 원, 휘영청한 보름달을 감상하는 자리에 앉아있는 사람들의 면면을 보니 모두 고만고만하고 달처럼 인물이 훤한 사람은 하나도 없구료.

8월 15일 밤에 기추지의 암자에서 지은 구로, 후일 제자 쇼하쿠와 둘이 지은 가센의 시작구로 쓰였다.

이 구를 지으며 바쇼가 고심한 정황이 다른 문하생이 펴낸 하이쿠집『첫 매미』에 아래와 같이 적혀 있다.

"바쇼 옹이 기추지 절에 머물 때

팔월 보름달 / 아이들 옹기종기 / 정자 툇마루

名月や児立ち並ぶ堂の縁

로 지었는데 이 구가 마음에 들지 않아

팔월 보름달 / 바다에 나서보니 / 나나코마치

名月や海に向かへば七小町

로 바꾸고, 이것도 내키지 않는다며 다시

팔월 보름달 / 이 자리엔 해사한 / 얼굴도 없네

로 고쳤다. 이날 밤의 스승의 구는 여러 차례 바뀌었다. 바쇼 옹이 풍아(風雅)에 노심초사하심을 풍아를 배우려는 사람에게 가르치고자 여기에 적는다."

후일 바쇼는 이 구를 다시 아래와 같이 개작하였다.

달구경 하는 / 이 자리에 해사한 / 얼굴도 없네

月見する座にうつくしき顔もなし

자토 아닌가
사람들 쳐다보네
보름달 구경

座頭かと人に見られて月見哉(작성 연도 미상)…657

앉아서 가만히 달을 올려보고 있는 나를 놓고 사람들이 눈먼 자토가 아닌지 쳐다본다.

座頭(자토)는 안마·침술·비파 연주 등으로 생계를 꾸리도록 허가받은 승려 차림의 맹인이다. 바쇼는 승려는 아니지만 승려 행색을 하고 다녔다.

"마사히데의 집에서 처음 가센을 지으며"

희부연 하늘
무릎에 손을 얹은
저녁의 정자

月代や膝に手を置く宵の宿(1690년)…658

달이 떠오르려고 동녘이 희부예진 초저녁, 사람들이 정좌하고 앉아서 마음을 가다듬으며 글짓기의 시작을 기다린다.

제제번의 관료 미즈다 마사히데의 집에서 지은 가센의 시작구이다.

그는 바쇼가 기거한 암자 무명암 건축과 바쇼와 제자들의 하이쿠를 실은 문집 『히사고』 편집에 주도적인 역할을 하였다.

月代는 달이 뜨기 전에 동쪽 하늘이 희끄무레하게 밝아오는 것을 이른다.

초안…희부연 하늘 / 무릎에 손을 얹은 / 저녁나절

月代や膝に手を置く宵の程

오동나무에
메추리 삐악대네
담장의 안쪽

桐の木に鶉鳴くなる塀の内(1690년)…659

저택의 높다란 담장 안쪽에 커다란 오동나무가 솟아있고 메추라기 우는 소리가 정겹게 들려온다.

술을 빚는 부유한 농가의 풍경을 읊은 구인데, 문하생 교쿠스이에게 보낸 9월 6일 자 편지에 초안의 첫 다섯 음절이 타인의 하이쿠와 겹친 탓에 고쳤다고 썼다.

당시 부자들 사이에 집 안에 메추라기를 기르며 우는 소리를 감상하는 취미 생활이 유행하였다.

초안…홍시 까치밥 / 메추리 삐악대는 / 담장의 안쪽
木ざはしや鶉鳴くなる塀の内

천둥 번개에
깨닫지 않는 사람
고귀하도다

稲妻に悟らぬ人の貴さよ(1690년)…660

벼락의 섬광을 보고 한순간에 큰 깨달음을 얻었다고 치부하지 않는, 진중하고 무심한 사람이 고귀하다.

문하생 교쿠스이에게 보낸 편지에 "…이곳(제제) 사람들은 비로소 옛날풍의 하이쿠에서 벗어나고 있건만 올바른 하이쿠의 길로 들어서지 못하고 옛 구에 그저 술 마시고 두부 먹고(따위의 비속한 말)만 덧붙이고 있다. 어설픈 깨달음은 마계(魔界)로 이어질 뿐이라는 어느 고승의 말씀을 듣고, 천둥 번개에/깨닫지 않는 사람/고귀하도다"라고 적어 보낸 구이다.

"1690년 가을에 기추지의 구(舊) 암자에 찾아온 이들에게"

오막살이를
깨치거라, 고추에
여뀌의 이삭

草の戸を知れや穂蓼に唐辛子(1690년)…661

마당에 고추와 여뀌의 이삭만 자라는 이 가난한 초막에서 부디 풍류를 깨닫고 맛보길 바란다.

기추지에 무명암이 신축되기 전에 바쇼가 기거한 암자에서 지은 구로 머리글은 제자 시코가 문집을 편집할 때 붙였다.

흰머리 뽑는
베갯머리 아래에
귀뚜리 소리

白髪抜く枕の下やきりぎりす(1690년)…662

이부자리에 누워 흰 머리카락을 뽑고 있으려니 베개 아래쪽에서 귀뚜라미 우는 소리가 처량하게 들려온다.

겐주암에서 제자들과 지은 반가센의 시작구이다.

에도 시대의 일본인의 평균 수명은 30~40세로 알려져 있지만, '인간 오십 년'이라는 구절도 문헌에 종종 등장한다. 이 구를 지을 때 바쇼의 나이는 마흔일곱이었다.

"가타타에서"

병든 기러기
추운 밤에 떨어져
홀로 잠드네

病 雁の夜寒に落ちて旅寝哉(1690년)…663

병든 기러기가 추운 밤에 무리에서 외떨어져 땅에 내려와 객지잠을 자는 나처럼 긴 밤을 홀로 보낸다.

오쓰에 있는 절 혼푸쿠지에 묵을 때 오미 팔경의 한 곳을 일컫는 문구 '가타타의 낙안(堅田の落雁)'을 소재로 하여 지은 구이다.

이 시기에 찻집 주인에게 보낸 편지에 자신이 심한 감기를 앓아 홀로 객지에 누워 있다는 내용이 쓰여있다. 이 절의 주지 미카미 센나도 오미 지방 바쇼 문파의 중진이었다.

어부 집에는
새우 새우 사이에
꼽등이 있네

海士の屋は小海老にまじるいとど哉(1690년)…664

호숫가에 있는 어부의 집, 갓 잡은 새우를 담아놓은 소쿠리에 어느 틈에 들어왔는지 꼽등이가 섞여있다.

비와 호숫가의 마을 가타타에 머물며 지은 구로, 편집 과정에서 교라이가 본 구의 완성도에 의문을 제기하였지만 서민 생활의 소소한 정경을 담아낸 소재의 참신성을 높게 평가할 만하다는 본초의 의견이 받아들여져 하이쿠집 『원숭이 도롱이』에 실렸다.

기러기 들으러
도읍지의 가을로
길을 떠나리

雁聞きに京の秋に赴かん(1690년)…665

기러기 우는 소리를 들으러 교토의 가을을 찾아 길을 나서련다.

기추지에서 일시 상경하겠다는 내용이 적힌 9월 27일 자의 편지에 쓰여있지만, 다른 문집에는 실린 흔적이 없는 탓에 편지 자체가 위작이라는 주장이 제기되어 있다.

"고향의 길가에서"

비가 내리네
겨울 논의 벼 밑동
거메지도록

しぐるるや田の新株の黒むほど(1690년으로 추정)…666

벼를 베고 난 논에 비가 추적추적 내려 벼의 밑동이 거무칙칙하게 변했다.

교토를 나선 바쇼가 제제를 경유하여 29일경 고향에 돌아오던 때의 풍정을 읊은 구이다.

新株는 벼를 베어내고 남은 줄기의 밑동을 이른다.

귀뚜라미가
철 지나 우는 소리
겨울 고타쓰

きりぎりす忘れ音に啼く火燵哉(1690년)…667

숯불을 담은 화로 곁에서 불을 쬐고 있으려니 가을이 지나서도 아직 살아있는 귀뚜라미가 힘없이 운다.

고향 이가 우에노의 문하생 효코의 집에서 열린 렌쿠 짓기의 시작구이다.

고타쓰는 숯 등의 열원을 넣고 이불을 덮어 발을 덥히는 실내 난방 용구이다.

"옛날을 그리며"

서리 내리고
패랭이 피어났네
나무통 화로

霜の後撫子咲ける火桶哉(1690년 이전)…668

서리 내려 초목이 모두 시든 늦가을에도 불화로의 테두리에는 여름꽃인 패랭이가 그려져 있다.

머리글의 '옛날'은 과거의 시인들이 깊어가는 가을에 화로를 앞에 두고 시상을 가다듬었던 옛날을 뜻한다.

바쇼의 제자 기카쿠에게 사사한 세이류는 바쇼 사후 이 구를 소재로 하여 바쇼를 추도하는 구를 아래와 같이 지었다.

패랭이의 / 꽃도 시들어가네 / 나무통 화로

なでしこの花もやつるる火桶哉

겨울 찬 바람
볼거리 아파하는
사람의 얼굴

こがらしや頬腫痛む人の顔(1690년)…669

겨울의 북풍이 몰아치는데 유행성 이하선염에 걸려 퉁퉁 부은 볼을 감싸고 길을 가는 사람의 표정이 무척 아파 보인다.

頬腫(볼거리)의 한자를 볼(頬)이 부어(腫)로 풀어서 해석하면 아래와 같은 구가 된다.

겨울 찬 바람
볼 부어 아파하는
사람의 얼굴

눈이 내리네
권진하는 스님의
빛바랜 궤

初雪や聖小僧の笈の色(1690년 이전)…670

첫눈이 내리는 겨울의 문턱, 길을 걸어가는 행각승의 등에 걸린 궤의 빛깔이 그의 고달픈 여정을 말해주고 있다.

聖小僧는 포교·권진을 위해 행각 하는 승려, 笈는 행각승이나 수행자가 용품을 넣어 짊어지고 다니는 나무 궤를 이른다.

"시나노길(信濃路)을 지나며"

눈이 날리네
사당 지은 억새를
베어낸 자리

雪散るや穂屋の薄の刈り残し(1690년으로 추정)…671

사당을 지으려 군데군데 억새를 베어낸 흔적이 남아있는 억새밭에 눈발이 흩날려 쓸쓸한 풍정을 빚어낸다.

매년 7월 27일 전후에 열리는 스와 신사(諏訪大社) 마쓰리 때 억새를 엮어 벽을 세우고 이엉을 얹어 임시 사당(穂屋)을 세우는 풍정을 소재로 하여 읊은 사이교의 아래 와카를 배경에 두고 지었다.

시나노 길의 / 사당 지은 억새밭에 / 눈발 날리니

나무 잎새 물들던 / 허허벌판 그 모습

信濃路の穂屋の薄の雪ちりて下葉は色の野辺のおもかげ

하지만 바쇼가 이 시기에 지금의 나가노현 일대를 지나간 적이 없기 때문에 실제 억새밭을 보고 지은 구가 아니라 기존 와카를 바탕에 두고 상상하여 지은 구로 추정한다.

"섣달 초하루 아침부터"

장타령꾼이
찾아오면 풍아도
섣달이로세

節季候の来れば風雅も師走哉(1690년 이전)…672

장타령꾼이 찾아올 때가 되면 풍류(風流)와 아취(雅趣)를 노래하는 하이쿠 세계도 세밑의 분위기에 젖는다.

바쇼의 제자 핫토리 토호는 그의 저작 하이쿠 이론서 『산조시』에 "스승님은 이 구에서 '풍아도 섣달이로세'라 하여 (하이쿠도) 속세와 하나라고 말씀하셨다"라고 적었다.

節季候(장타령꾼)은 연말에 두어 명씩 짝을 지어 집집마다 돌아다니며 노래와 춤을 보여주고 곡식이나 돈을 구걸하는 사람들이다.

물떼새 날고
땅거미 지는 저녁
히에 산바람

千鳥立ち更け行く初夜の日枝颪(1690년 이전)…673

가모강 강변에 물떼새가 날아가고 어둑어둑 땅거미 내리는데 히에산에서 차가운 산바람이 불어온다.

바쇼 자신이 그린 그림에 쓴 화찬이다.

日枝颪(히에 산바람)은 교토 북서측에 있는 히에산에서 불어 내리는 재넘이를 이른다.

안주 못 하는
방랑길의 이 심사
들통 고타쓰

住みつかぬ旅の心や置炬燵(1690년)…674

사람 손에 들려 이 방 저 방 옮겨다니는 이동식 화로에 마치 한 곳에 정주하지 못하는 방랑자의 처지를 생각한다.

바쇼는 이 구에 대해 제자 교쿠스이에게 보낸 1월 5일 자 편지에 "있으라 있으라고 사람들이 말을 하지만 남의 밥을 축내는 나그네 신세, 왠지 모를 허무함을 맛보며…"라고 썼다.

당시의 하이쿠 시인들은 정초에 길일을 택해 자신의 문하생들과 하이쿠 모임을 열었는데, 이 행사를 위해 세모나 정월을 소재로 한 하이쿠를 연말에 미리 지어 책자로 만들어 놓았다. 이 구는 바쇼가 연말에 제제에 머물며 엮은 『제제 신년 하이쿠집』에 실린 글로, 대구는 제자 기카쿠가 아래와 같이 지었다.

잠드는 기분 / 고타쓰 덮은 이불 / 따스한 동안

寝ごころや炬燵布団のさめぬ内

"나그넷길"

세밑 청소는
삼나무 사이 부는
겨울 찬 바람

煤掃きは杉の木の間の嵐哉(1690년 이전)…675

집집마다 비질을 하며 연말 대청소가 한창인 즈음, 방랑길에 서있는 내게는 삼나무 사이로 불어와 낙엽을 휘몰아 가는 매서운 북풍이 세밑 대청소인가 싶다.

한나절간은
신(神)을 친구로 삼아
해를 보내네

半日(はんじつ)は神(かみ)を友(とも)にや年忘(としわす)れ(1690년 이전)…676

일 년을 마무리하느라 어수선한 세밑에 우리는 속세를 떠나 신령스러운 신을 모신 신사에 모여 한나절 동안 하이쿠를 지으며 한 해를 보낸다.

교토 가미고료 신사에서 열린 렌쿠 짓기의 시작구이다.

"도읍에서 객지잠을 잘 때, 스님들이 밤거리에서 염불 외우고 춤추며 포교하는 것을 매일 밤 들으며"

마른 연어도
구야 야위는 것도
엄동설한에

乾鮭(からざけ)も空也(くうや)の痩(やせ)も寒(かん)の中(うち)(1690년)…677

바짝 말라붙은 연어나 고행에 비쩍 마른 구야의 모습이나 모두 추운 한겨울에 볼 수 있는 풍정이다.

空也는 헤이안 시대에 염불을 외우고 다니며 곳곳에 도로·다리·절을 건설한 승려 구야를 뜻하기도 하고, 그의 기일을 전후하여 겨울밤에 포교 활동을 겸한 고행 의식을 치르는 수행승을 가리키기도 한다. 寒の中는 연중 가장 추운 소한과 대한 사이의 기간을 이른다.

첫 소절에 K음을 반복적으로 넣어 음율감을 살린 구로, '카라자케모/쿠우야노 야세모/카안노 우치'라고 읽는다.

낫토 부수는
소리 잠시 멈춰라
하치타타키

納豆切る音しばし待て鉢叩き(1690년 이전)…678

멀리서 승려들의 염불 소리가 들려오니 집집의 아낙들이여, 낫토 자르는 칼질을 잠시 멈추시구려.

鉢叩き(하치타타키)는 구야 스님의 염불의 공덕으로 극락왕생하는 기쁨을 표현하고자 표주박과 징을 두드리며 염불과 노랫가락을 읊는 길거리 포교 행렬이다.

당시에는 낫토를 도마에 올려놓고 부엌칼로 잘게 부숴 국에 넣었다. 아침 국거리인 낫토에 칼질하는 소리는 겨울 아침의 풍물시였다.

돌로 된 산의
돌에 튀어오르네
싸락 싸라기

石山の石にたばしる霰哉(1690년 이전)…679

하얀 빛깔의 돌바위산의 바위에 하얀 싸라기가 세차게 떨어져 튀어오른다.

바쇼가 오쓰에 있는 절 이시야마데라(石山寺)의 말사의 승려에게 단자쿠(短冊·단가나 하이쿠를 쓰는 두껍고 조붓한 세로 36cm, 가로 6cm의 종이)에 적어 준 구이다.

石山를 하얀 회규석의 돌산에 세워진 절 이시야마데라(石山寺)로 풀이하면 아래와 같은 구가 된다.

이시야마 절의
돌에 튀어오르네
싸락 싸라기

"아침 동틀 무렵 머리맡에서 기추지의 종소리가 울려퍼져 일어나 보니 나뭇가지에 하얀 눈꽃이 피어있어 즐겁다 "

늘상 얄미운
까마귀도 눈 쌓인
이 아침에랴

ひごろ憎(にく)き烏(からす)も雪(ゆき)の朝哉(あさかな)(1690년 이전)…680

평소에는 밉살스럽던 까마귀도 천지가 눈에 덮인 아침에는 정겨운 풍경의 일부로 느껴진다.

자신이 그린 그림에 쓴 화찬이다.

초안…언제나 미운 / 까마귀도 눈 쌓인 / 이 아침에랴
つね憎き烏も雪の朝哉

"오쓰에서"

세 자짜리의
산에서도 삭풍에
지는 나뭇잎

三尺(さんじゃく)の山(やま)も嵐(あらし)の木(こ)の葉哉(はかな)(1690년 이전)…681

야트막한 세 자 높이의 산에도 겨울을 알리는 찬 바람이 불어와 나뭇잎을 떨군다.

三尺の山가 정원에 쌓아 올린 둔덕을 일컫는 말인지, 쌓인 낙엽을 가리키는 말인지, 무덤을 뜻하는지 분명치 않다.

"비와호 조망"

히라 미카미
눈(雪)을 걸쳐놓아라
백로의 다리

比良三上雪かけわたせ鷺の橋(1690년)…682

비와 호수 위를 날고 있는 백로들이여 눈처럼 하얀 날개를 펼쳐 히라(比良)산부터 미카미(三上)산까지 다리를 놓아주려무나.

초안…히라 미카미 / 눈을 가로놓아라 / 백로의 다리
比良三上雪さしわたせ鷺の橋

<비와호>

"아, 귀하고 귀하다. 삿갓도 귀하고 도롱이도 귀하다. 그 누가 그리고, 그 누가 전하여 천 년의 환영이 지금 여기에 모습을 드러내는가. 형상이 여기 있으니 혼 또한 여기에 담겨있으리. 도롱이도 귀하고 갓도 귀하다"

고귀하도다
눈 오지 않는 날도
도롱이에 갓

たふとさや雪降らぬ日も蓑と笠(1690년 이전)…683

눈이 내리지 않는 날에도 해진 도롱이와 갓을 쓰고 있는 천 년 전의 고마치의 모습이 고귀하다.

가무극 <소토바코마치>에서 주인공 오노노 고마치가 늙어 추해진 자신의 모습을 사람에게 보이지 않으려 삿갓과 도롱이로 얼굴을 가린 채 교토를 빠져나가던 도중에 길가에 걸터앉아 스님과 다른 혼령과 이야기를 나누는 장면을 그린 그림에 쓴 화찬이다. 9세기경의 전설적인 여류 와카 시인 오노노 고마치(小野小町)는 아래의 작품을 비롯한 많은 와카를 남겼다.

가을의 밤도 / 이름뿐이로구나 / 만나고 나면
눈 깜짝할 사이에 / 동트고 마는 것을
秋の夜も名のみなりけり逢ふといへば事ぞともなく明けぬるも

숨어드누나
동짓달 비와호의
논병아리들

かくれけり師走(しわす)の海(うみ)のかいつぶり(1690년 이전)…684

비와호에 떠있는 논병아리들이 세밑이 가까워지자 '퐁' 하고 머리부터 물속으로 들어가며 숨는다.

에도 시대 시정의 풍정을 담은 구로, 당시에는 일 년간 외상으로 구입한 물품의 대금을 연말에 일시불로 갚는 형태의 상거래가 이루어졌기 때문에 섣달에 접어들면 빚쟁이를 피해 '숨어드는' 사람이 많았다. 바쇼는 이를 논병아리에 빗대이 구를 지었다.

海는 비와호의 다른 이름 鳰の海(논병아리의 바다)의 줄임말이다.

"아직 화롯불이 사위지 않은 섣달 말에 교토를 벗어나 오토쿠니의 새집에서 새해를 기다리며"

남에게 집을
사게 해놓고, 나는
망년회 잔치

人(ひと)に家(いえ)を買(か)はせて我(われ)は年忘(としわす)れ(1690년)…685

남이 새로이 마련한 집에서 나는 속세에 얽매이지 않고 망년회를 즐긴다.

잠잘 곳을 제공해준 집주인에게 감사의 뜻을 완곡하게 표현한 인사구이다.

“초사흘 동안 입을 다물고 정월 나흗째에 쓰다”

오쓰 그림에
처음 붓이 가는 건
어느 부처님

大津絵の筆のはじめは何仏(1691년·48세)…686

오쓰 그림의 새해 첫 작품으로 이곳의 화가들은 아미타불, 부동명왕 등 여러 부처 가운데 어떤 부처를 먼저 그리려나.

에도에 있는 문하생 교쿠스이에게 편지에 적어 보낸 구이다.

大津絵(오쓰 그림)은 신불·인물·동물 등에 풍자와 교훈을 담아 그린 오쓰 지방의 민화인데, 교토와 에도를 오가는 여행자들이 선물로 사용하거나 기독교를 탄압하는 세태하에서 불교도임을 증명하는 용도로 인기가 높았다.

筆のはじめ는 절, 궁중, 서당 등에서 신년 들어 처음으로 글을 쓰거나 그림을 그리는 일을 말한다.

산골 마을엔
각설이 느지막이
매화 피었네

山里は万歳遅し梅の花(1691년)…687

정초에 마을마다 돌아다니며 구걸을 하는 각설이가 산골 마을에는 느지막이 매화꽃이 필 무렵에야 찾아왔다.

万歳는 정초에 남의 집 문 앞에서 춤과 노래로 복을 빌어주고 먹을거리나 돈을 받는 각설이를 이른다.

기소의 정념
눈을 헤쳐 나오네
새봄의 풀잎

木曽の情雪や生えぬく春の草(1691년)…688

격동의 시대에 질풍노도 같은 인생을 살다 간 기소의 정념(情念)인 양 쌓인 눈을 뚫고 풀이 새싹을 내밀었다.

기소의 유해가 묻힌 절에서 읊은 구로, 절의 이름 기추지(義仲寺)는 그의 유해가 묻힌 데서 비롯하였다. 후일 바쇼는 이 절에 암자 무명암(無名庵)을 짓고 살았고 사후에는 기소의 기개를 숭상하던 자신의 유언대로 이 절의 경내에 묻혔다.

기소(木曽)는 헤이안 말기의 무장 미나모토노 요시나카(源義仲·1154~1184)의 별명인 기소 요시나카(木曽義仲)의 줄임말이다. 그는 2살 때 전쟁터에서 아버지를 잃고 나가노현 남서부 기소에서 유모 손에 자랐으며, 26세에 군사를 일으켜 당시 미나모토 가문과 대립하던 헤이시(平氏) 세력을 격파하는 등 많은 전투에서 승리하고 정이대장군까지 올랐다. 하지만 이후에는 반군으로 몰려, 조정의 명을 받고 출정한 토벌군에 의해 오미의 아와즈(粟津) 전투에서 전사했다.

매화 봄나물
마리코 역참에는
걸쭉한 마죽

梅若菜丸子の宿のとろろ汁(1691년)…689

그대가 에도로 가는 길에 지금쯤 매화가 피고 봄나물이 돋아나 있을 거요. 그리고 마리코 역참에는 걸쭉하게 갈아놓은 참마죽이 그대를 기다리겠구료.

문하생 전별식을 겸한 렌쿠의 시작구이다. 丸子の宿는 지금의 시즈오카시 스루가에 있던 도카이도의 역참 가운데 하나이다.

매화 향기에
시라라 오치쿠보
교오타로오

梅が香やしらら落窪 京 太郎(1691년 이전)…690

매화 향이 풍겨오는 가운데 시라라, 오치쿠보, 교타로 등의 책에 빠져들어 읽고 있는 낭자의 모습이 보이는 듯하다.

당시의 인형극 <12단 이야기책> 의 대사 "낭자가 읽고 있는 것이 무엇 무엇인가 했더니 시라라, 오치쿠보, 교타로…"에 나오는 동화책의 제목을 열거하여 지은 구이다.

당시의 동화책 『오치쿠보 이야기』와 『교타로 이야기』는 현존한다.

달맞이 길에
매화 가지 메고 가네
어린 수행자

月待や梅かたげ行く小山伏(1691년)…691

달맞이를 하러 가는 저녁, 어느 집에서 초대를 받았는지 엄격한 구도의 길을 걷는 수험도의 젊은 수행자가 선물로 가져갈 매화 가지를 둘러메고 들떠서 길을 걸어간다.

月待는 매달 13·15·17·19·23일 등에 달이 뜨기를 기다려 독경을 하고 배례하는 민간 행사로, 이날은 바쇼 고향의 문하생 다쿠타이의 집에서 가센 짓기를 겸해 열렸다.

생사(生絲) 상인인 다쿠타이는 이가 지역에서 바쇼 문파의 중진으로 활약했다.

게으른지고
흔들어 잠을 깨네
봄비 보슬비

不性(ぶしょう)さや搔(か)き起(おこ)さるゝ春(はる)の雨(あめ)(1691년)…692

봄비가 보슬보슬 내리는 날, 남이 나를 흔들어 깨워야 비로소 눈을 뜨다니 스스로 생각해도 게으르다.

고향의 형 집에서 봄비 내리는 여유로운 봄날 아침의 풍경을 읊은 구이다.

초안…게으른지고 / 안아 올려 눈뜨네 / 봄비 보슬비
不性さや抱起さるゝ春の雨

홀로 비구니
초가집 새침쿠나
하이얀 철쭉

独(ひと)り尼(あま)藁(わら)屋(や)すげなし白躑躅(しらつつじ)(1691년 이전)…693

홀로 사는 비구니도, 동떨어져 서있는 초가지붕의 암자도 마치 뜰에 피어있는 하얀 철쭉처럼 새초롬하다.

すげなし를 바쇼의 방문을 받은 여승의 음전·고고(孤高)한 모습이라고 풀이할 수도 있다.

세세연년에
벚나무 살찌우네
꽃잎의 조각

年々(としどし)や桜(さくら)を肥(こ)やす花(はな)の塵(ちり)(1691년)…694

땅에 떨어진 꽃 이파리가 거름이 되어 나무가 벚꽃을 탐스럽게 피우듯 이 가문도 오래도록 번성하리오.

3월 23일, 쌀과 금은을 중개하는 부유한 금융업자 만코의 별장에서 꽃구경을 겸한 반가센 짓기의 시작구 겸 인사구로 지은 구이다.

만코는 이날 바쇼의 문하생으로 입문하였다.

"시골집에서 지내며"

꽁보리밥에
야위는 사랑인가
각시 고양이

麦飯(むぎめし)にやつるる恋(こい)か猫(ねこ)の妻(つま)(1691년 이전)…695

보리밥만 얻어먹고 사는 암고양이가 사랑에 애가 타서 그런지 수척해져 돌아다닌다.

やつるる는 '꽁보리밥에 야위는'과 '야위는 사랑인가'에 동시에 쓰인 낱말이다.

이 구는 하이쿠집 『원숭이 도롱이』에 고양이를 소재로 하여 제자들이 지은 아래의 하이쿠와 나란히 실렸다.

아이 부러워 / 이제는 단념할 때 / 고양이 사랑

들뜬 친구에 / 물리고 난 고양이 / 먼산바라기

“호카쿠가 부채에 글을 써달라기에”

틀어올린
머리칼도 아직은
봄풀 내음새

前髪もまだ若艸の匂ひかな(작성 연도 미상)…696

아직 앞 머리카락을 자르지 않은 어린 그대에게서 풋풋한 풀내가 풍기는구료.

前髪는 소년의 머리카락의 이마 윗부분을 틀어 올려 묶은 머리칼 형태로, 대개 15세 전후에 관례를 치르면서 자른다. 머리글의 호카쿠에 대해 밝혀진 바는 없지만, 부채에는 풀이 그려져 있었을 것으로 추정한다.

모두 비워서
꽃병으로 하리라
두 되들이 통

呑み明けて花生にせん二升樽(1691년)…697

벗이 보내준 이 술통의 술을 함께 마시고 나서 빈 술통에 꽃가지를 꽂아둡시다.

이 구에 관한 정황이 아노쓰번의 관료 가와구치 지쿠진이 정리한 『바쇼 전전(蕉翁全傳)』에 “나고야 지방의 문인이 술 한 통과 두릅, 차를 보내왔기에 문하생 일동을 불러모아 렌쿠를 지었다”라고 기록되어 있다.

가와구치 지쿠진은 바쇼 사후에 바쇼의 제자 핫토베 도호에게 사사한 문인이다.

二升(두 되)는 약 3.6리터이다.

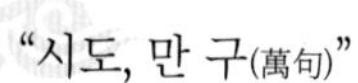
“시도, 만 구(萬句)”

한동안은
꽃 위에 걸려있을
달밤이로고

しばらくは花の上なる月夜かな(1691년으로 추정)…698

만개한 벚꽃 위에 달이 떠있는 아름다운 달밤이 오래도록 이어지리라.

오사카에서 활동 중인 제자 에모토 시도가 하이쿠의 종장(宗匠)으로 승격한 기념으로 피로한 만 구를 이어 짓는 렌쿠 행사에 보낸 축하구이다.

月(달)은 ‘꽃 위에 걸려있을 달’, ‘달이 떠있는 밤’에 이중으로 쓰인 표현이다.

쇠하였구나
이빨에 깨물리는
김의 모래알

衰ひや歯に喰ひ当てし海苔の砂(1691년으로 추정)…699

김에 붙은 모래알을 씹을 때 이빨에 와 닿는 저릿한 아픔에 몸이 노쇠해졌음을 절감한다.

초안…이빨에 닿는 / 몸의 쇠약함이여 / 김의 모래알
噛み当つる身のおとろひや海苔の砂

"절굿공이라는 이름의 이 꽃꽂이 그릇, 전에는 어느 촌부의 다듬잇방망이나 볏짚을 두들기던 홍두깨에 지나지 않았을 것이고, 본디는 그저 흔한 동백나무나 매화나무였으리라. 하지만 지금은 여유롭게 사는 사람에게 사랑받으며 이렇게 찻방에 놓인 꽃병이 되었다. 이처럼 사람살이도 어떻게 변할지 알 수 없는 일이다"

절굿공이의
지난날, 동백일까
매화나물까

この槌のむかし椿か梅の木か(1691년 이전으로 추정)…700

지금의 꽃꽂이 그릇이 되기 전에 이 나무는 본디 동백나무였을까 매화나무였을까.

황매화나무
갓에 꽂아 마땅한
가지 생김새

山吹や笠に挿すべき枝の形(1691년)…701

이 황매화 꽃가지는 마땅히 삿갓에 꽂아야 할 만큼 모양새가 아름답다. 형의 집에 머물며 지은 즉흥구인데 나중에 가센 짓기의 시작구로 쓰였다.

황매화 피네
우지에 호이로의
내음 풍길 때

山吹や宇治の焙炉の匂ふ時(1691년 이전)…702

곳곳에서 차를 말리는 내음이 풍기는 차의 명산지 우지에 황매화가 노란 꽃을 피우고 있다.

헤이안 시대에 귀족의 별장이 많았던 지역 우지의 풍물과 고전 와카에서 풍아를 노래할 때 자주 사용한 소재 황매화를 연결 지어 옛날의 운치를 되살린 구이다.

焙炉(호이로)는 차나 약초를 말리는 장치로, 나무로 짠 틀의 바닥에 종이를 붙이고 그 아래에 약한 숯불을 놓아 열기를 불어넣었다.

나비 날개가
넘나들길 몇 차례
담장의 지붕

蝶の羽のいくたび越ゆる塀の屋根(1691년 이전)…703

따스한 봄날에 나비 한 마리가 날개를 팔랑거리며 담장의 지붕을 여러 차례 넘나든다.

고향의 문하생 사보쿠의 집에서 읊은 구이다.

그대는 나비
이내 몸은 장자가
꿈꾸던 심경

君や蝶我や荘子が夢心(1691년 이전)…704

장자가 꿈속에서 범나비로 변한 자신의 모습을 바라보며 자연과의 혼연일체를 맛보듯 한마음 되어 장자를 이야기하는 지금, 그대는 마치 나비 같고 나는 장자처럼 꿈을 꾸는 심정이라오.

바쇼가 4월 10일 문하생 도스이에게 보낸 편지에 적은 구이다.

"오쓰에 머물다 새벽에 이시야마데라 절을 참배하였다. 옛날의 '겐지 별당'을 보고"

새벽하늘은
아직 보랏빛으로
소쩍 소쩍새

曙 はまだ紫にほととぎす(1691년 이전)…705

보라색을 띤 새벽하늘 아래에 소쩍새 우는 소리가 울려 퍼진다.

曙(새벽)은 헤이안 시대의 수필집 『마쿠라노소시』의 첫머리 "봄에는 어스름 새벽이…"에서, 紫(보랏빛)은 소설 『겐지 이야기』를 쓴 작가의 성에서 각각 따온 것이다.

머리글의 '겐지 별당'은 헤이안 시대의 궁녀 무라사키 시키부(紫式部·973~1014)가 소설 『겐지 이야기』를 집필했다는 전설이 전해지는 곳이다.

왕자인 겐지와 귀족 여성들 간의 연애담을 그린 전 54권의 소설 『겐지 이야기』는 일본 최초의 고전 소설이자 일본이 '세계 최초의 소설'로 자부하는 책이다.

해 가는 길에
접시꽃 숙어있네
장마의 하늘

日の道や葵傾く五月雨(1691년 이전)…706

장맛비가 내리건만 비구름 너머에 해가 지나는 길을 아는지 접시꽃이 그쪽으로 기울어있다.

귤꽃 향기
언젠가의 들녘에
뻐꾸기 소리

橘やいつの野中の郭公(1691년 이전)…707

실려오는 귤꽃 향기에 뻐꾸기 우는 소리 울려퍼지던 언젠가의 초여름 들녘이 문득 생각난다.

매화에 휘파람새, 대나무에 참새, 귤꽃에 뻐꾸기를 짝 지어 글을 짓던 고전 시가의 전통을 좇아 지은 구이다.

귤꽃은 과거를 회상할 때 사용하는 시재(詩材)였다. 헤이안 시대의 시가집『고금집(古今集)』에도 작자 미상의 아래 와카가 실려 있다.

오월 기다려 / 피어난 귤꽃의 / 향을 맡으니

그 사람의 옷소매 / 향기가 나는구나

五月待つ花橘の香をかげば昔の人の袖の香ぞする

어두운 밤중
둥지 찾아 헤매어
우는 물떼새

闇の夜や巣をまどはして鳴く千鳥(1691년 이전)…708

날 저물어 깜깜한 강가에서 둥지를 찾아 헤매는 물떼새가 구슬피 울어댄다.

하이쿠집 『원숭이 도롱이』에 참새와 백로를 소재로 한 하이쿠 두 수와 함께 실린 구로, 11세기 초에 편찬된 고전 와카집 『슈이슈(拾遺集)』에도 무리에서 떨어진 강변의 물떼새를 소재로 한 아래의 와카가 실려있다.

땅거미 지니 / 사호의 강기슭 / 물안개 속에

벗을 찾아 헤매는 / 물떼새 울어 울어

夕されば佐保の川原の川霧に友惑はせる千鳥鳴くなり

이제는 이별
갓을 손에 들고서
여름하오리

別れ端や笠手に提げて夏羽織(작성 연도 미상)…709

여름용 홑두루마기를 차려 입고 갓마저 챙겨 손에 들었으니 자, 이제 작별의 시간이오.

서러운 세월
죽순이 되었어라
생의 마지막

憂き節や竹の子となる人の果て(1691년·『사가 일기』)…710

기구하게 살다 간 사람의 무덤가에 영락의 흔적인 양 죽순이 자라고 있다.

헤이안 시대의 비운의 후궁 고고의 무덤을 찾아 지은 구이다.

80대 일왕의 후궁이었던 그녀는 나이 스물셋에 궁궐에서 추방당해 여생을 비구니로 살았다. 거문고 명인이자 미모가 빼어난 그녀의 애절한 생애를 다룬 노(能)가 지금도 공연되고 있다.

바쇼는 교토 사가에 있는 라쿠시샤(落柿舍)에 1691년 4월 18일부터 5월 4일까지 체재하며 그곳에서의 생활 모습과 감상 등을 하이쿠, 렌쿠, 한시로 기록한 『사가 일기(嵯峨日記)』를 남겼다.

라쿠시샤라는 이름은 어느 부호의 별장을 제자 교라이가 매입했는데, 초기에 심은 감나무에서 감이 다 익지 못하고 떨어진 데서 유래하였다. 현재는 모양새와 위치도 바뀌어 렌쿠 짓기 등의 문예 시설로 사용되고 있다.

아라시야마
우거진 나무숲에
바람의 줄기

嵐 山藪の茂りや風の筋(1691년·『사가 일기』)…711

진초록색으로 수풀이 우거진 아라시야마산을 바라보고 있으려니 불어가는 바람의 줄기를 따라 수풀이 흔들린다.

嵐山(아라시야마)는 교토 북서쪽에 있는 산으로 이 일대는 소나무, 벚나무, 단풍나무 등이 울창하며 특히 대숲이 우거져 있다.

유자 향기에
옛날을 그리노라
요리하던 방

柚の花や昔しのばん料理の間(1691년·『사가 일기』)…712

뜰에 핀 감미로운 유자꽃 향기에 주방이 남아있던 이 집의 옛 모습을 그려본다.

바쇼는 『사가 일기』 4월 20일 자에 "라쿠시샤는 옛 주인이 지은 형태는 그대로이지만 곳곳이 무너졌다. 번듯했을 옛 모습보다 지금의 쓸쓸한 자태가 더 여운을 남긴다. 새기고 색칠하고 그림을 그려넣은 벽도 바람에 쓸리고 비에 젖고 기암괴송도 덩굴에 뒤덮였다. 대나무 마루 앞에 유자나무 한 그루가 향기롭기에"라는 설명을 덧붙였다.

초안…유자 향기에 / 옛날을 그리라네 / 요리하는 방
柚の花に昔しのべと料理の間

소쩍 소쩍새
울울창창 대숲을
새 나온 달빛

ほととぎす大竹藪を漏る月夜(1691년·『사가 일기』)…713

하늘 높이 시커멓게 솟아있는 대나무의 숲을 헤치고 간간이 달빛이 새어나오는 가운데 구슬픈 소쩍새의 울음소리가 들려온다.

서러운 나를
쓸쓸하게 해다오
뻐꾸기 소리

憂(う)き我(われ)をさびしがらせよ閑古鳥(かんこどり)(1691년·『사가 일기』)…714

뻐꾸기여, 슬픔에 빠진 나를 너의 그 공허한 울음소리로 듣고 한없이 쓸쓸하게 만들어다오.

이 구를 지은 날의 정황을 바쇼는 『사가 일기』에 이렇게 적었다.

"4월 22일, 아침나절에 비가 왔다. 오늘은 찾아오는 사람도 없어 몇 자 끄적여 본다. 상중에 있는 자는 마음에 슬픔이 자리하고, 술을 마시는 자는 마음에 즐거움이 자리한다.

찾아오는 이 / 발길도 끊어진 / 산속 마을에

쓸쓸함이 없으면 / 지내기 괴로우리

とふ人も思ひ絶えたる山里のさびしさなくば住み憂からまし

사이교 스님께서 이렇게 읊으신 것은 마음에 쓸쓸함이 자리했기 때문이리라. 또 사이교 스님은 이런 와카도 읊었다.

산속 마을에 / 대체 누굴 부르려 / 작은 새 우나

나 홀로 살리라고 / 마음을 정했건만

山里にこは又誰をよぶこ鳥独すまむとおもひしものを

홀로 사는 것보다 즐거운 것은 없다. 기노시타 초쇼시 이르기를 '객이 한나절 고요함을 얻으면 주인은 한나절 고요함을 잃는다'라고 했다. 나의 벗 야마구치 소도는 진즉부터 이 말에 탄복하였다. 그리하여 나도 어느 절에 있을 때 이렇게 읊었다."

초안…서러운 나를 / 쓸쓸하게 해다오 / 가을의 산사

憂き我をさびしがらせよ秋の寺

손뼉을 치니
메아리에 동트네
여름날의 달

手を打てば木魂に明くる夏の月(1691년·『사가 일기』)…715

새벽에 달에 배례하며 양손을 마주쳐 소리를 내고 합장을 하니 되돌아오는 메아리와 더불어 여름날이 밝아온다.

지새는달에 배례하고 음식을 나눠 먹는 4월 23일의 달맞이 행사 때 읊은 구이다.

초안…여름의 밤은 / 메아리에 동트네 / 나막신 소리
夏の夜や木魂に明くる下駄の音

대나무 새순
어린아이 시절의
그리기 놀이

竹の子や稚き時の手のすさみ(1691년·『사가 일기』)…716

병풍에 그려진 죽순을 보고 있으려니 어릴 때 죽순을 그리며 놀던 일이 생각난다.

이 병풍은 도요토미 히데요시(豊臣秀吉·1539~1598)를 신으로 모시는 도요쿠니 신사에 있는 병풍으로, 죽순은 도요토미 히데요시를 의미한다. 이 구는 하이쿠집 『원숭이 도롱이』에 죽순을 소재로 한 두 제자의 아래의 하이쿠와 나란히 실렸다.

대나무 새순 / 가진 힘을 누구에 / 비할 수 있나
대나무 새순 / 밭두둑의 옆에서 / 개구쟁이질

하루 또 하루
보리 익어가는데
우는 종달새

一日一日麦あからみて啼く雲雀(1691년·『사가 일기』)…717

하루가 다르게 보리 이삭이 붉게 익어가는 계절, 보리밭 위의 하늘에서는 종달새가 지저귄다.

초안…보리의 이삭 / 눈물로 물들이며 / 우는 종달새
麦の穂や涙に染めて啼く雲雀

재주는 없이
그저 졸리운 나를
개개 개개비

能なしの眠たし我を行行子(1691년·『사가 일기』)…718

가진 재주가 없이 그저 졸리기만 한 내 앞에서 개개비가 마치 훼방을 놓듯 소란스레 울어댄다.

구절마다 し(시)자를 반복적으로 넣어 운율감을 살린 구로, '노오나시노/네무타시 와레오/갸우갸우시'라고 읽는다.

行行子(갸우갸우시)를 발음이 비슷한 말 仰々しい(교우교우시)로 풀이하면 다음과 같은 구가 된다.

재주는 없이
그저 졸리운 나를
소란스럽게

추적추적 비
시키시를 떼어낸
벽의 자국

五月雨(さみだれ)や色紙(しきし)へぎたる壁(かべ)の跡(あと)(1691년·『사가 일기』)…719

장맛비가 추적추적 내리는 가운데 집을 둘러보니 전에 살던 사람이 하이쿠를 종이에 적어 붙어놓았다 떼어낸 네모난 흔적이 벽에 남아있다.

바쇼는 『사가 일기』 5월 4일 자에 "어젯밤에 잠을 제대로 자지 못해 종일 누워 있었다. 낮부터 비가 개었다. 내일 라쿠시샤를 떠나려니 아쉬워 안채와 바깥채를 구석구석 둘러보았다"라고 썼다.

18일간 라쿠시샤에 체재한 바쇼는 6월 중순까지 교토의 의사 문하생 본초의 집에 기거한 뒤 다시 제제에 있는 절 기추지로 들어갔다.

色紙(시키시)는 와카나 하이쿠 등을 적는 정사각형의 두터운 종이를 이른다.

주먹밥 말던
한 손으로 넘기네
긴 머리카락

粽(ちまき) 結(ゆ)ふ片手(かたて)にはさむ額髪(ひたいがみ)(1691년)…720

댓잎과 실로 주먹밥을 말던 여인이 흘러내리는 머리칼을 손가락을 벌려 쓸어 올려 귀 뒤로 넘긴다.

『원숭이 도롱이』를 편집하는 과정에서 고전적인 내용의 하이쿠를 보충하려 고전 소설 『겐지 이야기』 등에서 소재를 얻어 지은 구이다.

粽는 단오절구에 쌀 등을 조릿대 잎 등으로 삼각형으로 싸서 쪄 먹는 떡의 한 종류이며, 額髪는 여성의 이마에서 좌우로 갈라 길게 늘어뜨린 머리카락이다.

내리지 않아도
대나무 심는 날엔
도롱이 삿갓

降らずとも竹植うる日は蓑と笠(1691년 이전)…721

설령 비가 내리지 않더라도 오늘은 대나무를 심는 날이니 도롱이를 걸치고 삿갓을 써보면 어떠하리오.

음력 5월 13일에 대나무를 옮겨심는 풍습을 읊은 구이다.

뿌리 활착이 까다로운 대나무를 옮겨심기에 장마 초입이 적절하다 하여 중국에서는 이날을 竹酔日, 竹迷日라고 불렀다.

이 구에 대해 제자 교라이는 자신이 쓴 하이쿠 이론서 『교라이쇼』에 "스승님이 계절의 소재 하나라도 찾아내시고자 애쓰신 일은 후세에 귀한 선물이 될 것이다"라고 적었다.

"조잔의 초상에 절하며"

훈풍이 부네
하오리는 옷깃도
여미지 않고

風薫る羽織は襟もつくろはず(1691년)…722

첫여름의 훈훈한 동남풍을 맞으며 그림 속의 조잔이 하오리의 옷깃을 풀어헤친 채 초연한 모습으로 앉아있다.

에도 초기의 한시 시인이자 서예의 대가인 이시카와 조잔이 세운 교토의 암자 시선당(詩仙堂)에 바쇼가 제자 둘과 찾아가 지은 구이다.

이때의 초상이 이 암자에 현존한다.

올해 유월은
뱃병을 앓을 만치
무더웁고나

水無月は腹病やみの暑さかな(1691년)…723

올해 유월은 어찌나 더운지 뱃병에 걸려 고생스럽다.

헤이안 시대의 고전 소설 『겐지 이야기』에 나오는 구절 '이번 달에는 심한 감기를 앓아 고생스러워…'의 감기(風病)를 뱃병(腹病)으로 바꾸어 지은 것으로 추정한다. 바쇼는 복통과 치질을 오래 앓았다.

水無月는 음력 6월의 다른 이름이다.

초안…낮엔 더더욱 / 뱃병이 심해지는 / 무더위로고
昼はなほ腹病煩の暑さかな

베고니아꽃
수박 속의 빛깔로
피어났구나

秋海棠西瓜の色に咲きにけり(1691년으로 추정)…724

베고니아가 수박의 속처럼 새빨간 꽃을 피웠다.

문하생 교쿠스이의 집에서 베고니아꽃을 처음 본 바쇼가 비슷한 시기에 외국에서 일본에 전파된 수박에 연결 지어 읊은 구이다.

베고니아는 1630년대에 중국에서 나가사키를 거쳐, 수박은 1650년대에 오키나와에서 규슈를 거쳐 일본에 들어왔다.

쇠마구간에
모깃소리 어둡네
여름 늦더위

牛部屋(うしべや)に蚊(か)の声暗(こえくら)き残暑哉(ざんしょかな)(1691년)…725

늦더위가 기승을 부리는 습하고 어두컴컴한 외양간에 모깃소리가 어둡게 서려 있다.

아래의 초안을 시작구로 하여 가센을 짓고 난 후 고쳐 지은 구이다.

초안…쇠마구간에 / 모깃소리 맥없네 / 가을 바람결
牛部屋に蚊の声弱し秋の風

가을바람이
불어와도 푸르네
밤나무 송이

秋風(あきかぜ)の吹(ふ)けども青(あお)し栗(くり)の毬(いが)(1691년)…726

가을바람이 불어오는 계절, 세상의 풀과 나무와 다른 곡식들은 누렇게 변해 가는데 이곳의 밤송이는 아직 푸릇푸릇하다.

바쇼의 고향 이가에서 밤송이를 매단 밤나무의 풍경을 읊은 구이다.

폭풍 지나고
볼 만한 것 있도다
쓰러진 국화

見所のあれや野分の後の菊(1694년 이전)…727

폭풍우가 지나간 뒤에 모든 초목이 쓰러져 보기에도 참담하지만, 그 자리에 남아있는 국화꽃에는 간과할 수 없는 풍정이 남아있다.

수필집 『쓰레즈레구사』 등의 고전 작품에 나오는 '폭풍우가 휩쓸고 간 뒤의 쓰러진 국화는 음미할 만한 풍정' 등의 문구를 배경에 두고 지은 구이다.

바쇼가 자신의 그림에 적은 화찬이다.

가을의 문턱
말아놓은 그대로
모기장 이불

初秋や畳みながらの蚊屋の夜着(1691년)…728

불현듯 서늘한 기운이 감도는 저녁 잠자리, 여름에 둘둘 말아 밀쳐놓았던 모기장을 그대로 들어다 이불 삼아 덮는다.

夜着는 밤에 잠을 잘 때 덮는, 두텁게 솜을 둔 커다란 두루마기 형태의 덮을 것이다.

이 구에 앞서 제자 조코는 바쇼에게 잠잘 곳을 제공하며 모기장을 소재 삼아 아래의 하이쿠를 지었다.

서리 차갑네 / 객지잠에 모기장 / 덮어드리리

霜寒き旅寝に蚊帳を着せ申す

가는 가을에
끌어당겨 덮었네
세 폭의 이불

行く秋や身に引きまとふ三布蒲団(작성 연도 미상)…729

밤의 한기를 막아보려 폭이 좁은 세 폭짜리 이불을 끌어당겨 몸에 덮어쓴다.

한 폭(布)은 약 36센티미터로, 에도 시대의 요는 보통 3폭, 이불은 4폭이나 5폭이었다.

가을의 빛깔
겨된장 단지 하나
가진 것 없네

秋の色糠味噌壷もなかりけり(1691년)…730

가을 분위기가 물씬 풍겨오는 이 그림 속의 겐코 법사는 겨된장 단지도 가지지 않은 청빈한 모습이다.

제자 구쿠가 가져 온 겐코 법사가 그려진 족자에 적은 하이쿠이다. 바쇼 사후에 제자 구쿠는 자신이 발간한 하이쿠집 『초암집』에 "이 구는 겐코 법사의 그림에 쓰신 것으로 암자 벽에 늘 걸어두니 보기에 좋았다. 몇 년 전에 기추지 절에서 스승님과 잠자던 밤에 스승님이 갑자기 나를 깨우셨다. 무슨 일인가 여쭈었더니 '저 소리를 들어보거라, 귀뚜라미 우는 소리가 쇠하였구나' 하셨다. 그때 일이 생각나 눈물이 멈추지 않는다"라고 당시의 상황을 기록하였다.

糠味噌壷는 겐코 법사가 쓴 수필의 한 구절 "후세를 생각하는 자는 겨된장 단지 하나도 지니지 않아야 한다"를 인용한 표현이다.

요시다 겐코(吉田 兼好·1283~1352. 통상 겐코 법사)는 와카 시인이자 수필가로서 그가 쓴 『쓰레즈레구사(徒然草)』는 '일본 3대 수필'의 하나로 일컫는다.

"오두막이라 / 말을 하니 초라한 / 이름이지만

그지없이 고매한 / 사람 여기 있도다

柴の庵と聞けば賤しき名なれども世に好もしきものにぞありける

이 와카는 사이교 스님이 히가시야마(東山)에 있는 승방 아미타를 찾아가 읊으시어 『산가집(山家集)』에 실렸다. 이곳에는 어떤 주인이 살고 있을지. 어느 초막의 스님에게"

오두막집의
달은 그때 그대로
아미타 승방

柴の戸の月やそのまま阿弥陀坊(1691년 이전으로 추정)…731

누가 사는지, 이름은 무엇인지도 모르는 초암 위에 사이교가 아미타 승방을 찾아간 옛날과 똑같이 달이 떠있다.

초안…초가지붕의 / 달은 그때 그대로 / 아미타 승방
草の戸の月やそのままあみだ坊

쓸쓸하여라
못에 걸려서 우는
귀뚜리 소리

淋しさや釘に掛けたるきりぎりす(1691년)…732

벽의 못에 걸려있는 족자에 그려진 귀뚜라미에게서 우는 소리가 쓸쓸하게 들려오는 듯하다.

앞 구와 함께 제자 구쿠가 들고 온 겐코 법사의 초상화에 적은 화찬으로, 겐코 법사의 초상이 제자 구쿠의 암자 벽에 걸린 상황을 전제로 하여 지은 것으로 추정한다.

초안…고요하여라 / 벽에 걸린 그림의 / 귀뚜리 소리
静かさや絵掛かる壁のきりぎりす

도바의 논에
기러기의 아우성
한겨울 찬비

雁さわぐ鳥羽の田面や寒の雨(1691년)…733

도바 논의 기러기들이 겨울비를 맞고 잠 못 이루며 소리 높여 울어댄다.

鳥羽는 교토 후시미에 있는 지명 도바마치, 寒の雨는 소한부터 대한 사이의 추운 계절에 내리는 겨울비를 이른다.

1205년경 편찬된 『신고금 와카집』에도 도바의 논을 소재로 하여 지은 아래의 와카가 실려있다.

오오에산에 / 기우는 달그림자 / 차가운데
도바의 논바닥에 / 내리는 기러기 소리
大江山傾く月の影さへて鳥羽田の面に落つる雁がね

"1691년 가을, 교토 9조(條) 거리에 있는 라쇼몬 옛터를 지나며"

억새의 이삭
내 머리를 붙잡네
라쇼몬 옛터

荻の穂や頭をつかむ羅生門(1691년)…734

라쇼몬이 서있던 곳을 지나가자니 바람에 흔들리던 억새가 뒤에서 내 머리를 붙잡는 것 같다.

노(能) <라쇼몬(羅生門)>에서 무장 와타나베 쓰나가 라쇼몬의 돌계단을 내려갈 때 여자 귀신이 억새밭에서 나와 뒤에서 투구를 붙잡는 장면을 배경에 두고 지은 구이다.

라쇼몬은 헤이안 시대의 도성이던 교토 남쪽의 성문 이름으로, 왕조가 쇠락하면서 일대가 폐허가 되어 귀신이 출몰한다는 전설이 생겨났다. 노·소설·영화 등에서 이곳을 소재로 한 작품이 많이 있다.

"도레이라는 자가 아버지의 별장을 정성껏 가꾸어 정원의 과실수가 잘 자라기에"

조부 부친에
그의 아들의 정원
감과 귤나무

祖父親其の子の庭や柿蜜柑(1691년 이전)…735

3대에 걸쳐 내려온 이 집의 정원에 감나무와 귤나무가 풍성하게 열매 맺었다.

가타타에 있는 상인의 별장에 초대받아 선조의 노력을 칭송하고 자손의 번영을 기원한 인사구이다.

쌀을 주는
벗님을, 오늘밤의
달맞이 손님

米くるる友を今宵の月の客(1691년)…736

쌀을 주는 벗을 오늘 저녁의 달맞이 손님으로 맞이하여 팔월의 명월을 감상한다.

문하생들의 후원으로 지어진 기추지 경내의 무명암에서 두 제자와 달구경을 하며 지은 구로, 이에 앞서 바쇼는 쌀 두 말을 보내준 제자 마사히데에게 8월 10일에 편지를 보내 감사의 뜻을 전했다.

겐코 법사의 수필집 『쓰레즈레구사』에 나오는 대목 "좋은 벗 셋이 있다. 첫째는 물건을 주는 벗(物くるる友). 둘째는 의사. 셋째는 지혜 가진 벗…"을 응용하여 지은 구이다.

"오쓰 기추지 암자에서"

미이데라 절
문짝을 두드리세
십오야의 달

三井寺の門敲かばや今日の月(1691년)…737

중추의 보름달이 둥실 떠있는 오늘, 마음 가는 대로 미이데라 절의 문을 두드려보자.

당시의 가무극 <미이데라>에 나오는 구절 "십오야의 미이데라"와 당나라 시인 가도의 싯구 "새들은 물가 나무에서 잠들고, 스님은 두드리네 월하의 문"을 섞어 지은 구이다.

"16일 밤, 세 구"

수월수월히
나와서 망설이네
구름 속의 달

やすやすと出でていざよふ月の雲(1691년)…738

달이 쉬이 떠오르더니 구름 속에 들어가 좀처럼 얼굴을 내밀지 않는다.

문하생 나리히데의 별채에서 지은 가센의 시작구이다.

いざよふ(망설이다)를 발음이 비슷한 말 いざよい(음력 16일, 혹은 16일의 달의 명칭)로 풀이하면 아래와 같은 구가 된다.

수월수월히
나와서 열엿새의
구름 속의 달

열엿새의 밤
새우 삶을 동안의
저녁 어스름

十六夜や海老煮るほどの宵の闇(1691년)…739

16일 밤의 달이 떠오르기를 기다리며 잠시 어둑한 시기에 술안주로 먹을 새우를 삶는다.

이날 집주인 나리히데가 초대한 여러 손님에게 새우 요리를 대접하는 흥겨운 풍정을 담은 구이다.

자물쇠 열어
달빛을 들이어라
우키미 불당

錠明けて月さし入れよ浮御堂(1691년)…740

자물쇠를 풀고 문을 활짝 열어 불당에 안치된 아미타 천불(千佛)이 달빛을 받아 빛나게 하라.

바쇼는 팔월 보름 다음 날에 제제에서 배를 타고 가타타로 나가 달맞이하며 풍류를 즐긴 정황을 「가타타 16일 밤의 글(堅田十六夜之弁)」에 남겼다.

浮御堂는 비와호 위에 '떠있는 불당'이다.

<우키미 불당>

중추명월이
두 번을 지나가도
세타강의 달

名月はふたつ過ぎても瀬田の月(1691년)…741

두 번째의 팔월대보름을 맞이해도 세타강에 떠있는 달은 변함없이 운치롭다.

윤달이 들어 두 번째 맞이한 8월의 18일 저녁에 제자 셋과 절 이시야마데라에 참배한 후 세타강에서 배를 타고 나가 지은 구이다.

다리 난간의
풀고사리, 달구경의
여운에 젖네

橋桁の忍は月の名残り哉()(1691년)…742

다리 난간에 자란 풀고사리를 보며 세타노가라다리(瀬田の唐橋)에서 달구경을 했던 감흥에 다시 젖어든다.

十三夜, 栗名月, 後の名月 등으로 다양하게 불리는 9월 13일 밤의 달구경 행사에서 읊은 구로, 忍는 풀고사리(忍草)의 줄임말이다.

忍를 발음이 같은 다른 말 偲ぶ로 풀이하면 다음과 같은 구가 된다.

다리 난간서
그리는 건 달구경의
여운이라네

아홉 차례를
자다 깨다 하여도
달은 일곱에

九たび起きても月の七ツ哉(1691년 이전)…743

밤중에 아홉 번이나 잠에서 깼지만 달이 기운 정도를 보니 아직 어두운 새벽이다.

일곱(七ツ)은 축시가 끝나는 새벽 4시경을 이른다.

九たび를 다른 뜻 '여러 차례'로 풀이하면 아래와 같은 구가 된다.

셀 수 없이
자다 깨다 하여도
달은 일곱에

오막살이집
해 저물어 보내온
국화주 한 통

草の戸や日暮れてくれし菊の酒(1691년)…744

명절과는 무관하게 살고 있는 나의 초라한 암자에 날이 저물고 나서 국화로 담근 술 한 통이 배달되었다.

9월 9일 중양절에 장수를 기원하며 국화주를 마시는 풍습에 도연명이 중양절에 외로이 국화를 따고 있으려니 날 저물어 지역의 태수가 술 한 통을 보내왔다는 중국의 고사를 엮어 지은 구이다.

9의 발음 く를 연상케 하는 K음을 반복적으로 사용하여 지은 구로, '쿠사노 토야/히구레테 쿠레시/키쿠노 사케'로 읽는다.

이날 바쇼에게 술을 보낸 사람은 문하생 가와이 오토쿠니(河合乙州)다. 그는 바쇼 문파의 사무장 격에 해당하는 인물로 바쇼의 두터운 신임을 받았다. 그는 바쇼가 오미 지역에 기거할 때 금전적인 뒷바라지를 하였고, 바쇼 임종 후에는 장례를 주관하였으며, 바쇼에게 물려받은 초고를 바탕으로 바쇼 사후에 하이쿠 유고집 『괴나리 기록』을 간행했다.

이따금씩은
초절임이 된다네
술안주 국화

折々は酢になる菊の肴かな(1691년)…745

가을 정취를 한껏 머금어 시인들이 칭송해 마지않는 국화꽃도 때로는 초에 절인 안주가 되어 사람들의 술상 위에 오른다.

족자의 그림에 쓴 화찬이다.

"가타타 쇼스이지(祥瑞寺)에서"

아침 차 드는
스님 고요하여라
뜨락의 국화

朝茶飲む僧静かなり菊の花(1691년 이전)…746

고즈넉한 아침에 국화가 피어있는 뜰에서 스님이 차분한 모습으로 차를 마시고 있다.

静かなり(고요하여라)는 앞뒤 구절에 모두 이어지는 표현이다.

초안…아침 차 드는 / 스님 고요하여라 / 국화에 서리
朝茶飲む僧静かさよ菊の霜

"채소 팔진(八珍) 가운데 국화초무침이 유독 감미로워"

나비도 와서
초(酢)를 빨아 마시네
국화 초무침

蝶も来て酢を吸ふ菊のなます哉(1691년 이전)…747

국화 초무침이 얼마나 새콤달콤한지 나비가 냄새를 맡고 날아와 초를 빨아먹는다.

가타타의 의사 문하생 보쿠겐의 형의 집에 초대받아 지내는 동안에 지은 인사구이다.

매의 눈도
이제는 어둡다고
우는 메추리

鷹の目も今や暮れぬと鳴く鶉(1691년)…748

날이 저물자 무서운 매가 자기들을 보지 못할 것이라고 생각하는지 여기저기서 메추라기가 일제히 소리 내어 울기 시작한다.

메추라기 우는 소리는 가을의 쓸쓸한 풍경을 묘사할 때 시가 문인들이 사용하던 소재였다.

논두렁 참새
달아나서 숨는 곳
차나무 밭

稲雀茶の木畠や逃げ処(1691년)…749

논에서 벼를 쪼아 먹는 참새 떼를 쫓아내니 일제히 날아올라 곧장 차나무 밭으로 날아간다. 마치 자기들의 피난처인 양.

기추지 인근의 시골 풍경을 읊은 것으로 추정한다.

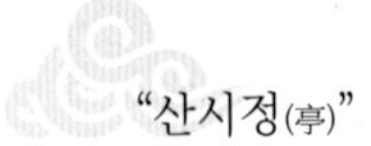
“산시정(亭)”

메밀도 보아
부러워 하게 하라
들녘의 싸리

蕎麦も見てけなりがらせよ野良の萩(1691년 이전으로 추정)…750

붉게 피어있는 싸리꽃이 부러워할 만큼 사랑스러운 눈길로 소박하게 피어있는 메밀꽃도 바라봐 주면 어떻겠소.

제자들과 함께 농민 문하생 산시의 집을 방문하여 남긴 인사구로 지금껏 시인들에게 관심을 받지 못한 메밀꽃을 주인공으로 하여 지은 구이다.

국수 아래에
지핀 불 타오르네
소슬 가을밤

煮麵の下焚きたつる夜寒哉(1691년)…751

냉기가 살갗을 파고 드는 가을밤, 국수를 끓이려 솥 아래에 지핀 장작에서 불이 활활 피어난다.

문하생 교쿠스이의 별장에서 ‘夜寒(늦가을 밤의 추위)’를 소재로 하는 렌쿠 짓기의 시작구이다.

下(아래)는 ‘국수 아래에’와 ‘지피는 불’에 이중으로 사용된 표현이고, 煮麵은 면을 삶아 간장과 파 등으로 간을 한 간식거리이다.

가을 찬 바람
오동잎 흔들더니
담쟁이 서리

秋風や桐に動いて蔦の霜(1691년)…752

가을바람이 '잎새 하나 지는 것을 보고 천하에 가을이 왔음을 안다'는 오동잎을 흔든 것이 얼마 전인데, 어느새 담쟁이 잎에 서리가 내려 세상은 만추의 빛깔로 물들었다.

초안…오동잎 흔들리는 / 가을의 끄트머리 / 담쟁이 서리

梧動く秋の終りや蔦の霜

"길을 가다 만난 제자가 나를 북쪽 마을 아무개 집에 데려갔다. 가서 보니 소나무와 단풍 든 나무로 둘러싸인 집의 뜰에 국화와 맨드라미 피어있고 가을걷이를 하는 풍경이 넉넉하다"

벼 타작하는
노파도 복되어라
국화 꽃송이

稲こきの姥もめでたし菊の花(1691년)…753

노파가 기운차게 벼를 타작하고 있는 마당귀에 사람을 장수하게 한다는 국화가 탐스럽게 피어있다.

9월 28일 기추지를 떠나 에도로 향하던 바쇼가 히코네시 인근에서 지었다.

초안…벼 타작하는 / 노파도 복되어라 / 마당의 국화

稲こきの姥もめでたし庭の菊

“겐로쿠 4년 10월, 문하생 리유가 주지로 있는 절 메이쇼사(明照寺)에 머물다. 이 절은 이곳 히라타에 옮겨와 100년에 이른다 한다. 창건 명부에 ‘대나무 울창하고 돌과 흙이 오래되었다’라고 쓰여있다. 고색창연한 수목도 각별히 기억에 남아”

나이 백 살의
기색을, 뜨락에
쌓인 낙엽

百歳の気色を庭の落葉哉(1691년)…754

경내에 떨어져 켜켜이 쌓여있는 낙엽이 백 년의 세월이 흘렀음을 말해주듯 고색창연하다.

히코네시 히라타(平田)에 있던 이 절은 1983년의 화재로 전소 후 재건되었다. 이 절에는 본 하이쿠가 새겨진 비석과 바쇼의 유품인 삿갓을 묻어 놓은 ‘갓무덤(笠塚)’이 있다.

우러러 흘린
눈물이여, 물들어
지는 단풍잎

尊がる涙や染めて散る紅葉(1691년)…755

아미타불의 존귀함에 중생들이 흘린 단심(丹心)의 눈물인 양 붉게 물든 단풍잎이 떨어진다.

제자 시코가 편집한 하이쿠집 『괴나리 일기(笈日記)』에는 이 절 주지가 지은 아래의 대구가 함께 수록되어 있다.

하룻밤 바람 자니 / 삿갓 위에 흰 서리

一夜静まるはり笠の霜

"눈앞 정원의 풍정, 즉흥"

새로이 돋운
정원을 다독이네
가을 소나기

作りなす庭をいさむる時雨かな(1691년)…756

새로이 흙을 쌓아올린 정원에 기운을 내라는 듯 가을 소나기가 내린다.

에도로 내려가는 도중에 기후현의 절 혼류지(本龍寺)에 묵으며 남긴 인사구이다.

당시 이 절의 8대 주지였던 문하생 기가이는 바쇼 사후에 하이쿠를 곁들인 추도의 글을 이렇게 남겼다.

"바쇼 옹께서 겐로쿠 4년 겨울에 제 암자에 오셔서 오래도록 기념하라며 그림과 함께 '이제부터는/눈 구경에 넘어질/사람 그 누구'라는 하이쿠를 남기셨는데, 오늘 57일재를 맞아 이 그림 앞에 삼가 절을 올린다."

국화 다음에
무를 제외하고는
더 이상 없네

菊の後大根の外更になし(작성 연도 미상)…757

늦가을에 국화꽃이 지고 나면 무 말고는 가을을 음미할 만한 것이 더는 없다.

당나라 시인 원진이 가을의 마지막을 장식하는 국화를 보고 "…유달리 사랑스러운 데다, 이 꽃이 피고 나면 더 이상 꽃이 없다"라고 노래한 시구에 대해 '국화가 지고 난 다음에도 무가 남아있다'라며 해학을 담아 지은 구이다.

대파 하얗게
싹싹 씻어놓았네
겨울의 추위

葱白く洗ひたてたる寒さかな(1691년)…758

깨끗이 씻어놓은 대파 줄기의 하얀 색깔에서 겨울의 한기를 더욱 실감한다.

몸에 와 닿는 겨울의 추위를 바쇼가 행각 중이던 고장(기후현 다루이초)의 명물 굵은 대파의 하얀 색감에 연결 지은 구이다.

초안은 바쇼 자신이 그린 대파 그림에 쓰여있다.

초안…대파 하얗게 / 삭삭 씻어놓았네 / 겨울의 추위
葱白く洗ひあげたる寒さかな

시시때때로
이부키 바라보며
겨울을 나네

折々に伊吹を見ては冬籠り(1691년)…759

그대는 멀리 이부키산에 쌓인 눈을 이따금 바라보며 겨울을 지낼 수 있다니 참으로 부럽구료.

오가키번의 관료이자 그 지역의 바쇼 문파의 중진 미야자키 게이코의 둘째 아들 집에 초대받아 읊은 인사구이다.

게이코와 세 아들 모두 바쇼 문파의 하이쿠 시인이었다.

초안…시시때때로 / 이부키 바라보고 / 겨울을 나네
折々に伊吹を見てや冬籠り

"고세쓰의 별채, 즉흥"

겨울바람에
빛깔을 입혀주네
철을 잊은 꽃

凩に匂ひやつけし返り花(1691년 이전)…760

초겨울에 불어오는 맵찬 북풍에 고운 색깔을 입혀주려는 듯 뜰에 때아닌 꽃이 피었다.

기후현 오가키에 사는 고세쓰라는 사람의 별장을 방문하여 읊은 인사구이지만 그에 대해 알려진 내용은 없다.

凩는 본격적인 겨울 계절풍에 앞서 세차게 부는 차가운 북풍이며, 返り花는 시월 경의 일시적으로 따스한 날씨에 계절을 착각하여 피는 꽃을 이른다. 여기서의 匂ひ는 빛깔이라는 뜻이다.

수선화의 꽃
하이얀 장지문에
어울려 비쳐

水仙や白き障子のとも移り(1691년)…761

정갈한 방의 화병에 꽂혀 있는 수선화가 장지문의 하얀 창호지를 통해서 들어오는 바깥의 빛과 어울려 청아한 분위기를 자아낸다.

10월 20일경 나고야 아쓰타에 사는 문하생 바이진의 집에서 지은 가센의 시작구 겸 인사구이다.

"고게쓰정(亭)"

교토에 물려
불어오는 이 삭풍
겨울나는 집

京に飽きてこの木枯や冬住ひ(1691년)…762

도읍에서 오랫동안 수고하셨소. 이제는 겨울 채비를 마친 집에 돌아와 초겨울의 찬 바람이 불어오는 소리를 들으며 편히 겨울을 보내시구려.

미카와 신시로(新城)의 문하생 고게쓰의 집에서 지은 가센 짓기의 시작구 겸 인사구이다.

바쇼를 초대한 고게쓰는 영주를 따라 교토에서 니조 성을 지키는 임무를 마치고 돌아온 관료였다.

눈 기다리는
주정뱅이의 얼굴
번개가 번쩍

雪を待つ上戸の顔や稲光(1691년)…763

하늘에서 번갯불이 번쩍거리자 술을 마셔 불콰해진 사람들의 얼굴이 번득거린다.

렌쿠 짓기를 겸해 술자리를 벌이다가 멀리서 천둥 번개가 치며 눈 내릴 기색이 돌자 일행들이 흥겨워하는 분위기를 묘사한 구이다.

앞 구와 같은 곳에서 지었다.

"신시로는 오래전에 스승께서 머물렀던 곳이다. 하쿠세쓰라는 문하생이 풍아한 아들 둘을 두었다. 모두 총명하다. 스승도 둘의 재기를 알아보시고 도선(桃先), 도후(桃後)라고 호를 지어주신 것을 시코가 적어 놓는다"

그의 빛깔은
복사보다 하얗네
수선화의 꽃

その匂ひ桃より白し水仙花(1691년)…764

수선화꽃의 하얀 빛깔이 복숭아의 그것보다 더 곱다.

신시로의 촌장이자 상인이었던 하쿠세쓰는 미카와 일대의 바쇼 문파의 중진으로 많은 서간과 200여 수의 하이쿠를 남겼다. 본인은 장수하였지만 두 아들이 먼저 세상을 떠났다.

겨울바람에
바위 깎여 날 섰네
삼나무 사이

木枯に岩吹きとがる杉間かな(1691년)…765

겨울바람에 날카롭게 깎인 바위가 병풍처럼 서있는 모습이 삼나무 사이로 보인다.

아이치현 신시로시의 호라이지에 머물 때의 풍경을 읊은 구이다.

吹きとがる는 '불다'와 '뾰족하다'를 합쳐 바쇼가 지어낸 표현이다.

"호라이지. 한번은 스승께서 이 절에 올랐다가 해가 저물어 산기슭의 행랑채에서 하룻밤 묵으셨다. 하쿠세쓰가 절에서 이불을 얻어와 밤새 추위를 면하셨다"

이불 한 채를
빌어 내려 받고서
객지 잠자리

夜着(よぎ)ひとつ祈(いの)り出(いだ)して旅寝(たびね)かな(1691년)…766

절의 본존인 약사여래에게 기도한 덕분에 이불 한 채가 하늘에서 내려와 무사히 객지에서 밤을 보낸다.

말몰이꾼은
모르리, 가을비의
오오이강을

馬方(うまかた)は知(し)らじ時雨(しぐれ)の大井川(おおいがわ)(1691년)…767

강나루에서 나를 내려주고 돌아간 마부는 오오이강 위의 배에서 가을 소나기를 맞는 이 운치를 알지 못하리라.

"가을비가 세차게 쏟아져 하룻밤 묵기를 청해 화로에 불 피우고 젖은 옷을 말리고 더운물을 마셨다. 주인이 정성껏 대접해 주어 잠시 나그넷길의 괴로움을 달랬다. 날이 저물어 등잔불 옆에 드러누워 야타치를 꺼내 글을 쓰려니 '한 구절 적어 표식을 남겨주오'라고 연신 부탁하기에"

잠잘 곳 찾아
이름을 대라 하네
가을 소나기

宿借りて名を名乗らする時雨かな(1691년)…768

가을비가 내려 부랴부랴 객사를 찾아 신분을 밝히고 잠자리를 얻어야 하는 처지에 놓였다.

이 여관의 주인 조슈는 뱃사공 수백 명을 거느리며 오오이강 나루터를 관장하는 촌장으로 이날 바쇼의 문하생이 되었다.

실제로는 소나기 때문에 갑작스레 객사에 들어온 것이 아니라 사전에 예정된 숙박이었으며, 가을 소나기를 소재 삼아 스토리를 엮어 지은 이 구는 다음 날 가센 짓기의 시작구로 쓰였다.

머리글의 야타치는 먹통과 붓을 끈으로 묶어놓은 필기구 세트를 이른다.

3. 에도 강변의 암자

가을 무서리
국화에 찬기 돌아
허리 두른 솜

初霜(はつしも)や菊(きく)冷(ひ)え初(そ)むる腰(こし)の綿(わた)(1691년)…769

늦가을에 첫서리가 내려 국화가 추위를 타는 시절이 왔으니 쇠약한 내 몸을 솜으로 두른다.

冷え初むる(찬기 돌아)는 앞뒤 낱말에 모두 이어지는 표현이다.

腰の綿(허리 두른 솜)을 중양절 전날 국화에 솜을 씌우는 행사 着せ綿로 풀이하면 아래와 같은 구가 된다.

가을 무서리
국화에 찬기 도니
솜을 두르세

문하생 본초의 아내 도메가 솜을 둔 허리두르개를 바쇼에게 선물한 데 대한 감사 편지에 적은 인사구로, 이 부부는 가난하게 살며 죄를 지어 투옥당하는 등 고초를 겪으면서도 많은 하이쿠를 지었다. 도메는 바쇼가 여성 문하생 가운데 재능이 가장 뛰어나다고 여긴 인물이었다. 아래는 도메가 남긴 하이쿠 중 한 수이다.

부처님보다 / 신이 거룩합니다 / 봄날의 아침
佛より神ぞたうとき今朝の春

"9월 말에 도읍을 나서 10월 말미에 누마즈에 당도했다. 객사 주인의 청으로 풍류를 저버리지 못하고 붓을 들어"

도읍 떠나서
신(神)도 객지잠을 잔
날수 되었네

都 出でて神も旅寝の日数哉(1691년)…770

내가 교토를 떠나온 일수가 신들이 자신의 신사를 비운 한 달만큼 되었다.

음력 10월의 다른 이름 가나즈키(神無月)에 얽힌 신화를 배경에 두고 지은 구이다. 8백만에 이르는 전국의 여러 신들이 매년 10월 한 달 동안 이즈모다이샤(出雲大社)에 모여 회합을 갖기 때문에 이 달은 '신사에 신(神)이 없는(無) 달(月)'이다.

집 비운 사이
황폐해진 신사에
뒹구는 낙엽

留守のまに荒れたる神の落葉哉(1691년)…771

신이 오랫동안 자리를 비웠다 돌아와 보니 휑한 신사에 낙엽이 나뒹군다.

바쇼가 에도를 비운 2년 동안에 피폐해진 에도의 하이쿠 문단(文壇)의 실태를 앞 구의 신화에 빗대 읊은 글이다.

"몇 해 동안 행각을 거듭하고 에도에 돌아와"

어찌되지도
않았노라, 눈 속에
시든 억새꽃

ともかくもならでや雪の枯尾花(1691년)…772

시든 억새 같은 몰골일지라도 어찌어찌 죽지 않고 살아 돌아왔다.

1689년 3월 '오쿠의 오솔길' 여행차 에도를 출발한 지 2년 반이 지나 에도에 돌아온 바쇼가 찾아오는 지인과 문하생들에게 건넨 인사구이다.

枯尾花(시든 억새꽃)은 푸석푸석하게 마른 억새라도 뿌리는 살아있는 것처럼, 자신 역시 살아있음을 내비친 표현이다.

칡넝쿨 잎새
앞자락 보여주네
아침의 서리

葛の葉の面見せけり今朝の霜(1691년)…773

뒷면만 하얗던 칡잎이 오늘 아침에는 서리에 덮여 하얘진 앞면을 드러냈다.

뒤를 본다(裏見)와 원망(恨み)의 발음이 같은 것에 착안하여 읊은 아래의 고전 와카 등을 배경에 두고 지은 구이다.

갈바람 불어 / 뒷자락을 뒤집은 / 칡넝쿨 잎새

뒤를 봐도 여전히 / 원망스러운 것을

秋風の吹き裏返す葛の葉のうらみてもなほうらめしきかな

새 물고기의
마음은 알 수 없네
망년회 잔치

魚鳥(うおとり)の心(こころ)は知(し)らず年忘(としわす)れ(1691년)…774

새와 물고기의 심사는 알 수 없다는 말처럼 홀로 은거하는 것이 마음 편하지만, 지금은 풍류를 즐기는 벗들과 즐겁게 송년회를 벌인다.

동료 시인 소도의 집에서 열린 문하생들과의 망년회에서 읊은 구이다.

『장자』의 글을 바탕으로 1212년에 집필된 가마쿠라 시대의 수필집 『호조키(方丈記)』에 실린 구절 "홀로 은거하는 것이 마음 편하다. 그것은 마치 물고기가 아니면 그 마음 알 수 없고, 새가 아니면…"을 인용하여 지었다.

초안…새 물고기의 / 마음은 알 수 없네 / 저무는 한 해
魚鳥の心は知らず年の暮れ

보는 사람도
없는 봄이로구나
거울 뒤의 매화

人(ひと)も見(み)ぬ春(はる)や鏡(かがみ)の裏(うら)の梅(うめ)(1692년·49세)…775

사람들이 쳐다봐 주지 않건만 손거울의 뒷면에 매화가 홀로 피어 봄을 알린다.

새해를 맞아 지은 구이다.

교쿠스이에게 보낸 2월 18일 자 편지에 "이 구를 신년의 흔적으로 삼고자 하오. 다소나마 정성을 기울였소"라고 적었다. 금속을 갈아 만든 당시의 거울의 뒷면에는 대개 학·소나무·매화·거북 등의 그림이 새겨졌다.

부러운지고
뜬세상의 북쪽에
산속 벚나무

うらやまし浮世(うきよ)の北(きた)の山桜(やまざくら)(1692년)…776

속세를 떠나 북쪽 땅에 핀 산벚나무처럼 조용히 사는 그대가 부럽소.

에도에서 문하생 간의 알력, 본인의 거처 문제, 본인과 조카의 병치레 등으로 힘든 시기를 보내던 바쇼가 가나자와의 암자에 은거하는 문하생 구쿠에게 편지에 적어 보낸 구이다.

이후 구쿠는 하이쿠집을 발행하며 이 구의 한 소절 '북쪽 산(北の山)'을 제목으로 삼았다.

무로마치 시대의 시인 센준이 지은 와카의 대구에도 유사한 구절이 있다.

찾아가련다 / 뜬세상의 바깥에 / 산속 벚나무

고양이 사랑
그칠 적에 규방엔
으스름 달빛

猫(ねこ)の恋(こい)やむとき閨(ねや)の朧月(おぼろづき)(1692년)…777

어느 봄날 밤, 밖에서 고양이들의 사랑 나누는 소리가 잠잠해질 즈음에 규방 깊숙한 곳에는 으스름한 달빛이 소리 없이 비쳐든다.

휘파람새가
떡에 똥을 지렸네
툇마루의 끝

鶯や餅に糞する縁の先(1692년)…778

화사한 봄날에 툇마루로 날아든 휘파람새 한 마리가 햇볕에 말리려고 내어놓은 떡에 똥을 누었다.

제자 시코와 둘이 읊은 100구 짓기 렌쿠의 시작구이다.

여기서의 餅(떡)은 설이 지난 뒤 곰팡이 피는 것을 막기 위해 집집마다 마루에 내놓고 햇볕에 말리던 설떡이다.

고전 시가에서 '꽃나무 가지에서 아름다운 소리로 노래하는 우아한 새'로만 묘사되던 휘파람새를 다른 시각으로 묘사한 구로, '일상의 소소한 소재에서 아름다움을 찾아내 솔직·평이하게 표현한다'는 바쇼 말년의 '가루미(軽み) 사상'이 담긴 작품으로 널리 알려져 있다.

내 사는 곳은
네모난 그림자를
창문의 달빛

わが宿は四角な影を窓の月(작성 연도 미상)…779

내가 사는 암자의 창문은 네모라서 창으로 들어온 달빛이 바닥에 그림자를 네모로 드리운다.

데이몬파(貞門派)의 다른 작자가 지은 아래의 유사한 구도 있다.

둥근 보름달 / 그림자는 각이 진 / 창문 나름

"벚나무를 내 집이라 여기지 않는구나. 꽃가지 하나에서 잠을 자지 않는 봄날의 새의 심정이여"

꽃에 잠 못 드는
이들도 그 부륜가
쥐 사는 구멍

花に寝ぬこれも類か鼠の巣(1692년)…780

나뭇가지 하나에 머무르지 않고 쏘다니는 휘파람새처럼 꽃이 만발한 이 봄에 밖으로 나다니느라 쥐구멍에 없는 쥐들이여 너희도 휘파람새와 같은 부류인가.

주인공이 여러 여인들을 만나러 밖으로 나다니는 것을 "휘파람새가 이 나무 저 나무로 옮겨다니며 한 벚나무에 머물지 않는다"라고 에둘러 표현한 고전 소설 『겐지 이야기』의 한 구절을 배경에 두고 지은 구이다.

초안…꽃에 잠 못 드는 / 그 부륜가 처마의 / 쥐 사는 구멍
花に寝ぬたぐひか軒の鼠の巣

박쥐도
나오너라 뜬세상의
꽃과 새에게

蝙蝠も出でよ浮世の華に鳥(1692년 이전으로 추정)…781

꽃이 만발하고 새들이 날아다니는 봄날의 밝은 세상으로 박쥐여, 너도 나오거라.

행각을 떠나는 승려를 위해 지은 글로 추정하지만 바쇼 친작 여부가 분명치 않은 구로 알려져 있다. 박쥐는 검은색 승복을 입고 다니는 승려를 비유한 표현이다.

"완보(緩步)"

세며 걷는다
저택 저택마다의
버들과 매화

数へ来ぬ屋敷屋敷の梅柳(1692년 이전)…782

담장 너머에 보이는 버들과 매화나무의 숫자를 헤아리며 널따란 저택이 붙어 있는 길을 여유로이 걷는다.

"넘치는 풍취. 초암에 벚꽃과 복숭아꽃 피어있고, 제자에 기카쿠와 셋푸 있노라"

양쪽 손에
벚꽃과 복숭아꽃
쑥을 빚은 떡

両の手に桃と桜や草の餅(1692년)…783

오늘은 벚꽃과 복숭아꽃이 만발한 3월 3일 히나마쓰리 날. 사람들이 양손에 쑥떡을 들고 있는 것처럼 내게는 미더운 두 제자 기카쿠와 셋푸가 있다.

'양손에 꽃', '양손에 꽃과 단풍' 등 세간에서 유행하던 문구를 사용하여 지은 구이다.

草の餅는 여린 쑥 잎을 빻아 빚은 쑥떡으로, 히나마쓰리 명절에 먹는 음식의 하나이다.

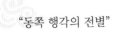

“동쪽 행각의 전별”

이내 마음을
헤아리거라, 꽃에
바리때 하나

この心推せよ花に五器一具(1692년)…784

행각을 떠나는 길에 주발 한 벌을 주노니 나의 마음을 헤아려 수행하는 자세로 다녀오너라.

바쇼가 두 해 전에 걸었던 ‘오쿠의 오솔길’을 따라 제자 시코가 행각을 떠날 때 지어 준 전별구이다.

花은 풍류와 문아(文雅)를 비유하는 말로 여기에서는 풍류를 찾아 떠나는 행각을 의미하며, 五器一具는 행각승이 먹거리를 얻을 때 쓰는 뚜껑이 딸린 주발을 뜻한다.

가가미 시코(各務支考·1665~1731)는 1690년에 바쇼의 제자가 되어 바쇼풍 하이쿠를 전국에 보급하고 700여 수의 하이쿠와 하이쿠집·이론서를 남겼다. 바쇼 사후 바쇼풍 하이쿠를 계승한 그가 창시한 미노파(美濃派)는 지금까지 39대째 계보를 이어 활동 중이다.

<가가미 시코의 초상>

"후보쿠 1주기, 긴푸에서 흥행"

뻐꾹 뻐꾸기
우는 소리 오래인
그대 벼룻집

ほととぎす鳴く音や古き硯箱(1692년)…785

뻐꾸기 우는 소리가 오래도록 울려퍼지는 가운데 고인이 생전에 오래 사용한 벼룻집 앞에서 상념에 젖는다.

명토(冥土)의 새로 알려진 뻐꾸기의 울음소리를 예로부터 와카에서는 과거를 회상하는 소재로 사용하였다. 머리글의 흥행은 관객을 모아놓고 펼치는 하이쿠를 이어 짓는 행사를 이른다. 古き(오랜)은 이중으로 사용된 표현이다.

뻐꾹 뻐꾹
뻐꾸기 우는 소리
다섯 자 창포

ほととぎす鳴くや五尺の菖草(1692년)…786

여기저기서 뻐꾸기가 우는 시절에 땅에서는 창포가 부쩍부쩍 자란다.

고전 와카집 『고금집(古今集)』에 실린 아래 와카의 세 번째 소절의 五月の菖草(오월의 창포)를 발음이 비슷한 말 五尺の菖草(다섯 자 창포)로 바꾸어 지은 구이다.

뻐꾹 뻐꾹 / 뻐꾸기 우는 소리 / 오월의 창포

분별도 모르는 / 사랑을 하려느냐

ほととぎす鳴くや五月の菖草ぐさあやめも知らぬ恋もするかな

五尺の菖草는 당시의 하이쿠를 짓는 모임에서 평가관이 '다섯 자 창포에 물을 붓는 듯한(시원시원한 느낌을 주는) 구'라고 평하던 문구에서 비롯한 말이다.

가마쿠라를
살아서 나왔다네
맏물 다랑어

鎌倉を生きて出けむ初鰹(1692년)…787

이 맏물 다랑어는 과거에 사람들이 목숨 걸고 드나들던 가마쿠라 땅을 죽지 않고 지나 에도까지 온 귀한 생선이다.

무가(武家) 정권이 들어서며 격변의 소용돌이의 무대가 된 땅 가마쿠라의 역사에 다랑어가 많이 잡히는 가마쿠라 앞바다의 풍물을 엮어 지은 구이다.

당시 에도에는 초여름에 첫물 다랑어를 먹는 것을 자랑스럽게 여기는 풍습이 있어 제자 기카쿠도 첫물 다랑어가 값비싸게 거래되는 세정을 아래처럼 하이쿠에 읊었다.

도마 위에는 / 금화 한 닢 값어치 / 맏물 다랑어

무더운 유월
도미도 있다마는
염장한 고래

水無月や鯛はあれども塩鯨(1692년 이전)…788

유월에는 도미도 많이 잡히기는 하지만 날이 더우니 염장한 고래 고기가 먹기에 더 좋다.

塩鯨는 껍질째 염장한 고래 고기를 차갑게 식혀 초된장을 발라 먹는 음식이다.

안개비 오는
하늘을, 부용꽃의
활짝 개인 날

霧雨の空を芙蓉の天気哉(1692년)…789

안개비 내리는 날씨를 자신에게는 화창한 날씨라고 여기는지 부용이 화사하게 꽃을 피우고 서있다.

나팔꽃처럼 햇빛이 비치면 시들해지는 부용꽃의 특성을 읊은 구로, 화가인 제자 교리쿠가 부용꽃을 그린 그림에 바쇼가 이 구를 써넣은 족자가 현존한다.

"소도 모친의 일흔 하고도 일곱째 해의 가을의 7월 7일을 기념하여 만엽집에 실린 일곱 가지 풀을 시제(詩題)로 삼는다. 여기 모인 일곱 사람, 이것을 인연으로 저마다 일곱 노인의 나이에 이르기를"

일곱 포기의
싸리가 천 갈래로
별이 뜬 가을

七株の萩の千本や星の秋(1692년)…790

칠석날 저녁 하늘의 별을 바라보며 싸리 일곱 포기가 천 포기로 번성하기를 기원한다.

지인 소도의 모친의 77세 희수를 축하하는 뜻으로 7을 소재로 7명이 각각 지은 하이쿠 중의 한 수이다. 七株(일곱 포기)는 바쇼와 동료 소도, 바쇼의 제자 등 그 자리에 모인 일곱 사람, 萩(싸리)는 고전 와카집 『만엽집』에서 언급한 가을의 일곱 풀 가운데 한 가지이며, 星(별)은 견우·직녀성을 이른다.

머리글의 일곱 노인은 중국의 백낙천이 함께 시를 지었다는 70세를 넘긴 노인들을 가리킨다.

둥근 박공에
지는 해 뉘엿뉘엿
저녁의 납량

唐破風(からはふ)の入日(いりひ)や薄(うす)き夕涼(ゆうすず)み(1692년)…791

서녘으로 서서히 기우는 해가 둥그스름한 박공 언저리를 부드럽게 비추는 저녁, 여유롭게 여름의 더위를 식힌다.

소도와 둘이 읊은 가센의 시작구로 쓰였다.

唐破風는 가운데 부분이 활꼴로 솟아있는 박공의 한 가지인데, 저택이나 신사의 문, 현관에 설치한다.

초안…둥근 박공에 / 햇살은 여릿여릿 / 저녁의 납량
破風口の日影や弱る夕涼み
초안…둥근 박공에 / 햇살이 어른어른 / 저녁의 납량
破風口の日影かげろふ夕涼み

"국화 그림에"

패랭이꽃의
무더위를 잊노라
들에 핀 국화

撫 子(なでしこ)の暑(あつ)さ忘(わす)るる野菊(のぎく)かな(1692년)…792

그림 속의 국화를 바라보며 여름꽃 패랭이가 피어있던 한여름의 더위를 씻겨 보낸다.

초사흘 달에
대지는 어스레히
하얀 메밀밭

三日月に地は朧なり蕎麦畠(1692년)…793

희미한 초승달의 달빛에 마치 안개가 깔린 듯 메밀밭이 펼쳐져 있다.

바쇼가 세 번째 암자에 입주한 것을 기념하여 지인들이 지은 하이쿠를 모아 시코가 편집한『바쇼암 석 달 일기(芭蕉庵三ヶ月日記)』에 실린 구이다.

초안…초사흘 달에 / 대지는 어스레히 / 하얀 메밀꽃
三日月に地は朧なり蕎麦の花

"파초를 옮겨 심고"

파초 잎새를
기둥에 걸으리라
암자에 뜬 달

芭蕉葉を柱に懸けん庵の月(1692년)…794

암자의 지붕 위에 달이 떴으니 커다란 파초 잎사귀를 꺾어다 기둥에 걸어 운치를 더하리라.

3년 만에 다시 입주한 암자에서 보름달을 바라보는 감회를 읊은 구이다.

전해 10월 말부터 지금의 니혼바시 3초메에 셋집을 얻어 살던 바쇼는 이 해 5월에 제자 센푸, 소라 등이 주선하여 새로이 지은 후카가와 강변의 암자에 입주했다. 이때 자신의 예명이자 상징이 된 파초를 이전의 암자에서 옮겨 심고 감회를「파초를 옮겨 심으며(芭蕉を移す詞)」에 남겼다.

여기 이 절은
마당에 한가득히
파초로구나

この寺は庭一盃のばせを哉(작성 연도 미상)…795

이 절의 경내에 내 예명과 같은 이름을 가진 파초가 한가득 심어져 있다.

'이 절의 스님들은 모두 바쇼 풍의 하이쿠를 짓는 사람들'이라고도 풀이 가능한 구이다.

바쇼는 자신의 예명을 당시의 가나 쓰기에 맞게 ばせう로 하지 않고 ばせを라고 썼다.

팔월 보름달
사립에 밀려드는
물결 앞머리

名月や門にさしくる潮がしら(1692년)…796

휘영청 떠있는 중추명월의 달빛 아래 강을 채운 대조(大潮)의 물결이 사립문 앞까지 밀려온다.

멀리 후지산이 보이는 스미다강 하구에 자리한 에도에서의 세 번째 암자에서 지은 구이다.

“후카가와의 끝 고혼마쓰에 배를 띄우고”

강의 윗말과
여기 강의 아랫말
달을 보는 벗

川上とこの川下や月の友(1692년)…797

강 아래쪽에서 달구경 하는 나처럼 강 위쪽에서도 누군가 달을 바라보는 벗이 있으려니.

月の友는 ‘달구경을 하는 벗’이라는 뜻으로 스미다강 상류의 가쓰시카(葛飾)에 거주하던 바쇼의 글벗 소도를 가리키는 것으로 추정한다.

머리글의 고혼마쓰(五本松)는 지금 도쿄 고토구 사루에 2초메 일대이다.

“9월이 끝나는 날. 오나기강에서 흥행”

가을 따라서
걸으련다, 그 끝은
고마쓰가와

秋に添うて行かばや末は小松川(1692년)…798

고마쓰가와에 다다를 때까지 가을을 맛보며 강가의 길을 걸어보련다.

셋이 연 렌쿠 짓기 모임의 시작구이다.

고마쓰가와는 마을 이름 고마쓰가와무라(小松川村)를 줄여 쓴 말로, 지금 도쿄의 스나마치구 일대이다.

파랗더라도
본디 그러한 것을
여름의 고추

青くてもあるべきものを唐辛子(1692년)…799

아직 여물지 않은 고추가 푸른 것은 자연의 순리다. 때가 무르익어 가을이 오면 고추는 빨갛게 물들 것이다.

바쇼 암자에서 제자 셋과 지은 가센의 시작구로, 하이쿠 공부에 대한 번민 때문에 바쇼를 찾아 에도에 올라온 나이 어린 제자 샤도를 바쇼는 아직 푸릇한 고추에 빗대어 표현했다. 이 외에 계절 변화에 따른 자연의 섭리, 바쇼 자신에 대한 훈계 등의 의미를 담아 지었다는 해석도 있다.

이날 읊은 렌쿠는 후일 출판된 하이쿠집 『후카가와(深川)』에 실렸다.

가는 가을에
여전히 미쁘고나
연둣빛 밀감

行く秋のなほ頼もしや青蜜柑(1692년)…800

온 세상이 색을 잃고 누렇게 변해가는 늦가을에도 변함없이 푸릇한 기운을 띠고 있는 밀감이 미덥다.

에도에서 가나자와로 길을 떠나는 젊은 문하생 오토쿠니에게 지어준 전별구이다. 역참의 말을 관리하는 관료인 그와 아내, 누이도 바쇼의 문하생이었다.

초안…떠나갔어도 / 여전히 미쁘고나 / 연둣빛 밀감
行くもまた末頼もしや青蜜柑

팽을 떨구는
찌르레기 날갯소리
아침의 폭풍

榎の実散る椋の羽音や朝嵐(작성 연도 미상)…801

가을날 아침, 팽나무에서 밤을 보낸 찌르레기 떼가 바람을 일으키며 일제히 날아오르자 팽나무 열매가 후두둑 떨어진다.

오늘만큼은
그대도 나이 들라
초겨울의 비

今日ばかり人も年寄れ初時雨(1692년)…802

겨울비가 내리는 이런 날에는 젊은 그대들도 노인의 심경이 되어 스산한 초겨울의 정취를 한껏 맛보거라.

지금의 히코네시 일대를 다스리는 히코네 번주의 에도 저택에서 문하생 넷과 함께 지은 가센의 시작구이다.

人(사람)은 동석한 젊은 문하생을 의미하는 것으로 추정한다.

時雨(한차례 흩뿌리고 지나가는 초겨울 비)와 初時雨(처음 내리는 초겨울 비)는 계절 변화·추위·덧없음 등을 암시하는 낱말로 예로부터 시가 문인들이 즐겨 사용하던 용어이다.

화로 불 넣는
미장이 늙어가네
살쩍의 서리

炉開きや左官老い行く鬢の霜(1692년)…803

오늘은 화로에 불을 들이는 날, 화로를 손보러 집에 찾아온 단골 미장이의 귀밑머리를 보니 어느새 희끗희끗 세어있다.

炉開き는 겨울을 맞아 이로리, 혹은 다도의 로(爐)를 처음 사용하는 날이나 그 행사를 이른다.

"시료의 집, 햇차 시음"

햇차 시음에
사카이의 그 정원
아련하도다

口切に堺の庭ぞなつかしき(1692년)…804

차실과 정원이 운치롭게 꾸며진 찻집에서 햇차를 마시려니 100여 년 전에 선인이 차를 마셨을 사카이의 정원이 생각나 상념에 젖는다.

초대받은 상인 집의 정원의 풍류를 칭송한 인사구 겸 8인 가센 짓기의 시작구이다.

口切는 초여름에 채취한 찻잎을 단지에 보관했다가 10월 초경에 봉인을 뜯어 햇차를 마시는 행사를 이른다.

堺の庭는 전국 시대의 무장 오다 노부나가, 도요토미 히데요시의 다도 스승이자 현재의 일본 다도의 기틀을 정립한 인물인 센노 리큐(千利休·1522~1591)가 마쓰시마의 풍경을 담아 자신의 고향 사카이(堺)에 조성한 정원의 이름이다.

일연재 법회
기름처럼 걸쭉한
술이 다섯 되

御命講や油のような酒五升(1692년)…805

일연 스님의 재를 올리는 오늘, '걸쭉한 술 다섯 되를 시주받은' 그분의 일화가 생각난다.

일연종의 창시자인 일연(日蓮·1422~1282)의 기일에 전국의 일연종 절에서 올리는 법회를 소재로 하여 지은 구이다.

일연 스님이 시주한 신도에게 증표로 적어준 문구 "햇보리 1두, 죽순 3개, 기름진 술 5되…"를 활용했다. 당시의 동요에도 "설날은 좋아, 기름 같은 술 마시고, 나뭇조각 같은 떡 먹고, 눈 같은 쌀밥 먹고…"라는 가사가 있다.

염장 도미의
잇몸도 시리어라
물고기 좌판

塩鯛の歯ぐきも寒し魚の棚(1692년)…806

어물전 좌판대 위에 놓인 염장 도미의 잇몸이 더없이 추워보인다.

추운 겨울의 계절감을 담은 제자 기카쿠의 아래의 하이쿠를 접하고 바쇼가 지은 구인데 여러 책에 두 구가 나란히 실려있다.

목소리 쉬고 / 원숭이 이 하얗네 / 봉우리엔 달

声かれて猿の歯白し峰の月

기카쿠는 바쇼의 구에 대해 "마른 도미가 이빨을 드러낸 모습만으로도 그지없이 춥게 느껴진다. …'저무는 한 해', '삶의 끝자락' 등으로 마무리할 법한 끝 소절 다섯 글자를 스승께서 '물고기 좌판'으로 바꾸시니 구의 묘미가 살아났다"라고 책에 기록했다.

마당 쓸다가
눈을 잊어버리는
빗자루로세

庭掃きて雪を忘るる帚かな(1692년으로 추정)…807

마당의 눈을 쓸어내다 눈의 존재를 잊어버리고 무심하게 비질만 한다.

선승이 빗자루를 들고 서있는 그림에 적은 화찬이다. 당나라의 기인 선승 한산과 습득이 각각 문수, 보현의 화신으로 여겨지던 당시에 선종(禪宗)의 화승들은 한산이 법문을, 습득이 빗자루를 들고 있는 선화(禪畵)를 많이 그렸다.

"호테이 그림에 화찬"

갖고 싶어라
베자루 속에 있는
꽃 그리고 달

物ほしや袋のうちの月と花(작성 연도 미상)…808

그 베자루 속의 온갖 물건 가운데 나는 세상을 노래할 풍류를 갖고 싶다.

머리글의 호테이(布袋)는 커다란 배를 드러낸 채 베자루를 메고 다녔다는 당나라의 선승으로, 너그럽고 풍요로운 모습 때문에 일본에서 넓은 도량·원만한 품성·부귀영화를 관장하는 칠복신의 하나로 자리잡았다. 그가 시주받은 물건을 넣고 다니던 포대(布袋)가 나중에는 자신의 이름이자 소원을 들어주는 복주머니 역할을 하였다.

초안…갖고 싶어라 / 호테이의 베자루 / 꽃 그리고 달
物ほしや布袋の袋月と花

"교쿠스이의 객사에서"

화로의 숯불
벽에는 나그네의
그림자 하나

埋火や壁には客の影法師(1692년)…809

화로를 가운데 두고 둘이 마주 앉은 방에서 찾아온 손님의 그림자가 벽에 비친다.

번주를 수행하여 에도에 체류 중인 제자 교쿠스이의 숙소를 찾아갔을 때의 겨울밤의 고즈넉한 정경을 담은 구이다.

여기서의 나그네는 바쇼 자신을 뜻이다.

"임신년 섣달 20일, 즉흥"

둘러앉아서
꽃병을 살피게나
매화 동백꽃

打ち寄りて花入探れ梅椿(1692년)…810

여보게들, 지금은 산과 들로 나가 매화와 동백의 향기를 찾아 글을 짓는 '탐매(探梅)'의 시절이니 우리는 방안에 둘러앉아 화병에 꽂힌 꽃을 찾아보면 어떻겠소?

문하생 등 여섯 명이 함께 지은 가센의 시작구이다.

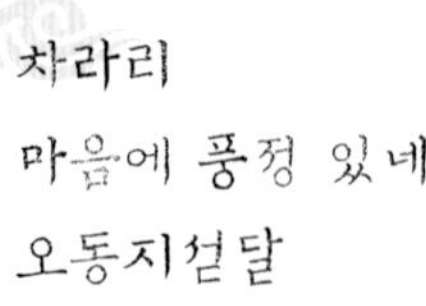

차라리
마음에 풍정 있네
오동지섣달

なかなかに心をかしき臘月哉(1692년)…811

섣달은 이런저런 세속적인 일로 마음이 어수선하지만 마음먹기 따라서는 한 해가 저물어가는 운치가 담겨있는 시기이다.

연말에 문하생 교쿠스이에게 보낸 아래 내용의 서찰에 적은 구이다.

"찬 바람 속에 정성껏 보내준 술 한 통 고맙게 받았소. 내일부터 근무에 들어간다는데 수고 많겠구료.

차라리 / 마음에 풍정 있네 / 오동지섣달

비번일 때 또 건너오시오. 마침 손님이 찾아와 이만 필을 놓겠소. 보내준 편지는 샤도와 함께 잘 읽었소."

"망년 소감, 소도의 집, 각설이패"

각설이 보고
참새가 우습다네
저 꼬락서니

節季候を雀の笑ふ出立かな(1692년)…812

구걸하는 각설이패의 차림새가 얼마나 우스꽝스러운지 참새들이 우습다며 짹짹거린다.

소도의 집에서 열린 망년회에 세밀을 소재로 제자들과 함께 지은 구이다.

대합조개여
산 보람 있으리니
한 해 끝자락

蛤(はまぐり)の生(い)けるかひあれ年(とし)の暮(くれ)(1692년)…813

세밑에 사람들이 즐겨 찾는 먹거리가 되어 식탁에 오를 조개들이여, 한 해 동안 살아온 보람 있을지어다.

바쇼가 물풀 위에 조개 세 개를 그려넣고 화찬으로 적은 구이다.

바쇼의 암자가 위치한 후카가와 일대는 대합이 많이 나는 곳으로 연말에 잡힌 대합은 설맞이 떡국의 긴요한 재료로 쓰였다.

가운데 소절은 고전 소설『겐지 이야기』의 한 소절 "살아온 보람 있으리라 여겨…"를 인용하여 지었다.

かひ(보람)을 발음이 같은 말 貝(조개)로 풀이하면 다음과 같은 구가 된다.

대합조개에
산 조개 있으리니
한 해 끝자락

해면 해마다
원숭이에 씌우는
원숭이 가면

年々や猿に着せたる猿の面(1693년·50세)…814

매년 해가 바뀌면 원숭이 얼굴에 가면을 씌우고 곡예를 보여주는 원숭이 곡예단이 어김없이 찾아온다.

바쇼는 이 구에 대해 『산조시』에 "인간, 같은 곳에 머물며 해마다 똑같은 어리석음을 저질러 후회하고…"라는 말을 남겼다.

이 구에 관련하여 문하생 교리쿠는 "스승님 이르기를, '세상 사람 모두 구(句)가 분명하기를 바라지만 좋은 구는 분명치 않은 데 있다. 그리고 좋은 구에는 시행착오가 따른다. 나의 신년 하이쿠 '해면 해마다 원숭이에게 씌우는 원숭이 가면'이 바로 시행착오적인 구다'"라는 글을 남겼다.

곤약에 오늘은
더 팔아서 이겼소
일곱 봄나물

蒟蒻に今日は売り勝つ若菜哉(1693년)…815

사람들이 평소 즐겨 먹는 곤약보다 정월 초이레에 죽을 쑤어 먹는 봄나물이 더 많이 팔렸으니 오늘만큼은 봄나물의 승!

하이쿠 판관이 하이쿠의 우열을 판정할 때 사용하던 구호 '~편 이김(勝つ)'을 넣어 유머를 자아낸 구로, 곤약과 봄철의 들나물은 당시 도붓장수가 마을마다 돌아다니며 팔던 먹거리였다.

초안…대합에 오늘은 / 더 팔아서 이겼소 / 일곱 봄나물
蛤に今日は売り勝つ若菜かな

꽃과 달의
우(愚)에 침을 꽂으리
한중(寒中)의 시작

月花の愚に針立てん寒の入り(1693년 이전)…816

본격적인 겨울을 앞두고 세간의 노인들이 몸에 침을 맞아 추위에 대비하는 이 시기에 나는 풍류를 읊기에 부족함과 어리석음에 침을 맞겠다.

寒の入り는 일 년 중 가장 추운 시기인 寒中(소한부터 대한까지의 기간)의 초입을 이른다.

봄도 차차로
기색을 띠어가네
달과 매화꽃

春もやや気色ととのふ月と梅(1693년)…817

하늘에는 으스름달이 촉촉한 달빛을 내리고 땅에는 매화가 꽃봉오리를 맺어 올해도 점차 봄기운이 감돌기 시작한다.

제자 교리쿠와 바쇼 자신의 여러 그림에 써넣은 화찬으로, 소리 내어 읽을 때의 운율감을 강조하여 지었다. '하루모 야야/게시키 토토노우/쓰키토 우메'라고 읽는다.

하얀 물고기
까만 눈을 떴노라
불법의 그물

白魚や黒き目を明く法の網(1693년)…818

현자 화상의 불법(佛法)의 그물에 걸려 불안(佛眼)을 떴는지 몸이 투명한 새우가 검은 눈을 동그랗게 뜨고 있다.

일정한 거처 없이 물가에서 새우와 조개를 잡아먹고 살았다는 당나라 말기의 선승 현자(蜆子)의 모습을 그린 그림에 적은 구이다.

法の網는 중생을 구하는 불법(佛法)을 그물에 비유한 표현이다.

당귀보다
무덤가의 제비꽃
더욱 슬프네

当帰よりあはれは塚の菫草(1693년)…819

당귀는 고향 생각이 나게 하여 우리를 슬프게 하는 꽃이지만, 타관에서 숨진 사람의 무덤에 피어난 제비꽃은 우리를 더 슬프게 한다.

제자 로마루가 2월 2일에 교토에서 객사했다는 소식을 듣고 지은 추도구이다.

지금의 야마가타현 하구로야마에 살던 옷감 염색장인 로마루는 1689년 6월에 '오쿠의 오솔길' 여행 중인 바쇼를 만나 7일간 뒷바라지하며 바쇼의 문하생이 된 인물이다.

당귀는 중국 한시의 '마땅히(當) 고향으로 돌아가리니(歸)'라는 구절에서 유래한 미나릿과 채소의 이름이다.

곤약을 저민
고깃점도 얼마간
매화꽃 아래

蒟蒻の刺身もすこし梅の花(1693년)…820

매화가 피어있는 가운데 추선 공양을 올리는 불단에 곤약 조각도 조금 올려져 있다.

교토에 사는 제자 교라이의 집에서 객사한 제자 로마루의 추선 공양에 읊은 구로, 곤약은 불교 계율에 따른 식단 '정진 요리'의 한 가지이다.

첫 오일(午日) 날에
여우가 깎았다네
까까머리통

初午に狐の剃りし頭哉(1693년)…821

2월의 첫 오일에 그대가 머리카락을 잘랐으니 이것은 필시 여우가 깎아준 게로구나.

제자 기카쿠의 종복이었던 사람이 의사의 길로 입문하며 길일을 택해 삭발한 것을 축하한 구이다.

<이나리 신사의 여우상>

初午는 이나리 신사에서 농사·장사·자손 등의 풍요를 기원하며 제사를 올리는 날인데, 이날에는 신의 전령인 여우가 사람으로 둔갑하여 머리를 깎아준다는 설화가 전해진다.

두루미 깃의
거먹빛 장삼 자락
뭉게구름 꽃

鶴の毛の黒き衣や花の雲(1693년)…822

하늘을 나는 고결한 학의 검은 깃털처럼 그대는 검게 물들인 장삼을 걸치고 마치 구름처럼 만발한 벚꽃 사이로 길을 떠나는구료.

승려 문하생 센긴이 이세 지방으로 행각을 떠날 때 지은 전별구이다.

鶴の毛の黒き는 학 날개의 양 끝의 검은 부분을 이른다.

"로센의 집에서"

사이교의
암자도 있으려니
꽃들의 정원

西行の庵もあらん花の庭(작성 연도 미상)…823

꽃으로 가득 찬 이 집 정원의 어딘가에 마치 사이교가 살던 암자도 있을 듯하오.

방문한 집의 정원을 사이교의 암자가 있던 꽃의 명소 요시노에 견주어 지은 인사구이다.

머리글에 언급된 나이토 로센은 후쿠시마현 이와키시 일대의 7만 석 성주의 둘째 아들로, 에도 아자부의 록폰기에 저택을 짓고 풍류가로 살며 바쇼 등의 하이쿠 시인과 교류하였다.

"다이스이 집에서 해맞이"

비 간간이
더할 나위 없어라
못자리의 모

雨折々思ふことなき早苗哉(1693년으로 추정)…824

수시로 내리는 비에 못자리에서 싹튼 볏모가 잘 자랄 테니 이 또한 복된 일이다.

5월의 해맞이 행사를 주관한 집 주인에게 '비가 내리는 바람에 일출을 보지 못하지만 농사에는 좋은 일'이라며 위로의 뜻을 담아 지은 구이다.

머리글의 해맞이는 1·5·9월의 길일에 여럿이 모여 밤새워 풍류를 읊으며 해 뜨기를 기다리는 행사를 이른다.

조릿대 이슬
하카마 흠뻑 적시리
우거진 수풀

篠の露袴に掛けし茂り哉(1693년)…825

우거진 조릿대 숲의 이슬에 하카마의 옷자락을 흠뻑 적실 그대여 부디 무사히 다녀오시오.

쇼군을 대신하여 닛코의 도쇼구에 참배하러 가는 오가키(大垣)의 번주를 수행하는 문하생 센센을 격려한 인사구 겸 가센 짓기의 시작구이다.

센센의 두 형제와 오가키번에서 백석 녹봉을 받는 관료인 아버지까지 모두 바쇼의 문하생이었다.

"철간석심(鉄肝石心)을 가진 사람의 정(情)"

패랭이꽃에
드리운 눈물이여
녹나무 이슬

撫子にかかる涙や楠の露(작성 연도 미상)…826

전쟁터로 떠나는 아버지의 눈물이 떨어져 패랭이꽃처럼 사랑스러운 아들의 얼굴에 걸려있다.

녹나무라는 뜻의 성을 가진 당대 최고의 군사전략가로 알려진 구스노키 마사시게(楠木正成·1294~1336)가 사쿠라이 역참에서 어린 아들과 작별하는 장면을 그린 그림에 적은 화찬이다. 구스노키는 그 전투에서 패해 자결하고, 이후 장성한 그의 아들도 전쟁터에서 숨진다. 이 부자간의 가슴 아픈 이별 장면을 담은 '사쿠라이의 이별'은 이야기·노래·각종 가무극을 통해 오늘날까지 전해지고 있다.

옛일 듣거라
지치부 나리님도
스모 씨름꾼

昔聞け秩父殿さへすまふとり(작성 연도 미상)…827

옛날이야기를 들어보렴. 그토록 용맹하고 덕망 높던 지치부 장군도 사실은 스모를 하는 사람이었단다.

가마쿠라 시대의 설화집 『고금저문집(古今著文集)』에 실린 내용을 소재 삼아 담소하는 자리에서 지은 구이다. 이 설화집에 "어려서부터 힘이 장사여서 바위를 집어던지고 말을 짊어진 채 벼랑을 내려갔다는 전설을 가진 지치부 집안의 장수 하타케야마 시게타다(畠山重忠·1164~1205)가 씨름판에서 관동 지방 최고의 스모 선수 나가이를 상대로 하여 이겼다"라는 구절이 실려있다.

가게키요도
꽃구경 자리에선
시치뵤오에

景清も花見の座には七兵衛(작성 연도 미상)…828

‘악당 시치뵤오에’로 불리는 맹장도 꽃을 볼 때는 선한 사람이 된다.

백부를 죽인 탓에 악당이라는 수식어가 붙으며 사후에 각종 가무극의 소재가 된 헤이안 시대의 무장 다이라노 가게키요(平景清·?~1196)를 소재로 지은 구이다.

두견새 우는
소리 가로지르네
강물의 위

ほととぎす声横たふや水の上(1693년)…829

해 질 무렵, 두견새가 날아간 궤적을 따라 울음소리가 강물을 가로지른다.

조카의 죽음으로 슬픔에 젖어있던 바쇼가 두견새를 소재로 지은 하이쿠 두 수 가운데 제자들이 논의하여 선정한 구이다.

제자 센토쿠가 水の上(강물의 위)라는 표현이 여유로움을 자아낸다고 평가하자 다른 두 제자가 동의한 내용, 반면 제자 교리쿠는 초안을 높이 평가하면서도 본 구에는 시간·공간적인 넉넉함이 담겨있다는 센토쿠의 의견에 수긍했다는 내용, 声横たふや 보다 声や横たふ가 ‘닫히는 어감’이 좋다는 내용, 본 구가 소동파의 글 ‘백로의 강에 드리운 물빛이 하늘에 닿는다’에 기초했다는 내용 등의 토의 기록이 남아있다.

초안…한 줄기 소리 / 강을 가로지르네 / 두견새
一声の江に横たふやほととぎす

청풍명월의
재주도 버려둡게
모란꽃 앞에

風月の財も離れよ深見艸(1693년)…830

모란꽃 앞에서는 풍월 읊는 글재주를 부리려 하지 말고 그저 꽃의 아름다움에 흠뻑 젖어라.

화가 문하생 교리쿠가 모란을 그린 그림에 적은 화찬이다.

風月の財는 청풍명월(清風明月)로 대변되는 자연의 풍물을 즐기며 시를 짓는 재주라는 뜻으로 가마쿠라 시대의 고전 수필집 『쓰레즈레구사(徒然草)』에는 風月の才라고 쓰여있다.

深見草는 모란의 옛 이름으로 고전 와카에서는 그리움·슬픔이 깊어짐을 비유하는 데 주로 사용되었다.

"교리쿠가 기소지(木曾路)로 떠나는 길에"

나그네의
마음씨에 닮거라
잣밤나무 꽃

旅人の心にも似よ椎の花(1693년)…831

기소 산속에 자라는 모밀잣밤나무여, 그곳을 지나갈 풍아한 마음을 지닌 나그네에게 어울리도록 은일(隱逸)한 꽃을 피워 맞이해다오.

바쇼의 제자이자 그의 그림 스승이기도 했던 교리쿠가 에도에서 고향으로 돌아갈 때 바쇼가 지어준 전별구이다.

문하생 모리카와 교리쿠(森川許六·1656~1715)는 오미 히코네번의 녹봉 300석의 관료로, 에도에 파견 근무한 아홉 달 동안 바쇼의 문하생이 되었다.

바쇼는 하이쿠집 『속 원숭이 도롱이』에 교리쿠에 대해 이렇게 적었다.

"모리카와 교리쿠가 기소 길을 거쳐 고향에 돌아간다. 예로부터 풍아한 사람들은 등에 궤를 짊어지고 짚신에 발을 다쳐가며 해진 갓으로 서리와 이슬을 피하며 스스로를 꾸짖어 기꺼이 사물의 실체를 깨닫고자 하였다. 관리가 되어 장검을 허리에 차고 깃발 뒤에 창을 들리며 사무라이의 먹빛 하오리의 소맷자락을 바람에 휘날리는 지금의 모습은 이 사람의 본의가 아니다."

아래의 초안은 관직에 몸담은 제자 교리쿠가 고향에 돌아가서도 풍아한 마음을 간직하기를 바라는 당부를 담고 있다.

초안…잣밤나무의 / 마음씨에 닮거라 / 기소 여행길

椎の木の心にも似よ木曽の旅

고행 스님의
행각을 본받거라
기소의 파리

憂き人の旅にも習へ木曽の蠅(1693년)…832

지나갈 기소 골짜기에는 지금쯤 파리가 들끓고 있겠지만 깨달음을 얻고자 고통스럽게 수행한 옛 선인들의 고행을 본받거라.

앞 구와 나란히 게재한 전별구이다.

憂き人の旅는 세상을 염세적으로 바라보고 육신을 고통스럽게 하며 수행하는 고행승의 행각을 이른다.

수국 피었네
가타비라 입을 적의
마알간 옥색

紫陽花や帷子時の薄浅黄(작성 연도 미상)…833

사람들이 여름철에 입는 맑은 옥색 옷과 같은 빛깔로 수국이 피어있다.

帷子時는 단오부터 8월까지의 여름철에 홑겹의 시원한 옷감으로 지은 가타비라(지금의 유카타)를 입는 시기를 이른다.

하이얀 박꽃
취해서 얼굴 내민
창문의 구멍

夕顔(ゆうがお)や酔(よ)うて顔出(かおだ)す窓(まど)の穴(あな)(1693년)…834

저녁 술로 얼큰한 김에 작은 창문의 구멍에 얼굴을 쑥 내밀었더니 하얀 박꽃이 달빛 아래에 피어있다.

이듬해 교라이에게 보낸 편지에는 끝 소절을 '대나무 발'로 바꾸어 적었다.

하이얀 박꽃 / 취해서 얼굴 내민 / 대나무 발

夕顔や酔うて顔出す竹すだれ

아래는 문하생 하쿠세쓰에게 보낸 8월 20일 자 편지에 쓴 본 구의 초안이다.

초안…하얀 박꽃에 / 취해서 얼굴 내민 / 창문의 구멍

夕顔に酔うて顔出す窓の穴

아이들아
메꽃이 피었구나
참외 깎으마

子供等(こどもら)よ昼顔(ひるがお)咲(さ)きぬ瓜(うり)剥(む)かん(1693년)…835

땡볕 아래에 연분홍색 메꽃이 피어있는 더운 여름이 왔다. 아이들아, 이리 오렴. 찬물에 담가둔 차고 맛있는 노란 참외를 내가 깎아주련다.

초안…야야 애들아 / 메꽃이 피었구나 / 참외 깎으마

いざ子供昼顔咲きぬ瓜剥かん

초안…야야 애들아 / 메꽃이 피어나면 / 참외 깎으마

いざ子供昼顔咲かば瓜剥かん

늙었단 이름
가진 줄도 모르고
노니는 박새

老の名のありとも知らで四十雀(1693년)…836

자기 이름이 '마흔 살 참새'인줄 모르는 박새가 천진스럽게 노닌다.

문하생 교리쿠에게 편지에 적어 보낸 이 구를 시작구로 제자 센포의 집에서 셋이 가센을 지었다. 당시에는 나이가 마흔 살에 이르면 노인 대접을 받았다.

"7월 7일 저녁, 풍운이 하늘에 가득 차고 백랑이 은하 기슭을 적신다. 오작교 다리 기둥을 떠내려 보내고 일엽의 노마저 부러뜨릴 기세에 두 별도 지붕을 잃었도다. 아쉬움에 자리를 뜨지 못하고 등불 하나 켜니 헨조와 고마치의 와카를 읊는 사람이 있구나. 하여, 이 두 수를 지어 빗속에 별이 잠긴 아쉬움을 달래노라"

차오른 물에
별마저 떠돌이 잠
너럭바위 위

高水に星も旅寝や岩の上(1693년)…837

칠석날에 큰비가 내려 세상의 강이 빗물로 덮였으니 필시 직녀성도 은하수를 건너지 못하고 너럭바위 위에서 외로이 잠들어 있으리라.

헤이안 시대의 여류 시인 오노노 고마치가 지은 아래 와카의 일부를 응용하여 지었다.

바위 위에서 / 떠돌이 잠 자려니 / 너무 추워요

이끼로 지은 옷을 / 제게 빌려주셔요

岩の上に旅寝をすればいと寒し苔の衣を我に貸さなん

"1693년 가을, 사람에 질려 폐관하다"

아침 나팔꽃
낮엔 빗장 지르는
문의 울타리

朝顔や昼は錠おろす門の垣(1693년)…838

낮 동안에는 사람들을 만나지 않으려 빗장을 질러 두는 문의 담장에 나팔꽃이 피어있다.

7월 중순부터 한 달간 암자에 칩거할 때 지은 구인데, "색(色)은 군자가 삼가야 할 것으로 부처님도 오계의 첫머리에 두었건만 과연 버리기 어려운 것이…… 사람이 찾아오면 무용(無用)한 말을 하고, 밖에 나가서는 남의 가업(家業)에 뒷공론을 한다…… 벗 없음을 벗 삼아, 가난을 부자로 여기며 오십 살의 완부가 스스로 쓰고 스스로 금계로 삼는다"라고 쓴 「폐관의 변(閉關の說)」 말미에 적었다.

나팔꽃이여
이 또한 나의 벗이
되지 못하네

蕣や是も又我が友ならず(1693년)…839

방문객을 사절하고 나서부터는 울타리에 피어있는 나팔꽃이 나의 유일한 벗이었다. 하지만 더욱 깊은 시름 빠진 지금에는 나팔꽃에게서도 위로받지 못한다.

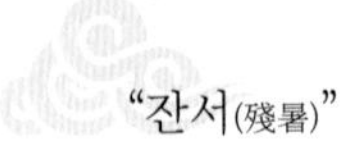

“잔서(殘暑)”

비린 냄새
물달개비 잎 위의
피라미 창자

なまぐさし小菜葱(こなぎ)が上(うえ)の鮠(はや)の腸(ちょう)(1693년 이전)…840

물가에서 무리 지어 자라는 물달개비 위에 널려있는 피라미의 내장에서 비린 냄새가 진동한다.

누군가 잡은 물고기를 다루고 찌꺼기를 버린 것인지 수초 위에 흩어져 있는 물고기의 내장에서 풍기는 비린내에서 무더운 늦여름의 계절감을 읽어낸 구이다.

"무를 뽑는 일"

말 안장에
꼬마가 앉아있네
무를 뽑는 밭

鞍壷に小坊主乗るや大根引(1693년)…841

매어져 있는 말의 안장에 어린 아들이 앉아 놀고 있고 바로 옆의 무밭에서는 부모가 무를 뽑고 있다.

이 구에 대해 바쇼의 제자 도호는 하이쿠 이론서 『산조시』에 '꼬마가 앉아있네'라고 사내아이를 부각시킨 부분이 하이쿠의 핵심이라며 안장 위의 아이에 초점을 두고 농사일의 정경을 배경처럼 그려낸 발상에 의미가 있다고 했다.

다른 제자 무카이 교라이는 하이쿠 이론서 『교라이쇼』에서 이 구를 풍경화에 비유하였다. 그는 이 구의 소재와 구도의 참신함을 칭송하고 '농부 옆에서 풀 뜯는 말이 고개를 위아래로 흔드는 모습, 안장에 사내아이가 천진스럽게 앉아서 노는 모습' 등을 언급하였다.

이후에도 많은 시인들이 大根引(무 뽑는 일)을 소재로 하여 하이쿠를 지었다.

무를 뽑다가 / 무를 들어 갈 길을 / 가리켜주네

大根引き大根で道を教へけり(잇사·1763~1828)

땀방울 뚝뚝 / 새빨간 태양이여 / 무 뽑는 농부

たらたらと日が真赤ぞよ大根引(보샤·1897~1941)

오기쿠보의 / 굵은 무 뽑노라니 / 진이 빠지네

荻窪の大根引くにたわいなし(데루코·1928~2004)

섬 무를 뽑네 / 등짝에 떨어지는 / 더운 화산재

島大根引くや背に降る熱き火山灰(마모루·1941~2013)

"에쓰도 화상이 은거하는 방을 찾아"

향기 머금은
방장이여, 난초가
살고 있는 집

香を残す蘭帳蘭のやどり哉(작성 연도 미상)…842

난초 향기가 은은히 감도는 방장이 드리워져 있어 이 방은 마치 난초가 사는 집 같구려.

학덕을 겸비한 스님의 여훈(餘薰)을 난초의 향기에 비유한 인사구로, 머리글의 에쓰도 화상에 대해서는 알려진 것이 없다.

蘭帳은 겨울철에 외풍을 막기 위해 문이나 창문에 드리우는 휘장이다.

하얀 이슬도
떨구잖고 싸리는
일렁일렁

白露もこぼさぬ萩のうねり哉(1693년)…843

불어오는 가을바람에 머리에 이고 있는 투명한 가을 이슬을 떨어뜨리지 않을 만큼 싸리 무더기가 잔잔하게 일렁인다.

바쇼 자신이 그린 그림에 화찬으로 적은 구이다.

이 구에 대해 제자 산푸는 자신이 지은 문집에 "스승의 암자에 울타리를 만들려고 내가 심어놓은 싸리나무에 초가을 바람이 이슬을 스쳐가는 저녁"이라는 머리글을 적고 이 구를 실었다.

버섯 나왔네
아직 며칠 안 지난
가을의 이슬

初茸やまだ日数経ぬ秋の露(1693년)…844

가을에 접어들어 아직 며칠 되지 않았는데 햇버섯이 돋아나 있다. 그것도 갓에 이슬을 이고.

가센 짓기의 시작구이다.

初茸(햇버섯)은 자연에 돋아난 버섯, 혹은 렌쿠를 짓는 자리에 나온 음식으로서의 버섯으로 추측한다. 끝 소절의 秋(가을)은 '아직 며칠 안 지난 가을'과 '가을의 이슬'에 이중으로 사용된 표현이다.

여름부터
팔월 보름 무덥네
저녁의 납량

夏かけて名月暑き涼み哉(1693년)…845

예년에 없이 극심했던 여름 더위가 가을에 접어들고서도 수그러들지 않아 중추에 명월을 감상하는 행사가 마치 더위를 식히러 밖으로 나온 꼴이 되었다.

'올여름 더위가 극심하다'는 문구와 함께 바쇼가 곳곳에 보낸 편지에 적혀 있는 구이다.

夕涼み(저녁 납량)이라는 낱말의 夕(저녁) 자리에 暑き(더운)을 넣은 것으로 풀이하면 아래와 같은 구가 된다.

여름부터
팔월대보름까지
더위 식히네

열엿새 밤은
아주 조금 어둠이
비롯하는 날

十六夜はわづかに闇の初め哉(1693년)…846

보름 다음 날의 저녁달이 보름달에 비해 살짝 어둡다.

초안을 시작구로 하여 가센을 짓고 난 뒤, 수정을 거쳐 이 구를 문집에 실었다.

초안…열엿새 밤은 / 아주 많이 어둠이 / 비롯하는 날
十六夜はとりわけ闇の初め哉

"마쓰쿠라 란란을 애도함"

가을바람에
부러져 애달파라
뽕나무 지팡이

秋風に折れて悲しき桑の杖(1693년)…847

내가 아끼는 지팡이가 뚝 부러지듯 오래도록 함께 지내던 사람이 가을바람 부는 계절에 갑작스레 병사하고 말았다.

마흔일곱 나이로 8월 27일 운명을 달리한 최고참 제자를 추도한 구로, 19년 동안 바쇼와 사제의 관계를 이어온 사무라이 란란은 마흔셋에 녹봉 300석의 관직에서 물러나 장자 사상과 하이쿠 공부에 매진하고 있었다.

"아버지처럼 자식처럼 손처럼 발처럼 오래도록 함께 한 제자여, 슬픔에 옷소매를 적시며 보낸 그대를 베개마저 슬퍼하리오…"라는 추도사를 바쇼가 남겼다.

"9월 3일 묘에 참배"

보고 있는가
이렛날의 무덤에
저 초승달을

見しやその七日は墓の三日の月(1693년)…848

나는 그대의 무덤 앞에서 칠일재를 올리고 있소. 땅속에 잠들어있는 란란이여, 그대도 무덤 위에 스러질 듯 떠있는 저 초승달을 보고 있소?

8월 13일에 가마쿠라에서 달구경을 하고 돌아오는 길에 발병하여 급작스럽게 죽음을 맞이한 란란을 덧없이 일찍 지는 초승달에 투영한 구이다.

기운 달이
남긴 것은 책상의
네 귀퉁이

入る月の跡は机の四隅哉(1693년)…849

서산에 달이 지고 난 후의 어둑한 방 안, 주인도 없고 주인이 사용하던 벼루도 남아있지 않은 책상만이 네 모서리의 모습을 간직하고 남아있다.

제자 기카쿠의 부친이자 제제번의 의사였던 문하생 도준을 추모한 구로 "산속에 은거하며 붓을 놓지 않고 책상 곁을 벗어나지 않은 지 십여 년, 그의 붓의 힘은 차고도 넘쳤다"라는 추도의 글 말미에 적었다.

겨울날의 달
하치노키 그날의
탈 벗은 얼굴

月やその鉢木の日のした面(1693년)…850

겨울 달을 보고 있으려니 노 <하치노키>를 연기하던 그날의 배우의 맨얼굴이 달빛 속에 떠오르는 듯하다.

바쇼가 제자 센포의 부친인 배우 고쇼겐의 여덟 번째 기일에 읊은 추도구이다.

<하치노키(鉢木·분재)>는 16세기 이래 매년 12월에 공연되고 있는 노의 제목으로, 영락한 무사가 눈 내린 겨울밤에 가보인 분재를 땔감으로 불을 지펴 승려로 분장한 쇼군(가마쿠라 5대 쇼군 호조 도키요리·1227~1263)을 정성껏 대접한 덕에 쇼군이 전쟁에서 이기고 영지를 되찾는다는 줄거리다.

した面는 노 등의 공연에서 주역 배우가 가면을 쓰지 않고 연기하는 것을 가리키는 용어 直面(히타멘)의 방언이다.

"도산이여, 업무차 에도에 머물기를 석 달. 나는 그대의 아침잠을 깨워 놀라게 하고, 그대는 나의 초저녁잠을 흔들어 깨우며 흉금을 텄으니 우리는 침식을 함께 한 사람이나 마찬가지요. 오늘 고향으로 돌아가는 길을 배웅하고자 늙은 몸에 지팡이 짚고 나서니 늦가을도 더불어 아쉬워하는구려"

무사시 벌판
거칠 것이 없으리
그대의 삿갓

武蔵野やさはるものなき君が傘(1693년 이전)…851

삿갓을 쓰고 만추의 무사시 벌판을 지나갈 그대여 부디 편히 가시오.

에도에서 기후현 오가키로 돌아가는 사람에게 지어준 전별구이다.

해맞이의 밤
국화향 피어나는
꼬치 두부

影待や菊の香のする豆腐串(1693년 이전)…852

해 뜨기를 기다리는 밤중, 정원에 피어있는 국화의 향기가 음식에 배어 차려진 꼬치 두부에서 꽃향기가 난다.

문하생 다이스이의 저택에 초대받아 읊은 구이다.

풍아한 국화 향에 세속적인 먹거리인 꼬치 두부(두부에 된장을 발라 구운 먹거리)를 대비시켜 지었다.

影待는 1월, 5월, 9월의 길일에 밤을 새워 아침 해를 맞이하는 행사이다.

"핫초보리(八丁堀)에서"

국화 피었네
돌을 깨는 돌집의
돌덩이 사이

菊の花咲くや石屋の石の間(1693년 이전)…853

커다란 돌덩이가 늘어서 있는 살풍경한 석재상 한편에 국화가 가련하게 꽃을 피우고 서있다.

도쿄 긴자의 서편에 있는 핫초보리는 운하를 파서 조성한 곳으로, 당시에 스미다강을 비롯한 물길을 따라 석재상이 많이 들어서 있었다.

"오몬(大門)을 지나며"

거문고 칠함
잡동사니 가게의
뒷문엔 국화

琴箱や古物店の背戸の菊(1693년 이전)…854

남들이 사용하던 잡동사니를 어수선하게 모아놓고 파는 고물가게 앞에 고아한 거문고의 칠함이 놓여있고, 뒷문간에는 국화꽃이 소담스레 피어있다.

머리글의 오몬은 모토요시와라(元吉原)라는 유곽이 들어서 있는 거리의 명칭으로, 환락가·고물전의 세속적인 풍정과 거문고·국화의 고아함을 대비시켜 지은 구이다.

꽃 떨어지고
산새도 놀라누나
거문고 티끌

散る花や鳥も驚く琴の塵(작성 연도 미상)…855

오묘한 거문고 소리에 꽃이 떨어지고 새들도 놀라고 들보 위의 티끌이 움직인다.

제자 기카쿠의 문하생인 마쓰야마번의 중신 히사마쓰 슈쿠잔의 요청으로 세 폭의 그림에 바쇼·기카쿠·소도가 한 구씩 써넣은 화찬구 가운데 하나이다. 나머지 두 그림에는 생황과 북이 그려져 있다.

고전 소설『겐지 이야기』의 구절 "한 번 튕기면 산속의 새들도 정신을 잃고…"와 '거문고 연주에 들보의 티끌이 움직였다'라는 중국 고사를 뒤섞어 지은 글이다.

琴(거문고)는 '산새마저 놀라는 거문고 소리'와 '거문고 소리에 들보의 티끌이…'에 이중으로 쓰인 낱말이다.

가는 가을이
겨자에 떠밀려서
숨어들었네

行く秋の芥子に迫りて隠れけり(1693년)…856

짧은 가을이 겨자의 알갱이 속에 숨어들듯 어느새 자취를 감추었다.

芥子に迫りて(겨자에 떠밀려서)는 팔월 중순의 짧은 시기에 파종을 해야 하는 겨자의 씨를 미처 뿌리지 못한 채 가을이 순식간에 지나간다는 뜻이다.

芥子に隠れけり(겨자에 숨어 버렸네)는 작은 것이 무한히 큰 것을 품는다는 불교의 격언 芥子に須弥山を隠す(겨자에 수미산을 숨긴다)를 응용한 문구이다.

나니와즈엔
우렁이의 뚜껑도
겨우살이

難波津や田螺の蓋も冬ごもり(1693년)…857

그 땅은 우렁이도 겨울 채비를 단단히 하는 곳이니 마음을 굳게 먹거라.

직업적인 하이쿠 사범이 되기로 작정하고 비와호수 인근의 제제에서 대도시 나니와즈에 진출한 제자 샤도에게 신중히 처신하도록 당부한 글이다.

당시 나니와즈 등의 대도시에서는 하이쿠 사범끼리의 경쟁과 알력이 치열하였으며, 바쇼는 이듬해 두 제자 샤도와 시도의 다툼을 중재하려 이곳을 방문했다 객사한다.

難波津(나니와즈)는 지금의 오사카 주오구 일대로, 당시에는 바다에 접한 너른 갈대밭이 펼쳐져 있었다.

"좌우명. 남의 잘못을 입에 올리지 말고, 내 자랑을 하지 마라"

남의 말 하면
입술이 시릴지니
가을 찬 바람

もの　くちびるさむ　あき　かぜ
物いへば 唇寒し秋の風(1693년 이전)…858

가을바람이 불어오는 계절, 공연히 남의 말을 하면 뒷맛이 쓰다.

머리글은 이누야마번의 의사였다 교토 바쇼 문파의 일원이 된 제자 후미쿠니를 완곡히 타이른 말이라는 학설도 있다.

唇寒し는 입술이 없으면 이가 시리다는 고사성어 순망치한에서 인용한 표현이다.

物いへば를 '말을 하면'이라고 풀이하면 '느끼는 풍정의 감동을 말로 표현해 버리면 도리어 허탈하다'는 뜻의 아래와 같은 구가 된다.

말로 뱉으면
입술이 시릴지니
가을 찬 바람

바쇼는 아래와 같은 타인의 하이쿠에 영감을 받아 본 구를 지었다는 글을 남겼다.

말하지 않고 / 그저 꽃을 바라볼 / 벗이 있으면
ものいはでただ花をみる友もがな

국화꽃 향기
정원엔 닳아 해진
신발의 밑창

菊の香や庭に切れたる靴の底(1693년)…859

국화 향이 그윽하게 풍기는 고즈넉한 정원에 해진 신발이 밑바닥을 드러낸 채 뒤집혀있다.

9월에 국화가 많이 피지 않아 한 달 늦게 소도의 집 정원에서 열린 10월 9일의 중양절 행사에 읊은 구이다.

아(雅·국화 향기)와 속(俗·신발의 바닥)을 대비시켜 지었다.

한국 피었네
단술을 빚어내는
창문 아래에

寒菊や醴造る窓の前(1693년)…860

단술 빚는 냄새가 풍기는 부엌 창문의 앞뜰에 한국이 꽃을 피우고 서있다.

醴는 찹쌀죽에 누룩을 넣고 발효시킨 탁한 감미 음료이다.

바쇼는 제자 게이코에게 보낸 11월 8일 자 편지에 이 구를 적어 보내며 "다른 문집에 임의로 싣지 말라"고 당부했다.

한국 피었네
쌀겨가 내려앉은
디딜방아 옆

寒菊(かんぎく)や粉糠(こぬか)のかかる臼(うす)の端(はた)(1693년)…861

쌀겨가 뿌옇게 내려앉은 디딜방아 곁에 한국(寒菊)이 청초하게 피어있다.

문하생 노사카와 둘이 읊은 렌쿠의 시작구로 지었으나, 이날 둘은 가센을 완성하지 못했다.

첫 소절과 가운데 소절에 두음 'K'를 반복적으로 사용한 구로, '카음기쿠야/코누카노 카카루/우스노 하타'라고 읽는다.

"범려가 장남의 심경을 읊은 사이교의『산가집(山家集)』에서 배운다"

한 방울 이슬도
떨구지 않네, 국화에
맺힌 얼음

一露(ひとつゆ)もこぼさぬ菊(きく)の氷(こおり)かな(1693년)…862

한 방울도 떨구지 않으려는 듯 국화가 이슬을 머리에 이고 있다.

중국 월나라의 범려가 옥에 갇힌 둘째 아들을 구하려 큰아들에게 금화를 들려 보냈지만 재물을 아까워 한 형이 동생을 죽음으로 몰아넣었다는 사마천의『사기』 속 고사를 담아 헤이안 시대의 시인 사이교가 지은 아래의 와카를 배경에 두고 지은 구이다.

버리지 않고 / 목숨을 구하려는 / 사람은 모두
억만금의 황금을 / 들고 돌아가리라
すてやらで命を乞ふる人はみな千の黄金をもて帰るなり

무얼 먹을꼬
가을의 버들 아래
오막살이집

なに喰うて小家は秋の柳陰(작성 연도 미상)…863

잎새를 모두 떨구고 앙상하게 늘어져 있는 늦가을의 버드나무 가지 아래에 오막집 하나가 덩그러니 서있다. 이 집에 사는 사람들은 어떻게 생계를 꾸리며 살아가려나.

"데이토쿠 옹의 모습을 기리며"

어릴 적 이름
뵙지 못한 어르신의
둥그런 두건

幼 名や知らぬ翁の丸頭巾(작성 연도 미상)…864

둥글납작한 문라건(丸頭巾)을 쓰고 있는 당신의 초상화에 절합니다. 듣기로, 스승님의 아명은 '길쭉한 얼굴(長頭丸)'이었다면서요?

해학을 중시한 하이쿠 문파의 시조(始祖)에 대해 존경심과 유머를 함께 담아 지은 구이다.

마쓰나가 데이토쿠(松永貞徳·1571~1654)는 일상어·속어·한자어 등을 구사하여 하이쿠에 익살과 재미를 가미한 '데이몬파(貞門派)'의 시조다. 바쇼도 초기에 이 유파의 하이쿠를 익혔지만 그와 대면한 적은 없다.

"후카가와 대교가 절반쯤 놓여"

첫눈이 오네
가로질러 놓이는
다리 위에

初雪や懸けかかりたる橋の上(1693년)…865

강을 가로질러 한창 지어지고 있는 거대한 나무다리 위에 겨울의 첫눈이 내린다.

지금의 도쿄 신오하시(新大橋) 인근에 위치했던 이 다리는 1693년 7월 착공하여 12월 7일 완공되었다.

"채근을 먹고 종일 장부와 이야기하다"

사무라이의
무처럼 맵싸한
이야기로세

もののふの大根苦き話哉(1693년)…866

모처럼 무사와 대화를 나누는 자리, 과연 무사가 하는 말에는 대접받은 무의 맵싸한 맛과 같은 칼칼한 기백이 담겨있구려.

녹봉 1,500석의 이가번 사무라이 도도의 에도 저택에서 넷이 지은 가센의 시작구 겸 인사구이다.

머리글은 『채근담』의 한 구절 "장부(丈夫)는 채근(菜根)을 먹는다"를 응용한 글이다.

"10월 20일, 후카가와에서 즉흥"

도떼기장의
기러기 애처롭네
에비스 축제

振売の雁あはれなり恵比須講(1693년)…867

활기 넘치는 축제날의 장거리, 장사꾼의 장대에 매달려 늘어져 있는 기러기의 주검이 애처롭다.

문하생 교쿠스이에게 보낸 편지에 적은 구로, 후일 4인 가센 짓기의 시작구로 쓰였다.

振売는 물건을 장대에 메고 다니며 파는 장사를 이른다.

恵美須講는 칠복신의 하나인 에비스를 주신으로 모시는 신사에서 열리는 마쓰리로, 당시에는 가을걷이를 마친 농부를 겨냥해 시장 상인들이 펼쳐놓은 '겨울맞이 세일' 성격의 장터였다. 지금도 지역별로 매년 10월 20일이나 11월 20일에 열린다.

에비스 축제
초(酢) 장수에 하카마
입혀놓았네

恵比須講酢売に袴着せにけり(1693년)…868

평소에 허름하게 차려입고 장터를 돌아다니는 식초 장수가 오늘이 축제일인 만큼 하카마를 번듯하게 차려입고 장사에 나섰다.

시래기죽에
처마의 비파 듣네
싸락 싸라기

雑水(ぞうすい)に琵琶(びわ)聴(き)く軒(のき)の霰(あられ)かな(1693년 이전)…869

시래기죽을 먹고 있는데 싸라기눈이 내리기 시작했다. 싸라기눈이 처마 두드리는 소리를 비파 연주로 여기며 운치를 맛본다.

미나리볶음
산기슭의 논밭엔
살얼음 끼고

芹焼(せりやき)や裾輪(すそわ)の田井(たい)の初氷(はつごおり)(1693년)…870

오리 요리에 곁들여 나온 미나리의 향을 맡고 있자니 이 미나리가 자라던 산기슭의 밭에 지금쯤 초겨울의 살얼음이 깔려있을 풍경이 떠오른다.

문하생 조쿠시를 문병하러 가서 오리찜 요리를 대접받고 지은 인사구 겸 셋이 지은 가센의 시작구이다.

芹焼는 양념 오리 고기를 기름에 볶은 미나리와 함께 쪄낸 요리이며, 裾輪の田井는 산기슭에 있는 논밭을 표현하던 고전 시가의 문구이다.

빌려 덮으리
허새비의 옷소매
한밤중 서리

借りて寝む案山子の袖や夜半の霜(1693년 이전)…871

객지잠을 자는 야밤에 서리가 내려 허수아비의 옷이라도 벗겨서 덮고 싶은 심정이다.

하이쿠로서는 드물게 두 가지의 계절어(허수아비는 가을, 서리는 겨울)를 사용하여 지은 구이다.

아래의 와카처럼 고전 『고금집』 등에도 늦가을의 서리와 옷소매를 연결해 지은 와카가 실려있다.

귀뚜리 소리 / 서리 내린 야밤의 / 좁은 거적에

옷소매 한쪽 깔고 / 외로이 잠에 드네

きりぎりす鳴くや霜夜の狭筵に衣片敷き独りかも寝む

첫 가을비에
첫이라는 글자를
나의 가을비

初時雨初の字を我が時雨哉(1693년 이전)…872

올가을 들어 소나기가 처음 내리는 오늘, 이 가을비의 첫 자를 빌어 그대와의 첫 대면의 인사로 갈음하고자 하오.

바쇼와 동행한 제자가 바쇼 7주기 추모 문집에 "이 구는 스승님을 초대한 이에게 지어준 인사구다. 처음 만난 사람인지라 '첫(初)' 자를 강조했다"라는 글을 남겼다.

금박 병풍의
소나무 창연토다
겨울나는 집

金屛の松の古さよ冬籠り(1693년)…873

겨울을 보내는 집의 금박 병풍에 그려진 노송이 고색창연하다.

이 구가 쓰여진 정황이 '야바 등과 넷이 읊은 렌쿠의 시작구(교리쿠에게 보낸 편지)', '병풍에는/산을 그려놓고서/겨울 지내기라는 다른 하이쿠를 고쳐 지은 구(「三冊子」)', '이가에 있는 헤이추의 집에서 1689년에 지은 구(「芭蕉翁伝」)' 등 여러 자료에 다양하게 실려있다. 또한 구 자체도 '금박 병풍의/소나무 늙었도다/겨울나기(「笈日記」)', '금박 병풍의/소나무도 오랠세/겨울나기(「芭蕉庵小文庫」)' 등등 자료마다 다르게 쓰여있다.

옷소매 색깔
땟국 절어 춥고나
어두운 잿빛

袖の色よごれて寒し濃鼠(1693년 이전)…874

제자가 입은 연한 잿빛의 상복 소맷자락이 눈물에 젖어 진회색으로 변해 한결 추워 보인다.

눈물을 닦아낸 옷소매 색깔의 변화로 아버지를 여읜 문하생 센카의 슬픔과 스산한 계절감을 담아낸 추도구이다.

센카(仙化)는 1686년에 시인들이 두 편으로 나뉘어 개구리를 주제로 하이쿠 대결을 펼친 결과를 모아 하이쿠집 『와합(蛙合)』을 편집한 인물로, 이날 센카와 바쇼는 각각 아래의 구를 제시하여 승패 없이 비김 판정을 받았다.

앙증스럽게 / 개구리 정좌하네 / 물에 뜬 잎새(센카)

고요한 연못 / 개구리 뛰어드는 / 퐁당 소리(바쇼)

자식 귀찮다
말하는 이에게는
꽃도 없느니

子に飽くと申す人には花もなし(작성 연도 미상)…875

자식 키우기 싫다고 말하는 사람에게는 시문을 지으며 풍류를 즐길 자격이 없다.

하이쿠를 지은 정황 등이 밝혀지지 않은 구이다.

"신료코쿠(新両国)에 다리가 놓여"

모두 나와서
다리를 받자옵네
서리 덮인 길

皆出でて橋を戴く霜路哉(1693년)…876

밤사이 내린 서리를 밟으며 사람들이 모두 나와 새로 지어진 다리를 감사하는 마음으로 건넌다.

12월 7일 스미다강에 세 번째 다리가 놓인 풍경을 담은 구이다.

에도 막부가 신오하시(新大橋)라고 이름 붙인 당시의 다리 터에 지금은 표석만 남아있다.

초안…고마우셔라 / 받자와 밟아보는 / 다리의 서리
ありがたやいただいて踏む橋の霜

오리털 옷에
감싸여 따술지니
오리의 다리

けごろもにつつみて温(ぬく)し鴨(かも)の足(あし)(1693년)…877

모든 것이 서리에 뒤덮여 을씨년스럽기만 한 지금, 갈대밭에 웅크리고 있는 오리의 다리는 겨울옷의 안감으로 더없이 좋다는 오리털에 싸여있으니 얼마나 따스하겠는가?

바쇼의 제자 교라이는 자신이 지은 하이쿠 이론서에 "시작구는 그저 방아쇠 역할을 하도록 지어야 한다. …이 구는 특정 시상 하나에만 초점을 두고 지었다" 라는 바쇼의 설명을 기록하였다.

덩어리져서
산 채로 얼어가네
겨울날 해삼

生(い)きながら一(ひと)つに氷(こお)る海鼠(なまこ)かな(1693년)…878

살아있는 해삼들이 한 덩어리로 뭉쳐 물동이의 물과 함께 얼어간다.

두 제자와 지은 가센의 시작구이다.

이 구에 앞서 제자 교라이도 해삼을 소재로 아래의 하이쿠를 지었다.

머리와 꼬리 / 가늠도 되지 않는 / 해삼이로세

尾頭の心もとなき海鼠かな

세밀 청소 땐
자기 집 시렁 달지
동네 목수꾼

煤掃は己が棚つる大工かな(1693년)…879

오늘 동짓달 13일은 집집마다 설맞이 대청소를 하는 날, 한 해 동안 남의 집을 손봐주던 목공이 오늘에야 비로소 시렁을 얹는 등 자기 집을 돌본다.

고호겐 그림
나온 집 애달파라
오동지섣달

古法眼出どころあはれ年の暮(1693년 이전)…880

세밀 장터에 유명 화가 고호겐의 그림이 매물로 나와 걸려있다. 이 추운 겨울에 누가, 어떤 사정이 있어 귀한 그림을 팔려고 내놓았는지 안쓰럽다.

古法眼(고호겐)은 대를 이어 궁정 화가를 지낸 가노 모토노부의 예명으로, 그는 일본의 화려한 채색에 중국의 수묵화를 섞어 대형 병풍과 장지문에 그림을 그리는 화풍 가노파(狩野派)의 기틀을 세운 인물이다.

지새는달도
섣달그믐 가깝네
떡 치는 소리

有明(ありあけ)も三十日(みそか)に近(ちか)し餅(もち)の音(おと)(1693년)…881

새벽의 서쪽 하늘에 보이는 달도 차츰 가늘어져 섣달그믐이 가까운 즈음에 이 집 저 집에서 설떡을 지으려 떡메 치는 소리가 들려온다.

바쇼 자신이 그린 절구통과 절굿공이 그림에 써넣은 화찬이다.

하이쿠집에 겐코 법사가 지은 아래의 와카와 함께 실렸다.

여기 있건만 / 알아주는 이 없는 / 나의 신세여

섣달그믐 가깝네 / 서녘엔 지새는달

ありとだに人に知られぬ身のほどやみそかに近き有明の月

초안…달 뜨는 동녘 / 섣달그믐 가깝네 / 떡 치는 소리

月代や晦日に近き餅の音

사리 분별의
바닥을 두들기리
저무는 한 해

分別(ふんべつ)の底(そこ)たたきけり年(とし)の昏(くれ)(1693년 이전)…882

한 해를 마무리 짓는 연말, 나의 분별력에 켜켜이 쌓인 마음의 먼지를 바닥까지 털어내련다.

たたき(두들기다)는 집집마다 먼지떨이와 이불을 두드려 새해맞이 대청소를 하듯 객지 생활을 하는 자신은 마음을 속속들이 두드려 청소한다는 뜻을 담고 있다.

성화 못 이겨
망년회를 하나니
얼씨구 좋다

せつかれて年忘れする機嫌かな(1693년 이전)…883

제자들이 연신 조르기에 망설이다가 막상 망년회 자리에 나갔더니 한 해 동안의 일들이 잊히면서 점차 흥이 살아나고 기분이 좋아졌다.

도둑을 맞은
밤도 있었더랬지
저무는 한 해

盗人に逢うた夜もあり年の暮れ(1693년)…884

연말을 맞아 지나간 일 년을 돌이켜보다 문득 생각이 났다. 아참, 도둑맞은 적도 있지.

스마 해변에
새해맞이 채비로
땔감 한 다발

須磨の浦の年取り物や柴一把(작성 연도 미상)…885

쓸쓸한 스마 바닷가에 새해맞이 채비로 마련한 땔감 한 묶음이 덩그러니 놓여 있다.

자신이 그린 그림에 적은 화찬이다.

호라이에게
물어보리, 이세의
새해 첫 소식

蓬莱(ほうらい)に聞(き)かばや伊勢(いせ)の初便(はつだより)(1694년·51세)…886

호라이 장식을 앞에 놓고 맞이한 신년의 아침, 이세에서 어떤 소식이 오려나.

蓬莱(호라이)는 불로불사의 영산으로 알려진 중국의 호라이산을 본떠 만든 정월의 장식물인데, 세 방향을 소나무·대나무·매화로 장식하고 그 땅에서 나오는 주요 농작물을 올려놓는다.

伊勢는 이세에 위치한 이세 신궁을 이른다.

初便(새해 첫 소식)이 무슨 의미인지는 당시에도 불분명했다. 바쇼가 "이 구에 대해 많은 평이 있다는데 어떠한가"라고 제자에게 반응을 묻는 편지를 쓰기도 했다. 제자 교라이가 쓴 편지에 "도읍이나 고향의 소식은 아닐 테고 이세라고 하니 도조신(賭租神)을 의미하는지…"라는 구절이 남아있다.

바쇼는 이해 5월에 고향 이가로 돌아와 교토, 기추지의 무명암 등을 오가다 나라를 거쳐 오사카로 여행을 떠나 숨을 거둔다.

일 년 동안에
단 한 번 뜯는다네
봄나물 냉이

一とせに一度摘まるる薺かな(1694년)…887

평소에는 거들떠보지 않는 들판의 냉이를 일 년 중 오늘 하루만큼은 사람들이 부지런히 캐러 다닌다.

만병을 몰아낸다는 뜻에서 1월 7일에 일곱 가지 봄나물로 죽을 끓여 먹는 풍습을 읊은 구이다.

'누구 지나간 자리에는 냉이도 안 난다(誰々の歩いた後にはぺんぺん草も生えない)'라는 일본 속담처럼 들나물 가운데에서도 냉이는 유독 존재감이 없는 풀이었다.

초안…한 해 동안에 / 단 한 번 뜯는다네 / 일곱 봄나물
一とせに一度摘まるる若菜かな

매화 향기에
불쑥 해가 오르네
산속 오솔길

梅が香にのつと日の出る山路哉(1694년)…888

은은한 매화 향기를 머금은 새벽의 산길을 걷고 있는데 아침 해가 불쑥 솟아오른다.

눈에 보이는 서정적인 풍경만을 담아 지은 가센의 시작구이다.

のつと(불쑥)이라는 입말을 사용하여 당시 문단에 파문을 불러일으키며 '가루미를 구현한 구'로 평가받았다. 이 구가 발표된 이후 다른 문하생들도 하이쿠에 '슬쩍', '꼭' 등의 부사를 사용하기 시작했다.

매화의 향기
그 옛날의 그분을
뵈옵나이다

梅が香や見ぬ世の人に御意を得る(1694년 이전)…889

매화 향기가 흩날리는 오늘, 예스러운 분을 찾아 인사드리옵니다.

손위의 문하생 소슈의 집을 처음 방문한 자리에서 읊은 인사구이다.

見ぬ世の人는 가마쿠라 시대의 고전 수필집 『쓰레즈레구사』에 실린 구절 "홀로 등불 아래 책을 펼치고 옛사람(見ぬ世の人)을 벗 삼아…"에서 인용한 표현이다.

御意を得る는 귀인을 알현할 때 쓰는 인사말이다.

얼굴 안 닮은
홋쿠도 좀 나와라
벚꽃 봉오리

顔に似ぬ発句も出でよ初桜(1694년)…890

자글자글 주름진 그대들의 얼굴처럼 생긴 하이쿠 말고, 부디 갓 피어난 벚꽃처럼 싱그러운 하이쿠를 지어다오.

하이쿠집 『속 원숭이 도롱이』에 실을 초안을 검토하는 자리에서 제자 도호와 상의하다 즉흥적으로 지은 구이다.

매화 향기에
옛 석(昔)이란 한 글자
가슴 저미네

梅が香に昔の一字あはれなり(1694년)…891

풍겨오는 매화 향기에 '昔'이라는 글자를 떠올리며 슬픔에 젖는다.

1년 전에 둘째 아들을 잃은 오카키에 사는 문하생 바이간에게 보낸 2월 23일자 편지에 '마치 꿈인 양 아직도 그 모습이 어른거릴진대 얼마나 가슴 아프겠소'라는 위로의 글과 함께 적어 보낸 구로, 지나간 날을 그리워함을 은유할 때 매화 향기를 언급하는 고전 와카의 전통을 좇아 지었다.

고전 『신고금집(新古今集)』에 실린 후지와라노 이에타카가 지은 아래의 와카에도 유사한 시정이 담겨있다.

매화 향기에 / 옛날을 물어봐도 / 봄날의 달은
대답 없는 빛으로 / 옷소매만 비추네
梅が香に昔を問へば春の月答へぬ影ぞ袖にうつれる

"우에노에 꽃구경하러 나섰더니 사람들 휘장을 치고 온갖 말소리며 노랫소리 왁자하다. 한쪽 소나무 그늘에 찾아들어"

바리때 한 벌
짝도 맞지 않누나
꽃구경 심사

四つ五器のそろはぬ花見心哉(1694년)…892

밥그릇의 구색도 갖추지 못했지만, 이것이 꽃구경을 하는 나의 마음이다.

우에노의 절 간에이지에서 지인들과 함께 한 꽃놀이의 풍경을 읊은 구이다.

四つ御器는 탁발승이 지니고 다니던 네 개 한 벌의 식기를 이른다.

꽃구경 길에
젓는 배 느릿느릿
야나기하라

花見にとさす船遅し柳原(1694년)…893

화사한 봄날, 벚꽃이 만개한 야나기하라 강둑 옆으로 꽃놀이를 하는 배가 상앗대를 느릿느릿 짚으며 유유히 강을 내려간다.

고향 이가 우에노번의 관료인 문하생 겐코의 에도 별당에서 읊은 인사구 겸 가센의 시작구이다.

柳原(야나기하라)는 지금의 도쿄 지요다구의 만세이교부터 아사쿠사교까지의 버드나무가 심어진 제방 일대이다. 에도 시대에는 이곳에 헌 옷이나 헌 가재도구를 파는 가게, 술집, 찻집 등이 들어서 있었다.

さす는 棹さす(삿대질하다)의 줄임말이다.

휘파람새가
버들가지 뒤에서
덤불 앞에서

鶯や柳のうしろ藪の前(1694년 이전)…894

따스한 봄날에 휘파람새가 버들가지와 덤불의 앞뒤를 넘나들며 노닌다.

부스럼에
버들가지 손대네
하늘하늘

腫物に柳の触る撓哉(1694년)…895

마치 부스럼에 조심조심 손을 대듯 봄바람에 흔들리는 버들가지가 부드럽게 한들댄다.

상대의 기분이 상하지 않도록 마음을 써서 조심스레 대하는 모습을 뜻하는 말 '腫物に触るよう(부스럼에 손대듯)'을 응용하여 지은 구이다.

본래는 가운데 소절이 触る柳の(손대는 버들가지)였으나, 본 구의 출처인 하이쿠집 『바쇼암 소문고(芭蕉庵小文庫)』를 편집한 바쇼의 제자 교라이가 착각하여 柳の触る(버들가지 손대네)로 게재하였다.

첫 두 소절(腫物に柳の触る)에 대해 하이쿠집의 편집을 담당한 제자 교라이는 '부스럼에 버들가지가 닿았다'로, 시코 등 다른 세 제자는 '부스럼에 버들가지가 손을 대 듯의 비유'로 뜻풀이하였다. 본 서에서는 후자의 뜻풀이를 따랐다.

봄비 내리네
도롱이를 되미는
강가의 버들

春雨や蓑吹きかへす川柳(작성 연도 미상)…896

봄비 내리는 날, 세차게 불어오는 강바람에 버들가지가 마치 길 가는 나그네의 도롱이를 되밀듯 휘날린다.

보슬보슬 비
벌집 타고 흐르네
비 새는 지붕

春雨や蜂の巣つたふ屋根の漏り (1694년 이전)…897

봄비가 종일 내리는 날, 새는 지붕에서 내려온 빗물이 처마에 매달린 벌집을 타고 흘러내린다.

이 구에 대해 바쇼의 제자 야바는 "세상 사람들이 흔히 볼 수 없는 천연기묘한 글… 후카가와 암자의 모습 그대로…"라는 글을 편지에 남겼다.

고전 『신고금 와카집』에 실린 대승정 교케이가 지은 아래의 와카에도 유사한 시정이 담겨있다.

호동그라니 / 봄 풍경 바라보는 / 그 쓸쓸함은
인초 타고 흐르는 / 처마 끝의 옥구슬

つくづくと春のながめの寂しきはしのぶにつたふ軒の玉水

여덟아홉 칸
하늘에서 비 오네
실버들 가지

八九間空で雨降る柳かな(1694년)…898

내리던 봄비가 그친 뒤에도 여덟아홉 칸 너비로 가지를 드리운 버드나무 가지 아래에는 투둑투둑 빗방울이 떨어진다.

제자 셋과 함께 지은 가센의 시작구이다.

이날 지은 가센의 첫 여섯 구는 이러하다.

여덟아홉 칸 / 하늘에서 비 오네 / 실버들 가지
八九間空で雨降る柳かな(바쇼)
봄날 아침 새들이 / 밭을 헤집는 소리
春の鳥の畠掘る声(센포)
새벽 짐 싣는 / 마부도 제 아끼는 / 하오리 입고
初荷とる馬子も好みの羽織着て(바케이)
안에선 북적북적 / 한바탕 저녁 잔치
内はどさつく晩の振舞(리호)
어저께부터 / 따사로움 머금은 / 달님의 색깔
昨日から日和かたまる月の色(센포)
고비가 시드나니 / 한기가 사무치네
ぜんまい枯れて肌寒うなる(바쇼)

푸르른 버들
흙탕에 늘어졌네
썰물 진 자리

青柳の泥にしだるる潮干かな(1694년)…899

큰사리가 지나고 물 빠진 강바닥의 흙탕에 버드나무가 푸릇푸릇한 가지를 늘어뜨리고 있다.

'봄비에 젖어 늘어진 버들가지'라는 기존의 전통적인 시가의 관념에서 벗어나 '흙탕물을 향해 늘어진 버들가지'를 읊은 구이다.

우산으로
들추어 갈라보네
실버들 가지

傘に押し分けみたる柳かな(1694년)…900

손에 들고 있던 우산을 비에 젖어 늘어진 파릇한 버들가지 속으로 집어넣어 한쪽으로 갈라쳐 본다.

두 제자와 지은 가센의 시작구로 쓰였다.

내리는 봄비
쑥을 쑥쑥 키우는
길 가장자리

春雨(はるさめ)や蓬(よもぎ)をのばす艸(くさ)の道(みち)(1694년)…901

봄비가 촉촉이 내려 길섶을 따라 늘어선 쑥이 잘 자란다.

석가탄신일
주름진 손을 모아
염주 알 소리

灌仏(かんぶつ)や皺手合(しわであわ)する数珠(じゅず)の音(おと)(1694년으로 추정)…902

석존 강탄회가 열리고 있는 절, 합장한 사람들의 주름진 손에서 염주 돌리는 소리가 울려퍼진다.

부처 입멸의 엄숙함을 읊은 아래 초안과 달리 이 구에서는 부처 탄생의 기쁨을 읊었다.

초안…석존 열반회 / 주름진 손을 모아 / 염주 알 소리
涅槃会や皺手合する数珠の音

차갑지 않은
이슬이여, 모란의
꽃에 맺힌 꿀

寒からぬ露や牡丹の花の蜜(1694년)…903

이제부터 차가운 이슬을 맞지 말고 고귀한 꽃의 꿀에 비할 새집에서 따뜻하고 평안히 지내시구려.

제자 도린이 새집에 입주한 것을 축하하며 지은 인사구로, 그는 바쇼 사후 2년 뒤에 바쇼가 걸었던 길을 따라 혼슈 동북 지역을 여행하고 하이쿠집 『미치노쿠에(陸奥衛)』를 펴냈다.

오징어 장수
목소리 긴가민가
두견새 소리

烏賊売の声まぎらはし杜宇(1694년 이전)…904

고대하던 두견새의 울음소리인 줄 알았건만 잘 들어보니 오징어를 사라는 생선 장수의 외침이다.

서예가이자 와카 시인인 소류가 5월 8일 바쇼의 암자에 하루 묵으며 읊은 아래의 와카에 답하는 형식으로 지은 구로, 두견새의 첫 울음을 기다리는 와카의 전통적인 풍정에 서민적인 풍정을 섞어 지었다.

여름 소낙비 / 내리는 초가에서 / 등걸잠도
마다 않고 기다리네 / 두견새 우는 소리
むら雨やかかる蓬の丸寝にも堪えて待たるほととぎすかな

바쇼에게 서예를 가르치기도 했던 소류는 바쇼의 기행문 『오쿠의 오솔길』 두 권을 정서(淨書)하였다. 그중 한 권은 바쇼 사후에 제자 교라이의 친족을 거쳐 현재는 후쿠이현의 니시무라 가문에서 소장하고 있다.

나무 아래서
아낙네도 듣노라
두견새 소리

木隠れて茶摘みも聞くやほととぎす(1694년)…905

나뭇잎에 가려서 보이지는 않지만, 허리를 숙여 찻잎을 따고 있는 아낙네들도 온 산에 울려 퍼지는 이 두견새 소리를 듣고 있으리라.

앞 구와 같은 장소에서 서예가 소류에게 지어준 전별구이다.

茶摘み는 차밭에서 차를 따는 사람을 의미한다.

하이얀 병꽃
거무스름 버들은
엉거주춤히

卯の花や暗き柳の及び腰(1694년)…906

버드나무가 짙푸른 초록색 가지를 하얀색의 병꽃 위에 늘어뜨리고 있다. 마치 주저주저하면서도 손을 내밀어 꽃을 만지려는 듯이.

수국 피었네
덤불을 뜨락 삼은
바깥사랑채

紫陽花や薮を小庭の別座舗(1694년)…907

덤불이 우거져 마치 꾸민 뜰처럼 보이는 바깥사랑채 앞에 수국이 함초롬히 피어있다.

5월 초순, 마지막이 될지도 모르는 고향으로의 귀향을 앞두고 제자 시산의 별채에서 다섯 제자와 지은 가센의 시작구이다.

시산은 이 구를 자신이 편집한 하이쿠집의 첫 구로 수록하였고 책의 제목도 이 구에서 따 『別座舗(바깥사랑채)』라고 지었다. 그는 이 책의 서문에 "스승의 구는 이제 와 돌이켜보면 형태와 시상(詩想) 모두 얕은 시내를 흘러가는 물처럼 경쾌하다… 풀이 무성한 뜰에서 시작구를 청하여 담소하며 가센을 마무리했다"라고 기록하였다.

4. 귀향

보리 이삭을
부여잡고 견디네
이제는 이별

麦の穂を便りにつかむ別れかな(1694년)…908

길가에 서있는 보리 이삭을 손으로 움켜쥐고 쓰러질 듯한 몸을 지탱하며 작별을 고한다.

바쇼가 5월 11일 제자 지로 베에와 함께 고향에 가기 위해 에도를 나설 때 가와사키 역참까지 배웅하고 헤어지는 세 제자에게 읊은 구이다.

지로 베에는 한때 바쇼와 동거했던 여인 주테이(寿貞)의 아들인데 그는 여행 도중 주테이의 부고를 듣고 다시 에도로 돌아갔다.

초안…보리 이삭을 / 힘주어 부여잡네 / 이제는 이별
麦の穂を力につかむ別れかな

"하코네 관문을 지나"

눈에 들어온
이 한순간, 하물며
오월의 후지

目にかかる時やことさら五月富士(1694년)…909

후지산이 한순간에 시야에 들어와 가슴 벅차다. 그것도 5월의 후지산임에랴 더할 나위 없다.

장마 중에 후지산이 보이는 하코네를 넘은 정황을 바쇼는 제자 소라에게 보낸 서찰에 이렇게 적었다. "하코네에서 비를 만나 고생했다. 내려가는 길도 줄곧 가마를 탔고 힘겹게 미시마에 숙박했다… 15일, 비를 맞으며 시마타(島田)에 도착했다."

"길바닥에 널브러져 쉬며"

우중충하게
멀구슬나무, 빗속의
먹구름 하늘

どんみりと樗や雨の花曇り(1694년)…910

비구름이 하늘을 뒤덮은 가운데 멀구슬나무 꽃이 우중충하게 피어있다.

비를 맞으며 고개를 넘느라 지친 바쇼 일행의 음울하고 힘겨운 모습을 어둡고 칙칙한 주변의 풍경에 빗대 읊은 구이다. 花曇り의 본뜻은 '벚꽃 필 무렵의 구름 낀 날씨'로, 여기에서는 멀구슬나무의 꽃이 벚꽃의 역할을 대신하고 있다.

머리글은 하이쿠집의 편집을 맡은 제자 쓰로가 붙인 글이다.

휘파람새가
대순 돋는 숲에서
늙음을 우네

鶯や竹の子藪に老を鳴く(1694년)…911

죽순이 쑥쑥 솟아나 새 생명의 기운이 가득 찬 숲에서 휘파람새는 자신이 늙었음을 한탄하며 운다.

피어나는 생명력과 쇠해가는 늙음의 서정을 대비하여 지은 구이다.

장맛비 속에
누에가 병을 앓는
뽕나무 밭

五月雨や蠶煩ふ桑の畑(1694년)…912

새순이 무럭무럭 돋아나는 장마철의 뽕나무 밭에서 병든 누에가 꿈틀대며 죽어간다.

제자 시코가 편집한 하이쿠집 『십론위변초(十論為弁抄)』에 "백낙천의 문집에 늙은 휘파람새와 병든 누에라는 구절이 있는데… 젊음과 늙음의 서정이 잘 담겨있기에…"라는 바쇼의 설명에 이어 앞 구와 함께 실려있다.

"스루가 땅에 들어서며"

스루가 길엔
귤나무 꽃에서도
차의 향기

駿河路や花橘も茶の匂ひ(1694년)…913

차의 명산지 스루가 땅에 들어서니 귤나무에 핀 꽃에서조차 차의 향기가 실려 오는 듯하다.

5월 15일에 지금도 일본의 최대 차 산지인 시즈오카현의 시마다 일대의 풍정을 읊은 구이다.

"장맛비와 바람이 그치지 않고 오오이 강의 물이 불어 시마다에 발이 묶였다. 조슈의 집에 머물며"

상추 이파리
아직 파릇한데다
가지 끓인 국

萵はまだ青葉ながらに茄子汁(1694년)…914

여름인데도 아직 싱싱한 상추를 무친 나물에 가지를 넣어 끓인 국까지 곁들인 밥상을 대접받는다.

대개 봄에 어린잎을 따 먹고 여름에 꽃이 피면 쇠어 먹지 못하는 상추 요리를 여름에 대접받은 데 대한 인사구로 지었다.

여름 장마의
하늘 불어 떨궈라
오오이의 강

五月雨の空吹き落せ大井川(1694년)…915

오오이강이여, 바람을 일으켜 장마철 하늘에 드리운 어두운 먹구름을 날려 떨어뜨려라.

강물이 불어 뱃길이 끊긴 탓에 나루터를 관리하는 촌장 조슈의 집에서 나흘간 묵은 바쇼가 앞 구와 함께 조슈에게 지어 준 구이다.

조슈는 3년 전 바쇼가 이 집에 묵을 때 바쇼의 문하생이 된 인물이다.

시즈오카시의 동측을 북에서 남으로 흐르는 오오이강의 강어귀는 예로부터 큰 홍수가 많이 지는 곳이다.

吹き落せ(불어 떨궈라)는 바쇼가 지어낸 말이다.

"대나무에 화찬"

휘어져서
눈 바라는 대나무
모습이로다

たわみては雪待つ竹の気色かな(1694년)…916

땅을 향해 구부러져 있는 이 대나무는 마치 하늘에서 눈이 내리기를 기다리고 있는 것 같다.

앞 구를 지은 곳에서 자신이 그린 그림에 써넣은 구이다.

"작년 첫 오월에 나고야 땅에 들어가 옛 사람들을 만나다"

삶은 유랑길
써레질하는 논을
오고가는 것

世を旅に代掻く小田の行きもどり(1694년)…917

유랑객으로 떠도는 나의 삶이 농부가 써레질하며 같은 논을 되풀이하여 오고가는 것과 같다.

바쇼 문파에서 이탈하려는 조짐을 보이는 문하생 가케이를 찾아 여섯 번째로 나고야를 방문하여 지은 인사구 겸 가센 짓기의 시작구이다.

의사였던 야마모토 가케이는 나고야 지역의 중진 문하생으로서 많은 하이쿠집을 편찬하였으나, 바쇼의 만년의 시풍 가루미에 반발하여 하이쿠 시단을 떠나 렌가 시인으로 전향했다.

머리글은 편집자 시코가 이듬해에 쓴 것으로, 첫 오월은 윤오월의 첫 번째 오월이라는 뜻이다.

서늘함을
히다 땅의 목공이
그린 겨냥도

涼しさを飛騨の工が指図かな(1694년)…918

겨냥도를 보아하니 히다에서 온 솜씨 좋은 목공이 여름에 이 집이 서늘하도록 설계했구료.

나고야의 포목상이자 관리인 야스이의 신축 중인 집에 대한 칭송구로 지었다.

飛騨の工(히다 목공)은 솜씨가 뛰어난 목공을 일컫는 대명사로, 산간 지방인 기후현의 히다에 사는 사람들은 예로부터 세금을 면제받는 대신 절·궁궐 짓기 등 나라에서 큰 공사를 벌일 때 50호당 10명씩 목공으로 차출되어 연간 200일간 부역하였다.

涼しさを는 '서늘함을 담아'의 줄임말이다.

초안…서늘함이 / 겨냥도에 보이는 / 집이로구나
涼しさの指図に見ゆる住まゐかな
초안…은거하는 집 / 겨냥도만 보아도 / 벌써 서늘타
かくれ家やさし図を見るも先すずし

뜸부기 운다
말하는 사람 있어
사야 하룻밤

水鶏啼くと人のいへばや佐屋泊り(1694년)…919

이곳에서 저녁에 뜸부기 우는 소리가 들린다고 권하는 사람의 말에 이끌려 사야에서 하룻밤 묵기로 했다.

이 지방의 관료인 야마다의 집에서 문하생들과 함께 지은 반가센의 시작구이다. 우는 소리가 문을 두드리는 소리와 비슷하다 하여 예로부터 시가에서는 뜸부기를 손님의 방문에 비유하였다. 여기에서의 사람은 바쇼를 보살피러 나고야에서부터 동행한 제자 로센으로 추정한다.

데이몬파의 기타무라 기긴과 요시다 오센에 사사하고 1691년에 바쇼 문파에 입문한 제자 후지야 로센(藤屋露川)은 바쇼 사후 삭발하고 행각을 하며 바쇼풍 하이쿠 전파에 힘썼다. 이후 로센의 문하생은 2천 명에 이르렀다.

시원하여라
본디의 소나무의
가지 생김새

涼しさや直に野松の枝の形(1694년)…920

가지의 모양을 인위적으로 꾸미지 않고 본래 모습대로 자라난 이 집 뜰의 소나무에서 청량감을 맛본다.

고향 이가 우에노에 사는 양조장 주인인 문하생 세쓰시의 집을 방문할 때의 인사구 겸 가센의 시작구이다.

'본디의 소나무'라는 표현으로 집주인의 소박한 성품을 칭송했다.

섶나무 매단
말이 돌아가는 길
모내기 술통

柴付けし馬のもどりや田植樽(1694년)…921

땔감으로 쓸 나뭇가지를 매달고 왔던 말이 다시 돌아갈 때는 등 양쪽에 술통을 매달고 간다.

田植樽는 모내기에 수고한 일꾼들에게 뒤풀이용으로 보내는 술을 담은 술통을 이른다.

"윤 5월 22일, 락쿠시샤에서 난음(亂吟)"

버들고리에
한쪽 짐은 시원한
맏물 참외

柳行李片荷は涼し初真桑(1694년)…922

제자가 암자에 찾아왔다. 등에는 버들고리를 짊어지고 한 손에는 보기에도 차갑고 먹음직스러운 햇참외를 들고.

바쇼는 5월 20일부터 6월 15일까지 교토 사가에 있는 제자 교라이의 별장 라쿠시샤에서 지내며 많은 하이쿠를 지었다. 이곳은 바쇼가 3년 전에도 머문 곳이다.

머리글의 난음은 앞 구를 이어받아 뒤 구를 지을 때 일정한 순서에 따르지 않고 여럿이 제출한 구 가운데 하이쿠를 지도하는 종장(宗匠)이 다음 구를 선택하는 렌쿠 짓기 방법을 이른다.

무더운 유월
봉우리에 구름 둔
아라시산

六月や峰に雲置く嵐山(1694년)…923

장마 걷히고 무더위가 찾아든 유월, 교토의 아라시산 봉우리에 커다란 뭉게구름이 솟아있다.

바쇼가 이 구에 대해 "구름 둔 아라시야마라는 소절, 뼈를 깎는 심경이었다"라고 한 말을 제자 도호가 『산조시』에 남겼다. 이 말은 뭉게구름이 산 위로 웅장하게 솟아있는 모습을 '두다(置く)'로 표현할 때의 고심을 언급한 것으로 추정한다.

서늘함을
그림에 옮겼구나
사가 대나무

涼しさを絵にうつしけり嵯峨の竹(1694년)…924

사가의 명물 대나무를 그린 이 그림은 마치 서늘한 기운까지 옮겨 담은 듯하다.

제자 교라이의 지인 야메이의 집을 방문하여 읊은 인사구로, '서늘함을 옮겨 담은 듯 청량감을 지닌 사가 대나무'라는 해석도 가능하다.

야메이는 구로다 가문의 사무라이였다 낭인이 된 사람이다. 에도 시대가 열리고 통치 체제가 안정되자 막부는 지방 영주의 세력을 약화시키는 정책을 펼쳐 이 시기에 섬길 주인이 없어 이곳저곳 떠돌아다니는 낭인의 숫자가 전국에 40~50만 명에 이르렀다.

기요타키의
물을 길어 올려서
말간 우무묵

清滝(きよたき)の水汲(みずく)みよせてやところてん(1694년)…925

기요타키강에서 물을 길어 올려 식힌 덕분에 우무묵이 차고 깨끗하다.

우무묵은 해초, 우뭇가사리 등을 끓여서 만드는 투명한 묵이다.

강의 이름(清滝)을 한자 뜻대로 풀이하면 다음과 같은 구가 된다.

맑은 폭포의
물을 길어 올려서
말간 우무묵

바쇼 사후 문하생 후코쿠가 편집한 하이쿠집 『박선집(泊船集)』에는 이 구 대신 아래 구가 실려있고 이 구에 "잘못된 구"라는 설명이 달려있다.

기요타키의 / 물을 긷게 하누나 / 말간 우무묵

清滝の水汲ませてやところてん

기요타키강
물결에 흩어지는
푸르른 솔잎

清滝(きよたき)や波(なみ)に散(ち)り込(こ)む青松葉(あおまつば)(1694년)…926

강의 물결에 푸른 솔잎이 흩어져 내려와 더욱 청량한 느낌이 든다.

기요타키강은 교토 서북부 쪽 산에서 내려오는 가쓰라강의 지류이다.

“진나라의 도연명이 부럽도다”

창가 아래에
낮잠 자는 널평상
왕골 돗자리

窓形(まどなり)に昼寝(ひるね)の台(だい)や簟(たけむしろ) (1694년 이전)…927

창가 아래 평상을 펼쳐 그 위에 돗자리 깔고 낮잠을 한숨 자고 싶다.

도연명이 지은 시의 한 구절 “북창 옆에 대자로 드러누워 청풍이 살랑대면…”을 배경에 두고 지은 구이다.

초안…창가 아래에 / 낮잠 자는 돗자리 / 청대 돗자리

窓形に昼寝の茣蓙や竹簟

새벽이슬에
범벅져 시원토다
외에 묻은 흙

朝露(あさつゆ)によごれて涼(すず)し瓜(うり)の土(つち)(1694년)…928

아침에 밭에서 흙이 묻어있는 참외를 땄다. 새벽이슬에 흠뻑 젖어있어 차가운 감촉이 느껴진다.

여러 하이쿠집에 土(흙)과 泥(진흙)이 뒤섞여 실려있다.

초안…새벽의 이슬 / 쓰다듬어 시원타 / 외에 묻은 흙

朝露や撫でて涼しき瓜の土

"모여 앉은 사람들 입에서 이곳저곳 참외 명소가 나오길래"

참외 껍질을
깎아서 먹었던 곳
렌다이노

瓜の皮剥いたところや蓮台野(1694년)…929

참외의 명소라…. 그건 잘 모르겠소만 렌다이노에서 참외를 깎아 맛있게 먹은 적이 있으니 그곳이 바로 참외의 명소 아니겠소?

蓮台野(렌다이노)는 본디 묘지나 화장장을 의미하던 말인데, 여기에서는 화장터가 있던 교토의 지명을 이른다.

꽃과 열매가
한꺼번에, 참외의
한창때로세

花と実と一度に瓜の盛りかな(작성 연도 미상)…930

여름날에 참외가 꽃도 풍성하게 피우고 열매도 주렁주렁 맺었다.

어느 부자(父子)를 칭송한 인사구로 추정한다. 개화 후 열매를 맺기까지의 기간이 짧은 참외는 꽃과 열매가 동시에 달려있기도 한다.

소나무 삼나무를
기리노라, 바람이
이는 소리

松杉(まつすぎ)をほめてや風(かぜ)のかをる音(おと)(1694년으로 추정)…931

경내의 소나무와 삼나무를 기리듯 훈풍이 소리를 내며 불어 지나간다.

교토 고쿠라산에 있는 절 조잣코지(常寂光寺)에서 옛 시인 데이카가 읊은 아래 와카를 배경에 두고 지었다.

물어보리라 / 이름도 알 수 없는 / 깊은 산속에

알아줄 사람 얻은 / 소나무 삼나무를

頼むかなその名も知らぬ深山に知る人得たる松と杉とを

후지와라노 데이카(藤原定家·1162~1241)는 헤이안 시대의 고위 관료이자 와카 시단의 지도자로, 고전 『신고금 와카집』 편집자 중의 한 명이고 『신칙선 와카집』을 편찬하였다. 그가 남긴 와카집·와카 이론서·일기 등은 일본의 국보다.

여름날의 밤
무너지고 동트네
냉채 요리

夏(なつ)の夜(よ)や崩(くず)れて明(あ)けし冷(ひや)し物(もの)(1694년)…932

주안상에 둘러앉아 밤새 술을 마시고 있으려니 짧은 여름밤은 속절없이 밝아오고, 주안상 위의 냉요리는 볼품없이 무너져 있다.

6월 16일 제제에 있는 교쿠스이의 별장에서 지은 5인 가센의 시작구이다.

가운데 소절은 앞뒤 소절에 모두 이어지는 서술부이다.

冷し物는 과일·채소·면류 등을 차갑게 하여 쌓아 올린 요리를 이른다.

"교쿠스이 집에서 놀이 삼아 농삿집을 소재로"

밥을 부치는
마누라의 저녁상
초저녁 납량

飯あふぐ嬶が馳走や夕涼み(1694년)…933

아내는 밥상 위에 놓인 밥에 부채질을 하고, 바깥일을 마치고 돌아온 남편은 툇마루에서 더위를 식힌다.

飯(밥의 속어)와 嬶(마누라) 등의 서민적인 구어체 낱말을 사용하여 농가의 일상을 읊은 '가루미' 작품이다.

박꽃 아래서
박 껍질 깎으면서
박고지 놀이

夕顔に干瓢むいて遊びけり(1694년)…934

하얗게 핀 박꽃 아래에 여럿이 둘러앉아 박의 껍질을 깎아내고 박속을 파내 박고지를 만들며 한가로이 저녁 시간을 보낸다.

칠월 칠석날
가을을 판가름할
밤의 첫머리

七夕や秋を定むる夜のはじめ(1694년)…935

칠석날 밤, 여름에서 가을로 계절이 바뀌는 듯한 기운을 처음 맛본다.

바쇼의 제자 도호가 쓴 하이쿠 이론서 『산조시』에는 바쇼가 초안과 이 구를 두고 고심했던 정황이 "스승께서 '夜のはじめ'와 'はじめの夜'의 두 안을 놓고 고심하셨다. 수시로 소리내어 읊어보시더니 며칠 지나 이 구로 정하셨다"라고 기록되어 있다.

초안…칠월 칠석날 / 가을을 판가름할 / 첫 번째의 밤
七夕や秋を定むるはじめの夜

사발 접시도
어스레히, 어둠 속의
저녁 납량

皿鉢もほのかに闇の宵涼み(1694년으로 추정)…936

땅거미 지고 저녁에 툇마루에서 더위를 식히고 있으려니, 달도 뜨지 않아 어둑해진 방 안에 놓인 사발과 접시가 환영인 양 희끄무레 보인다.

가을 가깝네
마음이 한데 모인
다다미 넉 장 반

秋近き心の寄りや四畳半(1694년)…937

가을이 가까운 오늘, 좁은 방에 모인 사람들의 시심(詩心)이 공고하다.

6월 21일 제자 셋과 오쓰에 있는 보쿠세쓰의 암자에서 지은 가센의 시작구이다. 四畳半은 다다미 넉 장 반을 바닥에 깔아놓은 방으로, 다다미 한 장의 넓이는 가로 여섯 자에 세로 세 자이다.

近(가깝다)를 心(마음)을 수식하는 낱말로 풀이하면 다음과 같은 구가 된다.

가까운 마음
한데 모인 이 가을
다다미 넉 장 반

"혼마 슈메 집에 초대받아 배우의 가명(家名)을 칭송하여"

너울너울
치켜드는 쥘부채
구름 봉우리

ひらひらと挙ぐる扇や雲の峰(1694년)…938

부채를 치켜들고 너울너울 흔들며 춤추는 당신의 연기는 마치 솟아오르는 구름의 봉우리처럼 장대하오.

오쓰에 거주하는 노(能) 배우 슈메의 집에서 읊은 인사구 겸 가센 짓기의 시작구이다. 머리글은 편집자 시코가 쓴 것이고, 머리글의 가명은 노 등 공연 예술의 후계자가 해당 유파에서 대대로 물려받는 이름이다.

연꽃 향기를
눈으로 보내누나
탈의 콧구멍

蓮の香を目にかよはすや面の鼻(1694년)…939

노를 공연할 때 발아래의 사물을 가면의 콧구멍으로 보는 법이라고 들었소. 그렇다면 그대는 지금 연못에 감도는 연꽃의 향기 또한 코를 통해 눈으로 맛보겠구료.

노에서 가면은 조상이나 선인 등 죽은 사람의 혼령을 암시하는 도구로 쓰인다.

이 구가 적힌 단자쿠(하이쿠나 와카를 적는 세로 1자 2치, 가로 2치의 조붓한 종이)가 혼마 집안에 전해 온다.

초안…연꽃의 향기 / 눈에서 나가누나 / 탈의 콧구멍
蓮の香や目より潜て面の鼻

<노의 가면>

“혼마 슈메의 집에 해골바가지들이 피리와 북을 들고 노를 하는 그림이 걸려 있다. 살아생전의 일도 옛날의 이 놀음과 다를 게 없다. 예의 촉루(髑髏)를 베고 꾼 혼몽도 결국 오늘의 세상살이를 보여주는 것이다”

벼락불 번쩍
얼굴이 있는 곳에
억새의 이삭

稲妻や顔のところが薄の穂(1694년)…940

어둠 속에서 번쩍하고 번개의 섬광이 일자 마치 해골이 그려진 곳에 억새풀이 돋아난 것처럼 보인다.

해골들이 노를 공연하는 그림에 적은 화찬으로, 전설적인 미인 오노노 고마치(小野小町)가 죽은 뒤 해골의 눈에서 억새가 자라나 눈이 아프다고 외쳤다는 전설을 담은 노 <가요이코마치(通小町)>에 등장하는 아래의 와카를 배경에 두고 지었다.

가을바람이 / 불기라도 하면 / 아 내 눈 내 눈
그대가 오노런가 / 억새풀만 자라네
秋風の吹くにつけてもあなめあなめ小野とは言はじ薄生ひたり

머리글의 ‘예의 촉루를 베고 꾼 혼몽’은 장자가 해골을 베고 잠들었더니 꿈속에 해골이 나타나 ‘인간의 살아생전은 고생스럽지만 죽고 나면 영원한 안식을 얻는다’고 말했다는 우화를 이른다.

"작년 여름, 다시 호숫가에서 구를 지으며 유토정(亭)에서 납량 두 구"

호수 잔물결
불어오는 훈풍에
넣는 추임새

さざ波(なみ)や風(かぜ)の薫(かおり)の相拍子(あいびょうし)(1694년)…941

불어오는 바람에 호수의 잔물결이 추임새를 넣듯 찰랑거린다.

제제에 사는 노 배우 유토의 집의 청량감을 칭송한 인사 구로, 노에 쓰이는 용어를 넣어 지었다.

相拍子는 노에서 피리와 북 등으로 배우의 노래에 박자를 맞추는 것.

드넓은 호수
더위에 미련 남은
구름 봉우리

湖(みずうみ)や暑(あつ)さを惜(お)しむ雲(くも)の峰(みね)(1694년)…942

선선한 기운이 실려 오는 이른 저녁의 비와호수 위에 아직도 한낮의 열기를 아쉬워하듯 뭉게구름이 산봉우리처럼 높게 솟아있다.

앞 구와 같은 곳에서 지은 구이다.

“그 뒤 오쓰에 있는 보쿠세쓰 집에서”

선득선득한
벽에 발을 붙이고
낮잠을 자네

ひやひやと壁(かべ)をふまえて昼寝(ひるね)哉(かな)(1694년)…943

누운 채 발을 들어 서늘한 기운이 도는 벽에 발바닥을 대고 낮잠을 즐긴다. 선선한 초가을의 여유로움을 담아 보쿠세쓰에게 인사차 지어준 구이다.

머리글은 바쇼가 사망한 이듬해에 제자 시코가 하이쿠집을 편집하며 붙인 것으로, ‘그 뒤’는 바쇼가 교토의 교라이 집에서 오쓰에 있는 보쿠세쓰의 집으로 거처를 옮긴 후라는 뜻이다.

길은 좁고
바랭이풀 꽃에는
이슬 맺혔네

道(みち)ほそし相撲(すもう)取(と)り草(くさ)の花(はな)の露(つゆ)(1694년)…944

오랜만에 찾아온 이 길이 좁은 데다 사람이 다니지 않아 빼곡히 자란 왕바랭이풀은 이슬에 촉촉이 젖어있다.

3년 만에 에도에서 오쓰의 절 기추지에 있는 무명암으로 돌아오던 길의 풍정을 노래한 구로, 도연명의 글귀 “길은 좁고 초목은 무성하여 저녁 이슬이 내 옷을 적시누나”와 고전 산가집에 실린 사이교의 아래의 와카 등에도 유사한 시정이 담겨있다.

이소노카미 / 오래 전 살던 집에 / 헤쳐 갔건만

마당을 덮은 띠에 / 이슬이 흐르누나

いそのかみ古きすみかへ分け入れば庭の浅茅に露のこぼるる

"부족함을 낙으로 여기고 쓸쓸함을 벗 삼아"

여기 이 집은
뜸부기도 모르리
사립짝의 문

この宿(やど)は水鶏(くいな)も知(し)らぬ扉(とぼそ)かな(1694년으로 추정)…945

손님의 방문을 암시한다는 뜸부기조차 들어올 문을 찾기 어려울 만큼 소박한 집에서 그대는 살고 있구려.

오쓰의 오지에 은둔하는 문하생 고센의 암자를 찾아 질박하게 사는 모습을 기린 인사구이다.

"여름에 오쓰에 있다가 편지로 소식을 전해 듣고 고향에 돌아가 우란분회에 참가하며"

한집안 모두
지팡이에 백발에
성묘를 하네

家(いえ)はみな杖(つえ)に白髪(しらが)の墓参(はかまい)り(1694년)…946

집안사람들 모두 나이가 들어 백발에 지팡이를 짚고 성묘한다.

초안…일가 모두 / 백발에 지팡이에 / 성묘를 하네
一家みな白髪に杖や墓参り

"비구니 주테이가 세상을 떠났다는 소식에"

보잘것없는
신세라 생각 마오
다마마쓰리

数ならぬ身とな思ひそ玉祭(1694년)…947

부디 처지를 한탄하지 마시오. 우란분회를 맞아 그대의 명복을 비오.

한때 바쇼의 연인이었다 비구니가 된 여인 주테이의 죽음을 기리며 우란분에 지은 구이다.

주테이(寿貞)에 관해 '바쇼는 고향 사람인 이 여인과 가까운 관계였다. 바쇼가 에도로 상경하자 그녀도 뒤따라와 에도바시 부근 암자에서 수년간 동거하였다', '이후에 주테이는 바쇼가 에도로 불러들인 바쇼의 조카 도인(桃印)과 잠적하여 동거하며, 혹은 다른 남자와의 사이에 자식 셋을 낳았다', '이 사건이 바쇼가 에도바시에서 후카가와로 암자를 옮긴 주요 이유였다' 등의 주장이 제기되어 있다.

이후 결핵에 걸려 자식 셋을 데리고 에도 후카가와 암자에 돌아온 주테이는 1694년 6월 초에 사망하고, 교토 사가의 라쿠시샤에 머물던 바쇼는 6월 8일 그녀의 죽음을 알았다.

벼락불 번쩍
어둠 향해 날아가는
해오라기 소리

稲妻や闇の方行く五位の声(1694년)…948

번개의 섬광이 이는 야밤에 어두운 곳으로 해오라기가 날아가며 불길하게 까악거린다.

고향의 부유한 상인인 중진 문하생 엔스이의 집에서 제자들과 벼락을 소재로 읊은 구이다.

엔스이는 바쇼의 고향 이가의 최고참 제자로, 1689년에 출가한 뒤 바쇼 하이쿠 공부에 전념하였다. 『원숭이 도롱이』 등의 하이쿠집에 그의 하이쿠 아홉 수가 실려있다.

五位(해오라기)는 '밤 까마귀'라는 뜻의 학명을 가진 야행성 새이다.

초안…벼락불 번쩍 / 땅거미 내린 밤에 / 해오라기 소리
稲妻や宵はみくらし五位の声

바람의 기색
어지러이 심어진
뜨락의 싸리

風色やしどろに植ゑし庭の萩(1694년)…949

뜰에 듬성듬성 갓 심어진 싸리가 흔들리는 모습에서 바람이 한차례 불어 지나가는 것을 느낀다.

고향 이가의 문하생의 집에서 지은 가센의 시작구이다.

새로이 조성 중인 정원의 풍정을 읊은 구인데, 첫 소절의 '바람의 기색'을 '바람이 부네'로, 끝 소절의 '뜨락의 싸리'를 '뜨락의 가을' 등으로 바꾸며 글을 가다듬은 과정이 기록에 남아있다.

風色(바람의 기색)은 초목이 흔들리는 것을 보고 알아채는 바람의 움직임을 뜻한다.

마을 오래어
감나무 없는 집이
하나도 없네

里古りて柿の木持たぬ家もなし(1694년)…950

유서 깊은 고향 땅 이가에는 어느 집에나 주렁주렁 감을 매단 감나무가 서있다.

8월 9일 저녁에 문하생 보스이의 집에서 지은 가센의 시작구이다.

가을의 동과
피차간에 변하는
얼굴의 모습

冬瓜やたがいに変る顔の形(1694년)…951

오랜만에 다시 만난 고향 사람들의 얼굴이 너나없이 가을철의 동과처럼 주름졌다.

중추명월에
산기슭은 안개요
논은 희부연

名月に麓の霧や田の曇り(1694년)…952

휘영청 떠있는 보름달 아래, 산자락에는 안개가 걸려있고 그 아래의 논도 희부연하게 보인다.

고향 문하생들이 바쇼의 생가에 모여 뒤에 실릴 구와 함께 읊은 구이다.

명월 아래의
꽃이런가 했더니
목화밭일세

名月の花かと見えて綿畠(1694년)…953

교교한 보름달 아래 하얗게 펼쳐진 것은 꽃이 아니라 목화밭의 솜털이다.

당시는 목화가 일본에 보급되어 전국적으로 목화 재배가 성행한 시기였다.

하이쿠 논서 『산조시』에 바쇼의 제자 도호가 앞 구에는 '불역(不易·시대를 초월하여 변하지 않는 하이쿠의 본질)', 이 구에는 '새로움'이라는 평을 달았다.

이 밤 그 누가
요시노에 뜬 달도
열여섯 리(里)

こ よいだれよしの　つき じゅうろくり
今宵誰吉野の月も十六里()(1694년)…954

여기서부터 16리 떨어져 있는 요시노에도 떠있을 보름달의 풍류를 아는 자 누가 있어 바라보려나.

헤이안 시대의 장수 미나모토노 요리마사가 지은 아래의 와카의 첫 소절을 인용하여 지은 구로, 나라현의 요시노는 풍광이 수려하여 중세 시대부터 시가에 자주 등장한 곳이다.

이 밤 그 누가 / 조릿대에 부는 바람 / 몸에 사무쳐

요시노 봉우리의 / 달을 바라보는가

今宵誰薦吹く風を身にしみて吉野の嶽の月を見るらむ

十六里(16리, 약 64킬로미터)는 바쇼의 고향 이가에서 요시노까지의 거리이다.

맨드라미꽃
기러기 날아올 제
더욱 빨갛지

けいとう　かり　く　とき　あか
鶏頭や雁の来る時なほ赤し(1694년 이전)…955

기러기 날아올 무렵이 되면 맨드라미가 한층 빨갛게 물든다.

맨드라미가 그려진 그림에 화찬으로 지은 구이다.

기러기가 날아올 무렵에 붉어진다는 뜻의 꽃 이름 안래홍(雁來紅)은 꽃비름(葉鶏頭)의 중국식 이름이어서, 바쇼가 꽃 이름을 착각한 것인지 아니면 맨드라미 그림에 다른 꽃의 이름을 넣어 유머를 지어낸 것인지 분명치 않다.

"이세의 시코와 도주가 고향에 찾아와"

소바는 아직
꽃으로 모시리다
산으로 난 길

蕎麦(そば)はまだ花(はな)でもてなす山路(やまじ)かな(1694년)…956

먼길 오시느라 수고 많았소. 헌데 메밀국수를 대접하기에는 아직 철이 이르니 산길 옆에 가득 피어있는 꽃을 구경하는 것으로 대신하리다.

시코는 이날부터 바쇼가 타계할 때까지 줄곧 바쇼와 함께 지내며 보살폈다.

송이버섯
이름 모를 나뭇잎
들러붙었네

松茸(まつたけ)や知(し)らぬ木(こ)の葉(は)のへばり付(つ)く(1694년)…957

선물로 받은 송이버섯에 이름을 알지 못하는 나뭇잎이 들러붙어 있다.

바쇼에게 보내온 버섯을 소재 삼아 읊은 구로, 이 구를 시작구로 하여 두 제자와 가센을 지었다.

나뭇잎이 제자 시코를 따라온 초면의 사람을 빗댄 표현이라는 해석도 있다.

햇볏짚이
나오기가 바쁘게
겨울 재촉 비

新藁の出初めて早き時雨哉(1694년)…958

분지에 위치하여 계절이 빠르게 바뀌는 고향 이가, 추수가 끝나 햇볏짚이 나오는가 싶더니 어느새 겨울을 알리는 비가 내린다.

바쇼의 제자 도호에게 사사한 지쿠진이 바쇼 전기 『초 옹 전전(蕉翁全伝)』을 편집하며 "이것은 제자 엔스이와 함께 보낸 가을밤에 고향의 풍정을 이야기하다 문득 시정이 떠올라 지은 구다"라는 바쇼의 말을 곁들여 다음에 올 구와 나란히 실은 구이다.

떠나는 가을
손을 펼치는구나
밤나무 아람

行く秋や手をひろげたる栗の毬(1694년)…959

벌어진 밤송이의 모습이 마치 끝나가는 가을을 막으려 펼친 손바닥 같다.

고향의 문하생 겐세쓰의 집에서 지은 반가센의 시작구이다. 毬(아람)을 발음이 같은 고향의 지명 伊賀(이가)로 풀이하면 밤나무의 고장 이가의 제자들이 팔을 벌려 가을에 길을 떠나는 나를 막아선다는 내용의 구가 된다.

떠나는 가을
팔을 벌리는구나
밤의 땅 이가

국화꽃 향기
나라에는 오래인
여러 부처님

菊の香や奈良には古き仏たち(1694년)…960

고색창연한 절과 불상이 즐비한 나라 땅에 들어서니 여기저기에서 그윽한 국화향이 실려온다.

네 제자와 함께 오사카를 향하여 고향을 출발한 바쇼가 중양절인 9월 9일 고도(古都) 나라에 도착한 때의 풍정을 읊은 구이다.

710년부터 784년까지 일본의 수도였던 나라 일대에는 천 년의 세월을 지켜 온 많은 절과 불상이 현존한다.

국화의 향기
나라는 세세손손
사나이 자태

菊の香や奈良は幾世の男ぶり(1694년)…961

국화 향기가 그윽한 중양절, 오랜 세월 면면히 이어온 나라 땅이 사나이의 자태처럼 멋스럽다.

여기서의 사나이는 헤이안 시대의 왕자이자 와카 시인인 아리와라노 나리히라(在原業平·825~880)를 이른다. 그는 역사서에 "생김새가 수려하고 방종하며 거리낌이 없다…" 고 언급되고 고전 소설『이세 이야기』에서 나라의 미녀 자매 둘과 사랑을 나눈 대목이 실린 이후 시가 문학 등에서 미남의 대명사로 불렸다.

삐이이 우는
긴 소리 애달퍼라
밤중의 사슴

ぴいと啼く尻声悲し夜の鹿(1694년)…962

어두운 밤에 길게 이어지는 사슴의 울음소리가 애절한 정취를 자아낸다.

고향 이가에서 오사카로 가는 도중에 나라에서 머물며 지은 구이다.

동행한 제자 시코는 "어느 연못 부근에 숙소를 정하였는데… 삼경쯤에 그 연못가에서 읊으셨다"라고 하이쿠집에 기록하였다.

제자 교리쿠는 고전 시가인 와카에서는 사용한 예가 없는 ぴい(삐이이)라는 의성어, 尻(엉덩이) 등의 일상어를 바쇼가 구사하여 시정(詩情)을 구체적으로 표현하였음을 높게 평가하며 "삐이이 하고 길게 우는 소리의 애달픔, 와카는 여기에 미치지 못한다"라고 기록하였다.

국화 향기에
어두운 곳 오르는
중양절일세

菊の香にくらがり登る節句かな(1694년)…963

중국에는 중양절에 인근의 높은 산에 올라 잔치를 벌이는 '등고(登高)'라는 풍습이 있다는데, 내가 국화꽃 향기도 그윽한 중양절에 걸어 올라가고 있는 곳은 수려한 산이 아니라 '어두운 고개(暗峠)'다.

暗峠는 지금의 나라현과 오사카부를 경계 짓는 고개의 이름이다.

국화에 나서
나라와 나니와는
달이 뜬 저녁

菊に出て奈良と難波は宵月夜(1694년)…964

아침에 국화향을 맡으며 나라를 출발하여 저녁에 나니와(오사카)에 도착하니 어제 나라에 도착했을 때와 마찬가지로 저녁달이 떠있다.

두 제자 샤도(洒堂), 시도(之道) 등과 함께 지은 가센의 시작구인데, 가센의 처음 세 구만 셋이 읊고 뒷부분은 다른 제자들이 이어 지었다.

샤도는 먼저 오사카에 들어와 문단에서 세력을 넓히며 활동 중이던 시도와 갈등을 빚고 있었다. 바쇼는 둘을 화해시킬 목적으로 오사카를 방문했다.

宵(저녁)을 발음이 같은 말 良い(좋은)으로 풀이하면 아래와 같은 구가 된다.

국화에 나서
나라와 나니와는
달 뜬 좋은 밤

"샤도가 머리맡에서 코를 골기에"

멧돼지의
집에라도 들어왔나
귀뚜리 소리

猪の床にも入るやきりぎりす(1694년)…965

잠을 자려 누웠는데 제자의 코고는 소리가 마치 멧돼지의 소리처럼 들린다. 그 소리 사이사이에 들릴 듯 말 듯 귀뚜라미 우는 소리가 섞여있다.

臥猪の床는 멧돼지가 들풀 등을 깔고 잠을 자는 곳으로, 고전 시가에서 풍찬노숙을 비유하던 표현이다.

허물없이 지내는 제자들과 우스개로 지은 구로 추정한다.

초안…잠자리 들자 / 코골기 시작하네 / 귀뚜리 소리
床に来て鼾に入るやきりぎりす

되를 사고서
분별이 바뀌었네
달맞이 행사

枡買て分別替る月見かな(1694년)…966

장터에서 되를 산 뒤에 생각이 바뀌어 달맞이 모임에 참석하지 못하오. 널리 살펴주시오.

실제로는 자신의 병세가 깊어 사전에 약속한 달맞이 행사에 참석하지 못함을 '분별이 바뀌었기 때문'이라고 에둘러 표현한 구이다. 마음속으로 대상을 사유(思惟)하고 계량한다는 불교 용어 '분별'을 물건을 계량하는 되에 연결시켰다.

9월 13일, 바쇼는 오사카 스미요시 신사에 참배하고 농민들이 되를 내다 파는 이 신사의 장거리에서 되를 구입했다. 사람들은 이 신사에서 파는 되가 영험하여 이것을 구입하면 부자가 된다고 믿었다.

어느새 가을
뿌리는 빗방울에
이지러진 달

秋もはやはらつく雨に月の形(1694년)…967

어느덧 가을이 무르익어 흩뿌리는 빗방울과 이지러져 가는 달에서 쓸쓸한 정취가 묻어난다.

오사카에 사는 제자 기류의 집에서 여덟 명이 지은 가센의 시작구이다.

초안…어저께부터 / 투둑투둑 가을도 / 빗방울 지네
昨日からちょつちょと秋も時雨かな

"9월 21일 샤요의 집에서"

가을의 밤을
산산이 깨뜨리는
이야기로다

秋の夜を打ち崩したる咄かな(1694년)…968

가을밤의 적요함을 철저히 깨뜨려버릴 만큼 흉금을 터놓고 나누는 오늘 밤의 대화가 더없이 즐겁다.

두 제자 샤도와 시도가 화합하기를 바라는 심정을 담아서 지은 반가센 짓기의 시작구이다.

"이 집 주인은 밤에 놀기 좋아해서 늦잠을 자는 사람이다. 일찍 자는 것을 싫어하니 아침에 일찍 일어나지 못한다"

기분 좋은
가을 아침의 늦잠
주인장 심사

おもしろき秋の朝寝や亭主ぶり(1694년)…969

아침에 늦잠을 자는 집주인 덕에 객으로 하룻밤 머문 모든 사람이 느긋하게 늦잠을 즐긴다.

바쇼와 제자 일곱 명이 샤요의 집에서 밤늦게까지 반가센을 짓고 그곳에서 하룻밤을 묵었다. 이에 대한 인사구로 지은 글이다.

"26일, 시미즈의 찻집에서 데이소쿠 무리의 하이쿠 짓기, 열두 명"

여기 이 길
지나는 사람 없이
가을 저무네

この道や行く人なしに秋の暮(1694년)…970

익숙한 길이건만 이제는 오가는 사람 없이 가을날이 저물어 간다.

머리글의 데이소쿠 무리는 바쇼의 제자 교라이의 문하생들을 이른다. 오사카 찻집에서 바쇼가 마지막으로 주관한 렌쿠 짓기의 시작구인데, 바쇼는 제자 시코에게 이 구와 초안 가운데 어느 구가 좋은지 의견을 물은 뒤 시코의 의견을 좇아 이 구를 시작구로 제출하였다.

초안이 서정적인 풍경을 담은 데 비해 이 구는 바쇼 자신이 걸어온 하이쿠 여정을 회상하는 듯한 내용이다.

초안…사람들 소리 / 이 길을 돌아오네 / 가을 저물녘
人声やこの道帰る秋の暮

부는 솔바람
처마 아래 휘돌며
가을 저무네

松風や軒をめぐって秋暮れぬ(1694년)…971

스산한 솔바람이 찻집의 처마 아래를 휘도는 모습에서 늦가을의 정취를 맛본다. 오사카 시미즈의 요정 주인이 간절히 원해 지었다는 머리글이 있다.

하얀 국화
눈을 씻고 찾아볼
티끌도 없네

白菊の目に立て見る塵もなし(1694년)…972

흰 국화가 더없이 청초하여 눈을 씻고 보아도 티끌 하나 보이지 않는다.

오사카의 여류 하이쿠 시인 소노메의 집에서 지은 9인 가센의 시작구 겸 인사구이다.

사이교가 지은 아래의 와카의 한 소절을 차용하여 여주인의 청초함을 흰 국화에 비유했다.

흐린 데 없는 / 구리 거울 위에 / 있는 티끌을
눈을 씻고 찾으려는 / 세상인가 하노라
曇りなき鏡の上のゐる塵を目に立てて見る世と思はばや

이날 지은 가센의 36구 가운데 첫 6구는 아래와 같다.

하얀 국화에 / 눈을 씻고 찾아볼 / 티끌도 없네
白菊の目に立て見る塵もなし(바쇼)
단풍 잎새에 물을 / 흘리는 으스름달
紅葉に水をながす朝月(소노메)
서걱거리는 / 도미 몸통 반쪽을 / 구부려 접고
冷冷と鯛の片身を折りまげて(후치쿠)
하는 일 하나 없이 / 해는 저물어가네
何にもせずに年は暮行(이센)
벽장 장지에 / 써 붙인 좌우명은 / 색 바래는데
小襖に左右の銘は煤びたり(시코)
도읍지를 떠나와 / 방방곡곡 떠도네
みやこをちって国国の旅(이젠)

올가을엔
어찌 이리 늙는가
흰구름에 새

この秋は何で年寄る雲に鳥(1694년)…973

이번 가을에는 왜 이토록 몸이 늙고 힘들까. 하늘에 떠있는 구름 아래로 새가 정처 없이 날아간다.

바쇼는 타계하기 20여 일 전에 이 구를 짓고 '객지에서의 쓸쓸함'이라고 머리글을 썼다. 바쇼의 제자 시코는 자신이 엮은 하이쿠집 『괴나리 일기』에 "이 구를 지으며 스승님은 아침부터 마음을 다잡아 열중하시고, 마지막 다섯 글자를 짓는데 단장이 끊기듯 애쓰셨다"라고 기록했다.

"즉흥구"

달빛 밝은데
여우가 무섭다는
길동무 동자

月澄むや狐こはがる児の供(1694년)…974

달 밝은 밤, 동자와 둘이 가는 길에 여우 우는 소리가 무섭다며 동자가 몸을 슬며시 붙여 온다.

9월 28일 제자 샤도의 문하생 게이시의 집에서 7명이 '일곱 가지 사랑(七種の恋)'을 읊는 자리에서 바쇼에게 주어진 '月下送兒'라는 주제에 맞춰 동성애를 읊은 구이다.

여기서의 児는 단순한 어린이가 아니라 '남색 상대로서의 미소년'을 뜻한다.

가을 깊었네
이웃은 무얼 하는
사람이런가

秋深き隣は何をする人ぞ(1694년)…975

타관을 떠돌다 여관에 몸져누웠다. 옆방에 사람이 든 기색이 느껴진다. 그는 대체 어떤 일을 해서 먹고사는 사람일까.

바쇼는 9월 29일 저녁에 사카이에 사는 시하쿠라는 사람의 집에서 렌쿠를 읊을 예정이었다. 병석에서 일어나지 못한 바쇼는 렌쿠의 시작구로 사용하도록 이 구를 종이에 적어 보냈다.

방랑에 앓아
꿈은 시든 벌판을
헤매어 도네

旅(たび)に病(やん)で夢(ゆめ)は枯野(かれの)をかけ廻(めぐ)る(1694년)…976

여행 중에 병들어 누워 있으면서 초목이 시든 가을 들판을 헤매는 꿈을 꾼다.

제자 시코(支考)는 『바쇼 옹 추도 일기』에 이때의 정황을 이렇게 썼다.

"이날(10월 8일) 밤늦게 돈슈를 부르시더니 방에서 벼루에 먹을 가는 소리가 사각사각 들려 어찌 된 일인가 했더니, '방랑에 앓아/꿈은 시든 벌판을/헤매어 도네'라고 쓰게 하시었다. 그 뒤에 나를 부르시곤 뒤의 두 소절을 '벌판을 헤매 도는/꿈꾸는 심정'이라고도 구상했는데 어느 쪽이 나은가 물으셨다. (뒤의 두 소절을 그렇게 지으신다면) 첫 소절은 어찌 되는지 묻고 싶었지만 몸이 편찮으신데 심려를 끼쳐 드릴 것 같아 '지금 구에서 어찌 좋지 않은 곳이 있겠습니까'라고 엉겁결에 대답했다. 하지만 만약 '벌판을 헤매 도는/꿈꾸는 심정'으로 했더라면 첫 소절은 어떻게 바뀌었을지…. 이제는 스승께 여쭐 수도 없는 일이 되었다."

이듬해 제자 로쓰는 『바쇼 옹 행장기』를 출간하며 "…예로부터 사세구를 남기는 것은 누구나 하는 일이니 스승님에게도 사세구가 있어 이상할 게 없지만, 스승님은 매일 사세구를 짓는 심경으로 구를 지으셨다. 종국에는 '이런 상황이라고 해서 따로 지을 필요가 있겠느냐'고 말씀하시며 임종 시에 사세구를 읊지 않으셨다"라고 기록하였다.

바쇼는 반목하던 오사카의 두 제자를 화해시키고자 9월 8일 고향을 출발하여 오사카에 들어온 뒤에 한기·고열·두통에 시달렸다. 그 후 다소 회복하였다가 29일에는 심한 설사를 하며 병석에 누웠다. 10월 5일에 시도의 집에서 다른 제자의 집으로 거처를 옮기지만 회복하지 못하고 10월 12일 숨을 거두었다.

유해는 그날 밤 배로 요도카와강을 거슬러 올라가 기추지로 옮겨졌고, 14일에 장례를 치른 후 그곳에 묻혔다.

부록

바쇼가 묻힌 절 기추지(義仲寺), 시가현 오쓰시 소재
- 초무, 『바쇼 옹 그림책전(芭蕉翁絵詞伝, 1792)』

17자로 그리는 세계, 하이쿠

하이쿠는 짧은 정형시다.

5/7/5의 17음으로 자연의 풍물과 인간사를 노래하는 하이쿠는 봄·여름·가을·겨울을 드러내는 낱말이 있어 계절감을 맛보게 하고, 어딘가에 단락이 지어져 있어 여운을 증폭시킨다.

시상(詩想)을 글로 압축한 것이 시라면, 하이쿠는 시를 압축한 결정체다. 시가 보석이라면 하이쿠는 다이아몬드다.

일본인들은 와카를 천 년 넘게 벼려 오늘날의 하이쿠를 만들어냈다.

와카(和歌)

'일본(和)의 노래(歌)'라는 뜻의 와카는 5음 절구와 7음 절구를 기본으로 하는 정형시다. 와카에는 5/7/5/7/7의 음수율로 이루어진 단가와 5/7/5/7/5/7/7처럼……5/7을 세 차례 이상 반복하다 7로 맺는 형식의 장가가 있다.

8세기 말에 편찬된 최초의 와카집『만엽집(万葉集)』에는 단가 4,200여 수와 장가 260수가 실려있고, 헤이안 시대에 다이고 일왕의 칙령에 의해 편집된『고금와카집』을 시작으로 무로마치 시대까지 총 21권의 칙선 와카집이 편찬되었다.

오늘날에 와카라 함은 대부분 단가를 이른다.

아래는 정초에 들에 나가 봄나물을 뜯어 죽을 끓여 먹던 궁중 행사의 풍정을 당시의 일왕 고코(830~887)가 읊은 와카다.

그대를 위해 / 봄날의 들에 나가 / 들나물 캐는
나의 소맷자락에 / 눈이 내려 쌓이네
君がため春の野に出でて若菜つむわが衣手に雪は降りつつ

렌가(連歌)

이러한 와카를 이어 짓는 것이 렌가다. 렌가는 장구(5/7/5)와 단구(7/7)를 여러 사람이 번갈아 즉흥적으로 읊어나가며 백 구, 천 구, 만 구까지 짓는다.

렌가는 헤이안 시대부터 가마쿠라 시대를 거쳐 무로마치 시대까지 성행하였다.

아래 구는 1355년에 교토의 좌대신 요시모토의 집에서 규제이 법사의 주관 아래 렌가 시인들이 모여 지은 백 구 렌가의 첫 네 구다.

명성은 높고 / 소리는 다시없네 / 여름 뻐꾸기
名はたかく声はうへなし郭公(규제이 법사)
우거진 나무마다 / 솔바람 불어오고
茂る木ながらみな松の風(좌대신 요시모토)
산의 그늘은 / 시원한 계곡 물에 / 잠겨있구나
山かげはすずしき水の流れにて(에이운)
명월이 봉우리에 / 모습을 드러내니
月はみねこそはじめなりけれ(슈아)

하이카이(俳諧)

처음에는 렌가 시인들이 여흥 삼아 즉흥적으로 읊고 글로는 남기지 않았던 '우스개 렌가'가 점차 발전하여 시가의 한 장르를 이룬 것으로, 하이카이는 '광대(俳優)가 읊는 해학(諧謔)'에서 유래한 말이다.

격조 높은 렌가와 달리 일상 용어와 속담 등을 기발하게 섞어가며 서민 세계를 재미있게 묘사한 '천 구 우스개 렌가'를 읊은 야마자키 소칸(山崎宗鑑·?~1541) 등에 의해 하이카이는 점차 렌가의 그늘에서 벗어나 독자적인 문예로 자리 잡아갔다.

17세기에 들어 마쓰나가 데이토쿠(松永貞徳)가 주창한 데이몬파 하이카이가 전국적으로 유행했고 니시야마 소인(西山宗因)의 담림파 하이카이가 그 뒤를 이어받았다. 1690년대에는 마쓰오 바쇼(松尾芭蕉)가 이끈 '쇼풍(蕉風)' 하이카이에 의해 예술성이 더해졌다.

아래는 야마자키 소칸이 1524년에 지은 『신선 이누쓰쿠바집(新撰犬筑波集)』에 실린 하이카이렌가의 일부다.

도둑질한 놈 / 붙잡아 놓고 보니 / 내 자식일세
盗人をとらえて見れば我が子なり
베기는 해야겠고 / 베서는 안 되겠고
切りたくもあり切りたくもなし
밝게 비치는 / 달을 가리고 있는 / 꽃나무 가지
さやかなる月かくせる花の枝
베기는 해야겠고 / 베서는 안 되겠고
切りたくもあり切りたくもなし
맘에 쏙 드는 / 장식 달린 화살이 / 조금 길구나
心よき的矢の少し長いをば
베기는 해야겠고 / 베서는 안 되겠고
切りたくもあり切りたくもなし

하이쿠(俳句)

이후의 하이카이는 쇠퇴기를 맞았다. 메이지 시대에 들어 마사오카 시키(正岡子規·1867~1902) 등의 하이카이 혁신 운동을 거치면서 이어짓기의 형식을 내려놓은 하이카이는 시작구인 홋쿠(発句)만 남아 지금의 하이쿠(俳句)가 되었다.

고뇌의 시인, 바쇼

마쓰오 바쇼(松尾芭蕉·1644~1694)는 에도 시대 전기의 하이카이 시인이다.

그는 와카를 짓는 자리에서 여흥 삼아 우스개와 해학을 읊던 하이카이를 '쇼후(蕉風)'라고 불리는 예술성 높은 하이카이로 발전시켜 후세에 '하이쿠 성인(俳聖)'으로 세계적으로 널리 알려진, 일본 최고의 하이카이 시인 중 한 명이다

경쟁이 치열한 에도 시대의 시가 문단에서 하이카이 종장(宗匠)의 지위를 내려놓고 구도자적인 삶을 자처하며 격조 있는 시상과 언어를 창조하여 하이쿠에 담아낸 바쇼. 일본 하이쿠에 커다란 디딤돌을 내려놓은 그의 자취는 사후 330년이 지난 오늘날에도 비문, 동상, 기념관으로 일본 전역의 곳곳에 남아있다.

고향 이가에서의 바쇼

바쇼는 1644년 현재의 미에현 이가시 우에노에서 마쓰오 요자에몬의 차남으로 태어났지만 정확한 출생 월일은 전해지지 않고, 출생지에 대해서도 우에노 아카사카초라는 설과 쓰게마치라는 설 두 가지가 있다. 이름은 다다우에몬과 무네후사, 하이쿠 예명은 소보(宗房), 도세이(桃青)를 거쳐 바쇼(芭蕉)로 바꾸었다. 바쇼의 집안이 유서 깊은 헤이씨(平氏)와 먼 혈연관계가 있기에 성(姓)만으로도 칼을 찰 수 있는 신분이었지만 현실적으로는 사무라이가 아닌 농민이었다.

1656년, 열두 살 때에 아버지가 세상을 뜨고 바쇼는 1662년부터 이가 우에노의 고위직 사무라이의 둘째 아들 도도 요시타다를 섬기며 요리, 혹은 주방 일을

하였다. 두 살 연상인 요시타다를 따라 교토의 기타무라 기긴에 사사하여 하이카이의 길에 들어서 그해 연말에 읊은 구

봄이 왔는데 / 해는 가려고 하네 / 소섣달그믐

春や来し年や行けん小晦日

가 작성 연도가 알려진 가장 오래된 바쇼의 하이쿠다.

1664년에는 고향의 하이쿠집에 데이몬파 풍의 하이쿠 두 수가 '마쓰오 소보'라는 필명으로 처음 실렸다.

1666년에는 고향 우에노의 하이쿠 문단이 개최한 데이토쿠 13회기 추선 백 구(百句) 하이카이 짓기에서 읊은 바쇼의 렌쿠가 문집에 실렸다.

하지만 그해 바쇼가 섬기던 요시타다가 숨졌다. 바쇼는 장례식의 일원으로 그의 두발을 고야산의 절 호온인에 안치하고 그 집을 나왔다. 이후의 행적에 불분명한 시기가 있지만 1667년에 간행된 데이몬파의 하이쿠집에 '이가 우에노 사람'이라고 소개되며 바쇼의 구가 실렸다. 이후 각기 다른 하이쿠집에 1669년에 여섯 수, 1670년에 두 수, 1671년에 한 수가 각각 실렸다.

1672년, 스물아홉 살의 마쓰오 소보는 첫 하이카이집 『조개 맞추기(貝おほひ)』를 고향에 있는 스가와라 신사에 봉납했다. 이 하이쿠집은 이듬해 에도에서 책으로 출판되었다.

1674년에 바쇼는 스승 기타무라 기긴에게서 졸업의 의미로 하이카이 작법서 『하이카이우모레기(俳諧埋木)』를 전수받고 에도로 떠났다.

에도에서의 바쇼

1675년에 에도로 진출하여 니혼바시에서 셋집을 얻어 살던 서른두 살의 바쇼는 얼마 지나지 않아 평생의 후원자가 된 생선 거래상 스기야마 산푸의 집에 들어갔다. 그곳에서 그는 하이카이 시인들과 교류를 시작하며 에도의 하이카이 문단에 발을 들였다. 5월에는 담림파 하이카이의 시조 니시야마 소인의 에도 방문을 기념하는 아홉 명이 참가한 백 구 짓기 하이카이에 도세이(桃青)라는 필명으로 참가하였다.

1677년, 미토 번주의 에도 저택으로 강물을 끌어오는 공사에서 장부를 적는 일

에 종사하였다. 이것은 바쇼가 편을 갈라 하이쿠에 점수를 매기고 승부를 겨루는 상업적인 하이카이 짓기에 평가관으로 나서지 않았기 때문에 수입이 적었던 사정, 혹은 일정한 직업이 없으면 에도에 머물 수 없는 당시의 제도가 원인일 것으로 추측한다. 이 시기에 바쇼가 거주하던 도쿄 분쿄쿠(文京区)에 기념관 바쇼암(芭蕉庵)이 건립되어 있다.

이 즈음에 바쇼는 종정(宗匠) 자격을 취득하여 전문적인 하이카이 시인이 되었다. 종정이 된 바쇼는 에도와 교토의 문단과 교류하며 교토의 거상 이토 신토쿠, 야마구치 스도와 렌쿠 300구를 지어 『도세이 300구(桃青三百韻)』를 출간하는 등 많은 담림파의 하이카이를 발표하였다.

하지만 서른여섯 살인 1680년, 바쇼는 홀연히 사는 곳을 에도 도심지에서 스기야마 산푸가 제공한 에도의 서쪽 변두리 후카가와(지금의 도쿄 고토쿠)의 암자로 옮겼다. 그 이유로 재기 넘치는 신진 종정으로서 애호가들에게 둘러싸여 판정관 노릇을 하는 데 만족하지 못했다, 거주하던 니혼바시의 집이 화재로 불탔다, 담림파 하이카이에 한계를 느꼈다는 등의 학설이 있다. 그는 이 무렵부터 하이카이의 순수성을 추구하며 세상을 등지고 장자 사상을 좇아 자연 속에서 안식을 얻고자 했다.

후카가와 강변에서의 바쇼

후카가와의 암자에 살며 지은 구에는 담림풍 하이카이와 평가관을 내려놓은 데서 오는 공허함을 고독한 은거 생활로 극복하려는 의지를 담은 것이 많다. 1682년에 출간된 당시의 하이카이를 망라한 성격의 하이카이집 『무사시부리(武蔵曲)』에 수록된 바쇼의 하이쿠

고적하게 맑거라 / 쓰키와비 서생의 / 나라차 노래

侘びてすめ月侘斎が奈良茶哥

에는 와비에 대한 공감이 담겨있다. 이 문집에 그의 새로운 예명 바쇼(芭蕉)가 처음 사용되었다. 이 예명은 문하생 리카가 보내준 파초가 암자에서 울창하게 자라 암자의 이름을 파초암(芭蕉庵)으로 바꾼 데서 유래하였다. 바쇼는 이 암자에 입주한 이듬해 가을에 파초를 소재로 하이쿠를 지었다.

파초 휘날고 / 함지의 빗물 소리 / 듣고 있는 밤

芭蕉野分して盥に雨を聞夜哉

그러던 중 1682년 12월에 발생한 '덴나의 대화재'로 암자가 소실되자 바쇼는 현재의 야마나시현에 있는 녹봉 1,200석의 관리이자 하이카이 시인 다카야마 시게후미의 집에서 지냈다.

1683년에 5월에 바쇼는 에도로 다시 돌아오고 그해 겨울에 암자가 재건축되었다.

이 시기에 바쇼의 문하생 기카쿠가 편집한 하이카이집 『빈 밤톨(虚栗·미나시구리)』에 실린 바쇼의 하이쿠에는 음수율을 벗어난 한시 조의 구가 많은데 이때의 작풍을 '미나시구리초(虚栗調)'라고 한다.

또한 삿갓을 소재로 하이쿠를 짓고 직접 대나무를 쪼개 삿갓을 만들며 '삿갓을 만드는 사람'을 자처하기도 했다. 바쇼는 삿갓을 작은 암자로 여기고, 비바람을 피하는 초라한 암자 또한 유랑으로 점철된 인생길의 삿갓으로 여겼다.

이때의 암자가 있던 곳에는 바쇼 기념관(도쿄 고토쿠)과 정원, 동상, 바쇼이나리 신사 등의 사적이 들어서 있다.

바쇼 하이쿠의 확산과 기행

1684년 8월에 바쇼는 '백골 기행(野ざらし紀行·노자라시기행)'의 여행길에 오른다. 에도를 출발하여 도카이도를 따라 이가·야마토·요시노·미노·오와리·가이를 돌아본 후 다시 이가에 들러 연말을 보내고 기소·가이를 거쳐 에도로 돌아온 때는 1685년 4월이었다. 이 여행은 애초에는 미노 지방 오가키에 사는 재력가 보쿠인의 초대를 받아 출발하였지만 전해에 타계한 어머니를 성묘하기 위해 고향 이가에도 들렀다.

이 여행길에는 문하생 지리(千里)가 동행하였다. 기행의 이름은 출발에 즈음하여 읊은 하이쿠에서 유래했다.

백골 되리라 / 작정한 이내 몸에 / 스미는 바람

野ざらしを心に風のしむ身哉

기행문의 앞부분에는 한시풍의 구가 많지만 후반에는 목격한 것을 솔직하게 읊으며 와비의 심경을 반영한 표현으로 바뀌었고, 책의 제목처럼 처음에는 비장한 각오로 길을 나섰지만 여행 후반에 지은 하이쿠에서는 여유로운 심경이 엿보이기도 한다.

1686년 봄, 바쇼암에서 개구리를 소재로 하여 홋쿠를 짓는 자리에서 널리 알려진 구

고요한 연못 / 개구리 뛰어드는 / 퐁당 소리

古池や蛙飛びこむ水の音

를 읊었다. 이 구는 그때까지의 전통적인 와카와 렌가에서 '우는 것'에 시상이 머물렀던 개구리를 '폴짝 뛰는 존재'로 탈바꿈시킨 데다, 뛰는 동작 자체를 시상으로 삼은 것이 아니라 풍정의 정적감을 돋보이게 하는 데 사용한 점이 획기적이라고 평가받아 바쇼풍 하이카이를 상징하는 작품이 되었다.

1687년 늦가을에는 '괴나리 기록(笈の小文·오이노코부미)' 여행에 나섰다. 도카이도를 따라 나고야의 나루미·아쓰타·이라코사키·나고야를 거쳐 연말에는 고향 이가우에노에 머물렀다. 이듬해 2월에 이세 신궁을 참배하고 부친 33주기 제사차 고향에 돌아갔다. 이후 요시노·야마토·기이·오사카·스마·아카시를 둘러보았다. 5월에 여행을 마무리한 바쇼는 오쓰·기후·나고야를 경유하여 사라시나의 우바스테산에서 달구경을 하고 절 젠코지를 참배한 다음 8월 하순에 에도에 돌아왔는데 이때의 여정을 「사라시나 기행(更科紀行)」에 담았다.

바쇼는 사이교의 500회기인 1689년 3월 27일에 제자 소라를 대동하고 '오쿠의 오솔길(おくのほそ道·오쿠노호소미치)'의 장도에 오른다. 헤이안 시대의 와카 시인 사이교(西行·1118~1190)와 노인(能因·988~?) 등이 와카에서 언급한 명승지와 유적을 찾아서 오쿠리쿠·데와·에치고·가가·에치젠 등 미지의 낯선 땅을 밟은 이 여행에서 그는 많은 명구를 남겼다.

고요하여라 / 바위에 스며드는 / 매아미 소리

閑さや岩にしみ入る蝉の声

이 여행에서 바쇼는 고전 와카에서 언급된 곳을 실제로 접하면서 '새로움을 좇아 변화하는 것이 곧 하이카이의 불변의 본질과 통한다'는 바쇼의 하이쿠 사상 '불역유행(不易流行)'의 기초를 정립하고, 각지에서 많은 문하생을 얻었다. 특히 가

나자와에서 문하생이 된 사람들은 이후에 가가(加賀) 지방의 바쇼 문파 발전의 초석이 되었다.

바쇼는 8월 말에 오가키에 도착하면서 약 5개월에 걸친 2,400Km의 여행을 마친다. 이후 9월 6일에 이세 신궁을 참배한 후 고향 우에노에 머물렀으며, 12월에는 교토에서, 연말에는 오미 기추지의 무명암에서 지냈다.

바쇼는 1690년 정월에 고향에 돌아왔다가 3월 중순에 제제, 4월 초에 오미의 문하생인 제제번 관리 교쿠스이의 주선으로 오쓰의 겐주암(幻住庵)에 7월 23일까지 요양했다. 이때의 바쇼는 감기와 지병인 치질로 힘든 가운데에도 교토와 제제 등지의 하이카이를 읊는 모임에 나갔다.

1691년 4월부터 교토 사가에 있는 문하생 교라이의 별장에 체재하였고, 5월에는 교토의 문하생 본초의 집으로 옮겨 『원숭이 도롱이』를 편찬하기 시작했다. 이 하이쿠집의 제목은 2년 전 9월 이세에서 이가로 가던 도중 지은 구

겨울의 찬비 / 원숭이도 도롱이 / 갖고 싶고나

初しぐれ猿も小蓑をほしげ也

에서 유래한다. 이 문집에는 겐주암에 체제할 때 적은 기록 「겐주암 기록(幻住庵記)」도 수록되어 있다.

바쇼는 이해 9월 하순 바쇼는 교토를 떠나 10월 말에 에도에 돌아왔고, 이듬해 5월에는 신축된 바쇼암에 입주했다.

이후 줄곧 암자에서 지내던 1693년 여름에 더위로 몸이 쇠약해져 오봉 지날 무렵부터 약 1달간 암자에 은거하였다. 이 해 겨울에 문하생 셋과 바쇼의 만년 하이쿠 사상인 '가루미'를 반영한 하이쿠집 『숯 가마니(炭俵·스미다와라)』를 편집하였다.

사망

1694년 5월에 에도를 떠나 다시 고향 일대에서 지내던 바쇼는 9월에 문하생 시도(之道)와 샤도(洒堂)의 불화를 중재하려 나라를 거쳐 오사카에 들어갔다. 이후 발열과 두통, 치질로 쇠약해진 몸으로 시도와 샤도의 집을 오가다 병석에 드러누웠다. 10월 8일에 '병 중에 읊다'라는 머리글을 달아 생애 마지막 하이쿠를 지었다.

방랑에 앓아 / 꿈은 시든 벌판을 / 헤매어 도네

旅に病んで夢は枯野をかけ廻る

병석에 누워서도 바쇼는 중간과 끝 소절을 '벌판을 헤매 도는 / 꿈꾸는 심정'과 '꿈은 시든 벌판을 / 헤매어 도네' 가운데 어느 것으로 정할지 고민하였다.

10일에 유서를 쓰고 12일 오후 4시경 숨을 거뒀다. 향년 50세.

유해는 교라이, 기카쿠 등 문하생이 배에 실어 요도강을 거슬러 다음 날 기추지로 옮겨졌다. 14일에 장례를 치르고 유언에 따라 기추지(義仲寺) 경내의 기소 요시나카(木曽義仲)의 무덤 옆에 묻혔다. 문하생 80여 명 등 300여 명이 참석했다.

바쇼의 문하생

대표적인 바쇼의 문하생으로 '바쇼 문하생 열 명의 철인(蕉門十哲)'으로 일컫는 다카라이 기카쿠(宝井其角)·핫토베 후세쓰(服部嵐雪)·모리카와 교리쿠(森川許六)·무카이 교라이(向井去来)·가가미 시코(各務支考)·나이토 조쇼(内藤丈草)·스기야마 산푸(杉山杉風)·다치바나 호쿠시(立花北枝)·시다 야바(志太野坡)·오치 에쓰진(越智越人)이 있다(산푸·호쿠시·시다·오치 대신에 가와이 소라(河合曽良)·히로세 이젠(広瀬惟然)·핫토리 도호(服部土芳)·아마노 도린(天野桃隣)이 들어가기도 한다).

이외에 만코(万乎)·노자와 본초(野沢凡兆)·아시노 스케토시(蘆野資俊) 등이 있고, 오와리(尾張)·오미(近江)·이가(伊賀)·가가(加賀) 등지에서 바쇼 문파의 문하생들이 활약했다.

바쇼의 시풍

소보(宗房)라는 필명으로 하이카이를 시작할 무렵의 그의 작풍은 전형적인 데이몬(貞門)파였다. 즉, 와카 등 선인의 작품에서 소재를 얻어 한 말에 둘 이상의 뜻이 담기도록 짓기(掛詞)·빗대어 짓기(見立て)·기지(機智) 등을 복합적으로 사용하여 하이카이를 지었다. 처음으로 문집『사요나카야마슈(佐夜中山集)』에 실린 구

달은 길잡이 / 이곳으로 드시오 / 나그네의 집

月ぞしるべこなたへ入せ旅の宿

은 노(能) <구라마도깨비(鞍馬天狗)>의 한 소절에서 소재를 얻었다. 2년 뒤의 작품

싸라기 섞여 / 살포시 쌓인 눈은 / 옷감의 무늬

싸라기 섞인 / 얇은 옷, 눈송이는 / 점점이 무늬

霰まじる帷子雪は小紋かな

에서는 帷子를 帷子雪(살포시 쌓인 눈)과 帷子(얇은 옷)에 이중의 뜻으로 사용하여 두 가지의 풍경을 지어냈다.

'00은 ××이다'라는 형식으로 짓는 것도 이 시기의 시풍의 특징이다. 에도에서 도세이라는 예명을 사용하던 시기에는 담림풍의 구를 많이 지었지만 노의 노랫말을 비틀어 지은 데이몬풍의 구도 남겼다.

바쇼 나이 30대 후반기인 1680년대의 전반기의 하이카이 문단에서는 한시풍으로 글자 수를 넘치게 짓는 것이 유행하여 바쇼도 영향을 받았다.

암자에서 지은 구에는 다섯 글자가 넘는 초장으로 암자 밖의 정경을 묘사하고 중장과 종장으로 암자 안에 있는 자신의 모습을 그리기도 했는데, 이 방법은 와카에서 상구(5/7/5)와 하구(7/7)로 각기 다른 사안을 읊으면서도 상·하구가 이어지며 시상을 펼쳐가는 것과 같은 형식이다.

이 시기에 바쇼는 하이쿠의 소재나 구조에 새로운 시도를 하는 등 자신의 하이쿠에 의식적으로 변화를 주고자 했다.

40대 초반에 들어서며 바쇼의 하이카이는 크게 두 가지의 형태를 띤 작품이 주류를 이룬다. 하나는 '……哉(로다)' 형식이다.

말까지를 / 쳐다보는 눈 내린 / 아침이로다

馬をさへながむる雪の朝哉

이 구에서는 밤새 눈이 쌓인 아침의 풍경이 얼마나 상쾌한지를 평범한 말을 다시 쳐다보는 것으로 대신 표현하면서 그 감동을 哉(로다)로 맺었다.

또 한 가지는 '……や(여)/……(체언으로 마무리)'다.

국화 향기여 / 나라에는 오래된 / 여러 부처님

菊の香やならには古き仏達

이 형식에서는 초장의 글자 수를 지켜 や로 단락을 짓고 중·종장에서는 별도의 시상을 펼쳤다.

제자 핫토리 도호가 쓴 하이카이 이론서 『산조시(三冊子)』에서 바쇼는 "한시·와카·렌가·하이카이 모두가 풍아하지만 하이카이는 앞의 세 가지가 미치지 못하는 곳에 이른다"라고 언급했다. 여기에서의 '미치지 못하는 곳'이란 '속(俗)'의 범주를 뜻한다. 한시·와카·렌가가 '속'을 배제하고 '아(雅)'의 문예로서 성공한 데 비해 하이카이는 '속'까지 받아들여 다른 세 가지에 비견하는 독자성 높은 문예가 되었다고 말한 것이다.

단지의 문어 / 덧없는 꿈을 꾸네 / 여름밤의 달

蛸壺やはかなき夢を夏の月

이 구에서는 문어단지라는 세속적인 소재를 사용하여 곧 잡아 먹힐 줄은 생각지도 못한 채 여름밤에 잠든 문어를 소재로 하여 목숨의 덧없음을 표현하였다.

바쇼의 나이 마흔일곱인 1690년에 하이카이 선집 『표주박(瓢·히사고)』이 간행될 무렵부터 바쇼는 '가루미'의 영역에 이르렀다. 이 선집에 실린 홋쿠

나무 아래에 / 국물도 회무침도 / 벚꽃 이파리

木のもとに汁も鱠も桜かな

를 『산조시』에서는 "花見(꽃구경)의 구의 경지를 터득하여 가루미에 이르렀다"라고 해설했다.

바쇼는 가루미를 명확히 정의하지 않고 "큰 깨달음이 있어 속(俗)에 되돌린다"라는 말만 남겼다. 가루미에 대해 이후에 제시된 해석으로는 '주변의 일상적인 소재에 작의(作意)를 더하지 않고 평이하고 솔직하게 표현하는 것', '와카의 전통인 풍아를 평이한 것으로 바꾸어 일상의 사안을 자유로운 영역에서 표현하는 것' 등이 있다.

하지만 하이카이를 평범하고 통속적인 범주로 이끌 우려 때문이었는지 일부 문하생들은 바쇼가 만년에 주창한 이 시풍을 받아들이지 않았다.

관련 서적

『백골 기행(野ざらし紀行)』

1684년 8월부터 9달 동안 문하생 지리를 대동하고 에도에서 바쇼의 고향 이가, 교토, 나고야 등을 거쳐 에도에 다시 돌아올 때까지의 약 2,000킬로의 여정을 하이쿠 중심으로 기록한 기행문이다.

『겨울날(冬の日)』

오와리(尾張)의 바쇼 문파의 중진인 문하생 야마모토 가케이가 편집하여 1685년 출간한 책으로, 바쇼 지도하에 오와리의 바쇼 문파가 개최한 가센 다섯 편 등을 실었다.

『봄날(春の日)』

야마모토 가케이 등 오와리의 바쇼 문파 네 명이 연 가센 세 편과 지역 내의 홋쿠 58구를 수록하여 1686년 출간한 책으로, 『겨울날』의 속편의 성격을 띠고 있다. 가센을 개최하는 자리에 바쇼는 참석하지 않았고 홋쿠 부에 바쇼의 하이쿠 세 수만 실려있다.

『가시마 기행(かしま紀行)』

1687년 8월 두 제자와 이바라기현의 가시마 신궁 참배, 자신의 참선 스승이자 절 곤폰지의 주지인 붓초화상 방문, 달구경을 겸한 짧은 여행의 기행문이다.

『괴나리 기록(笈の小文)』

1687년 10월 25일 에도를 출발하여 1688년 4월 23일 교토에 도착할 때까지의 반년간의 여행을 기록한 기행문이다.

「사라시나 기행(更科紀行)」

1688년 8월 11일 기후를 출발하여 기소길(木曽路)을 지나 사라시나(달구경)와 절 젠코지(참배)를 거쳐 8월 말 에도에 이르기까지 지은 하이쿠 11수와 산문으로 구성된 짧은 기행문으로 『괴나리 기록』의 부록 성격을 띠고 있다.

『오쿠의 오솔길(おくのほそ道)』

1689년 3월부터 약 150일간 제자 소라와 에도에서 오슈(奧州), 호쿠리쿠(北陸), 사카타, 오가키(大垣)까지 총 거리 2,400킬로미터의 여행을 산문과 하이쿠로 기록한 기행문이다.

『광야(阿羅野)』

야마모토 가케이가 1689년 간행한 책으로 바쇼의 하이쿠 등 홋쿠 735수와 가센 10편을 수록하였다.

「겐주암 기록(幻住庵の記)」

1690년 4월부터 7월까지 겐주암에 체제할 때의 생활과 감상을 적은 기록으로 이듬해 출간한 하이쿠집 『원숭이 도롱이』에 수록되었다.

『표주박(ひさご)』

문하생 하마다 샤도가 편집하여 1690년 출간한 책으로 '오쿠의 오솔길' 여행을 마친 바쇼의 지도를 받으며 고난(湖南)의 바쇼 문하생들이 지은 가센 다섯 편을 수록하였다.

『사가 일기(嵯峨日記)』

바쇼가 교토 사가에 있는 제자 교라이의 별장 라쿠시샤(落柿舎)에 1691년 4월 18일부터 5월 4일까지 체재하며 그곳에서의 생활 모습과 감상 등을 하이쿠, 렌쿠, 한시로 기록한 일기이다.

『원숭이 도롱이(猿蓑)』

문하생 교라이와 본초가 함께 편집하여 1691년 출간한 책으로 문하생 기카쿠의 서문, 계절별 하이쿠, 바쇼가 동참한 가센 4편, 바쇼의 「겐주암 기록」 등으로 구성되어 있다. 108명의 하이쿠가 실려있고 이 가운데 문하생 본초의 구는 41수, 바쇼의 구는 40수, 교라이와 기카쿠의 구는 각 25수가 실려있다.

『숯 가마니(炭俵)』

야바 등 문하생 셋이 공동 편집하여 1694년 출간한 책으로 바쇼 문파의 하이쿠를 위주로 한 계절별 하이쿠와 가센 7편, 백운 1편을 게재하였다.

『속 원숭이 도롱이(続猿蓑)』

바쇼 만년의 문하생 핫토리 센포가 바쇼 사후 1698년에 간행한 책이다. 두 권으로 구성되어 있으며 상권은 렌쿠집으로 바쇼의 4인 가센 등 가센 다섯 편을 수록하였다. 하권은 하이쿠집으로 하이쿠를 사계절, 불교, 행각으로 구분하여 바쇼와 문하생들의 구를 실었다.

『산조시(三冊子)』

바쇼의 제자 핫토리 도호가 1703년에 짓고 그의 사후 46년 뒤인 1776년에 간행된 하이카이 논서로 흰 책(白冊子), 빨간 책(赤冊子), 검은 책(黒冊子)으로 구성되어 있다.

흰 책에는 렌가와 하이카이의 기원, 바쇼 하이카이의 역사적 의의, 하이카이의 특질과 방식을 29항목에 걸쳐 싣고, 빨간 책에서는 불역유행론, 참된 풍아(風雅)론, '가루미' 시풍 등 바쇼 하이카이의 본질을 논한 다음 바쇼의 홋쿠 70구의 퇴고 과정 설명, 문하생들의 구에 대한 바쇼의 평, 바쇼의 대구(付合) 약 40구절에 대한 해설을 실었다. 검은 책에서는 바쇼의 언행, 하이쿠를 짓는 자리에서의 마음가짐, 시키지(色紙)와 단자쿠(短冊)를 기록하는 방법 등 70 항목에 걸쳐 비망록풍의 가르침을 적었다.

고향 이가 바쇼 문파의 중심인물인 도호는 평생 바쇼에 사사한 성실한 인물로, 이 책의 곳곳에 바쇼의 말과 가르침을 기록하였다.

『교라이쇼(去来抄)』

바쇼의 제자 무카이 교라이가 1704년경에 쓰고 그의 사후 1775년에 아이치현 오와리에서 발간된 하이카이논서로 선사평(先師評), 동문평(同門評), 수업교(修業教)의 세 편으로 구성되어 있다.

선사평에는 바쇼와 문하생의 구에 대한 바쇼 자신의 비평을, 동문평에는 바쇼와 문하생의 구에 대한 바쇼 문파의 원로 문하생들의 비평을 실었다. 수행교는 바쇼와 문하생들이 불역유행 등 하이카이 본질론을 언급한 내용과 하이카이 수행에 관련해 바쇼가 언급한 가르침을 기록하였다.

바쇼 하이카이의 본질을 언급한 부분이 많아 불역유행, 가루미, 사비 등을 연구하는 데 귀중한 자료로 평가받고 있다.

<바쇼의 행로>
백골 기행(1684. 8.~1685. 4.)
가시마 기행(1687. 8.)
괴나리 기록(1687. 10.~1688. 4.)
사라시나 기행(1688. 8.)
오쿠의 오솔길(1689. 3.~9.)
히라이즈미
기사카타
사카타
마쓰시마
데와삼산
센다이
사도
다케쿠마
시라카와
조에쓰
나스
나가노
(사라시나)
닛코
가나자와
고마쓰
아사마산
후쿠이
가시마신궁
기소
기후
가이
도쿄
(에도)
쓰루가
후지산
오카기
비와호
나고야(오와리)
교토
제제
스마
오쓰
나라
오사카
(나니와)
이가
이세 신궁
이라고곶
요시노산

찾아보기

이세 신궁 인근의 부부암을 바라보는 바쇼
- 초무, 『바쇼 옹 그림책전(芭蕉翁絵詞伝, 1792)』

한국어

일본어

바쇼 하이쿠 전집

: 방랑 시인, 17자를 물들이다

초판 1쇄 발행일 2024년 8월 30일

지은이 마쓰오 바쇼
옮긴이 경찬수

펴낸이 박영희
편　집 조은별
디자인 김수현
마케팅 김유미
인쇄・제본 AP프린팅

펴낸곳 도서출판 어문학사
주　소 서울특별시 도봉구 해등로 357 나너울카운티 1층
대표전화 02-998-0094 **편집부1** 02-998-2267 **편집부2** 02-998-2269
홈페이지 www.amhbook.com
e-mail am@amhbook.com
등　록 2004년 7월 26일 제2009-2호

X(트위터) @with_amhbook
인스타그램 amhbook
페이스북 www.facebook.com/amhbook
블로그 blog.naver.com/amhbook

ISBN 979-11-6905-032-6(93830)
정　가 30,000원